婉约词三百首注析

注释·赏析

国学

林音·赵岩·唐风君
李明·张驰·卢兴轩 ◎ 编著

陕西新华出版传媒集团·三秦出版社

图书在版编目（CIP）数据

婉约词三百首注析／林音等编著．—2版．—西安：三秦出版社，2003.07（2022.5重印）

（传统文化经典读本）

ISBN 978-7-80546-376-6

Ⅰ．婉…Ⅱ．①林…②赵…Ⅲ．婉约派－词（文学）－注释－中国－古代Ⅳ．I222.8

中国版本图书馆 CIP 数据核字（2003）第 042815 号

传统文化经典读本
婉约词三百首注析

林 音　赵 岩　唐风君
卢兴轩　李 明　张 驰　编著

出版发行	陕西新华出版传媒集团　三秦出版社
社　　址	西安市雁塔区曲江新区登高路 1388 号
电　　话	（029）81205236
邮政编码	710061
印　　刷	北京华强印刷有限公司
开　　本	710mm×1000mm　1/16
印　　张	23.25
字　　数	281 千字
版　　次	2003 年 7 月第 2 版 2022 年 5 月第 2 次印刷
标准书号	ISBN 978-7-80546-376-6
定　　价	58.00 元

婉约词人李清照像

总　序

　　中国是举世闻名的文明古国，其光辉灿烂的传统文化，已成为整个人类共同的精神财富。随着时代的进步，随着探索自然、认知社会的触角不断深入，人们比以往任何时候都迫切需要发掘传统文化宝藏，汲取更多的智慧和精神力量，来进行自我完善、自我提高，从而获取成功。于是许多人都不约而同地把目光投向那些历尽风雨淘洗的传世经典，吟之诵之，含英咀华。他们意识到，不了解唐诗宋词，没读过孔孟老庄，其麻烦不仅仅是难以达到辩才无碍的境地或获得博学多识的美誉，而且会在工作、学习及社会生活的许多方面遭遇尴尬。反之，熟知经典，以古为镜，以古为师，必定会在全新意义上的修身、齐家、治国平天下方面收到奇效。这方面例子很多，如国内某名牌高校从《易经》中提取"厚德载物"做为校训，培养了无数英才；日本企业家运用《孙子兵法》和《菜根谭》进行经营管理，屡创经济奇迹；某自然科学家要求弟子背诵《道德经》，作为攻克难关前的心理演练；某诺贝尔奖得主坦言，其所以能够历经磨难取得突破，全得益于《孟子》中的一句名言。近年来我国中小学实验教材不断加大古诗文比重以及高考试题频频"考古"，也是为了促进素质教育，培养一代新人。

　　传统文化经典很多，就存在一个轻重缓急和选择的问题，我们不赞成搞什么"百种必读"或"50种必读"，武断地制造一个封闭系统。我们认为中国传统文化经典宝库应当是开放的，其中异彩纷呈，玉蕴珠藏。所以我们推出这套《传统文化经典读本》丛书，第一批20种，只能说是向广大读者奉献的最基本的、应当最先了解的经典作品，包括《易经》、《论语》、《孟子》、《道德经》、《庄子》、《孙子兵法》、《幼学琼林》、《唐诗三百首》、《宋词三百首》、《元曲三百首》等。我们还将根据情况陆续推出第二辑、第三辑。值得说明的是，我社自上个世纪80年代就开始致力于传统文化经典的整理普及，是最早出版白话类经典读本的出版社之一。此次推出的这批图书都是精选版本、精选作者，付出了艰苦努力完成的，内在质量上乘，曾作为我社品牌图书，经受了市场的检验，受到读者的广泛好评。为适应新的形势，更好满足读者的需求，我们对其进行了重新改造整合，使之在版式、装帧等方面更趋考究精美。同时也希望读者多提批评意见，以便进一步改进。

魏全瑞

2003年7月

目 录

◇ 唐　词 ◇

李隆基
　　好时光（宝髻偏宜宫样）……………………………（ 1 ）
李　白
　　菩萨蛮（平林漠漠烟如织）…………………………（ 2 ）
韩　翃
　　章台柳（章台柳）……………………………………（ 4 ）
柳　氏
　　杨柳枝（杨柳枝）……………………………………（ 4 ）
王　建
　　调笑令（团扇）………………………………………（ 5 ）
刘禹锡
　　竹枝（杨柳青青江水平）……………………………（ 7 ）
白居易
　　长相思（汴水流）……………………………………（ 7 ）
皇甫松
　　梦江南（楼上寝）……………………………………（ 9 ）
温庭筠
　　菩萨蛮（小山重叠金明灭）…………………………（ 10 ）
　　更漏子（玉炉香）……………………………………（ 11 ）
　　梦江南（梳洗罢）……………………………………（ 12 ）

梦江南（千万恨）……………………………………………（13）

◇ 五 代 词 ◇

李存勖
　　忆仙姿（曾宴桃源深洞）……………………………………（14）
和　凝
　　江城子（初夜含娇入洞房）……………………………………（15）
冯延巳
　　蝶恋花（庭院深深深几许）……………………………………（17）
　　谒金门（风乍起）………………………………………………（18）
　　鹊踏枝（谁道闲情抛掷久）……………………………………（19）
　　鹊踏枝（烦恼韶光能几许）……………………………………（20）
　　南乡子（细雨湿流光）…………………………………………（21）
李　璟
　　浣溪沙（菡萏香销翠叶残）……………………………………（23）
李　煜
　　虞美人（春花秋月何时了）……………………………………（24）
　　相见欢（林花谢了春红）………………………………………（25）
　　相见欢（无言独上西楼）………………………………………（26）
　　清平乐（别来春半）……………………………………………（26）
　　捣练子令（深院静）……………………………………………（27）
　　浪淘沙（帘外雨潺潺）…………………………………………（28）
　　子夜歌（人生愁恨何能免）……………………………………（29）
　　浪淘沙（往事只堪哀）…………………………………………（30）
韩　偓
　　木兰花（绝代佳人何寂寞）……………………………………（31）

韦　庄
　　浣溪沙（惆怅梦余山月斜）……………………………（31）
　　江城子（恩重娇多情易伤）……………………………（33）
　　思帝乡（春日游）………………………………………（34）

牛　峤
　　菩萨蛮（玉楼冰簟鸳鸯锦）……………………………（36）

张　泌
　　江城子（窄罗衫子薄罗裙）……………………………（38）

牛希济
　　生查子（新月曲如眉）…………………………………（39）

尹　鹗
　　拨棹子（风切切）………………………………………（41）

李　珣
　　中兴乐（后庭寂寂日初长）……………………………（43）

毛文锡
　　更漏子（春夜阑）………………………………………（44）

魏承班
　　玉楼春（寂寂画堂梁上燕）……………………………（46）

顾　夐
　　浣溪沙（春色迷人恨正赊）……………………………（47）
　　荷叶杯（记得那时相见）………………………………（48）
　　荷叶杯（我忆君诗最苦）………………………………（49）

阎　选
　　虞美人（楚腰蛴领团香玉）……………………………（50）

孟　昶
　　玉楼春（冰肌玉骨清无汗）……………………………（52）

欧阳炯

  凤楼春（凤髻绿云丛）……………………………………（53）

  浣溪沙（相见休言有泪珠）………………………………（55）

孙光宪

  生查子（春病与春愁）……………………………………（56）

  更漏子（掌中珠）…………………………………………（57）

  应天长（翠凝仙艳非凡有）………………………………（58）

无名氏

  撷芳词（风摇荡）…………………………………………（60）

◇ 敦煌曲子词 ◇

敦煌曲子词

  菩萨蛮（枕前发尽千般愿）………………………………（61）

  南歌子（斜影朱帘立）……………………………………（62）

  临江山（岸阔临江底见沙）………………………………（63）

◇ 宋　　词 ◇

寇　准

  踏莎行（春色将阑）………………………………………（65）

范仲淹

  御街行（纷纷坠叶飘香砌）………………………………（66）

  苏幕遮（碧云天）…………………………………………（67）

叶清臣

  贺圣朝（满斟绿醑留君住）………………………………（68）

宋　祁

玉楼春（东城渐觉风光好）………………………（68）
绵缠道（燕子呢喃）………………………………（69）

欧阳修

阮郎归（南园春半踏青时）………………………（70）
临江仙（柳外轻雷池上雨）………………………（71）

张　先

天仙子（水调数声持酒听）………………………（72）
剪牡丹（野绿连空）………………………………（72）
千秋岁（数声鶗鴂）………………………………（73）
更漏子（锦筵红）…………………………………（74）
诉衷情（花前月下暂相逢）………………………（75）

晏　殊

浣溪沙（一曲新词酒一杯）………………………（75）
浣溪沙（一向年光有限身）………………………（76）
蝶恋花（槛菊愁烟兰泣露）………………………（77）
浣溪沙（玉碗冰寒滴露华）………………………（77）
玉楼春（绿杨芳草长亭路）………………………（78）

柳　永

昼夜乐（洞房记得初相遇）………………………（79）
雨霖铃（寒蝉凄切）………………………………（80）
凤栖梧（伫倚危楼风细细）………………………（81）
望海潮（东南形胜）………………………………（82）
八声甘州（对潇潇暮雨洒江天）…………………（83）
少年游（长安古道马迟迟）………………………（84）
浪淘沙慢（梦觉、透窗风一线）…………………（85）
秋夜月（当初聚散）………………………………（86）
鹤冲天（黄金榜上）………………………………（87）

斗百花（煦色韶光明媚）……………………………（88）
曲玉管（陇首云飞）…………………………………（89）
竹马子（登孤垒荒凉）………………………………（90）
迷仙引（才过笄年）…………………………………（91）

晏几道
临江仙（梦后楼台高锁）……………………………（92）
蝶恋花（醉别西楼醒不记）…………………………（93）
鹧鸪天（彩袖殷勤捧玉钟）…………………………（94）
阮郎归（旧香残粉似当初）…………………………（95）
阮郎归（天边金掌露成霜）…………………………（95）

李之仪
卜算子（我住长江头）………………………………（96）

仲　殊
柳梢青（岸草平沙）…………………………………（97）

孔平仲
千秋岁（春风湖外）…………………………………（98）

贺　铸
横塘路（凌波不过横塘路）…………………………（99）
薄幸（淡妆多态）……………………………………（100）

司马槱
黄金缕（家在钱塘江上住）…………………………（102）

林　逋
长相思（吴山青）……………………………………（103）

解　昉
永遇乐（风暖莺娇）…………………………………（104）

王　观
卜算子（水是眼波横）………………………………（105）

王安石
　　浣溪沙（百亩中庭半是苔）……………………………（106）
章　楶
　　水龙吟（燕忙莺懒花残）………………………………（107）
周邦彦
　　满庭芳（风老莺雏）……………………………………（108）
　　玉楼春（桃溪不作从容住）……………………………（110）
　　解语花（风销绛蜡）……………………………………（110）
　　兰陵王（柳阴直）………………………………………（112）
　　苏幕遮（燎沉香）………………………………………（113）
　　六丑（正单衣试酒）……………………………………（114）
　　浪淘沙慢（晓阴重）……………………………………（115）
　　少年游（并刀如水）……………………………………（116）
叶梦得
　　贺新郎（睡起流莺语）…………………………………（118）
王　诜
　　行香子（金井先秋）……………………………………（119）
苏　轼
　　江城子（十年生死两茫茫）……………………………（120）
　　水龙吟（似花还似非花）………………………………（121）
　　贺新郎（乳燕飞华屋）…………………………………（122）
　　蝶恋花（花褪残红青杏小）……………………………（123）
　　水调歌头（明月几时有）………………………………（124）
　　行香子（一叶舟轻）……………………………………（125）
　　洞仙歌（冰肌玉骨）……………………………………（126）
黄庭坚
　　蓦山溪（鸳鸯翡翠）……………………………………（127）

7

陈师道
菩萨蛮（晓来误入桃源洞）…………………………（129）

秦　观
鹊桥仙（纤云弄巧）…………………………………（130）
望海潮（梅英疏淡）…………………………………（131）
减字木兰花（天涯旧恨）……………………………（132）
满庭芳（山抹微云）…………………………………（133）
千秋岁（水边沙外）…………………………………（134）
八六子（倚危亭）……………………………………（135）

曹　组
蓦山溪（洗妆真态）…………………………………（136）

李清照
凤凰台上忆吹箫（香冷金猊）………………………（137）
如梦令（常记溪亭日暮）……………………………（139）
如梦令（昨夜雨疏风骤）……………………………（139）
一剪梅（红藕香残玉簟秋）…………………………（140）
蝶恋花（暖日晴风初破冻）…………………………（141）
醉花阴（薄雾浓云愁永昼）…………………………（142）
鹧鸪天（暗淡轻黄体性柔）…………………………（143）
永遇乐（落日镕金）…………………………………（144）
声声慢（寻寻觅觅）…………………………………（146）
念奴娇（萧条庭院）…………………………………（147）
浣溪沙（绣面芙蓉一笑开）…………………………（148）

蔡　伸
苍梧谣（天）…………………………………………（149）

如　晦
卜算子（有意送春归）………………………………（150）

李重元

忆王孙（萋萋芳草忆王孙）……………………………（151）

邓　肃

长相思令（红花飞）………………………………………（152）

吕渭老

惜分钗（春将半）…………………………………………（152）

杨无咎

齐天乐（后堂芳树阴阴见）………………………………（153）

曾　觌

念奴娇（群花渐老）………………………………………（155）

朱淑贞

生查子（寒食不多时）……………………………………（156）

谒金门（春已半）…………………………………………（156）

江城子（斜风细雨作春寒）………………………………（157）

眼儿媚（迟迟春日弄轻柔）………………………………（158）

鹧鸪天（独倚栏干昼日长）………………………………（159）

蝶恋花（楼外垂杨千万缕）………………………………（159）

菩萨蛮（湿云不渡溪桥冷）………………………………（160）

浣溪沙（玉体金钗一样娇）………………………………（161）

阿那曲（梦回酒醒春愁怯）………………………………（162）

吴淑姬

小重山（谢了荼蘼春事休）………………………………（162）

赵　鼎

蝶恋花（尽日东风吹绿树）………………………………（163）

点绛唇（香冷金炉）………………………………………（164）

王之道

如梦令（一饷凝情无语）…………………………………（165）

9

李 石
　　临江仙（烟柳疏疏人悄悄）……………………………（166）

陆 游
　　鹧鸪天（懒向青门学种瓜）……………………………（168）
　　临江仙（鸠雨催成新绿）………………………………（169）
　　乌夜啼（纨扇婵娟素月）………………………………（170）
　　鹊桥仙（一竿风月）……………………………………（171）
　　鹊桥仙（茅檐人静）……………………………………（172）
　　月照梨花（霁景风软）…………………………………（173）
　　卜算子（驿外断桥边）…………………………………（174）
　　钗头凤（红酥手）………………………………………（175）

唐 琬
　　钗头凤（世情薄）………………………………………（178）

范成大
　　秦楼月（楼阴缺）………………………………………（179）
　　霜天晓月（晚晴风歇）…………………………………（181）
　　眼儿媚（酣酣日脚紫烟浮）……………………………（182）
　　醉落魄（栖乌飞绝）……………………………………（183）

张孝祥
　　西江月（问讯湖边春色）………………………………（184）
　　木兰花慢（送归云去雁）………………………………（185）
　　浣溪沙（绝代佳人淑且真）……………………………（187）

赵长卿
　　阮郎归（年年为客遍天涯）……………………………（188）
　　探春令（笙歌间错华筵启）……………………………（189）

辛弃疾
　　摸鱼儿（更能消几番风雨）……………………………（190）

祝英台近（宝钗分）……………………………………（192）

丑奴儿（少年不识愁滋味）……………………………（194）

鹧鸪天（晚日寒鸦一片愁）……………………………（195）

青玉案（东风夜放花千树）……………………………（196）

清平乐（茅檐低小）……………………………………（197）

西江月（明月别枝惊鹊）………………………………（198）

一剪梅（记得同烧此夜香）……………………………（200）

鹧鸪天（陌上柔条初破芽）……………………………（201）

临江仙（金谷无烟宫树绿）……………………………（202）

刘 过

贺新郎（老去相如倦）…………………………………（203）

糖多令（芦叶满汀洲）…………………………………（205）

临江仙（长短驿亭南北路）……………………………（206）

姜 夔

扬州慢（淮左名都）……………………………………（208）

小重山令（人绕湘皋月坠时）…………………………（210）

点绛唇（燕雁无心）……………………………………（211）

念奴娇（闹红一舸）……………………………………（213）

长亭怨慢（渐吹尽）……………………………………（214）

暗香（旧时月色）………………………………………（216）

疏影（苔枝缀玉）………………………………………（218）

角招（为春瘦）…………………………………………（219）

鬲梅溪令（好花不与殢香人）…………………………（221）

蓦山溪（青青官柳）……………………………………（222）

史达祖

绮罗香（做冷欺花）……………………………………（224）

杏花天（软波拖碧蒲芽短）……………………………（225）

11

传统文化经典读本

  双双燕（过春社了）·················（226）
  临江仙（愁与西风有约）···············（227）
  玲珑四犯（雨入愁边）················（228）
  蝶恋花（二月东风吹客袂）··············（229）
  夜行船（不剪春衫愁意态）··············（230）

高观国
  杏花天（玉坛消息春寒浅）··············（232）
  江城子（绿丛篱菊点娇黄）··············（233）

卢祖皋
  西江月（燕掠晴丝袅袅）···············（234）
  乌夜啼（柳色津头泫绿）···············（235）

林正大
  括满江红（为忆当时）················（236）

洪咨夔
  南乡子（风雨过芳晨）················（238）
  眼儿媚（平沙芳草渡头村）··············（238）

方千里
  少年游（东风无力飏轻丝）··············（239）

岳　珂
  满江红（小院深深）·················（241）

许　玠
  菩萨蛮（西风又转芦花雪）··············（242）

黄　机
  菩萨蛮（相思绕遍天涯路）··············（243）
  临江仙（寒食清明都过了）··············（244）

刘克庄
  清平乐（官腰束素）·················（246）

生查子（繁灯夺霁华）………………………………（247）

严 仁
南柯子（柳陌通云径）………………………………（248）

醉桃园（拍堤春水蘸垂杨）…………………………（249）

郑觉斋
扬州慢（弄玉轻盈）…………………………………（251）

李昂英
兰陵王（燕穿幕）……………………………………（253）

淮上女
减字木兰花（淮山隐隐）……………………………（254）

曾原一
菩萨蛮（淡黄斜日留汀草）…………………………（256）

吴 潜
青玉案（黄昏先自无情绪）…………………………（257）

南柯子（池水凝新碧）………………………………（258）

武陵春（惨惨凄凄秋渐紧）…………………………（259）

赵崇嶓
谒金门（春意薄）……………………………………（260）

清平乐（莺歌蝶舞）…………………………………（261）

蝶恋花（一剪微寒禁翠袂）…………………………（262）

方 岳
水龙吟（昼长庭院深深）……………………………（263）

一剪梅（谁剪轻琼做物华）…………………………（264）

余桂英
小桃红（芳草连天暮）………………………………（266）

吴文英
风入松（听风听雨过清明）…………………………（267）

13

西江月（枝袅一痕雪在）……………………（269）

声声慢（檀栾金碧）……………………（270）

惜秋华（细响残蛩）……………………（271）

唐多令（何处合成愁）……………………（272）

思佳客（迷蝶无踪晓梦沉）……………………（273）

扫花游（水园沁碧）……………………（274）

极相思（玉纤风透秋痕）……………………（276）

夜合花（柳暝河桥）……………………（277）

珍珠帘（蜜沉烬暖萸烟袅）……………………（278）

宴清都（绣幄鸳鸯柱）……………………（280）

澡兰香（盘丝系腕）……………………（281）

六丑（渐新鹅映柳）……………………（283）

玉漏迟（絮花寒食路）……………………（284）

陈 著

洞仙歌（冰肌玉骨）……………………（286）

吴大有

点绛唇（江上旗亭）……………………（287）

储 泳

齐天乐（东风一夜吹寒食）……………………（288）

陈允平

八宝妆（望远秋平）……………………（289）

唐多令（休去采芙蓉）……………………（291）

刘辰翁

江城子（一年春事几何空）……………………（292）

唐多令（春雨满江城）……………………（293）

谒金门（风又雨）……………………（294）

浣溪沙（远远游蜂不记家）……………………（295）

宝鼎现（红妆春骑）……………………………（296）

兰陵王（送春去）………………………………（298）

踏莎行（命薄佳人）……………………………（300）

浣溪沙（点点疏林欲雪天）……………………（301）

李彭老

法曲献仙音（云木槎枒）………………………（302）

祝英台近（杏花初）……………………………（303）

何梦桂

喜迁莺（留春不住）……………………………（305）

黄　升

鹧鸪天（沉水香销梦半醒）……………………（306）

鹊桥仙（青林雨歇）……………………………（307）

李　演

声声慢（轻鞯绣谷）……………………………（308）

周　密

好事近（新雨洗花尘）…………………………（310）

江城子（罗窗晓色透花明）……………………（311）

甘州（渐萋萋、芳草绿江南）…………………（312）

踏莎行（远草情钟）……………………………（313）

一萼红（步深幽）………………………………（314）

汪元量

长相思（吴山深）………………………………（316）

一剪梅（十年愁眼泪巴巴）……………………（317）

王沂孙

应天长（疏帘蝶粉）……………………………（318）

齐天乐（绿槐千树西窗悄）……………………（319）

水龙吟（世间无此娉婷）………………………（320）

高阳台（残雪庭阴）……………………………（322）
醉落魄（小窗银烛）……………………………（323）
眉妩（渐新痕悬柳）……………………………（324）

蒋　捷

一剪梅（一片春愁待酒浇）………………………（326）
南乡子（泊雁小汀洲）……………………………（327）
高阳台（燕卷晴丝）………………………………（328）
梅花引（白鸥问我泊孤舟）………………………（329）

王易简

齐天乐（宫烟晓散春如雾）………………………（330）

吕同老

天香（冰片镕肌）…………………………………（332）

张　炎

甘州（望涓涓一水隐芙蓉）………………………（334）
阮郎归（钿车骄马锦相连）………………………（335）
探春慢（银浦流云）………………………………（336）
虞美人（修眉刷翠春痕聚）………………………（338）
南浦（波暖绿粼粼）………………………………（339）
解连环（楚江空晚）………………………………（340）

黄公绍

青玉案（年年社日停针线）………………………（341）

王炎午

沁园春（又是年时）………………………………（343）

宋丰之

小冲山（花样妖娆柳样柔）………………………（344）

吴城小龙女

清平乐令（帘卷曲阑独倚）………………………（345）

无名氏

鹧鸪天（山色晴岚景物佳）……………………（346）

点绛唇（蹴罢秋千）………………………………（347）

眼儿媚（杨柳丝丝弄轻柔）………………………（347）

◇ 唐　词 ◇

李隆基

【作者介绍】

唐玄宗李隆基（685—762），睿宗李旦第三子，景云元年立为皇太子，英武多才。即位后，开元之际，励精政事。天宝年后，宠幸杨贵妃，用李林甫、杨国忠，致安禄山之乱，避难逃蜀，在位四十四年。其词已散佚，只存《好时光》一首。

好　时　光

宝髻偏宜宫样，莲脸嫩，体红香。眉黛不须张敞画①，天教入鬓长。　　莫倚倾国貌，嫁取个，有情郎。彼此当年少，莫负好时光。

【注释】

①黛：黑色。张敞：汉河东平阳人。早年官太仆丞，宣帝时为太中大夫、京兆尹、冀州刺史等。尝为妻画眉，时长安有"张京兆眉怃"之说，后来成为夫妻恩爱的典故。《汉书》有传。

【赏析】

据《词林纪事》记载，明皇（即玄宗）"尝临轩纵击，制一曲曰《春光好》，方奏时，桃李俱发"，应词中"莫负好时光"之语，明皇戏曰："此事不唤我作天公可乎？"

在词的发展初期，词牌与词的内容是统一的，唐玄宗的这首词即如此。上阕工笔描绘了一位正值青春年华的美人的姣好体貌，细

1

写其锦衣宫装、高髻云鬟、面如莲花、遍体红香，辞藻华丽浓艳，极言美人之青春艳丽。

下阕直抒词旨，以劝说口吻，劝美人不要辜负了大好时光。古有《金缕曲》曰："劝君莫惜金缕衣，劝君惜取少年时。花开堪折直须折，莫待无花空折枝。"二者词旨一致，均是劝人珍惜宝贵时光，莫将青春虚度之意。

词最早始于民间，内容广泛，语言朴素。至花间词派兴起，则渐失民间文学特色，词风趋于典雅艳丽，更注重炼字琢句。观此词，则兼有二者之长，虽为帝王之词，却也留有民间词曲的痕迹。上阕描写香软典雅，下阕语言率直朴素，乃是词由民间曲子词向文人曲子词过渡的一个表征。

李 白

【作者介绍】

李白（701—762），字太白，号青莲居士，祖籍陇西成纪（今甘肃天水附近），出生于绵州昌隆（今四川江油）。二十五岁开始漫游各地。贺知章奇其才，荐于玄宗，天宝元年（742）应诏赴京，供奉翰林，不久即遭谗去职。安史乱中，为永王李璘的幕僚，璘败，白被流放夜郎（今贵州东部），中途遇赦，往依族人当涂令李阳冰，逝于当涂（今属安徽）。

李白为唐代著名诗人，有《李太白集》。词作不多，《尊前集》于李白名下录词十二首，其中《菩萨蛮》（平林漠漠）和《忆秦娥》（箫声咽）两首，宋人黄升誉之为"百代词曲之祖"。

菩 萨 蛮

平林漠漠烟如织，寒山一带伤心碧。暝色入高楼，有人楼上愁。　　玉阶空伫立，宿鸟归飞急。何处是归程，长亭更短亭①。

【注释】

①长亭、短亭：秦、汉时十里置亭，为行人休憩及饯别之所。北周庾信《庾子山集》之《哀江南赋》："水毒秦泾，山高赵陉。十里五里，长亭短亭。"

【赏析】

这是首眺远怀人之词。

起句状景以衬情：平原上广袤的树林上空笼罩着"暮霭"已表明了时间的暮霭，轻飘迷蒙，如烟如纱；连绵起伏的山脉有如一条丝带，呈现出碧绿的颜色。写林，词人状之以"漠漠"，已有苍茫萧瑟之感；写山，词人状之以"伤心"，悲痛之情见诸笔端。暮山自绿，何言伤心？"暝色入高楼，有人楼上愁"，原来以上景色均为愁人眼中所见，故令无情之山水也蒙上了愁惨的颜色。白居易《长恨歌》中有"行宫见月伤心色"，与此同一道理。

下阕由楼上转到楼下，写伫立玉阶所见及主人公内心忧愁的原因。主人公孤单单一人久久伫立玉阶之上，眺望着暮色中急急飞回巢中去的鸟儿，以宿鸟归林反衬远行之人未归，构成富于联想的意象，其所以久立远望的原因令人一目了然。"何处是归程，长亭更短亭"，写主人公伫立玉阶之际的内心活动，她那绵长的情思早已飞往那漫长的归途，"更"字道出了她因山重水隔、路途遥远而生的叹息。

此词婉转写来，由景及人，由实及虚，层次渐进，脉络井然，且用字极工，如"暝色入高楼"的"入"字，把日暮时分，时光慢慢推移、暝色冉冉而至的情景表现得非常准确、生动。再如"宿鸟归飞急"的"急"字，既写出鸟飞之疾，又道出女子盼归之心切。

盛唐时期，词方渐兴，而此词词风之玲珑圆熟，音律之和谐圆满，艺术成就之高，堪为后世楷模。宋人黄升说："《菩萨蛮》、《忆秦娥》二词，为百代词曲之祖。"

韩 翃

【作者介绍】

韩翃（hóng）生卒年不详。字君平，南阳（今属河南）人。天宝十三年（754）进士，大历十才子之一，著有《韩君平诗集》。其爱姬柳氏于乱离中被番将所夺，翃作《章台柳》词咏赠，附于诗集。

章 台 柳

寄 柳 氏

章台柳①，章台柳，昔日依依今在否？纵使长条似旧垂，也应攀折他人手。

【注释】

①章台：宫名。战国时建，以宫内有章台而名。在今西安市西北西汉长安城故址西南隅。台下有街名章台街。西汉京兆尹张敞罢朝会，走马过章台街，即此。

柳 氏

【作者介绍】

柳氏，韩翃的爱姬，家住长安章台街，故又称章台柳。柳氏在乱离中为番将沙叱利所夺，后仍归韩。其答韩翃词《杨柳枝》附于《韩君平诗集》。

杨 柳 枝

杨柳枝，芳菲节，所恨年年赠离别。一叶随风忽报秋，纵使君来岂堪折。

【赏析】

据《太平广记》载,韩翃有友李生,每将妙妓柳氏携至韩所,柳羡其才,日久生情。李生知其意,乃请翃饮酒,席间将柳氏赠予韩翃。后安禄山之乱中两人散离,柳氏为番将沙吒利所劫。长安收复后,韩遣人寻访柳氏,并赠有《章台柳》一词。后有虞候许俊用计诈得柳氏,方得归韩。

《章台柳》一词以柳喻柳氏,起句重复两遍"章台柳",如呼其名,见其情深意切。下面两句既写对往日的怀念,又写对她现在遭遇的关切以及对她安危的挂念。其爱恋情深尽在不言之中,可谓纸短情长。

《杨柳枝》乃柳氏答和韩词所作,叙写离情别恨。亦以柳自喻。"芳菲"的"柳枝"象征着青春年华,然而不能趁着青春美丽与丈夫厮守,却令人平添恨意,故云:"所恨年年赠离别。"古人有折柳赠别的习俗,这里以此切合自己与丈夫离别的不幸遭遇。结尾两句写从春到秋,杨柳由盛而衰,人也经历了久别相思的苦痛,今已思念伤身、憔悴不堪了,故有"纵使君来岂堪折"之说,亦是诉说相思之苦、含情带怨的情语。

王 建

【作者介绍】

王建(约767—约830),字仲初,颍川(今河南许昌)人。大历十年(775)进士,工乐府,与张籍齐名。有《王司马集》。词存十首,以《调笑令》流传最广。

调 笑 令

团扇,团扇,美人病来遮面。玉颜憔悴三年,谁复商量管弦!弦管,弦管,春草昭阳路断①。

【注释】

①昭阳：西汉宫殿名，成帝时皇后赵飞燕居之。后世小说、戏剧多以"昭阳"指皇后之宫。

【赏析】

此调又名《宫中调笑》，亦即《转应曲》。此词写宫怨，主人公是宫中后妃，叙写其由承恩到失宠的不幸经历。

此词以"团扇"起兴。团扇又名合欢扇，《文选》载汉代班婕妤有《怨歌行》："裁为合欢扇，团圆似明月。"可见团扇常为两情恩好的象征。此意与下面词情的发展成为反衬与对照，用意深长。当美人病中以团扇遮面之时，那圆圆的扇儿令她怅然回想起往日承恩受宠时的欢乐情景。"玉颜憔悴三年，谁复商量管弦"，"谁复"即不再有人与她商量管弦之意，将今昔对比，凄凉幽怨之情顿生。物我同情，秋扇即收，人亦见弃，词人以团扇起兴之深义至此立见。"弦管，弦管，春草昭阳路断"，写在这"且将团扇共徘徊"的寂寞深宫里，只听远远地从昭阳宫殿那里传来丝竹弦乐之声。一热闹，一凄凉，命运对这不幸的后妃来说，不仅无情，简直太残酷了。陈廷焯说："结语凄怨，胜似宫词百首。"

词人将深宫中众多妃姬们的不幸命运描述得形象生动，并且寄予了深深的同情，与他那些颂扬天子悠闲享乐生活和宫掖承平气象的应制之作相比，具有一定的进步性和现实意义。

刘禹锡

【作者介绍】

刘禹锡（772—842），字梦得，洛阳人。贞元九年（793）进士，登博学宏词科。曾拜太子宾客，官至检校礼部尚书。世称刘宾客。为唐代著名诗人，与白居易齐名，著有《刘宾客文集》。存词四十余首，仿民歌作词，富有民歌特色，与白居易酬唱颇多。

竹　枝

杨柳青青江水平，闻郎江上踏歌声①。东边日出西边雨，道是无晴却有晴。

【注释】

①踏歌：连手而歌，以足踏地（船板）打拍子为节奏。

【赏析】

《竹枝》词始于巴蜀，又名《巴渝词》，本为民间俚唱，赋写风土人情。刘禹锡在沅湘，因俚歌鄙俗，故作新词教之，广为流传。

此词以杨柳、江水起兴，为人物的出场设置了风光绮丽的环境，悠悠歌声，引来男女主角的出场。闻歌、踏歌，唱者有心，听者有意，"无非情之所流注"。"东边日出西边雨，道是无晴却有晴"，妙在巧语双关。"晴"与"情"同音，借景言情，妙手偶得。此句双关与古诗《子夜》"雾露隐芙蓉（夫容），见莲（怜）不分明"同类。

此词风格轻快流丽，妙语天成，表现了在朦胧恋爱中的男女有趣而微妙的心理。

白居易

【作者介绍】

白居易（772—846），字乐天，晚号香山居士，又号醉吟先生。祖籍太原，徙居下邽（今陕西渭南东北）。贞元十六年（800）进士。补校书郎，历官至太子太傅，以刑部尚书致仕。为唐代著名诗人，有《白氏长庆集》，今存词三十余首，风格平易近人，老妪能解，广为传诵。

长　相　思

汴水流①，泗水流②，流到瓜洲古渡头③，吴山点点愁④。

思悠悠，恨悠悠。恨到归时方始休，月明人倚楼。

【注释】
①汴水：古河名，发源于河南，流经江苏，转入泗水。
②泗（sì）水：古河名，发源于山东，流经江苏入淮河，由大运河入长江。
③瓜洲：镇名，位于长江北岸、扬州市南面，是大运河流入长江的入口处。
④吴山：泛指江南群山。

【赏析】
此词写思妇怀远之情。

"汴水流、泗水流，流到瓜洲古渡头"，似纯粹写景，与人无关，实以流水比人的远行，也是以水的蜿蜒曲折，喻人的千愁万恨之绵长不绝；"吴山点点愁"，以山比拟思妇之愁，极言其愁的深重。故山山水水均成为情之寄托。

下阕"思悠悠，恨悠悠"与上阕"汴水流、泗水流"两两相对，词脉相连，言情之无限。下面词锋陡转，"恨到归时方始休"，是说这绵长的离恨，等到有一天思念的人从远方归来，才会烟消云散。北宋晏几道也作《长相思》一首："长相思，长相思，若问相思甚了期，除非相见时"，即扩展此句意而成。结句"月明人倚楼"，以景结情，收束全词，韵意深厚。

白居易词风如其诗，以白描见长，平易流畅语真情更真。

皇甫松

【作者介绍】
皇甫松，生卒年不详，唐末词人，一名嵩，号檀栾子。睦州新安（今浙江建德）人。工诗善词，传词二十多首，多绮艳之作。今有王国维辑《檀栾子词》一卷。

梦 江 南

楼上寝，残月下帘旌。梦见秣陵惆怅事①，桃花柳絮满江城，双髻坐吹笙。

【注释】
①秣陵：今江苏南京。

【赏析】
此词借梦言情。首句"残月"暗示着与恋人分离。望残月念远人，心有所思，夜来成梦，"惆怅事"代指情事，因那段美好的恋情已成往事，令人惆怅。"桃花"两句写梦境，以艳丽热烈的桃花和轻盈洁白的柳絮作为人物的背景，如置宝珠于金绒之上，愈见其美。词人所爱恋的那位少女梳着整齐的双髻，吹奏着悠扬的乐曲，令人心醉神迷。

此词梦境如画境，景色、人物、声乐，三者兼美，表达了词人对那段生活、那份恋情的无比留恋和往事难追的怅惘之情。

温庭筠

【作者介绍】
温庭筠（812—866），本名岐，一名庭云，字飞卿，太原人。才思敏捷，诗词兼擅，词更胜于诗，《旧唐书》本传说他"能逐弦吹之音，为侧艳之词"，是第一个大量运用词这种文学形式进行创作的文人，他精通音律，对新创词调和词的格律的规范化有很大贡献。其词风浓艳香软，词藻华丽，为花间派词人之鼻祖。然内容较狭窄，刘熙载说："温飞卿词，精妙绝人，然类不出乎绮怨。"词作有《金荃集》、《握兰集》，均已散佚。词存《花间集》、《金奁集》，今有王国维辑《金荃词》一卷。

菩 萨 蛮

小山重叠金明灭①,鬓云欲度香腮雪。懒起画蛾眉,弄妆梳洗迟。　照花前后镜,花面交相映。新帖绣罗襦②,双双金鹧鸪③。

【注释】

①小山:指屏山,即屏风。
②"新帖"句:锦绣罗袄上,又绣帖了新图案。
③金鹧鸪:指新贴在罗袄上的用金线绣成的鹧鸪鸟图案。鹧鸪:鸟名。俗传其鸣声像"行不得也哥哥"。

【赏析】

当清晨第一缕阳光透过窗扉照射到雕有五彩图案的屏风上,泛起忽明忽暗的光芒时,床上睡着的美人缓缓睁开了眼睛。只见她肌肤如雪,洁白莹润,乌发如云,蓬松垂拂,慵美无比。日头已渐升高,美人虽然无情无绪,还是得起身梳洗打扮,修描蛾眉。上阕前二句着力刻画描写美人之美和居室的富丽;后二句则用一个"迟"和"懒"字,含蓄地传达出美人心含忧郁的心态。

下阕描写美人梳妆时的情形。丫环采来清晨刚刚绽放的艳丽花朵,美人把它簪在浓黑的发髻上,在前后的镜子的映照中,绝代的容颜与娇艳的鲜花交相辉映,令人叹赏。这里,可说已将美人之美写得艳极。照完镜子,美人起身试穿新衣,今天她特意选择了一件上面有用金线绣成的成双成对的鹧鸪鸟图案的衣服,此处即为全词"词眼"所在,一是以"双双金鹧鸪"反衬人的孤单;二是以穿上绣有鹧鸪鸟的图案的新衣,暗示美人心中的美丽憧憬;三是通过鹧鸪鸟似在说"行不得也哥哥"的叫声,替美人道出了压抑在心底的呼声。至此,上阕细写美人的懒起和慵态,便全有了着落和说明。

此词写得极尽含蓄婉曲之美,以艳浓之笔传郁楚之情,含而不露,词风缠绵香软,可谓温词的代表作。黄升(花庵)评说"温词极流丽,宜为花间之冠"。

更 漏 子

玉炉香,红蜡泪,偏照画堂秋思。眉翠薄,鬓云残,夜长衾枕寒。　梧桐树,三更雨,不道离情正苦①。一叶叶,一声声,空阶滴到明。

【注释】

①不道:不顾。

【赏析】

上阕写怀远女子长夜难寐、辗转反侧的情景。前三句写居室的环境:在沉沉黑夜中,室内只有一枝红蜡烛发出微弱的、摇摆不定的光芒,因为燃起的时间已长,融化的蜡缓缓流下,仿佛哭泣的眼泪。红蜡,本是温馨喜庆的色彩,红蜡滴泪,顿使人乐中见悲,倍觉其悲。蜡烛的光芒照见玉炉香烟缭绕,绵绵不绝,更照见富丽精美的闺房中那驱拂不去的凄凉秋意。这里,亦是以画堂之富丽与秋思之凄寂相对照,与"红蜡泪"有异曲同工之妙。"秋思"又与"玉炉香"遥相呼应,通过类比联想,创造出一种愁绪绵长、惨淡惆怅的艺术意境。再写"眉翠薄"、"鬓云残"和"衾枕寒",以"薄"、"残"、"寒"等字的加重、重叠,极写女主人公的凄苦悲伤。

下阕写窗外情景。三更时分,正是万物沉寂,夜最深沉的时候,窗外又下起了小雨,淅沥不绝。在那夜深人静时刻,那滴答之声显得异常清楚,单调而重复,给本已痛苦不堪的女子心头又添愁苦。真所谓"这次第,怎一个愁字了得"。"一叶叶,一声声,空阶滴到明",雨下个不停,痛苦的思绪也是那般的无休无止。下阕以景衬情,情景交融,烘托出一个无比凄恻哀伤,孤苦零落的艺术氛围。

此篇语言明白如话,却表现出深微宛约之情致,足见词人功力。

梦 江 南

梳洗罢,独倚望江楼。过尽千帆皆不是,斜晖脉脉水悠悠[1],肠断白蘋洲[2]。

【注释】

[1]脉脉:相视而含情不语。《文选》《古诗十九首》之十:"盈盈一水间,脉脉不得语。"

[2]白蘋洲:长满蘋草的水洲。蘋花色白,故云白蘋。

【赏析】

此词写女子望远不归的怅望之情,为词中常见题材,然手法别致,词短意长,为词中精品。

先写女子经过一番精心打扮之后,登上望江楼,独倚望远,等待远方亲人的归来,此时的她心中充满了希望,久伫楼头,细辨归舟。"过尽千帆",可见江上船只之多,然而却不见自己所盼之人的踪影,心情由期望到失望的变化,尽在"皆不是"三字中道出。"斜晖脉脉水悠悠"点明时间已由清晨到黄昏,江上的情形也由你来我往,熙熙攘攘而变得清寂空阔。脉脉,含情相对之意,此句写夕阳西下,最后的余晖似有无限恋意,不忍遽去,然流水无情,只是自管自地向东流去。隽永的象征意味,赋予了此词句极丰富的内涵,令后人称诵。"肠断白蘋洲",古诗词中常用"白蘋洲"喻指送别之地。赵微明《思归》诗云:"犹疑望可见,日日上高楼。惟见分手处,白蘋满芳洲。"心中正伤心失望的女子此时望见与亲人分手之处,那开满了白色的蘋花的小洲,真是千头万绪涌上心来,怀念之情与深深的失望,令她柔肠寸断,结句将全词情感推向高潮。

此词长不过二十七个字,却将人物情感的抑扬跌宕,时间的推移,景色的变化尽浓缩其中,可谓神丰韵长。并且"融情入景,以景见情",有篇有句,词味醇厚,是难得之佳品。

梦　江　南

千万恨，恨极在天涯。山月不知心里事，水风空落眼前花。摇曳碧云斜。

【赏析】

"千万恨，恨极在天涯"，首句开门见山，喝破主旨，字字有千钧之重，情感激荡凝重。"在天涯"，点出千种恨事，全因所思之人远行不归而起。由爱而恨，可见其苦苦等待时间已经很长了。情到深处人孤独，便是月明花丽、妙景当前，非但不能赏心悦目，反牵惹起无限伤心意。见月之圆缺，便念及人之离合，月缺有圆时，人离会无期；见花之零落，由花推己，不禁叹华年虚度，青春红颜也将老去，便令见月伤心，见花落泪，看去纯是写景语，却有深情无限，蕴藉无比。"摇曳碧云斜"，在不知不觉中，天空中的云朵也由这端飘移天边，侧写其凝望之久。

此词从结构上看，首句便将题旨道破，情感喷涌而发，似已写至极致，叹无可叹了，然词人妙笔生花，将千万恨意化融于景色之中，景中见情，又将情深入几层，婉转几分，平添蕴藉含蓄之美。

◇ 五 代 词 ◇

李存勖

【作者介绍】

李存勖（xù）（885—926），即后唐庄宗。小名亚子，太祖李克用长子。天祐五年，嗣立为晋王。公元923年灭梁称帝，建都洛阳，国号唐，史称后唐。李存勖文才颇高，洞晓音律。《尊前集》中存词四首。

忆 仙 姿

曾宴桃源深洞①，一曲清歌舞凤。长记欲别时，和泪出门相送。如梦，如梦，残月落花烟重。

【注释】

①桃源：晋陶渊明《桃花源记》中虚构的与世隔绝的乐土，其间人人丰衣足食，怡然自乐。后因称这种理想境界为世外桃源。

【赏析】

这首词抒写了词人对旧事的深深怀恋之情。前四句写回忆。"桃源深洞"言所宴之处的深幽优美，"清歌舞凤"写人之美，歌喉婉转清亮，且舞姿翩若凤翔。景与人皆这般赏心悦目，令人恍在仙境，疑见仙人。"和泪相送"写美人对他的一往情深，分离之际难分难舍的情形。词章结构循序渐进，情感层层深入，故有叹曰："如梦，如梦"，重复两遍，词人深深堕入往常的回忆之中，恍惚的神态如在眼前，叹息之声如在耳旁。"残月落花烟重"写眼前之景，状之以"残、落、重"等萧瑟衰败、凄迷的字眼，与前回忆之境形成鲜明对比，使"如梦"之叹落于实处，见于细物。

此词篇幅短小，结构浑然一体，章法可观，情景交融，情感深挚沉郁。后来的《如梦令》词牌名即由此词中"如梦"之语而来。

和　凝

【作者介绍】

和凝（898—955），字成绩，郓洲须昌（今山东东平西北）人。唐进士。仕后晋为中书侍郎同中书门下平章事，仕后汉封鲁国公。入后周为侍中，长于短歌艳曲，号为曲子相公。著有《红叶稿》，失传。词存二十九首。今有王国维辑《红叶稿词》一卷。

江　城　子

（一）

初夜含娇入洞房，理残妆，柳眉长。翡翠屏中，亲爇玉炉香[1]。整顿金钿呼小玉[2]，排红烛，待潘郎[3]。

（二）

竹里风生月上门，理秦筝[4]，对云屏。轻拨朱弦，恐乱马嘶声。含恨含娇独自语，今夜约，太迟生[5]！

【注释】

①爇（ruò）：点燃，焚烧。
②金钿（diàn）：金花钗，妇女首饰。
③潘郎：指晋代潘岳。潘以姿容仪态美好著称，他乘车从街上过，沿途上妇女们纷纷把花和果子扔到车上，有掷果盈车的故事。后常借以称妇女爱慕的男子。
④秦筝：类似瑟的弦乐器，传为秦朝将军蒙恬所造。《文选》晋潘岳《笙赋》："晋野悚而投琴，沉齐瑟与秦筝。"

⑤太迟生:"生"为助词,如太瘦生、可怜生之类。唐宋人常用。

【赏析】

和凝以写短歌艳曲为擅长,这组《江城子》共有五首,以艳丽、香软的笔触描写了一位女子等待情郎到来,卿卿我我,直至送别的全过程,其间感情波澜起伏,表现细腻,将恋爱中女子温柔、多情的心态表现得淋漓尽致,是花间词的典范作品。这里选取其中头两首加以赏析。

第一首写女子梳妆打扮,焚香燃烛,等候情郎的到来。这首词的特点是以华丽的辞藻来状美人之美和居室的华丽,如用"柳眉"、"金钿"、"翡翠屏"、"玉炉香"、"红烛"等丽字,点缀得如万花之春。

第二首转入对女子等待过程中的心理描写。"竹里风生月上门"写时间已经很晚,能清晰地听见风吹竹林的声音,可以想见四周的安静,是以动衬静的手法,接下来着重通过对女子一系列动作的描写来传达她殷殷切盼的心情,"理秦筝,对云屏",因为情郎迟迟未到,百无聊赖之中以弹拨秦筝来消磨时间。"轻拨朱弦,恐乱马嘶声",然而弹奏是很轻柔的,是怕扰乱和遮住了载着情郎的马鸣之声。况周颐在《餐樱庑词话》中赞这两句道:"熨贴入微,似乎人人意中所有,却未经前人道过,写出亲情蜜意,真质而不涉尖纤。"结句以独白方式传达了女子因长久的等待,娇嗔含怨的心情。使人如闻其声,如见其态。

冯延巳

【作者介绍】

冯延巳(约903—960),又名延嗣,字正中,广陵(今江苏扬州)人。历事南唐二主,曾拜同平章事(宰相之职)。有辞学,多伎艺,善作新词。

冯延巳为五代词人一大家,与温庭筠、韦庄分鼎三足。冯词较"花间词"派更多对人物内心世界的抒写,取材较丰富,境界较开阔,词风深美闳约,对北宋词人如晏殊、欧阳修等人影响很大。王国维评:"虽不失五代风格,而堂庑特大,开北宋一代风气。"词作有《阳春集》,存词一百余首。

蝶 恋 花①

庭院深深深几许?杨柳堆烟,帘幕无重数。玉勒雕鞍游冶处②,楼高不见章台路③。　　雨横风狂三月暮,门掩黄昏,无计留春住。泪眼问花花不语,乱红飞过秋千去。

【注释】

①蝶恋花:《蝶恋花》原名《鹊踏枝》,《词谱》卷十二谓"宋晏殊词改今名"。此词一称欧阳修作,实误于李清照,应为冯延巳《鹊踏枝》十四首中的第十二首。

②"玉勒"句:玉勒,镶玉的马笼头。雕,饰画。雕鞍,用彩画装饰的马鞍。游冶,出游寻乐。李白《采莲曲》:"岸上谁家游冶郎,三三五五映垂杨。"后特指狎妓游冶处,歌楼妓馆。

③章台路:西汉长安城中有章台街,是歌妓们居住的地方。《汉书·张敞传》中有"走马章台街"语。后人常以章台代指妓院所在处。

【赏析】

这是一首闺中少妇伤春词。

上阕主要写少妇所处的环境,下阕则着力渲染深闺中少妇的伤春之情。

词的开头描绘了一幅深宅大院的景象。一座幽深的庭院,房屋众多,雕梁画栋,珠帘低垂,寂静无人。只有青青的杨柳,柳丝长垂,浓绿喜人,远远望去如一片翠色的云烟。首句一连三个"深"字的连用,突出地渲染出这个宅院幽深静寂的气氛,词中的主人公,就是在这与死隔绝的深深庭院中思念着自己的丈夫,在寂寞孤独中送走春光。琼瑶的小说《庭院深深》踢书名,即来源于本词。

下阕在时间上紧承上阕,由春光正好转入春天即将逝去的暮春,少妇的心情也由寂寞的等待变为伤心绝望和满腔的哀怨。暮春三月,雨骤风狂。风雨中,花儿凋零,红消香逝。"泪眼问花花不语,乱红飞过秋千去"。这两句景中有情,情景交融,将花拟人,以花喻人,于"物"之上"著我之色彩"。王国维《人间词话》评曰:"'泪眼问花花不语,乱红飞过秋千去',有我之境也。"浅显平易的两句词,构成了一个色彩浓烈、饱含感情的意境,于浓艳中见凄郁,景深情亦深。毛先舒评这两句词云:"此可谓层深而浑成。语愈浅而意愈入,又绝无刻画费力之迹。"

此词含蓄蕴藉,婉曲雅致,用字极工而又自然流畅。词人精湛的笔墨,寥寥数句,通过环境的渲染和景物的衬托,以及拟人、象征手法的巧妙运用,给我们刻画出了一位在寂寞深闺中凄凉度终日,于泪眼迷蒙中青春悄然逝去的不幸少妇形象,揭示出她内心深处无以言表的深沉悲哀和不幸命运,具有强烈的艺术感染力。陈世修评冯延巳词:"思深辞丽,韵律调新。"况周颐说:"愈瑰丽,愈醇朴……美不胜收。"

谒 金 门

风乍起,吹皱一池春水。闲引鸳鸯芳径里,手挼红杏蕊①。斗鸭栏杆独倚②,碧玉搔头斜坠③。终日望君君不至,举头闻鹊喜。

【注释】

①挼(ruó):揉搓。
②斗鸭栏杆:圈养斗鸭的栏杆。
③碧玉搔头:即玉搔头,玉簪的别称,《西京杂记》卷二:"(汉)武帝过李夫人,就取玉簪搔头,自此后宫人搔头皆用玉。"

【赏析】

这是首闺怨词。

"风乍起,吹皱一池春水",是后世盛传的名句。马令《南唐书》

有一段记载:"延巳有'风乍起,吹皱一池春水'之句,皆为警策。元宗李璟尝戏延巳曰:'吹皱一池春水',干卿何事?延巳曰:未如陛下'小楼吹彻玉笙寒。'"可见此词在南唐时就已广为传诵。此句寥寥数字,不但交待了季节、环境,描绘了自然景色,并以象征手法,暗示了女主人公不平静的心境,如吹皱的春水一般在春风的撩拨下泛起阵阵涟漪,引发千丝万缕的情思。下面两句撷取女主人公的生活片断,通过她无情无绪地引逗鸳鸯和心不在焉地揉搓花瓣的举动,表现了她寂寞空虚的心情。

下阕过渡自然,与上阕首尾相衔,继续描写女主人公的日常情事。她独自一人斜倚着栏杆,看鸭子斗架,因长时间低头的缘故,发髻上的碧玉簪子斜斜欲坠,而她却浑然不觉,极力刻画出她痴痴出神的神态。是什么使她如此郁郁不欢呢?"终日望君君不至,举头闻鹊喜,"全因良人远行未归而起。结拍句转抑为扬,使文情起伏有致,古时人们认为"喜鹊叫,好事到",《西京杂记》上即有"干鹊噪而行人至"的说法,故此女主人公听见枝头上喜鹊的喳喳叫声,即欣喜万分,将女子对丈夫的盼望之情表现得生动自然。

鹊 踏 枝

谁道闲情抛掷久,每到春来,惆怅还依旧。日日花前常病酒①,不辞镜里朱颜瘦。　　河畔青芜堤上柳②,为问新愁,何事年年有?独立小桥风满袖,平林新月人归后。

【注释】

①病酒:因喝酒过量而引起身体的不适。
②青芜:丛生的青草。

【赏析】

起句以顿入手法,反诘的语气,道出这份"闲情"的困扰和郁结,无以摆脱,由来已久。这份闲情,不是因具体的人和事而起,而是一种莫以名状的"惆怅"若失的情绪,随着春天万物的苏醒,此种感觉在词人心头却愈发敏锐和真切,盘环纠结,如影随形,啃咬着易感的心灵。何以解忧,惟有"杜康",悲切、落寞、苦闷的情绪使词人日日耽于饮酒,已经到了不再顾惜身体的地步。"瘦"字写出了词人伤情之至,足见其苦闷之深,惟有在酒醉神迷的虚幻之境中,才能暂时忘却盘结在心中的痛苦。上阕情感强烈,表现了游于灵魂炼狱之中的词人内心激楚之情。

下阕转入平和,词人暂时从强烈的"自我"中摆脱出来,站在旁观者角度,对不能自拔的自我微加嘲讽。词人将春时的青草和杨柳拟人化,借以发问,为何年年忧愁不曾断绝?细揣词意,又似在说,为什么在这风和日丽的大好春光中还长吁短叹,不能自已?茵茵的、丛生的青草和枝条柔软的杨柳造成一种绵长柔和的情调,殷勤询问,温柔倍至,抚慰着词人的心灵。宁静、美丽的大自然使词人久久不愿归去,独自伫立直至月上梢头。"独立小桥风满袖",清风灌满了宽大的袖袍,欲飘然而举的词人,颇有忘却浊世,遗世独立的味道。惟有此时此刻,才暂得把新愁旧愁一起淡忘的片刻宁静和安祥。这一心境进一步在"平林新月人归后"这一意象中表现出来。人归之后,没有了尘嚣的扰攘,一钩新月挂于林梢,清辉幽幽,默默无言,却似在诉说着自然、人生永恒的道理,把它的静穆祥和,传送到词人心中。

冯延巳虽身居高位,然南唐国势益危,党争益烈,俯仰身世,"危苦烦乱","一于词发之"。此词中所反映的对现实人生的无以解脱的无名怅恨,具有一定的社会普遍性,往往引起后世人的共鸣,有较高的艺术欣赏价值。

鹊　踏　枝

烦恼韶光能几许?肠断魂销,看却春还去。只喜墙头灵鹊语,不知青鸟全相误[①]。　　心若垂杨千万缕,水阔花飞,梦断巫山路[②]。开眼新愁无问处,珠帘锦帐相思否?

【注释】

①青鸟：神鸟，为传说中西王母的使者。唐李商隐《李义山诗集》五《无题》："蓬山此去无多路，青鸟殷勤为探看。"

②巫山：山名，在重庆市巫山县东。《文选》宋玉《高唐赋》记楚怀王梦与巫山神女相会。后称男女幽会为巫山等，即本于此。

【赏析】

清刘熙载论词说："大抵起句非渐引即顿入，妙在笔未到而气已吞。"此词起句用顿入手法，以事物的矛盾性吸引住读者，韶光原指春光，或泛指美好时光，词人却偏加上"烦恼"二字，将自然的美好与人的心情的烦恼相联系相对立，使二者之色彩差异更加鲜明。"能几许"？是说道不清有几许留恋、又有几许恨意；"肠断魂销，看却春还去"，就在愁苦的心境中一天天把大好的春光送走。其惜春之情，伤己之恨意表现得至深至真。"只喜墙头灵鹊语，不知青鸟全相误"，此两句写女子在漫长的等待中，将全部希望都寄托在鸟雀的身上，忽喜忽悲，令人可悲可叹。

"心若垂杨千万缕"，以纷扬的垂柳喻女子心绪的烦乱，"水阔花飞"写残春之景，纷飞的花瓣飘落于宽阔的水面，随波逐流，杳然无踪，这一令人无限怅惘的景象中暗寓着美人迟暮之感。"梦断巫山路"，写便在梦中也无以相会的痛苦。"开眼新愁无问处，珠帘锦帐相思否"，写梦醒之后悲哀不已，却无人与诉，幽怨至极，由己推人，猜想对方是否也和自己一样在苦苦相思。

冯延巳词以描写人物内心世界为擅长，尤长于刻画女性心态，这首词将侧面用笔和直接抒情相结合，景情相生，将思妇心态描写得极有层次，抑扬跌宕，内涵丰富。

南 乡 子

细雨湿流光，芳草年年与恨长。烟锁凤楼无限事①，茫茫。鸾镜鸳衾两断肠②。　　魂梦任悠扬，睡起杨花满绣床。薄幸不来门半掩③,斜阳。负你残春泪几行!

【注释】

①凤楼:古时指妇女居处。

②鸾镜:饰有鸾鸟图案的妆镜。鸳衾:绣有鸳鸯图案的被子,亦指夫妻共寝之被。

③薄幸:幸为宠爱之意,薄幸在古诗词中多用以指久别的夫婿。

【赏析】

　　此词写女子思念丈夫,起句状物细腻入微,又不显尖纤,将雨湿芳草、流光闪烁的情形逼真地描摹出来,王国维评曰:"能摄春草之魂。"且景中寓情,以被细雨润泽而生长茂盛的春草比拟离恨,草长恨亦长。"烟锁"喻雨雾朦胧如烟的景象,"锁"字暗漾出女子孤身独处的寂寞,如闭于笼中之鸟。"茫茫"与上句为倒置句式,兼状雨景及心境,二者俱是苍茫迷离,恍惚凄恻。以上写室外之景,可以揣想乃是女子枯坐房中向外眺望所见。再写室内,那绣有鸳鸯戏水的图案的锦被和饰有鸾鸟图案的妆镜,无不令她睹物思人,黯然伤情。现实中的生活沉闷而压抑,惟有于梦中她才能让灵魂和躯体一并获得解放,自由自在,无所拘束,得到暂时的欢乐。然而梦醒之后只见杨花纷坠,斜阳半掩,那最后的光芒是那般微弱,稍纵即逝,如她即将逝去的青春年华。梦境与现实,一欢一悲,鲜明的对比,使梦醒之后的人儿凄怜无比,不禁珠泪成行,"负你残春"真乃字字泣血,如怨如诉,表达了女子悲伤绝望的心情。"泪几行"则与"细雨湿流光,芳草年年与恨长"句遥相呼应,那茵茵芳草似不是为雨水灌溉,而是用不幸的女子的眼泪来浇灌的。

　　全篇结构回环往复,景与情达到了高度的谐和,具有极大的艺术感染力,乃是闺怨词中言情至深至浓亦至悲之作。

李　璟

【作者介绍】

　　李璟(916—961),南唐中主。字伯玉,徐州人,唐宗室之裔,在

22

位十九年,迁南都死。词存四首,意境高远,风格凄怨,后人将他和李煜的词合刻为《南唐二主词》。

浣 溪 沙

菡萏香销翠叶残①,西风愁起绿波间。还与韶光共憔悴,不堪看。　　细雨梦回鸡塞远②,小楼吹彻玉笙寒。多少泪珠无限恨,倚栏干。

【注释】

①菡萏(hàn dàn):荷花的别名。
②鸡塞:即鸡鹿塞,汉时边塞名。这里泛指边塞。

【赏析】

此词写女子怀远之情。

上阕起句写景,西风起,花残叶凋,"愁"字写花亦写人,花因风起而生悲惧之感,人因花亡而生悲哀之情。随着韶光消逝,人与花共愁,亦共憔悴。"不堪看"写人亦写花,与首句"菡萏香销"遥相呼应。上阕人与花其形、其情,交织融合,浑然莫辨,造成一种深郁怅惘的艺术意境。

上阕以写景为主,景中隐然有人,但如隔雾看花,迷离朦胧。下阕由对外景的描写转入到对人的内心世界的深层描写。因白天所见所感,夜来成梦,远去那荒凉的边塞寻找自己的亲人,恍然梦醒之时,窗外正是细雨潇潇,寒意渐透,再难成眠,于是独倚楼头,吹笙以寄恨。"吹彻玉笙寒",写楼外风又雨,吹笙既久,以致玉笙冰寒彻骨。这两句从塞外写到小楼,从梦境写到梦醒,空间之辽阔,真幻之交叠,造成意境之迷离空灵,幽怨凄美,深沉隽永。继以夜深人独倚栏,珠泪泫流的画面作结,含蓄不尽,使情意婉转回延,余韵深远。

李　煜

【作者介绍】

李煜（937—978），南唐后主。字重光，号钟隐。李璟第六子。961年嗣位，975年冬，宋军攻下金陵（今江苏南京），李煜出降。翌年抵汴京（今河南开封），受封违命候，过了两年多囚房生涯，后被宋太宗赵光义赐药毒死。

李煜工书画，晓音律，善诗文，尤长于词，有着深广的艺术素养。其词以亡国为分界线，为前后两个时期。前期作品以写宫廷享乐和男欢女爱为主；后期作品多抒写亡国之痛和对往昔帝王生活的追忆和怀念，格调哀怨凄楚，带有浓重感伤色彩。艺术成就上，他善于运用白描手法，采用直抒胸臆的抒情手法，真实而细腻地表现人物的思想感情，在题材和意境方面突破了花间词的狭隘范围。王国维评："词至李后主而眼界始大，感慨遂深。"

虞　美　人

春花秋月何时了？往事知多少！小楼昨夜又东风，故国不堪回首月明中。　　雕阑玉砌应犹在，只是朱颜改。问君能有几多愁，恰似一江春水向东流！

【赏析】

李煜，作为人间帝王，可谓薄命矣，然而论其才情，堪称词中之帝。他高超杰出的艺术成就，奠定了他在词史上突出的地位，为后世人所景仰，他的作品出诸"赤子之心"，感情纯真深挚，王国维曾说："后主之词，真所谓以血书者。"可谓深得词心。这首千古传诵脍炙人口的《虞美人》词，据说是后主被俘之后，在他生日（七月七日）那天，命歌妓演歌之，声闻于外。宋太宗闻知大怒，用毒药将他毒死。此词遂成为李煜的绝笔。

起句犹如"天问"，写自然界无穷循环，周而复始，春花秋月，年年如是，何时是尽头，何时才了结？语含悲愤，表明词人已对人生绝望，便是良辰美景，也徒添烦乱罢了。"往事知多少"，犹向人询问。李煜历经荣辱沧桑巨变，身负亡国巨痛，其身世之不幸、坎坷，乃是造成他对人生绝望的原因。"小楼"句表达了李煜对故国的怀念和留恋。"雕栏"句则表达了物是人非之感。凡此种种感情的洪流汇聚一起，至结句喷涌而发，一泻千里，词人将抽象的情愁，比之如日夜东流去的一江春水，见其愁之无穷无尽，无休无止。

此词用对比手法，把景与情、自然与人事两两对立，无论是春花秋月，还是东风又起，或是雕栏玉砌，均代表、象征着永恒不变的自然和宇宙，以其不变反衬人事的短暂无常：渺不可追的往事，不堪回首的故国，老去的红颜，故此那种人世沧桑、浮生若梦的悲感便来得特别深沉，超越了一代亡国之君的悲哀，而具有超越时代和个人的普遍意义，是对人类共同命运的一个侧面的写照，这正是这首词的不朽的艺术价值之所在。

相 见 欢

林花谢了春红，太匆匆。无奈朝来寒雨晚来风。　　燕脂泪①，留人醉，几时重？自是人生长恨水长东。

【注释】

①燕脂：同"胭脂"。

【赏析】

此词借咏春花之凋亡，而引发人生憾恨之叹，叙景言情，暗寓亡国之恨。

首句写春花已经凋谢，"太匆匆"三字如沉重的叹息，饱含着无限的留恋和遗憾。"无奈"句，则将后主所感人无力自主自身命运的哀感，融注于花朵遭受风雨摧残的描写中。"燕脂泪"形容风雨飘摇中雨水顺着殷红的花瓣淌落而下，宛如花儿哭泣的眼泪。其情其景，凄艳无比，令人观之心碎。花如此，而人又如何？又何能免受不幸的折磨、衰亡的命运？词人长叹道："自是人生长恨水长东"。人生在世，总有无尽的憾恨相伴随，如水之滚滚东去，永无休止。结句低回抑叹，沉郁悲切，催人泪下。此词以白描手法，凝炼明净的语言，传达出深哀婉曲之情愫，洗尽铅华，毫无雕饰，却耐人寻味，具有不朽的艺术魅力。

相 见 欢

无言独上西楼，月如钩。寂寞梧桐深院锁清秋。　剪不断，理还乱，是离愁。别是一般滋味在心头。

【赏析】

此词写后主被封"违命侯"，幽居开封时的心境。

盖情至深处，便非言语所能表述。后主身历亡国之痛，成为阶下之囚，其内心之沉痛非他人能解，更无法向他人倾诉，故此默默无言。所谓此处无声胜有声，"无言"之痛，"更胜于痛哭流涕者也"。词人登上高楼，眼前是一幅凄清无比的图画：月如一弯银钩，幽幽清辉洒梧桐，重门深院，悄寂无人，置身其中，孤独之感如大山般向人压来，令人窒息。想当年"春殿嫔娥鱼贯列"、"车如流水马如龙"，而"一旦归为臣虏"，便好似深锁重院之中的寂寞梧桐，身心俱不得自由，尝尽了凄苦。愁思如乱麻一样，"剪不断，理还乱"，苦涩的滋味难以道得清，故只说"别是一般滋味在心头"。明代沈际心赞赏此句道："七情所至，浅尝者说破，深尝者说不破。破之浅，不破之深。"宋代黄升《花庵词选》评说："此词最凄婉，所谓'亡国之音哀以思'也。"

清 平 乐

别来春半，触目愁肠断。砌下落梅如雪乱，拂了一身还满。

雁来音信无凭，路遥归梦难成。离恨恰如春草，更行更远还生①。

【注释】

①更：意同"愈"。

【赏析】

此词抒发离愁别恨。据说是李煜请求宋太祖放还其弟而不可得时所作。

首句交待时间、事由以及词人此时愁惨的心情。下句上承"触目"写所见之景：落梅如雪，乱洒于地。"乱"字似状物，实言词人心情之烦乱，"拂了一身还满"，似写梅瓣之拂之不尽，实喻词人心头的离愁难以驱除。

下阕写词人翘盼亲人音讯而不得，祈愿梦中相会亦不能，一再伤心和失望，词人心中的离愁别恨，就如一望无际的茂密丛生的春草，有增无已，郁结盘曲，绵长无尽。结拍两句以春草喻离恨，贴切自然，谓为警句。

王国维在《人间词话》中说："唐五代之词，有句而无篇；南宋名家之词，有篇而无句。有篇有句，唯李后主降宋后之作。"此词虽非后主降宋后之作，亦可称得起"有篇有句"。

捣练子令

深院静，小庭空，断续寒砧断续风①。无奈夜长人不寐，数声和月到帘栊。

【注释】

①砧（zhēn）：捣衣石。此指捣帛，即把生丝织成的绢放在石上用木杵捣捶，制成熟绢。

【赏析】

此词写李煜幽囚于汴（开封），长夜难眠，夜闻砧声时的孤独凄苦的心境。

"深院静，小庭空"，从听觉和视觉两方面来写人所处的环境，言其静寂空荡，心情之孤苦于写景中悄漾而出。因为四周异常安静，所以才能隐约听到随风送来的断断续续的捣衣（帛）之声。在古时，捣衣为妇女的一种家务事，古诗词中常有描写妻子为远行在外的亲人捣制寒衣的情节，以后捣衣即与记人之旅愁和思妇之离愁联结起来，成为离情的象征。蔡绦《西清诗话》中说，李煜归宋后，"每怀故国，思念嫔妾散落，郁郁不自聊"。在这夜深人静之时，闻寒砧之声，更唤起他对故国、故人的思念，心潮起伏，难以成眠。"数声和月到帘栊"，寒砧之声，冷月之色，俱是凄清无比，令人不忍卒读。

此词虽无一字言及离愁，但词人对故国的怀念之情尽在不言之中，含蓄蕴藉。

浪　淘　沙

帘外雨潺潺，春意阑珊。罗衾不耐五更寒。梦里不知身是客，一晌贪欢。　　独自莫凭栏，无限江山。别时容易见时难。流水落花春去也，天上人间。

【赏析】

这首词与《虞美人》词并为后主的代表作。上阕以倒叙手法，写梦醒后的感觉，雨声潺潺，诉诸听觉；春残红销，诉诸视觉；罗被单薄，寒气逼人，诉诸感觉，将读者带入凄凉之境。再写梦境的欢乐，在梦中自己忘掉了囚房的身份、亡国的不幸，似乎又回到了往日的帝王生活，纵情享乐，欢情无限。那么此时梦醒，方觉不过黄粱一梦，往事成空，词人心中的悲哀，可以揣想而知。

"独自莫凭栏"，乃是词人对自己的警告，设下疑问，"无限江山。别时容易见时难",将疑团开释。自李煜出降,"最是仓皇辞庙日"之后,幽囚于开封赐第,此生此世,便再也难见故国的山山水水。凭栏远望,更唤起他对故土的追思,对往事的追忆。然而一切的一切,都已如眼前的落花逐流水,花已去,春已去,欢乐的时候也已去,而人,不久也将去了。"天上人间",是后主对自己一生命运最悲沉的哀叹。

蔡绦《西清诗话》中说,词人"尝作长短句(指此词),含思凄婉,未几下世"。此词可说是词人对自己一生悲欢离合的总括,而将无穷憾恨,遗留千古,留待后人评说。

子 夜 歌

人生愁恨何能免,销魂独我情何限。故国梦重归,觉来双泪垂。 高楼谁与上,长记秋晴望。往事已成空,还如一梦中。

【赏析】

"人生愁恨何能免",一语道出古往今来人类共有愁恨和悲哀,极富"主观抒情的直接感发之力"。"销魂"言痛苦之深,令人神思恍惚,如魂游体外。上句写一般人都难以免去愁恨的折磨,此句写"然而惟独我的痛苦却是如此之深,令我心神俱碎,难以忍受"。"故国梦重归,觉来双泪垂",李煜入宋后曾在寄给金陵旧宫人的信中说:"此中日夕,只以眼泪洗面。"(王铚《默记》)李煜"生于深宫之中,长于妇人之手",工愁善感,由一国之主一变而为阶下囚,亡国之痛,臣虏之辱,令其身心俱敝,每每怀念故国,曾多次在词中写到他又梦回故苑,重温旧欢。《望江南》中即有"还似旧时游上苑,车如流水马如龙,花月正春风"句,梦中愈欢,梦醒愈悲。

"高楼谁与上",写现今之孤独,"长记秋晴望",回忆往日秋晴登高的情景。现实与回忆,形成巨大反差,不禁有浮生若梦之叹。

李煜,古之大伤心人也,所谓"哀莫大于心死",在他生命的最后几年中,他早已心冷如灰,将世事勘破,情绪消沉之极,常"于一词发之"，所以说，他人以手写词，李煜却是以心书词。

浪淘沙

　　往事只堪哀，对景难排。秋风庭院藓侵阶。一任珠帘闲不卷，终日谁来？　　金锁已沉埋，壮气蒿莱①。晚凉天净月华开，想得玉楼瑶殿影，空照秦淮。

【注释】

①壮气：代指王气，指象征帝王运数的祥瑞之气。蒿莱：野草。

【赏析】

　　首句直抒哀思，说过去的美好生活如烟而逝，无论是回忆，或是赏景，都难以排除心中的哀痛。"秋风"句写庭中苔藓斑驳，已经侵延到了台阶之上，可见人迹罕至。据《默记》卷上载，李煜归宋后，"有旨不得与人接"，过着幽囚的生活，与当年臣妃环侍、车辇相从的盛况相比，真乃一个天上，一个地下。

　　"金锁已沉埋"用三国时吴国以铁链锁长江，企图阻止西晋的进攻而不成的典故；"壮气蒿莱"指象征着帝王气数的王气已湮没于野草丛中。"晚凉"句写眼前之景，天上月亮大放光彩，令词人联想到故国宫阙在月辉映照下的情景。"空照"言其寂寞荒凉。结句意象清疏，意境阔大，笔触苍凉。

　　王国维说："词至李后主而眼界始大，感慨遂深。"

韩偓

【作者介绍】

　　韩偓（约842—923），字致尧，一作致光。小名冬郎，号玉山樵人。京兆万年（今陕西西安）人。唐昭宗龙纪元年中进士，官至兵部侍郎。唐亡，依附闽王王审知。著有《韩翰林集》，王国维辑有《香奁词》一卷。词风艳丽，素有香奁体之称。

木 兰 花

绝代佳人何寂寞，梨花未发梅花落。东风吹雨入西园，银线千条度虚阁。　　脸粉难匀蜀酒浓，口脂易印吴绫薄。娇娆意态不胜羞，顾倚郎肩永相著。

【赏析】

此词将花与人共拟，花人难辨，娇姿共相辉映，词风秾艳。"绝代佳人"喻木兰花，上阕两句写木兰花开之时，梅花已落而梨花未发，无以为伴，故此寂寞异常。"东风"两句写实景，在东风吹拂下，斜雨飘飞，如千条银线，由天洒落。"虚阁"，形容亭台楼阁在雨雾中迷濛不清，似虚似幻。

下阕写佳人风采，因饮酒微醉而脸飞红霞如抹上了胭脂，更增娇媚。轻纱罩体，风姿绰约，体态婀娜。结句点明佳人对爱情的幻想，对美好未来的憧憬。

此词以花之美衬人之美，以花之寂寞影射人之寂寞，为人物情感的起伏作铺垫。全词表现了封建时代深处闺阁之中的少女对美好爱情的向往和追求，情调健康，具有一定的积极意义。

韦 庄

【作者介绍】

韦庄（836—910），字端己，京兆杜陵（今陕西西安）人。六十岁始中进士，后入蜀投奔藩将王建。唐亡，王建称帝，国号蜀，韦为宰相。韦庄词以情胜，疏淡秀雅，蕴藉风流，与温庭筠并称"温韦"，王国维《人间词话》评曰："韦端己之词，骨秀也。"有诗集《浣花集》。

浣 溪 沙

惆怅梦余山月斜，孤灯照壁背窗纱，小楼高阁谢娘[①]

家。　　暗想玉容何所似②？一枝春雪冻梅花，满身香雾簇朝霞③。

【注释】

①谢娘：晋王凝之妻谢道韫有文才，后人因称有学问的女子为谢娘。
②玉容：美好的容貌。
③簇：丛聚的样子。朝霞：这里喻指女子服装如朝霞般艳丽绚烂。

【赏析】

在风流旖旎的"花间派"词人中，韦庄的"淡妆素裹"，很有别于以温庭筠为"领班"的秾艳绮丽的创作路数。他不像温庭筠，在词中堆满绵密精致的意象，实际上却把自己包得挺严。从词中"窥"不出温庭筠的内心，韦庄偏不怕"暴露"自己。他的词总是很疏淡，很明朗，却很深挚而情长，真心实意任自己的情绪在词中蜿蜒流动。读《浣溪沙》这首词，正给人以这样的感觉。

这首词又题作"想佳人"，写的是梦后怀人的孤寂情境和惆怅心绪。

上阕以情带景，从对梦醒后周围环境的描写中，烘托出浓厚的情绪氛围：一钩斜月，如豆孤灯，小楼高阁，黯然独卧。这里的写景显然投射着个人的主观情感，一个"惆怅"流露出好梦破碎后的失落、迷茫与无奈。王国维论词有"写境"、"造境"之说，韦庄的笔法显然属于前者。词人在这里本意是要对自我的心境进行一种表露，对自我的情绪进行一次释放，可他没有直接落笔于此，而是让幽曲的情致以一种看似平直的"景语"表现出来，以直达曲，似浅还深，情景交融，境界方出。无怪乎陈延焯要说"韦端己之词似直而纡，似达而郁，最为词中胜境"。

下阕以"暗想"带起，既承接上阕中梦醒后的情思余绪，又行发出对所想女子的形容摹写，转承极为自然。"一枝春雪冻梅花"写女子容貌的清秀脱俗，与"梨花一枝春带雨"有异曲同工之妙。如果说上阕中表现的是一种飘零中的自怜，那么下阕对佳人的衷心赞美可以说是这种苦情中的一抹霞光，给孤独心灵以短暂的慰藉，而钟爱的人一旦失去，那份惆怅苦涩的滋味就更令人不堪。所以，后两句看似明艳的笔调其实蕴含了无限悒郁。

总观全词，正所谓"运密入疏，寓浓于淡"，一片郁情，交于疏疏秀语；无限惆怅，付于朗朗词笔。这既是《浣溪沙》这首词的写作特色，也代表了韦庄词一贯的艺术风格。

江 城 子

恩重娇多情易伤，漏更长，解鸳鸯①。朱唇未动，先觉口脂香。缓揭绣衾抽皓腕②，移凤枕，枕潘郎③。

【注释】

①解鸳鸯：解鸳鸯带（一种衣带）。
②绣衾：绣花被。
③潘郎：晋朝潘岳仪容秀美，后人因以"潘郎"代指美男子。

【赏析】

明汤显祖曾评这首词道："全篇摹画屏境，而咏赏其流连狼藉，言简而旨达矣。"不管它是摹绘画屏也罢，描写实景也罢，以传统的文学批评眼光来看，其内容正属于所谓的"艳情词"。"情深语秀"如韦庄者，尚脱不了香软秾丽、温柔缱绻，"词为艳科"之说由此可见一斑。

描写男女欢情，"花间派"诸君皆为个中行家里手，有些描写甚至精细得近似轻薄。韦庄的这首《江城子》写得不可谓不恣情，但不轻狂。首句"恩重娇多情易伤"是一句极洞晓世相、善解人意语，况周颐对此有评："此语非于情中极有阅历者不能道。"恩爱深重、娇憨无忌的情人在感情上往往更容易受到伤害，这里写出了一种"双向"的情感：男子对女子的宠爱和女子对男子的痴恋。就此一句，全词的情感基调便大不同于一般意义上的艳情词，即往往太专注于对肉体之爱的兴趣与描写,而流露出一种阅尽世间情爱奥妙后的知解与感慨。接下来的几句以白描手法,极简约地描述了异性相悦、同衾共枕的几个动作片断。词中写人未作全面细致的画像,而只点"朱唇",采用"通感"手法,将视觉形象转化为嗅觉表现;写态未作过多渲染、过细刻画,只以一连串的动词("解"、"揭"、"抽"等)直接而有分寸地作了交待(这一点最是有别于温庭筠的精雕细刻);要写情,则有放有收,尺幅千里,只最后一句,便将情人间的恣情任性写得淋漓尽致。情态本身很放肆,但描写的笔墨却极收敛。

韦庄的时代,正是词由幼年走向成熟的时期,词所担负的内容使命单一而纯粹,樽前月下,遣兴娱宾;词的艺术表现手法也还不甚自觉,呈现为质朴明朗的美。《江城子》这首词正可让你领会到这种词的"原初形态"。

思 帝 乡

春日游,杏花吹满头。陌上谁家年少①、足风流②? 妾拟将身嫁与、一生休③。纵被无情弃,不能羞④!

【注释】

①陌上:街上。
②足:够,十足。
③妾:古时妇女的自谦之称。
④不能羞:不以此为害羞。

【赏析】

清代贺裳《皱水轩词筌》里评这首词说:"小词以含蓄为佳,亦有作决绝语而有妙者。如韦庄'陌上谁家年少、足风流?妾拟将身嫁与、一生休。纵被无情弃,不能羞!'是也。"确实,比起文人词的某种矫情与作态,韦庄的这首《思帝乡》有着民歌般的热烈、坦率，爱情在这里被赋予非凡的勇气，含蓄的期待让位于大胆的宣言；女性的形象不再伤于病弱幽怨，扑面而来的是天真烂漫、开朗爽快、激情洋溢。

上阕以清丽的笔调，为男女主人公的相遇提供了一个非常优美的环境氛围。这是爱情萌发的契机。先看前两句：正是春天，轻风剪剪，杏花飘坠如雨，纷然落满游人的发际。这是一幅充满诗情画意的动人景致，作者虽只用写景之笔，但人物的活动已隐含其间，我们从这句词里不难读出那掩映于杏花簇中的"她"。由此，接下来的后两句就有了落笔的前提，这是从女性的眼光看过去，引出"陌上"翩翩美少年的。一个"谁家"，表明进入视线的少年已经引起女子的注意和猜测；而"足风流"则显然流露出女子对他的欣赏与爱慕。

下阕通过女主人公"决绝"的语气，表现自己对"陌上少年"情有独钟、"死心塌地"的态度，这是爱情的高潮。游春的偶然相遇，竟触动了少女久闭的芳心，一句"妾拟将身嫁与、一生休！"表明了她急切的企盼和果能如愿以偿的巨大满足感；而"纵被无情弃，不能羞"的誓愿又表露出少女赤诚、纯朴的情怀和冲决礼俗的勇气。整个下阕可以说是一篇坦率的爱情心理独白，虽然只有两句，但一句一层，一层一转，情致极深，前一句尚在为能够将一生与"陌上少年"相连而喜悦，紧接着的一句却又想到了可能会发生的无情抛弃和自己的无怨无悔。满怀欣喜又不无隐忧却依然执着于爱，这是一种多么复杂的感情！尤其是，整首词俱是从女子的眼光、女子的心理写起，反映的是一种极其强烈的"单恋"。男子的心态如何，始终不得而知，这位天真少女的热烈与痴情就更令人动容。

《思帝乡》这首词看起来平缓如春水，却是尺水兴澜，一波三折。从春日出游时愉快而平和的心情，到幸遇陌上美少年的感情冲击，这是第一次冲突——人与环境的冲突，内心平衡受到破坏；从女子对男子的由慕而爱、爱极而忧，这是第二次冲突——自我的内心冲突；直至最后对自己若被抛弃的精神准备，和她对爱情的回答，将这种冲突推向高潮。全词感情虽回环曲折，语言却直白坦率，在五代文人词典丽绵密的作风中，别开一路，新人耳目。

牛峤

【作者介绍】

牛峤，生卒年不详，字松卿，又字延峰，陇西（今甘肃陇西）人。乾符五年（878）登进士第。前蜀王建称帝，为给事中。

牛峤以词著名，风格虽类似于温庭筠的秾艳缛丽，但于繁弦促拉间有劲气暗转，愈转愈深，况周颐批评五代词"除表写无可学"，唯"松卿词盖有内心者"。有《歌诗集》三卷，不传。

菩 萨 蛮

玉楼冰簟鸳鸯锦①，粉融香汗流山枕②。帘外辘轳声，敛眉含关惊。　柳阴烟漠漠③，低鬓蝉钗落④。甘作一生拚，尽君今日欢。

【注释】

①玉楼：装饰华丽的楼房。冰簟：竹编的凉席。鸳鸯锦：绣有鸳鸯的绵缎被。
②山枕：两头较高、中间凹陷的枕头，因形态像山，故名山枕。
③漠漠：迷蒙不清的样子。
④蝉钗：古代妇女有一种发式叫蝉鬓，因蝉身黑而光润得名。蝉钗即指插在妇女鬓发上的头饰。

【赏析】

这是一首描写男女欢情的词。

五代文人词"艳品"很多，在一片莺莺燕燕、红香翠软中，各人又自有各人的路数。牛峤的这首《菩萨蛮》在内容上虽然平常，但在表现手法上却于浅近平直中暗波迭起，异峰突兀。

上阕开头两句为一般性描述，撷取几种精致的意象加以组合，意在表现闺闱特有的情调。这样的写法在"花间"词人中并不鲜见，如温庭筠"水精帘里颇黎枕，暖香惹梦鸳鸯绵"等。但这平淡的两句往往是由接下来的后两句赋予它特殊意义的，境界的大小也全在这前后一转。上述温庭筠词紧接"江上柳如烟，雁飞残月天"由闺阁而至羁旅，境界一下扩大了许多，前面所写的闺中人自然也就成了"思妇"的形象。而牛峤的这首词接下来的两句是"帘外辘轳声，敛眉含笑惊"，境界虽不及温词，却使前面两句自有深意：女主人公的"粉融香汗流山枕"不仅仅是由于天气的炎热，更恐怕还在于内心的骚动而引起的浑身燥热。这人物自然也就成了"怀春少女"的形象。从深闺绣闱的孤衾独卧到帘外传来的辘轳声是一大转折，它将女主人公由内心深层的某种憧憬推至骤然的情绪冲动，一句"敛眉含笑惊"五字三层意："敛眉"是凝神聆听的专注，是对摇辘轳的究为何人的猜疑；"含笑"则是对某种熟稔的"暗号"的会意与兴奋；这"惊"的又是什么呢？有真正见面时的惊喜，怕还有将赴密约的惊惧。一句话浓缩了这么幽曲复杂的心情，词人描写内心活动的功夫真是令人叹为观止。读者这时也被引至一处风景秀丽的半山腰，真有些欲罢而不能了。

下阕紧承上阕，由户内的心理变化转写门外的活动环境。"柳阴烟漠漠"是一过渡句，自然巧妙，富有深意。柳色如烟，迷迷蒙蒙，这既是闺门外的自然景象，也暗示出女子的心情交织着惊喜与不安、兴奋与迷惘，深带着迷离恍惚之感。接下来"低鬟蝉钗落"，细致生动地写出女子的羞怯与慌乱。这是对男女相悦的进一步描写。至"甘作一生拚，尽君今日欢"，写女主人公的自我表白，极为恣肆狂放，前人评此"是尽头语。作艳词者，无以复加"，全篇情绪至此达到高潮。

王国维《人间词话》论曰："词家多以景寓情，其专作情语而绝妙者，如牛峤'甘作一生拚，尽君今日欢……'"清人贺裳也曾将牛峤的这句"尽头语"与韦庄"妾拟将身嫁与、一生休。纵被无情弃，不能羞"等相提并论。其实，"情语"也有多种，别的不说，就拿韦庄词中所表现的这种决绝的态度看，也包含着与牛峤词截然不同的情愫，如果说韦词尚含有女性对男性一种大胆的情爱，那么牛峤这首词则是赤裸裸地对男女肉体之爱的礼赞，带有明显的齐梁宫体诗遗风。

张　泌

【作者介绍】

张泌，生卒年及事迹不详，《花间集》列于牛峤、毛文锡之间，称为张舍人。

张泌词以《江城子》而得名。其词风格"介乎温韦之间而与韦最近"（《栩庄漫记》），况周颐评曰："其佳者能蕴藉有韵致。"（《餐樱庑词话》）

江　城　子

窄罗衫子薄罗裙，小腰身，晚妆新。每到花时①，长是不宜春。蚤是自家无气力②，更被伊③，恶怜人④。

【注释】

①花时：花开时节，指春天。
②蚤：通"早"，本来之意。
③伊：第二人称之辞，犹云君或你。
④恶怜：尽情怜爱之意。恶，副词，甚，很，常用于诗词曲中。怜：爱。

【赏析】

这首词写的是一位青年女子在繁花似锦的春天感伤幽怨的情绪，以及她对所爱男子矫情嗔怪的憨态。

首句以清丽简淡的笔墨，描画出一位风姿绰约、窈窕媚人的女子形象。"晚妆"二字既点明具体时间（傍晚），又为下面感情的触发设下环境氛围：暮云渐合，花影婆娑，寂寞闺阁最易令芳龄女子自叹自怜，黯然神伤。由此自然而然地引出下面两句："每到花时，长是不宜春。"花开时节，本是万物舒展、生机萌发之际，年青女子却觉身体慵倦，心情郁闷。这种幽怨感伤的情绪既是中国传统诗歌里不厌其烦加以表现的题材，也是封建社会女性普遍的心理现象。但在这首词中，这种"伤春"情绪不是笼罩全篇的基调，而只是一瞬间短暂的浮现，因为紧接着的两句，使读者明白了前面所写的"晚妆新"对这位女子而言并非毫无目的的举动，她的伤感与幽怨也不是漫长无望的期待。"蚤是自家无气力，更被伊，恶怜人"正说明这位女子的感情已经有了寄托的对象。结句以女主人公的口吻，将她半羞半恼、又喜又怨的心情描写得极为生动。比起其他描写男欢女爱的词作中那些以"决绝"态、"尽头语"放纵自我的女性形象来，张泌笔下的这位女子表现得似乎更含蓄、更传统。

这首词最大的艺术特点就是语言的俚俗化（民歌化），表现在词的最后一句尤为显著。陈廷焯曾批评张泌另两首《江城子》词"惜语近俚"。其实，这种将文人词的曲丽还原为民间词的俚俗的作词之法，正表明了张泌可贵的创作精神。

牛希济

【作者介绍】

牛希济，约913年前后在世，牛峤之侄，仕蜀官至御史中丞。同光三年降于后唐，明宗拜为雍州节度副使。

牛希济词境界宏阔，辞藻富丽，前人评曰："希济词笔清俊，胜于乃叔，雅近韦庄，尤善白描。"（《栩庄漫记》）

生 查 子

新月曲如眉，未有团圞意①。红豆不堪看，满眼相思泪。
终日劈桃穰②，人在心儿里。两朵隔墙花，早晚成连理③。

【注释】

①团圞（luán）：月圆。又有团聚之意。

②桃穰（ráng）：指桃核里面的仁儿。"穰"同"瓤"。

③连理：异根草木，枝杆连生，称为"连理"，旧以为吉祥之兆。喻相爱的夫妻。

【赏析】

这首词通篇借物寓意，设喻抒情，写爱人间的相思苦恋之情。拣尽《花间》诸作，如牛希济《生查子》之情真语挚、深诉心曲者，殊不多见。吟之令人有爱不释"口"之感。

上阕以"传情入景"之笔，抒发男女间的相思之苦。作者借"移情"笔法，赋予视野中的客观景象以强烈的主观情感，使天边新月、枝上红豆都染上别离相思的情愫。"新月曲如眉，未有团圞意"，明为写月，实则喻人，作者以眉比月，正暗示出相思人儿因不见团聚而双眉紧蹙，郁闷不欢的愁苦之态。"红豆"本是相思的信物，但在离人的眼里却是贮满了忧伤，令人见之落泪。一弯新月，数枝红豆，词人撷取传统的寄寓人间悲欢离合、别离思念之情的两种意象，正表达出对爱人的无限深情和思之不得的痛切缺憾。

就内容而言，下阕为上阕之顺延；就感情的"走向"而言，二者又有着微妙的差异。如果说上阕中写相思还只是借助于意象的寄托，情感的附着还比较虚幻，词中的情绪基调也是一种充满残缺感的低沉，那么下阕中的情感就相对地落到了实处，词中流露着的、是充满希冀的向上的基调。"终日劈桃穰，人在心儿里"，一语双关，看似百无聊赖的行为，正寄托着主人公对心上人丝丝缕缕的情爱和日复一日的期盼。"两朵隔墙花，早晚成连理"更表明对爱情的充满信心，尽管花开两朵，一"墙"相隔，但相爱的人儿终将冲破阻碍，喜结连理。整首词写得情致深长，淋漓沉至。

这首词在艺术上的一个显著特色，就是极其自然地运用了南北朝民歌中的吴歌"子夜体"，以下句释上句，托物抒情，论词家评曰："妍词妙喻，深得六朝短歌遗意。五代词中希见之品。"

尹鹗

【作者介绍】

尹鹗，生卒年不详，成都人。前蜀王衍时为翰林校书，累官至参卿。

尹鹗词内容不外欢致腻语，别离苦愁；意趣淡雅幽闲，纤巧可爱，在《花间集》中"似韦而浅俗，似温而繁琐，盖独成一格者也"（《栩庄漫记》）。

拨棹子

风切切①，深秋月，十朵芙蓉繁艳歇②。小槛细腰无力③。空赢得④，目断魂飞何处说⑤。　　寸心恰似丁香结⑥，看看瘦尽胸前雪。偏挂恨，少年抛掷。羞觑见⑦，绣被堆红闲不彻⑧。

【注释】

①切切：象声词，形容风声萧瑟。
②繁艳歇：指花朵凋零。
③槛（jiàn）：栏杆。
④赢得：落得。
⑤目断：目光所及的尽头。
⑥寸心：即指心。心位于胸中方寸之地，故称寸心。丁香结：丁香的花苞，诗词家多用来比喻愁思固结不解。
⑦觑（qù）：看，瞧。
⑧彻：遍，透，通。

【赏析】

这首词写的是一位闺中女子秋日思念远行爱人而萌发的幽怨、憾恨之情。

上阕以景带情，由对环境气氛的渲染，引出人物的形态描写，结以内心情感的触发。首句写秋风萧瑟，冷月无声，芙蓉凋零，满目凄凉。这既是景语，也是情语。深秋本萧疏，况离人愁苦，她眼中的景象自然愈多了几分凋敝残败。这就为全词的展开创造了一个特有的环境氛围。接下来为一过渡句，它既是由环境到人物的过渡，也是由写景向抒情的过渡。一句"小槛细腰无力"，将一位斜倚栏杆、翘盼情人的纤弱女子形象写得极为传神，大有"相去日以远，衣带日以缓"之意味。末句是一纯粹的抒情句，诉说女子对远方情人望穿秋水、苦心期盼的无尽忧伤。这一句既是前边郁结情感的自然触发，也为下阕的进一步抒情创造了契机。整个上阕由外及内，人物与环境以情感为媒介融为一体。

下阕以更加婉曲的笔致，在上阕所构筑的"情感空间"上细加刻镂，工笔描摹，在忧伤中融入自怜，在哀怨中透出憾恨。首句以"丁香结"作比，喻示女子郁结于心，难以开解的离愁别恨，极具象征意味和审美意义，尽管在传统诗歌中并不鲜见，但每一次的吟咏都会带给人强烈的艺术感受和深刻的印象。接下来词笔一转，描写女子的自怜、幽怨等复杂情感。相思的愁情和盼归的苦况本已使女子郁闷、憔悴，情人的"无情"和自己的早早"被弃"，又由不得要引起她的怨恨。这一转既使感情的表达显得深曲，又使词在章法上避免平直，形成峰回路转之势。

这首词写情叙情分明如画，不避详琐，与专以写小令见长的其他五代文人词相比，可谓开柳永风气之先。

李　珣

【作者介绍】

李珣（约公元896年前后在世），字德润，先世本波斯人，后家梓州（今属四川）。入蜀为秀才，曾为宾贡。

李珣词风格异于花间诸人，时而悲欢喟叹，时而潇洒风流，不纯以婉艳为长。况周颐评其词"清疏之笔，下开北宋人体格"（《餐樱庑词话》）。有《琼瑶集》一卷，失传。

中 兴 乐

后庭寂寂日初长①，翩翩蝶舞红芳②。绣帘垂地，金鸭无香③，谁知春思如狂。忆萧郎④，等闲一去⑤，程遥倍断，五岭三湘⑥。

休开鸾镜学宫妆⑦，可能更理笙簧⑧。倚屏凝睇⑨，泪落成行，乎寻裙带鸳鸯⑩。暗思量，忍孤前约⑪，教人花貌，虚老风光。

【注释】

①寂寂：清静无声、冷落寂寞的样子。
②红芳：鲜花。
③金鸭：金属制的鸭形香炉。
④萧郎：本指梁武帝萧衍。后泛指所亲爱或为女子所恋的男子。
⑤等闲：随便。
⑥五岭三湘：形容远隔千山万水。五岭：山名，所指说法不一，如大庾、骑田、都庞、萌渚、越城五岭。这里泛指南方的山脉。三湘：亦说法不一，古代诗文中的三湘，多泛指今洞庭湖南北、湘江流域一带。此处亦泛指南方之水。
⑦鸾镜：饰有鸾鸟图案的梳妆镜。宫妆：宫女的装束。
⑧可能：岂能，怎能。理：演奏。
⑨凝睇（dì）：注视。
⑩裙带鸳鸯：即鸳鸯裙带。
⑪孤：在这里用如"辜"。

【赏析】

这是一首描写闺中少妇春日思夫的词。

上阕写男子的远别。首两句摹写春景：正是日子变长的早春时节，寂静空落的庭院，群芳吐艳，蝴蝶翻飞，追花逐蕊。这里庭院的冷清与花、蝶的繁闹形成两种景观的反差，为下面触景生情、睹物思人的感伤情绪打下了伏笔。次三句写闺中情境：绣帘未卷，香炉不燃。散漫的生活方式折射出女主人公情绪的消沉，一句"谁知春思如狂",揭示这位少妇内心的情感波澜,也是对前属所写的"蝶恋花"景象的内心回应。下几句写男子的远别,"等闲"二字既写出男子抛家出行的轻率,也隐曲地表达了少妇的幽怨。"程遥倍断,五岭三湘",极写隔山隔水的离人的远不可及和思盼夫君的少妇伤心无望,情致深长。整个上阕写景抒情水乳交融,词笔回旋,跳跃很大。

下阕写少妇的愁情。首写少妇百无聊赖的情状,以无心装扮,不理笙簧带写出"悦己者安在"、"知音者不赏"的悲哀心情,投以曲笔,寓以深情。次写少妇思君的悲伤,起于"倚屏凝睇",结以"裙带鸳鸯",孤单无依的境况与双宿双飞的鸳鸯两相对照,怎能不令少妇愁情难禁,伤心落泪!结句写少妇对男子不归的幽怨和对自己韶华暗逝的无奈,有"思君令人老,岁月忽已晚"之叹。整个下阕虽纯为抒情笔致,但一波三折,起伏有致。

读此词,可见北宋词体格之端倪。

毛文锡

【作者介绍】

毛文锡(约公元913年前后在世),字平珪,南阳(一说高阳)人。唐时登进士第,后仕前蜀为翰林学士,官至司徒;复仕后蜀。

毛文锡词率多平直,尤擅艳语,沈雄谓其"大致匀净,不及熙震"(《古今词话·词评》卷上)。

更 漏 子

春夜阑①,春恨切,花外子规啼月②。人不见,梦难凭,红纱一点灯。　偏怨别,是芳节③,庭下丁香千结。霄雾散,晓霞辉,梁间双燕飞。

【注释】

①夜阑:夜深之意。阑:晚,残尽。

②子规:鸟名,即杜鹃,传说为古时蜀望帝杜宇死后所化,啼血声惨。

③芳节：美好的时节。这里指春天。

【赏析】

这首词写"春宵怨别"。

上阕写孤况。起首以深婉凄恻之笔，描写闺人春夜独居的情境：更深人静，孤衾独卧，幽恨绵绵，难以成寐，此极写女子的愁苦辗转之况。词人以一句"花外子规啼月"，渲染出孤独凄清的气氛。子规鸟传说为蜀望帝杜宇死后精魂所化，叫声哀绝凄厉，常用作唤归的象征。寂静长夜，深闺孤守，听子规月下哀啼，声声泣血，此种境地，情何以堪！真是"相逢相见知何日？此时此夜难为情"。接下来的三句为一层，抒写孤独无依的苦况：长夜漫漫，情恨绵绵；人已杳杳，纵是梦里相见，又何足依！伤心之情，无以复加矣。"红纱一点灯"不独意象凄艳，且情感哀颓之至，将闺人的无限情思凝结为这暗夜中的一盏红纱灯，给寂寞以希望之光，却又给希望以飘摇之感，让人体味到一种深切的感动和忧伤，同时也创造出一种幽深的词境，诗人陈廷焯读之甚至"瞠目呆望"，"失声一哭"，谓"五字五点血"，足见其艺术震撼力。

下阕写怨别。首以回环之笔，追忆别时情景，三句两层意，一层一写法："芳节"既点明分别的时间，又是一种反写的笔法，用美好的春景反衬情人的分别，愈感忧伤难禁，此所谓"乐景写哀"之法；至"庭下丁香千结"，则为正属烘托，明为写影，暗是抒情，以丁香花蕾的繁盛密集比喻情人相别时心情的悒郁不开，同时也抒写目前愁情的难以排遣；作为下面句子的过渡，巧妙自然，天衣无缝。紧接着的三句，通过时空转换，由追忆别时情节回叙春宵之怨，但作者这时已不再写"夜景"，而写"晓霞"，这种时间上的"断层"实际上体现了一种极为凝炼、容量丰富的表达方法，已见曙色正说明一夜未眠，虽不云愁而愁情自见。结句"梁间双燕飞"，既写实景，又含祈愿，也借以反衬自己的形影相吊，孤寂独立。真是一石双鸟，余韵无穷。

《栩庄漫记》对这首词给予很高评价，云："文锡词质直寡味，如此首之婉约而多愁，绝不概见，应为其压卷之作。"

魏承班

【作者介绍】

魏承班（约公元930年前后在世），字籍未详。前蜀王建养子魏宠夫之子，为驸马都尉，官至太尉。

承班词措语遣辞多属平淡娴雅之作，元遗山评其词："俱为言情之作，大旨明净，不更苦心刻意以竞胜者"（沈雄《古今词话·词评》卷上引）。

玉　楼　春

寂寂画堂梁上燕①，高卷翠帘横数扇。一庭春色恼人来，满地落花红几片。　　愁倚锦屏低寻面②，泪滴绣罗金缕线③。好天凉月尽伤心，为是玉郎长不见④。

【注释】

①寂寂：清寂、冷落之意。画堂：堂名，本在西汉未央宫中。后泛指有画饰的厅堂。
②锦屏：用丝织品制作的屏风。也作屏风的美称。
③金缕线：金丝线。
④玉郎：古时对青年男子的美称。也作女子对丈夫或情人的爱称。

【赏析】

这是一首描写春日闺愁之作。

上阕总写春景。前两句先叙"内景"：画堂寂静，梁燕呢喃；翠帘高卷，数扇横陈。词人将闺中景致写得有动有静，声画相偕，意态娴雅。后两句写"外景"："一庭春色恼人来，满地落花红几片"，既对庭院春色进行了具体的描写，也与前两句纯客观地写景不同，景中寓情，自然引出女子的心理活动，为下阕的抒发愁情铺设了前提。"恼人"二字最妙，它以拟人手法，将不谙人事的春色写得那么多情而又无情：春去春来，年年如此，这本是自然规律，谁也将它奈何不得，但在伤离怨别的闺中女子的眼中，这"自作多情"光顾庭院的春色对自己不啻是无情的嘲弄：春色虽好，谁人共赏？如此春色，怎能令人不恼？真是极富意趣之笔。

下阕写愁情。前两句描写女子悲愁之状：低头伫立，泪湿衣襟，摹形状态，写来真切动人。然此时尚有"但见泪痕湿，不知心恨谁"之意，至末两句则点明女主人公之所以烦恼忧愁、伤心落泪之因由："为是玉郎长不见。"既照应上阕之"春色恼人"，又为全词作结。

陈廷焯评此词"凄警"，"语言爽朗"，然毕竟有些浅直，尤其是结句，正如《栩庄漫记》所云："说到尽头，了无余味。"

顾　夐

【作者介绍】

顾夐（xiòng 约928年前后在世），前蜀时官至茂州刺史，后复事后蜀，累官至太尉。

顾夐小词颇工，"浓淡疏密，一归于艳。五代艳词之上驷矣。""工致丽密，时复清疏。以艳之神与骨为清，其艳乃入神入骨"（《餐樱庑词话》）。

浣　溪　沙

春色迷人恨正赊①，可堪荡子不还家，细风轻露著梨花。
帘外有情双燕飏，槛前无力绿杨斜，小屏狂梦极天涯②。

【注释】

①赊：诗词中用"赊"有相反二义：一为有余意，一为不足意。这里为前一义。

②极：到，达。

【赏析】

这首词描写一位妇人对久出不归的爱人又恼又恨又思念的复杂感情。

上阕写春景媚人，触动闺人情思。首句点明情思萌发的季节和闺中妇人的心情。同样是写春色，但与魏承班"春色恼人"句相比，顾词又是另一种笔法，著以"迷人"二字，正说明女主人公对春天的热爱之情；缀以"恨正赊"，则表明她内心的矛盾与憾恨：春光虽美，人事堪恼。这就为读者设下了悬念：所"恨"者何也？下一句"可堪荡子不还家"紧承上句之意，既回答了"恨"的原因在于爱人的久出不归，而"可堪"二字又使语气加强，在感情的表达上更进了一步。"荡子"之谓有爱有恨，有嗔怨有无奈，感情复杂，很有意味。至"细风轻露著梨花"，则以清丽明快的笔调，写出早春特有的情境，为闺人情思的触动创造了形象生动的空间背景，前人评其"巧做可咏"。在笔法上，这后一句使得作者于前两句的情致绵密中间以清疏之笔，整个上阕的词境因之而扩大。

下阕顺承上阕末句之笔法，接写归前景况，借以表达闺人对爱人的幽怨。前两句看似写景，实则抒情；明为状物，暗中喻人。前写燕子尚能成双成对，是为有情，读者自会读出它的潜台词："荡子"出行，妇人独居，可谓无情！后写门前绿杨，无力倾斜，又使人联想到愁思带给闺中人的憔悴消损，情境逼人，闺人念远的苦思可以想见。结句以"梦极天涯"抒写少妇对爱人的魂牵梦绕，情致深长，意韵无穷。整个下阕在章法上从疏到密，与上阕的由密至疏形成回旋之势，颇具错落之致。

荷 叶 杯

（其四）

记得那时相见，胆战，鬓乱四肢柔。泥人无语不抬头①，羞么羞，羞么羞？

【注释】

①泥人：形容人的呆状。

【赏析】

这首词描述一位年轻女子与情郎初次见面时的娇羞情状。体制虽短，颇有韵致。

开篇以"记得"二字领起，是以追忆方式叙述相见情景。紧接着的两句以极细腻柔婉的笔触，刻画女子与情郎相见时又胆怯又慌乱的神情。"胆战"从内心体验写出，将一位久居深闺的女子初赴密约时的紧张心理写得极为生动逼真。"鬓乱"是从外部形容写，暗示出约会时的狂热。"四肢柔"则又从身体感觉入笔，写女子约会时的娇软无力；一个"柔"字入木三分。寥寥数字，词意密丽，描写细致入微，真令人叹赏不绝。词写至此，是从女子角度着笔。以下词笔一转，通过男子眼光来表现女子情态："泥人无语不抬头"，形容女子当时含羞带怯、手足无措、低头不语的神态，极尽其妙。结句尤其来得别致："羞么羞，羞么羞？"表现男子对女子的逗趣，以重叠手法连用两个通俗化口语的问句，活泼生动，颇为风趣。正如况周颐所评，顾夐词即便是描写艳情，亦"多质朴语"。

这首词在语言上具有民间词质朴爽朗的风格；在写法上虽纯为白描，然极尽曲折之妙，刻画小儿女情态尤为真切动人。

荷 叶 杯

（其六）

我忆君诗最苦，知否？字字尽关心。红笺写寄表情深[1]，吟么吟，吟么吟？

【注释】

[1]红笺：一种精美的小幅红纸。多作名片、请柬或题诗词用。

【赏析】

这首词通过一位女性的口吻，抒发情人间的思恋之情。词的题材很平常，但表现的角度却很有新意。

首句"我忆君诗最苦,知否?"开门见山,直抒胸臆,写女子对自己的爱人倾诉心曲:我回忆您的诗时最为苦心,知道么?这里词人采用第一人称的叙事方式,将抒情主人公置于突出位置,缩短了读词时的"距离感",使读者仿佛在面对面倾听女主人公吐露心曲。一个"苦"字,足见这位女子对爱人的一往情深,同时也引读者思索:"苦"者缘何?词人在这里为女主人公"设计"了一条别致新颖的抒情途径:通过对诗的追忆来寄托对人的思念,一者读诗如读人,二者这"忆诗"的过程也能使女主人公自己的情感渴望得到宣泄和满足。所以,待下一句的"字字尽关心"一出,读者自会明白前面的女主人公何以有"忆诗之苦",原来是这位男子的诗字字句句关乎他对女子的深爱之心,"一枝一叶总关情"啊!此五字真乃透骨之情语。

以上写女子对爱人之诗的追想回味。自"红笺写寄表情深"句起,则转写女子以"红笺题诗"寄与爱人,以表一片爱恋之心,这既表达了男女间相互感情的深长,在词笔上又富转折深入之妙,使短小的词章荷载了较大的艺术容量。结句也是两个重叠问句:"吟么吟,吟么吟?"是女子对爱人的探询,也是情感抒发的余韵,读来情韵绵延,意味深长。

阎　选

【作者介绍】

阎选,生卒年不详,后蜀布衣,时人称为阎处士,与欧阳炯、鹿虔扆、毛文锡、韩琮并称"五鬼"。

"阎处士词多侧艳语,颇近温词一派,然意多平衍,盖与毛文锡相伯仲耳"(《栩庄漫记》)。

虞　美　人

（其二）

楚腰蛴领团香玉①,鬟叠深深绿。月娥星眼笑微频②,柳妖桃艳不胜春，晚妆匀。　　水纹簟映青纱帐，雾罩秋波上。一枝娇卧醉芙蓉，良宵不得与君同，恨忡忡③。

【注释】

①楚腰：战国时楚灵王好细腰，宫女竞相饿以迎合。后因以楚腰泛指女子的细腰。蝤领：形容女子脖颈修长洁白细腻。《诗经·卫风·硕人》有"领如蝤蛴，齿如瓠犀"，蝤蛴为天牛、桑牛的幼虫，色白，丰润细长，故古时用以比喻女子之颈。香玉：比喻女子身体。

②月娥：月中仙女，借指美貌女子。星眼：形容眼睛清澈明亮。

③忡忡：心事郁结的样子。

【赏析】

这首词为题咏美人之作，通篇精雕细摹，尽相极妍，在"花间"词作中属绮艳密丽之一路。

上阕摹写女子形容状貌，如画匠之写真，工笔勾勒，点染设色，殊为精细。首句"楚腰蝤领团香玉"，描写美女身材婀娜，颈项修长白皙。次一句形容女子头发的乌黑浓密，着一"绿"字，极言发质之佳，杜牧《阿房宫赋》曾有"绿云扰扰"之比，是为同属。此前两句纯为刻画之笔。后三句描写美人晚妆后的明艳照人，风情万种；"星眼"、"微颦"为"点睛"之笔，为前面工笔描画的美人形象增添了灵气和魅力。而一句"柳妖桃艳不胜春"，则以柳枝之摇曳生姿、桃花之妖艳动人，衬写美人的纤柔明丽，飘逸妖媚，不只描摹贴切，且饶有风韵。

下阕抒写女子的闺怨之情。前两句由写闺阁陈设到写闺中人物：水纹图案的凉席倒映着春色的纱帐，深居此中的女子心潮暗起，泪蒙双眼，不由得一阵阵感伤。"雾罩秋波"是写女子眼中泪水迷蒙、视线不清之状。接下来的"一枝娇卧醉芙蓉"，描写女子睡姿，无非绮情艳语之属。结句"良宵不得与君同，恨忡忡"，点出女子的闺怨之情，是为全词惟一的一句"情语"。

这首词辞藻典丽，描摹精工，为"花间"词派的典型作品。

传统文化经典读本

孟　昶

【作者介绍】

孟昶（919—965），五代后蜀后主，字保元，荆州龙冈（今河北邢台）人。在位二十八年，奢侈无度，国亡降宋，卒谥恭孝。

孟昶工乐府，"尝言不效王衍作轻薄小词，而其词自工"（《邅州闻见录》）。所存仅《玉楼春》（又名《木兰花》）一阕，正所谓无意为词而词自工者。

玉　楼　春

冰肌玉骨清无汗①，水殿风来暗香满②。绣帘一点月窥人，欹枕钗横云鬓乱③。　　起来琼户启无声④，时见疏星渡河汉⑤。屈指西风几时来，只恐流年暗中换。

【注释】

①冰肌玉骨：形容女性肌骨莹润光洁。
②水殿：水边的宫殿。
③欹：倾斜。云鬓：形容女子头发浓密如云。
④琼户：玉饰的门户。形容居室之美。
⑤河汉：银河。

【赏析】

这首词为后蜀后主孟昶与花蕊夫人夏夜纳凉摩诃池上所作。全词描写避暑佳境，抒发迟暮之感，极得词家三昧。仅此一阕，便为蜀主在词坛赢得一席不寻常的地位。

上阕描写夏夜避暑之境况。首句写相与纳凉之良伴。用"冰肌玉骨"形容女性，可谓超脱尘俗之笔；炎炎酷暑，身边伴有这么一位清雅宜人的女性，真让人望之爽然，心旷神怡。次两句"水殿风来暗香满。绣帘一点月窥人"描写周围环境的清幽宜人：水风轻拂，暗香絮绕，绣帘半卷，明月照人，一派清凉幽静、赏心悦目

52

之境界。历历佳境,层层道来,使人如同亲见。此不脱"写境"之笔"。末句"欹枕钗横云鬓乱",连用三个动词,将花蕊夫人乘凉时恣意、慵散的情态写得极为自然、细致。

下阕抒写惜时伤逝之感。前两句"起来琼户启无声,时见疏星渡河汉",紧承上阕写景之笔,继续渲染夏夜深静之景:琼户无声,疏星几点,惟见河汉横天,一片幽茫。此由写室内之静谧过渡到写夜空之杳静,是以"起来"、"启"两动词领起带过,完成了场景的转换和抒情氛围的过渡。因而,接下来的"屈指西风几时来,只恐流年暗中换",便转为抒情笔致,表现主人公的思绪与感慨:酷暑难耐,不知西风何日来消此苦热,然西风既来,则已至凉秋,又叹流光暗逝,不觉涌起迟暮之感。心事浩茫,娓婉道来,有一唱三叹之妙。

全词层次分明,音节谐婉,尤能道实,一任自然,诚为词家之大手笔。

欧阳炯

【作者介绍】

欧阳炯(896—971),益州华阳(今四川广元)人。前蜀时曾为中书舍人,后拜为宰相,最后随后蜀后主孟昶归宋,任左散骑常侍。"五鬼"之一。

欧阳炯词婉约轻和,为时人称道。况周颐说其词"艳而质,质而愈艳,行间句里,却有清气往来"(《历代词人考略》)。

凤 楼 春

凤髻绿云丛①,深掩房栊②。锦书通③,梦中相见觉来慵。匀面泪,脸珠融。因想玉郎何处去,对淑景谁同④? 小楼中,春思无穷。倚栏颙望⑤,暗牵愁绪,柳花飞起东风。斜日照帘,罗幌香冷粉屏空⑥。海棠零落,莺语残红。

【注释】

①凤髻绿云：指妇女头发。凤髻，古代妇女发式的一种，发髻似凤形。绿云，形容女子头发多而黑。

②房栊：房子的门户。

③锦书：前秦苏蕙织锦为回文书寄给流徙的丈夫窦滔，后因以称情书。

④淑景：良辰美景。

⑤颙（yóng）望：企望。

⑥罗幌：丝绸帷幔。

【赏析】

这首词是写一位女子在她的情人离开之后，独处深闺的相思和愁苦，词笔细致发曲，颇得婉约之妙。

上阕以状写闺人幽居之情境起，以抒写怀想离人之思致结，过以怅然相见之梦境，转承自然，层层相衔。首句"凤髻绿云丛，深掩房栊"，半为拟容，半为状景，前者以状发代替为人物画像，是为粗笔勾勒之法；后者以"深掩"二字突出人物深居简出之生活形态，是为渲染形景之笔。两者对比，独出一种索寞情境。接下来的"锦书通，梦中相见觉来慵"为一过渡句，既是对前述落寞境况之所由的注解，也是词笔转换（由写境至抒情）、词意深化（由外部情形至内心感触）之桥梁：情人一去，形影相吊，惟鸿雁传书，聊寄深情，虽时或梦中相见，然好梦难凭，醒来更觉怅然若失，伤心落泪。末句"因想玉郎何处去，对淑景谁同"，抒写闺人幽恨，陈廷焯评曰："因想者，因梦而有想也。泪痕血点。"凄恻难抑，怅恨难平。此结上阕之怀想，启下阕之情思，若片云之拢合，暗示"风雨"之将至。

下阕抒写闺人的春思与幽恨，更臻委婉深曲，情韵悠长。首句接上阕怀人思致，为后面一诉衷曲作垫笔。接下来描写女子对情人的相思苦盼："倚栏颙望，暗牵愁绪，柳花飞起东风"，以情入景，情景交融，从人物的"身体语言"写到内心情感，继而落笔于自然景象，将女子盼归的情境写得极其深婉动人，尤其是末句，既是描

54

写眼前之景：风吹柳絮，翻卷迷乱；同时更带出女主人公此时的心境：愁肠百结，思绪茫然。如果说这前一句表现了女子愁思萌发之初时一种纷乱与迷茫的意境，那么接下来的"斜日照帘，罗幌香冷粉屏空"则又是一番境界：夕阳西斜，香冷屏空，今日的期待也随落日沉去，一切重归生活的常态。这种环境氛围的落寞与冷寂，蕴含了女子心境怎样的悲凉与绝望呵！至"海棠零落，莺语残红"，更是写出了一种冷艳凄绝的意境：花凋声歇，繁闹消逝，正喻示出女子的由伤人自伤：红颜易老，韶华渐去，而情人归期无期，自己日日幽居，如此况味，怎生禁得！无限忧愁，令人恻恻，真是余韵飘渺，回味无穷。

此词描写闺人愁思，如实道来，深挚自然，正所谓"不欲强作愁思者"也。

浣 溪 沙

相见休言有泪珠，酒阑重得叙欢娱①，凤屏鸳枕宿金铺②。兰麝细香闻喘息③，绮罗纤缕见肌肤④，此时还恨薄情无？

【注释】

①酒阑：酒将喝完的时候。阑，晚，残尽。
②凤屏：绣有凤凰图案的屏风。鸳枕：绣有鸳鸯图案的枕头。金铺：本指门上兽形铜制环钮，用以衔环。这里形容铺设华丽的床铺。
③兰麝：兰与麝香，皆香料。
④纤缕：指丝绸衣服上细密的纹理。

【赏析】

这是一首描写男女欢情的"艳词"。

上阕写儿女情态："相见休言有泪珠，酒阑重得叙欢娱"，写曾或有过龃龉，不欢而散的一对情人重见时的欢快之情和互解之心。前一句是说闹别扭时男子的负气一去，定惹得伤心人儿独坐垂泪；

此番重又见属，女子欢喜自不用说，或许心里还有些未解开的小疙瘩，而一句"休言有泪珠"，也许是男子对女子的温存劝慰，也许是轻松调侃；后一句则见出女子的转怨为喜，破涕一笑，前嫌尽释。语言浅显而诙谐，描写真切动人，疏疏几笔，小儿女情态毕现。

下阕写男女欢情。前两句描写男欢女爱之情景，词笔细致，但有失纤巧。结句"此时还恨薄情无？"由精细的描述变而为询问的语气，在作法上有曲折之妙，在情致上有回想之味。

前人对此词评论不一，况周颐谓"自有艳词以来，殆莫艳于此矣"（《蕙风词话》卷二）。《栩庄漫记》则云："叙事层次井然，叙情淋漓尽态。而着语尚有分寸，以视柳七黄九之粗俗不堪，自有上下床之别。"

孙光宪

【作者介绍】

孙光宪（约968年在世），字孟文，自号葆光子，陵州贵平（今属四川）人。唐时为陵州判官，仕荆南，官至御史中臣。

孙词以香艳秾缛见专，亦花间一派代表人物。陈廷焯谓"孙孟文词气甚道，措辞亦多警炼，然不及温韦处亦在此，坐少闲逸之致"（《白雨斋词话》）。

生 查 子

春病与春愁，何事年年有。半为枕前人，半为花间酒。

醉金尊，携玉手①，共作鸳鸯偶②。倒载卧雪屏③，雪面腰如柳。

【注释】

①玉手：形容女子手白皙细腻，温润如玉。
②鸳鸯偶：配偶，夫妻。
③倒载：跌倒。

【赏析】

这首词写的是一位封建士大夫文人春时萌生的惆怅、忧郁之情和及时行乐的生活哲学。"伤春情结"在传统诗词中并不鲜见,闺秀的,文人的,或缠绵悱恻,或曲意深致,大凡脱不了感伤的情调。孙光宪这首词显然属于士大夫文人之伤春,不过在表现上并不那么曲折。

上阕写"春天的苦闷":前两句"春病与春愁,何事年年有"描写每逢春天愁病交加的情况,表现出一种从身体到精神的脆弱与颓废。这里以发问语气陈述个人境况,让人体味到一种情不能堪而又无可奈何的况味,接下来的两句:"半为枕前人,半为花间酒",回答前句新云"病"、"愁"之因由,也刻画出那代文人士子追欢逐笑的现实享乐主义和内心深层空虚无聊的庸俗心态。我们从其中不难读出一种人生的忧郁来。上阕妙在用同字回互(如"春病与春愁"等)的表现方法,使词在节奏上产生一波三折、环叠不尽的艺术效果。

下阕写现实的享乐:面前美酒,枕边佳人,是他们人生的"佐餐";香绵绣帐,沉醉如泥,是他们生活的"极致"。这样的生活方式正是士大夫文人"今朝有酒今朝醉"生活哲学的最高体现。作者在这里虽只用白描手法,但写人物的风流恣肆之态,却得其神气,画像逼真。

更 漏 子

掌中珠,心上气,爱惜岂将容易。花下月,枕前人,此生谁更亲? 交颈语①,合欢身②,便同比目金鳞③。连绣枕,卧红茵④,霜天暖似春⑤。

【注释】

①交颈:两颈相依,表示亲密。多用以比喻夫妇之亲爱。
②合欢:联欢,合婚。

③比目：鱼之一种，古人认为此鱼只有一目，须两两相并始能游行。因此比喻形影不离。金鳞：金鱼，金色鲫鱼。
④红茵：红色褥子或垫子。
⑤霜天：指深秋。

【赏析】

这是一首描写男女情爱的词。

上阕先写情人间相处的微妙和感情的细腻，"掌中珠，心上气，爱惜岂将容易"。是说即便是相爱的人在一起，也不免有伤心落泪、郁闷生气的时候，相互爱恋珍惜哪里就有那么容易！真是实话实说，朴质无华，但平淡中有真义，细细咀嚼，觉意味深长。接下来的"花下月，枕前人"写爱情的"实相"：有诗意境界的徜徉，有世俗内容的体味，其语虽淡，其味至醇，包含了人间爱情的双重含义，因而，下面的"此生谁更亲"就更是一句能够打动人心的深挚"情语"。

下阕与上阕在结构上虽分为两阕，但在语意上其实是连成一气的，只不过在写法上一反上阕的平直朴实，而用了诸多比喻入词，显得典雅一些。"交颈语，合欢身，便同比目金鳞"，用比喻的修辞手法，写相爱之人的亲密无间，形影相随；"连绣枕，卧红茵，霜天暖似春"，则是以写实的笔法，勾勒出爱人间温馨柔情的生活情形。这两句既可看作实写，也可看作虚写，如果是前者，就表现了词中人物对生活状态的一种满足感；如果是后者，则体现了相爱之人的一种良好的愿望。

应 天 长

翠凝仙艳非凡有①，窈窕年华方十九②。鬓如云，腰似柳，妙对绮筵新酝酒③。　醉瑶台④，携玉手，共宴此宵相偶。魂断晚窗分首⑤，泪沾金缕袖。

【注释】

①非凡有：不是人间所有。

②窈窕：形容女子文静而美好。

③绮筵：形容华贵、丰盛的筵席。醁（lù）酒：一种美酒。

④瑶台：美玉砌成之台。本为传说中神仙所居，用以比喻楼台之华丽。

⑤分首：别离。

【赏析】

这首词描写一对相互钟情的男女乍遇即别的情景。词人以简炼概括的笔法，撷取几个不同侧面，为我们勾勒出一个很有些戏剧意味的、短暂而完整的"恋爱故事"。

上阕写"初遇"。先写歌妓容貌的美丽和体态的婀娜，次叙她在宴会上的轻歌妙舞，点出这对情人相识的特殊场合。首两句"翠凝仙艳非凡有，窈窕年华方十九"，总写歌女的明艳照人，超凡脱俗和妙龄年华，这是概括的笔法。接下来的"鬓如云，腰似柳"转为细致地刻画，突出描写歌女头发黑亮浓密，若乌云堆聚；腰肢纤细柔软，似风摆弱柳。这是从"微观"角度入笔。末句"妙对绮筵新醁酒"，又转为"全景式"描述：待筵盛宴，宾客满座；美酒交杯，妙曲仙音。这样的情境就为男女主人公情感的触发铺写了时空背景。整个上阕词笔转换自如，描写疏密相间，各尽其致。

如果说上阕写的是爱恋之"序曲"，那么下阕就该写这种情感的"发展"与"高潮"了。"醉瑶台"既与上阕语脉相属，又为下阕的抒情创设了道路："醉"者既在酒，其意更在人，所谓"酒不醉人人自醉"，处喧闹之境而情有独钟，虽身在凡间而其神已似飞入仙境。这是情感的"升温"。至"携玉手，共宴此宵相偶"笔致又深了一层，将感情逐渐推向高潮：以心相许，其情炽热。孰料下面笔锋际然一转，欢愉之情尚未尽兴，"晚窗分首"却已在即，其情其境怎不令人魂销肠断，泪飞如雨！这一转正所谓一石激起千层浪，既写出了情感的波澜，也造就了句式的起伏。前面所写一派欢情洋溢，末句却宕开作结，转写别离之悲情，与前面形成落差，在读者心灵上造成一种强烈的遗憾与惋惜，具有深刻的艺术感染力。

无名氏

撷芳词

凤摇荡，雨濛茸①。翠条柔弱花头重②。春衫窄，香肌湿。记得年时，共伊曾摘。都如梦，何曾共？可怜孤似钗头凤③。关山隔④，晚云碧。燕儿来也，又无消息。

【注释】

①茸：柔细的毛。这里指毛毛雨。
②翠：青绿色。
③钗头凤：古代妇女的一种首饰，由两股装饰有凤凰的钗合成。
④关山：关塞和山岳。

【赏析】

据《古今词话》记载："政和间，京师妓女之姥曾嫁伶官，常入内教舞，传禁中《撷芳词》以教其妓。人皆爱其声，又爱其词，……蜀中传此词竞唱之。"全词是唐人所作，唐时已在京城传唱，又传入蜀地流行，这首词音韵谐美，用形象比喻抒发离愁相思。"翠条柔弱花头重"是说伊人远去，想念之苦不喻言语，这痛苦难以忍受，就像那纤细的枝干挂着沉甸甸的花朵，风雨吹打，花枝摇荡，柔嫩细弱的枝干快承受不了，"都如梦。何曾共？可怜孤似钗头凤"。记得那年同在一起摘花的情景，过去的事都如梦寐，如今只有钗头凤放在那里。燕子飞来了却没有带任何消息，留下只有无限的惆怅。

◇ 敦煌曲子词 ◇

敦煌曲子词

【介绍】

清光绪二十六年（1900），在甘肃敦煌莫高窟（又称千佛洞）石室里，发现了大量唐、五代手写卷子，其中一部分是燕乐曲子歌辞（称曲子）。它们的创作年代先后不一，大约起自公元七世纪中期，下迄十世纪四十年代。敦煌曲子词绝大部分是民间作品，题材多样，反映社会生活面较宽广。形式多样，有小令也有长调，语言流利，风格朴素清新。

菩 萨 蛮

枕前发尽千般愿①，要休且待青山烂②，水面上秤锤浮，直待黄河彻底枯。　　白日参辰现③，北斗回南面。休即未能休，且待三更见日头。

【注释】

①愿：盟誓。
②休：罢休，断绝。
③参辰：二星名。参星属参宿，居西方，辰星属心宿，居东方，此出彼没，互不相见。

【赏析】

这首词出自敦煌卷子中唐代无名氏所作。约作于唐玄宗开元（713—741）年间。在敦煌曲子词中，它是年代较早的作品。写一对爱人相偎相依时，一位恋人向其所爱者的陈词。爱情的力量之强，使他的词语充满了掷地有声的誓言,为了表示自己的坚贞不移,永不变心,他"发尽千般愿"的誓言,"尽"字用得有声有色。词中叠用六种自然界绝不可能发生的事情作为盟誓:他比喻如果我绝情断爱,除非青山烂掉,水上飘浮秤锤,黄河水枯断,居西方的参星和居东方的辰星(本是此出彼没,互不相见)在白天一齐出现在天空,北斗星转到南面去,夜半三更太阳出来,六种比喻的手法叠用,一气呵成,是这首词的显著特点,也是不可多得的写作奇巧技艺,成为后世仿效的一首好词。此外,这首词具有敦煌曲子民间词的特点:语言通俗易懂,抒情坦率自然,风格清新爽朗,不受格律所束缚,如词中的"上"、"直待"、"且待"等都是衬字,衬字使那种急切的口吻和炽烈的爱情得到了更充分地表达。

南 歌 子

  斜影朱帘立,情事共谁亲?分明面上指痕新。罗带同心谁绾①?甚人踏褴裙?　蝉鬓因何乱②?金钗为甚分?红妆垂泪忆何君③?分明殿前实说,莫沉吟。

  自从君去后,无心恋别人。梦中面上指痕新,罗带同心自绾,被狲儿踏破裙。　蝉鬓朱帘乱,金钗旧股分。红妆垂泪哭郎君。妾似南山松柏,无心恋别人。

【注释】

①绾(wǎn):结扎盘绕。
②蝉鬓:古代妇女的一种发式,把发束挽在头上。
③红妆:指女子盛妆,这里代指美人。

【赏析】

  此《南歌子》形式上是两首词,实为一首,前一首问,后一首答。表现了远别归来的丈夫,对妻子是否贞洁起了疑心,这是古今生活中常发生的事。词中采用的手法独特、新颖、活泼,如对山歌一般，一问一答。丈夫从妻子身上细微的变化诘问她，问与答以戏谑口吻和真诚坦白的口吻相对照，可见封建社会中妇女受到从一而终的礼教束缚。丈夫问：太阳要落山了，你站在门前张望，你和谁有私情？是不是盼他来？脸上的指痕是谁留下的呢？身上的同心结是谁结的呢？什么人踏破了你衣裙？妻子面对丈夫的这一连串疑问，心中有无限委屈但不敢直说，只有用一片真心来解除丈夫的怀疑。从回答中可以看出一个忍辱负重、忠于丈夫的中国古代妇女的形象：我天天盼你归来，夜里梦中抓出了脸上的指痕，是自己打的同心结，是小猴儿扯破了衣裙，是帘子扰乱了自己的头发，金钗的旧裂痕使它脱开，我为思念你而哭得伤心，说尽了这许多话，你不要乱猜疑，我像南山松柏一样清白，更没有恋别人。一个旁敲侧击，一个委婉解答。这段话把久别重逢的夫妻间的复杂心情表现得维妙细致。在词中采用民间对歌的形式实在少见，是这首词的宝贵之处。

临　江　山[①]

　　岸阔临江底见沙，东风吹柳向西斜。春风吹绽后园花。鹦啼燕语撩乱，争忍不思家。　　每恨经年离别苦，等闲抛弃生涯[②]。如今时世已参差[③]。不如归去。归去也，沈醉卧烟霞。

【注释】

①临江山：唐教坊曲名，后用作词牌。
②生涯：指财产，唐代民间俗语。
③参差（cēn cī）：差错，错乱。

【赏析】

　　一位身在异乡做异客的人，伫立在江畔，远眺烟波浩渺，滔滔江水匆匆流向远方，带去了他一颗思念故乡和亲人的心。江水清澈见底，他哀叹自己如沉留在水底的石子，身不得归，无可奈何。风吹柳摇，夕阳照着他孤单的身影。院内花又开了，燕子又飞回了，没有捎来家乡的信息。鹦啼燕语，春色撩人，但他只觉得烦人。于是，从他心底喊出了积蓄已久的话："怎忍不思家！"下阕用"恨"字承上启下，叙述年复一年的相思苦。可以设想这位漂泊者为了事业的志向或是为了差事和生意等所迫而不能回归。不能丢弃事业，就不能顾及家庭和亲人。"如今时世已参差"一句，写明他深感世道乖迕，不如人意，不如早些回家去。"归去也"重复归去，加重渲染漂泊者归心似箭的心情。"沈醉卧烟霞"，是他向往的温暖的家。

"向"、"撩乱"当属衬字，"归去也"则为衬句，这都是敦煌曲子词中所特有的。叠一句"归去也"使这位漂泊者感叹时世、怅然归去的神态愈发突出，是这首词的特点。

◇ 宋　词 ◇

寇　准

【作者介绍】

寇准（961—1023），北宋政治家、诗人。字平仲，华州下邽（今陕西渭南）人。累官至枢密院直学士，封莱国公。谥曰忠愍。诗风平易淡雅而有情韵，擅长七言绝句，词作也有一些佳品。有《寇莱公集》、《寇忠愍公诗集》。

踏　莎　行

春　暮

春色将阑①，莺声渐老，红英落尽青梅小②。画堂人静雨濛濛，屏山半掩余香袅③。　　密约沈沈，离情杳杳④，菱花尘满慵将照⑤。倚楼无语欲销魂，长空黯淡连芳草⑥。

【注释】

①阑：尽。
②红英：红花。英，花。
③屏山：屏风。
④杳（yǎo）杳：深远的样子。
⑤菱花：镜子的别称。古代以铜为镜，映日则发光影如菱花，因名"菱花镜"。慵（yōng）：懒。
⑥黯（àn）淡：同"暗淡"。阴沉的样子。

【赏析】

　　这首词上阕写景：暮春三月，片片落红成阵。梅树枝头，冒出颗颗青梅。幼莺渐渐长大，鸣声像老莺叫了。细雨濛濛，厅堂寂静，屏风半开半掩，炉中余香袅袅。下阕抒情：面对着这暮春景色，闺中佳人如何不伤感？想起与情人的佳期密约，如今却不能见面，离情愁绪满怀，所以再无心对镜理妆，只是"倚楼无语欲销魂"。远望暗淡长空，只见芳草连天，所谓伊人，又在哪方呢？《苕溪渔隐丛话》评论曰："忠愍（寇准）诗思凄婉盖富于情者。"

范仲淹

【作者介绍】

　　范仲淹（989—1052），北宋政治家、文学家。字希文，吴县（今江苏苏州市）人。官至参知政事，卒谥文正。工诗词文，所作《岳阳楼记》千古传诵。词风明健，多写边塞生活，有《范文正公集》。

御 街 行

离　怀

　　纷纷坠叶飘香砌①，夜寂静，寒声碎。真珠帘卷玉楼空，天淡银河垂地。年年今夜，月华如练②，长是人千里。　　愁肠已断无由醉，酒未到，先成泪。残灯明灭枕头欹③，谙尽孤眠滋味④。都来此事，眉间心上，无计相回避。

【注释】

①砌（qì）：台阶。
②练：洁白的绢。
③枕头欹（yī）：倚枕，欹同"猗"。
④谙（ān）：熟悉。

【赏析】

这是一首抒发离别情怀的词。春花秋月，最容易发人情思。在这深秋之时，黄叶纷纷飘坠，天河横空，月华如水，思念起远在千里的亲人，愁肠已碎，无奈何借酒浇愁。残灯明灭，孤眠难寐，在眉间，在心头，总难消除这愁滋味。词中由秋声、秋色引出秋思，由秋思写出秋愁，最后归结为"都来此事，眉间心上，无计相回避"。一层一层，层层深入，情意深切，余味无穷。

苏　幕　遮

怀　旧

碧云天，黄叶地，秋色连波，波上寒烟翠。山映斜阳天接水，芳草无情，更见斜阳外。　　黯乡魂①，追旅思，夜夜除非，好梦留人睡。明月楼高休独倚，酒入愁肠，化作相思泪。

【注释】

①黯（àn）：沮丧的样子。

【赏析】

这是一首描写逆旅情思的词。远在异乡，又逢秋色，水波荡漾，芳草斜阳，更觉凄凉。思念乡里，更加怀念旧日的情人，梦绕魂系，相思泪垂。元代王实甫《西厢记》里的"碧云天，黄花地，西风紧，北雁南飞"，即套用本词"碧云天，黄叶地，秋色连波，波上寒烟翠"几句。说明这首词的写作技巧是相当高的。

叶清臣

【作者介绍】

叶清臣（1003—1049），北宋文学家，字道卿，乌程（今浙江湖州）人。历官翰林学士，权三司使。辛赠左谏议大夫。今存词两首。

贺圣朝

留别

满斟绿醑留君住①,莫匆匆归去。三分春色二分愁,更一分风雨。　花开花谢,都来几许。且高歌休诉。不知来岁牡丹时,再相逢何处。

【注释】

①绿醑(xǔ):美酒。

【赏析】

这是首送别友人之作。好友在春天即将离去,难舍难分。词中用"三分春色二分愁,更一分风雨"的形象比喻,使依依惜别之情跃然纸上,花开又花谢,有几度春风?且高歌一曲,不知明年牡丹花开时,人又在何处相逢?全词曲折细致,婉丽清新。"三分春色"之语用数量作比喻,想象丰富奇特,对后世颇有影响。

宋 祁

【作者介绍】

宋祁(998—1061),北宋文学家、史学家。字子京,安州安陆(今湖北安陆县)人。历官大理寺丞、国子监直讲、史馆修撰、工部尚书、翰林学士。与欧阳修等合修《新唐书》。善诗词,语言工整秀丽,因《玉楼春》词中"红杏枝头春意闹"一句,人称"红杏尚书",一时传为美谈。卒谥景文,有《宋景文集》。

玉楼春

东城渐觉风光好,皱縠波纹迎客棹①。绿杨烟外晓云轻,红杏枝头春意闹。　　浮生长恨欢娱少，肯爱千金轻一笑。为君持酒劝斜阳，且向花间留晚照。

【注释】

①皱縠（hú）波纹：水波像皱纱一样。縠，绉纱一类的丝织品。棹（zhào）：摇船的用具，代指船。

【赏析】

这是一首广为传诵的词。上阕描绘春天的大好风光，"红杏枝头春意闹"堪称绝妙之笔。其中"闹"字用得神灵活现，它把红杏似火，如蒸云霞，芳香浓郁，蜂蝶闹闹嚷嚷，盘旋飞舞在花丛之中的春天景象，形容得淋漓尽致，给人无尽的想象，这即是诗家的所谓"诗眼"。王国维《人间词话》评论说："着一'闹'字，而境界全出。"下阕对景生情，作者觉得人生应及时行乐，千金买笑，"为君持酒劝斜阳，且向花间留晚照"是说应在花间月下，游宴饮酒，浅斟低唱，实是赏心乐事。

绵　缠　道

春　游

燕子呢喃①，景色乍长春画。觑园林万花如绣②，海棠经雨燕脂透③。柳展宫眉，翠拂行人首。　　向郊原踏青④，恣歌携手。醉醺醺⑤，尚寻芳酒。问牧童、遥指孤村，道："杏花深处，那里人家有。"

【注释】

①呢喃：燕子鸣叫声。
②觑："睹"的异体字。
③燕脂：即胭脂。
④踏青：春天到郊野游玩。

⑤醉醺（xūn）醺：形容醉态盎然。

【赏析】

这是一首游春词。它描绘了一幅阳光明媚春意盎然的图画：燕语莺歌，花团绵簇，其中尤以形容海棠花经雨润似胭脂，柳叶如女子细眉，嫩丝长垂，轻拂人面，把园林中春景春花形容得惟妙惟肖。记述春游郊外处，"问牧童、遥指孤村，道：'杏花深处，那里人家有。'"一句，借用晚唐杜牧杏花村诗，并翻得新奇有趣。

欧阳修

【作者介绍】

欧阳修（1007—1072），北宋文学家。字永叔，自号醉翁，晚年自号六一居士。吉州永丰（今江西永丰县）人。宋仁宗天圣八年（1030）进士，官至枢密副使、参知政事、观文殿学士、太子少师，卒谥文忠。欧阳修是古文唐宋八大家之一。诗学李白、韩愈，诗风婉丽，与冯延巳相似。词也有不少佳作。有《欧阳文忠公文集》，内有《六一词》一卷。

阮 郎 归

踏 青

南园春半踏青时，风和闻马嘶。青梅如豆柳如眉，日长蝴蝶飞。　　花露重，草烟低，人家帘幕垂。秋千慵困解罗衣，画堂双燕归。

【赏析】

这首游春词，上阕写踏青时候，风和日丽，游人如云。宝马香车，马嘶人欢，彩蝶飞舞，春意盎然。"青梅如豆柳如眉"一句，形象生动，既实写春景，又暗喻游春的佳人，颇得后世赞赏。下阕转入闺中，描写荡秋千的佳人娇态盈盈，春困慵慵，罗衣半解，画堂上双燕归来,俨然一幅图画。

临 江 仙

妓 席

柳外轻雷池上雨,雨声滴碎荷声。小楼西角断虹明。阑干私倚处,遥见月华生。　　燕子飞来窥画栋,玉钩垂下帘旌①。凉波不动簟纹平②。水晶双枕畔,犹有堕钗横。

【注释】

①帘旌(jīng):用下垂的彩穗装饰的帘子。
②簟(diàn):竹席。

【赏析】

据《野客丛书》记载:欧阳修为河南府推官(郡守幕僚)时,郡守一日举行宴会,宴会上欧阳修与一官妓甚为亲密。郡守知道后,令官妓求欧阳修作词,以免责罚。欧阳修遂作了这首词以记此事,博得满座赞赏。词中上阕描写初夏景色:垂柳依依,轻雷阵阵,细雨滴荷。"阑干私倚处",一对情人在亲密私语,明月渐渐升起,月华似水,似闻喁喁情话。下阕写珠帘低垂,竹席生凉,"水晶双枕畔",玉钗横斜,佳人睡态盈然,正是"梨花一枝春带雨"的形象。在这首短短的词中,写景、抒情、记事融为一体,使人不得不佩服作者高度捕捉形象的能力。

张 先

【作者介绍】

张先(990—1078),北宋词人。字子野,乌程(今浙江湖州县)人。宋仁宗天圣八年(1030)进士,官至尚书都官郎中。张先早期作品多为小令,和晏殊、欧阳修并称;后写慢词,与柳永齐名。因词中多用

"影"字,人称"张三影"。所作词含蓄工巧,富有情韵。有《安陆集》。

天　仙　子

送　春

　　《水调》数声持酒听,午醉醒来愁未醒。送春春去几时回?临晚镜,伤流景,往事后期空记省。　　沙上并禽池上暝,云破月来花弄影。重重帘幕密遮灯。风不定,人初静,明日落红应满径。

【赏析】

　　这是一首伤春词。九十日春光易过春归去,春归何处?送春时总有一些伤感,把酒细听那几曲《水调》,更添几分忧愁。夜晚,对对禽鸟已经入睡,云破月来,花影扶疏,画堂中帘幕重重,灯光映掩。微风吹拂,夜阑悄声,料想明日该是落红满径吧。据《古今诗话》记载:"有客谓子野(张先)曰:'人皆谓公张三中:即心中事、眼中泪、意中人也。'公曰:"何不目之为张三影"。客不晓。公曰:"云破月来花弄影","娇柔懒起,帘卷压花影","柳径无人,堕絮飞无影"。此余平生所得意也'。""影"字含蓄精深,溢于言表,正是后人学习之处。

剪　牡　丹

舟中闻双琵琶

　　野绿连空,天青垂水,素色溶漾都净。柳径无人,堕絮飞无影。汀洲日落人归[①],修巾薄袂[②],撷香拾翠相竞[③]。如解凌波[④],泊烟渚春暝。　　彩绦朱索新整。宿绣屏,画船风定。金凤响双槽[⑤],弹出今古幽思谁省。玉盘大小乱珠迸。酒上妆面,花艳眉相并。重听,尽汉妃一曲⑥,江空月静。

【注释】

①汀:水中或水边的平地。洲:水中可以居留的地方。
②修巾:长巾。修,长。袂(mèi):衣袖。
③撷(xié):采摘。
④凌波:在水面上踩水而行。
⑤金凤:琵琶的代称。响双槽:槽,琵琶上支弦的木格,响双槽表明有两把琵琶在演奏。
⑥汉妃一曲:指琴曲《昭君怨》。

【赏析】

这是一首意境非常美的词,它把读者引进了似蓬莱仙岛般的仙景中去,那里绿草绵绵,水天相衔,晚霞余晖,远望一群美丽的少女们裙袖飘动,彩巾飞舞,她们结伴采摘香草,拣拾鸟羽。她们的身影如同踩浮在水面上,随着水波上下荡漾,情景动人。下阕更为精彩,但见江面上烟波画船,酒肴罗列。两个美女弹起琵琶,仙乐悠悠,如诉似怨,这里的"玉盘大小乱珠迸",套用了白居易《琵琶行》中的名句。一曲终了,重奏一曲《昭君怨》,人们沉浸在乐声之中。这时只见江天一色,皓月千里,令人回味不尽。

千 秋 岁

数声鶗鴂①,又报芳菲歇。惜春更把残红折。雨轻风色暴,梅子青时节。永丰柳,无人尽日花飞雪。　　莫把么弦拨②,怨极弦能说。天不老,情难绝。心似双丝网,中有千千结。夜过也,东窗未白凝残月。

【注释】

①鶗(tí)鴂(jué):亦作"鹈鴂",即杜鹃鸟。
②么弦:琵琶的第四弦。

【赏析】

这是一首抒发幽怨情怀的词。上阕写鸟鸣、花落、雨打、柳絮飞,满目凄凉,愈添伤感,伤春更怀念情人。满怀情思无处诉说,寄托于音乐之中。下阕写忧郁产生的原因,借用弹琵琶来倾诉情中意、心中事、意中人,恰似"天若有情天亦老,此情绵绵无绝期"!这里"心似双丝网,中有千千结"一句,"丝"谐音"思",此双关语比喻极为巧妙。"千千结"比喻解不开心中的纠缠烦忧,如乱麻有千万个结子,用得绝妙。琼瑶的小说《心有千千结》一书名,就是来源于这首词。结尾的"东窗未白凝残月"一句,再次加深了主人公忧郁孤单的形影,恰见词作者的妙手点染。

更 漏 子

锦筵红,罗幕翠。侍宴美人姝丽。十五六,解怜才。劝人深酒杯。　　黛眉长①,檀口小②。耳畔向人轻道:柳阴曲③,是儿家。门前红杏花。

【注释】

①黛:青黑色的颜料。古代女子用来画眉。
②檀(tán):檀呈浅绛色,形容红艳的嘴唇。
③阴:同"荫"。

【赏析】

这首词描写了一位歌女的情态。短短的词中写出这个歌女是个美丽的姑娘:黑黑的柳叶弯眉,红艳艳的樱桃小口,玉容花貌,楚楚动人;又描述她的动作:轻盈穿梭斟酒;再写出她的声音:细声轻言;她对词人表示爱慕并发出了大胆的邀请:"柳阴曲,是儿家,门前红杏花。"结尾这三句话将环境、时间、描述、话语、情感串连得紧凑传神,写得异常活泼而生动灵巧。能用平直明白的话语捕捉人物内心的情感,正是这首词的特点。

诉 衷 情

花前月下暂相逢，苦恨阻从容。何况酒醒梦断，花谢月朦胧。　花不尽，月无穷。两心同。此时愿作，杨柳千丝，伴惹东风。

【赏析】

这首词描写邂逅相遇的一对男女产生了爱情，可是种种原因阻碍了他们不能再相会。词中的相思愁恨用了酒浇、梦缠、花谢、月淡来形容。作者在下阕转愁苦为希望，寄托了美好的祝愿。两颗心永相连，虽然不能见面，思念之情却一般同。他俩相信："花不尽，月无穷"，愿此身化作千万丝杨柳，永远伴随着春风。全词抒情出神入化，境界高远，是作者抒情词中的上品。琼瑶的小说《月朦胧鸟朦胧》一书名，即来自"花谢月朦胧"一句。

晏 殊

【作者介绍】

晏殊（991—1055），北宋政治家、词人。字同叔，临川（今江西临川县）人。官至同中书门下平章事（宰相）兼枢密使。卒谥元献。著名政治家、文学家范仲淹、富弼、欧阳修、张先等皆出于其门下。晏殊词受冯延巳影响，语言凝炼、自然，风格和婉闲雅、秾丽多姿，内容多赋生活情趣及闲情逸致。有《珠玉词》及《晏元献遗文》。

浣 溪 沙

一曲新词酒一杯，去年天气旧亭台。夕阳西下几时回？无可奈何花落去，似曾相识燕归来。小园香径独徘徊。

【赏析】

　　这是一首著名的词。其中"无可奈何花落去，似曾相识燕归来"两句为后世广为传诵，脍炙人口。全词语言清新明快，用饮酒、赋词、夕阳、落花、飞燕、小园花径的春残景象，抒发怅触春景，感伤好花飘谢而孤独徘徊，情景交融，自然天成。这首词富于哲理，既惜春恋旧，感伤旧事，慨叹人世深沉，面对现实又无可奈何，发人深思。"无可奈何花落去"一联工巧而流利，意致缠绵，语调谐婉。相传晏殊赋出上句，苦无下句，和好友王琪苦吟，终得王琪之助而得到下句"似曾相识燕归来"。晏殊平生极爱赏此两句，后又将其写于《示张寺丞王校勘》一诗中。

浣 溪 沙

　　一向年光有限身①，等闲离别易销魂。酒筵歌席莫辞频②。满目山河空念远，落花风雨更伤春。不如怜取眼前人。

【注释】

①一向：指过去。
②频：频繁。

【赏析】

　　从表面看这首词，可以理解为是一首含义狭窄的怀旧伤春词，但作者所写的不只是表面现象。结尾"不如怜取眼前人"成为颇受后世赞赏的名句，因为它含蕴丰富，突出了主题。作者告诉人们：不要苦苦追忆那些过去的恋人或朋友，以及过去的事业、理想，要有开朗旷达的胸襟和向前看的精神去面对现实。与其纠缠往日的痛苦，不如怜惜眼前的伴侣或亲人，记取、接受身边拥有的幸福，把握眼前的机遇，接受现实，努力摆脱困境。

蝶 恋 花

槛菊愁烟兰泣露。罗幕轻寒,燕子双飞去。明月不谙离别苦①,斜光到晓穿朱户。　昨夜西风凋碧树。独上高楼,望尽天涯路。欲寄彩笺无尺素②,山长水阔知何处?

【注释】

①谙(àn):知道。
②尺素:古代用绢帛书写,通常长一尺,故称写文章所用的短笺为"尺素"。

【赏析】

这是一首著名的抒发离怀的词。上阕写在满怀离别苦、相思泪的人眼中,一切都是愁苦的景象。兰花上露珠晶莹,像是兰花哭泣的眼泪;烟雾里笼罩的菊花,像是饱含愁烟。词中运用了拟人化的手法,形象生动,加深了"愁"的沉重。罗幕轻拂,一片温柔景象,可在忧愁人的感觉中,罗幕竟然凉丝丝的,使人心寒。燕子南飞,鸣叫声声心欲碎。天阶夜色,月光皎洁,但明月哪里知道离别的苦呢? 相思人望月伤怀,为落红流泪,长夜难眠。下阕用深秋景色写出自己思念之情:西风阵阵,落叶凋零,孤单登上高楼,极目远眺,望尽天涯去路,所思念的人远在天边,恰似"望穿秋水,不见伊人"的写照。欲寄一封书信,又因种种原因受阻,难言之隐恰逢"锦书难托",又加重了一片愁思。"昨夜西风凋碧树。独上高楼,望尽天涯路"三句,意境高远寥廓,气象宏大,给人以无穷地象,成为宋词中的名句。

浣 溪 沙

玉碗冰寒滴露华,粉融香雪透轻纱。晚来妆面胜荷花。
鬓嚲欲迎眉际月①,酒红初上脸边霞。一场春梦日西斜。

【注释】

①鬖髿（duǒ）："髿"同"朵"，指面颊两旁近耳的下垂头发。眉际月：古代女子以黄粉涂在额上两眉之间，为圆形，是一种面饰，称眉际月。

【赏析】

这是一首描写富贵女子的艳词。上阕写夏日丽人的闺房中，一片静谧，白玉碗中盛着冰块，碗边凝滴着晶莹的水珠。盛夏酷暑，丽人香汗沁出，雪白的肌肤透出轻纱，粉光融滑，格外美丽。黄昏时候，丽人妆罢，只见芙蓉（荷花）如面，柳叶如眉，娇艳动人。下阕再进一步描写丽人的体态：鬓发低垂，掠近眉间的面饰，由于午间微微醉酒，脸如朝霞一样现出红晕。结句的"一场春梦日西斜"贯连全词，表明以上都是描写丽人夏眠的如画情景，妙不可言。

玉 楼 春

春 恨

绿杨芳草长亭路，年少抛人客易去。楼头残梦五更钟，花底离情三月雨。　　无情不似多情苦，一寸还成千万缕。天涯地角有穷时，只有相思无尽处。

【赏析】

这首词哲理性强，并有着迷人的艺术魅力，不同凡响。众多写离恨别愁相思苦的作品，或以事、以景、以物来借喻抒发自己的苦痕。晏殊却与众不同，不为某个人或某次的离情而抒发，他别具一格采用多见、综合概括、并带哲理性的表达方式，写出了深深慨叹人生离愁苦和多情相思苦的作品。

词中上阕一幅"长亭路"画面，引出了"年少抛人客易去"的哲理。年少没有体验备受离别相思愁苦的滋味，容易轻率地与自己的朋友和恋人告别。随着年事增长，感情才会深沉执著。"五更钟"

对相思人来说最怕听,它打断了"残梦",甚是无情。"三月雨"缠绵淅沥似泪水,对相思人来说最怕见,它更添了几分愁。这又引出了"无情不似多情苦,一寸还成千万缕"。多情人一旦分手,一寸相思一寸愁,寸寸相思全会化作千万缕的愁绪。结句"天涯地角有穷时,只有相思无尽处",是说天虽阔却有边,地虽广而有沿,可是对于被相思萦绕的痴情人来说,却是"此恨绵绵无绝期"了。全词虽然结束,但余音袅袅,不绝于缕。

柳 永

【作者介绍】

柳永(984?—1053?),北宋词人,字耆卿,原名三变。崇安(今福建崇安县)人。景祐元年进士,官至屯田员外郎。柳永仕途上坎坷,曾写过《鹤冲天》词,发泄怀才不遇,引起宋仁宗不满。由于失意无聊,流连坊曲,他的一生是流落至凄凉而死。因而他的词多写都市生活和青楼偎翠倚红之境,也有不少描写逆旅情怀的词。柳词的离情别绪写得大胆、感情真挚。他精通音律,一生写了大量慢词,开创了慢词的先河。他的词形成了俚俗词和清雅词两种不同的风格。俚俗词迎合了市民生活趣味,受到广泛的欢迎,相传当时"凡有井水饮处,即能歌柳词"。而清雅词又受到文人学士的赞赏。

昼 夜 乐

忆 别

洞房记得初相遇,便只合长相聚。何期小会幽欢,变作别离情绪。况值阑珊春色暮①,对满目乱花狂絮。直恐好风光,尽随伊归去。 一场寂寞凭谁诉,算前言总轻负。早知恁的难拚,悔不当初留住。其奈风流端正外,更别有系人心处。一日不思量,也攒眉千度②。

【注释】

①阑珊：将尽。暮：晚。表示春天即将过去。
②攒（cuán）眉：紧蹙双眉，表示不愉快。

【赏析】

这是一首怀念旧日情人的词，也是柳永所写的一首感情纯真的、通俗易懂的词，上阕回忆初定情之时，本应长久相聚，谁知"变作别离情绪"。暮暮之际，到处落花飞絮，春光随着情人流去。下阕抒发了无限的思念，早知离开会这般寂寞，真后悔当初没有留住她，没有一日不思念她。最后用"也攒眉千度"来形容别恨离愁，把万般的相思，只现在"攒眉千度"上，词语似尽未尽，留给人无限的想象，是这首词的高妙处。

雨 霖 铃

寒蝉凄切，对长亭晚①，骤雨初歇。都门帐饮无绪②，方留恋处，兰舟催发③。执手相看泪眼，竟无语凝噎④。念去去、千里烟波，暮霭沉沉楚天阔⑤。　　多情自古伤离别，更那堪，冷落清秋节。今宵酒醒何处？杨柳岸，晓风残月。此去经年，应是良辰好景虚设。便纵有千种风情，更与何人说？

【注释】

①长亭：古时驿站上十里一长亭，五里一短亭，是给行人休息之处，也是送别的地方。
②都门帐饮：在京城郊外设置帐幕宴饮送行。
③兰舟：即木兰舟，船的美称。
④凝噎：喉咙里像是塞住了，说不出话来。
⑤暮霭：傍晚的时候。楚天：a．南方的天空。古诗词中常把楚天作为南方天空的同义语。b．水天的意思，即本词所指一望无际、天水相连。

【赏析】

这是柳永所写离情别绪的词中,最为出色的著名代表作。

这首别情词写了将别——临别——别后。虚看写景,实是写情,写得逼真,妙在回味。蝉叫声凄切、秋雨阵落、送别亭、江水都增加了离愁的气氛,离别的一对情人手拉手,流泪无言,更叫人伤心断肠。这是柳永善于铺叙"曲"的开头。曲处能直,密处能疏,高处能平,又写得自然。"念去去"三字转直,言近意远。"念去去千里烟波,暮霭沉沉楚天阔"是说不等今日去,已盼春来归,这是情深似海的伤痛别离。下阕开头两句"多情自古伤离别,更那堪,冷落清秋节"富于哲理,它慨叹自古多情人伤心的事,就是离别。偏又在这样凄清冷落的秋天分手,令人哀叹不堪。第三句"杨柳岸,晓风残月"是脍炙人口的千古名句,是宋词婉约派柔美情韵的代表句。杨柳在情人眼中是离别树,流水表示不回还,晓风吹得人冷凉,残月斜挂天上,是一幅绝美的山水画卷:静中有冷,又有凄清的美。这种见词如画是柳永清雅词的特点。全词抒情写景融为一体,音律谐婉,语言精美,感情真挚,形容曲尽。

凤 栖 梧

伫倚危楼风细细①,望极春愁,黯黯生天际②。草色烟光残照里,无言谁会凭阑意。 拟把疏狂图一醉③,对酒当歌,强乐还无味。衣带渐宽终不悔④,为伊消得人憔悴⑤。

【注释】

①伫:久立。危楼:高楼。
②黯(àn)黯:形容心情沮丧。
③疏狂:散漫不检点。
④衣带渐宽:表示人逐渐消瘦,衣带也随着宽松。
⑤伊:她。消得:值得。

【赏析】

　　这也是一首描述思怀远方恋人的作品。写词人独倚在高楼,只见斜日残照,水波浩渺,看不见的伊人在哪里?"黯黯生天际"一句写春愁由独自倚楼而黯然产生,望极天际,这种苍茫飘渺的景象会使人油然而生联想,思念情人之苦骤然加深,可是有谁知道这相思意呢?下阕写借酒浇愁,苦中作乐,但无法排遣愁苦。结句"衣带渐宽终不悔,为伊消得人憔悴"两句写得妙绝。为思念情人,消瘦损身值得,终不后悔。"终"字写出对爱情的专一诚挚,这种痴情表示此身此情永远爱恋一人,忠贞不渝,愿为爱情牺牲一切。王国维以此二句比喻干事业实现理想,要有这种执著钟情,要有这种"终不悔"的精神。

望　海　潮

　　东南形胜①,三吴都会②,钱塘自古繁华③。烟柳画桥,风帘翠幕,参差十万人家。云树绕堤沙。怒涛卷霜雪,天堑无涯④。市列珠玑,户盈罗绮竞豪奢⑤。　　重湖叠巘清嘉⑥,有三秋桂子,十里荷花。羌管弄晴⑦,菱歌泛夜,嬉嬉钓叟莲娃⑧。千骑拥高牙⑨。乘醉听箫鼓,吟赏烟霞。异日图将好景⑩,归去凤池夸。

【注释】

①形胜:地势优越的地方。
②三吴:古代将吴兴、吴郡、会稽称三吴,这里泛指苏杭一带地方。
③钱塘:即今杭州市。
④天堑(qiàn):天然的险阻。
⑤户盈罗绮(qǐ):家家户户充满了绫罗绸缎。这句形容人们穿着很讲究。
⑥重湖:西湖。叠巘(yǎn):重叠的山峦。清嘉:清秀佳丽。

⑦羌管：笛子。
⑧嬉嬉：很快活的样子。莲娃：采莲姑娘。
⑨千骑（jì）：一般用来形容州郡长官出行时随从众多。骑是一人一马的合称。牙：牙旗。此处指高官出行时的仪仗旗帜。
⑩异日：日后。

【赏析】

柳永开创了慢词的先河，擅长用慢词（长调）形式和铺叙手法，这首词代表了他在这方面的成就。作者向人们展示一幅幅图画：钱塘江的壮观、西湖美景和杭州的繁华闹市。他介绍杭州的地势重要、交通发达、都市巨大、经济繁荣、历史悠久、人文荟萃等等方面，用"东南形胜，三吴都会，钱塘自古繁华"、"参差十万人家"、"市列珠玑"、"户盈罗绮竞豪奢"几句词概述，使人感到这个大都市物阜民康、繁华太平的景象。下阕描写西湖美景"重湖叠巘清嘉"，形容西湖的湖光山色，秀美的"平湖秋月"、"曲院风荷"、"柳浪闻莺"呈现在人们的眼前。在碧波荡漾、荷艳桂香的仙景中又飘来悠扬的歌声，美丽的西子姑娘笑盈盈的采莲，一群人前呼后拥着达官显贵在乐声中赏景，饮酒吟咏。一片歌舞升平的盛世景象。读者一定也想到那"淡妆浓抹总相宜"的西湖去游览。"异日图将好景"，寄托了美好的希望。据罗大经《鹤林玉露》说："此词流播，金主亮闻歌，欣然有慕于'三秋桂子，十里荷花'，遂起投鞭渡江之志。"

八声甘州

对潇潇暮雨洒江天①，一番洗清秋。渐霜风凄紧，关河冷落②，残照当楼。是处红衰翠减，苒苒物华休③。惟有长江水，无语东流。　　不忍登高临远，望故乡渺邈④，归思难收。叹年来踪迹，何事苦淹留！想佳人、妆楼颙望⑤，误几回、天际识归舟。争知我、倚阑干处，正恁凝愁。

【注释】

①潇潇：形容雨声。
②关河：山河。关：山塞。
③苒（rǎn）苒：同"冉冉"，渐渐。物华：美好的景物。
④渺邈（miǎo）：遥远。
⑤颙（yóng）望：凝神久望，抬头凝望。

【赏析】

　　这首词是柳词名著，写游客思乡别情的代表作品。上阕写景，下阕抒情。首先以凄凉的秋景为衬，先写一阵潇潇暮雨过后，山河澄澈如洗。再写"渐霜风凄紧"的一幅景观：夕阳斜射，山关立，河流急，秋风紧，一阵阵冷凉，孤单一人立楼眺望，满目苍茫，这般景色辽阔凄清，雄浑悲壮。从而透示了客居异乡游子的冷落、凄凉。"渐霜风"三句气象开阔，笔力苍劲，连鄙视柳永的苏轼也佩服说："唐人佳处，不过如此！"

　　下阕写因秋气萧索而生悲。眼见到处花木凋零，游子的愁思像那长江水向东流不尽。"不忍"、"望故乡"两句呼应，"叹年来"两句自问又自叹。把游子思乡念妻的殷情勾画得淋漓尽致，对照呼应很有特色。"误几回、天际识归舟"一句，引用南朝齐谢朓诗中名句"云中辨江树，天际识归舟"，十分精当，更加深了全词的境界。梁令娴《艺蘅馆词选》载梁启超评此词境界颇似"照花前后镜，花面交相映"，是很中肯的评价。

少　年　游

　　长安古道马迟迟①，高柳乱蝉嘶。夕阳岛外，秋风原上，目断四天垂②。　　归云一去无踪迹，何处是前期？狎兴生疏③，酒徒萧索④，不似少年时。

【注释】

①迟迟：缓慢。

②四天垂：天光笼罩着大地。
③狎兴：指冶游妓院的兴致。
④萧索：冷清，这里是零散的意思。

【赏析】

柳永的这首词是难得的羁旅行役佳作。柳永才华横溢，怀才不遇，漂流游荡，命运坎坷，一生饱经沧桑，才有如此深刻的苍凉感慨。这首词先要了解下阕作者自述的背景、身世，才能理解上阕的景情之含意。据清代《词林纪事》记载：柳永少时富有才华，风流潇洒。考进士时，因作《鹤冲天》词，触怒了宋仁宗。仁宗御批道："此人岂可令仕宦，任从风前月下，浅斟低唱。"柳永因此不能再入仕途。古时文人最重仕途，柳永从此灰心失意，借酒浇愁，风流青楼，四处漂泊，以至年老无子，家无余财，死后由京城妓女出钱埋葬。"归云一去无踪迹"说出了人已老，万事休，仕途失意，一去不可复，可排遣苦愁的情人、酒友都已四散不可归回。茫茫世间，没有可以寄托的事和亲人。眼中只见长安道上，柳高，蝉鸣，夕阳残照，秋风凄凉。"目断四天垂"形容极目远望，天地一片苍茫，悲苦的心情更加沉重。

浪淘沙慢

梦觉、透窗风一线，寒灯吹息。那堪酒醒，又闻空阶，夜雨频滴。嗟因循、久作天涯客。负佳人、几许盟言，更忍把、从前欢会，陡顿翻成忧戚。　　愁极。再三追思，洞房深处，几度饮散歌阕。香暖鸳鸯被，岂暂时疏散，费伊心力。殢雨尤云①，有万般千种，相怜相惜。　　恰到如今，天长漏永②，无端自家疏隔。知何时、却拥秦云态，愿低帏昵枕③，轻轻细说与，江乡夜夜，数寒更思忆。

【注释】

①殢（tì）：滞留。

②天长漏永：通夜不眠。

③"低帏昵枕"句：低垂的帏幕下，亲昵枕上，轻轻诉说。

【赏析】

柳永开创了长词慢调的先河，《浪淘沙慢》为长词范例。全词共分三阕。上阕写主人公眼前处境，中阕追忆，下阕写现实中相思和遐想。

"梦觉"至"夜雨频滴"，写作者在江乡风雨交加的寒夜，夜半酒醒之后，深感孤独、寂寞、凄凉。万般感慨集于"久作天涯客"。懊悔辜负了佳人的山盟海誓和恩爱柔情。眼前落得如此"忧戚"。中阕追忆他和这位歌妓在"洞房深处"，曾多次相亲相爱的欢娱情景：饮酒，唱曲，"鸳鸯被"中云雨之欢乐，缠绵蜜意，"相怜相惜"。下阕从"恰到如今"起，写眼前"天长漏永"，长夜难眠，相思之苦，悔恨之极交织绞心，只能将苦恨归于无可奈何的多次出游的"疏隔"。盼望能早日重逢，遐想见面后，又可重温昔日"低帏昵枕"的欢娱之梦。

这首言情长词的容量很大，把主人公身处其境的全部心理状态、情思活动描述得淋漓尽致。

秋　夜　月

当初聚散，便唤作、无由再逢伊面。近日来，不期而会重劝宴。向尊前，闲暇里，敛着眉儿长叹。惹起旧愁无限。　盈盈泪眼，漫向我耳边，作万般幽怨。奈你自家心下，有事难见。待信真个，恁别无萦绊。不免收心，共伊长远。

【赏析】

风流才子柳永仕途失意后，终日冶游，过着偎红倚翠的放浪生活,这首俚词可为代表作。年轻时在汴京的一次宴会上,他与一个已经分手的歌妓不期而遇,重逢交谈终于达成谅解。这是一段悲欢离合的事,虽然只是宴会上这一场面,却将词人和她的恩恩怨怨写得细腻逼真。上阕先写彼此散后,突然相遇的神态。他认为没有缘由再与她合好,又见她席上强装笑颜,不时皱眉长叹,那楚楚动人的神态勾起他对旧日恩爱的缕缕情思。只见她双眼泪盈,不顾约束,对着他的耳边倾吐着种种隐藏在内心的肺腑之言。而且她对他情感却始终专一。他表示要她"待信真个",即割断了一切羁绊,他才"收心","共伊长远"对前番误会表示谅解后长远相爱。

柳永的俚词特色多方言口语,既通俗又妥帖而曲尽其意,这是他接触市民口语中获得的。也因为他对市民观察入微,才能如此下笔传神,摹写人物的情态、语气及心理变化。

鹤 冲 天

黄金榜上①,偶失龙头望②。明代暂遗贤,如何向。未遂风云便,争不恣狂荡。何须论得丧,才子词人,自是白衣卿相③。

烟花巷陌④,依约丹青屏障⑤。幸有意中人,堪寻访。且恁偎红依翠⑥,风流事,平生畅。青春都一饷⑦,忍把浮名,换了浅斟低唱。

【注释】

①黄金榜:指考试寻取题名的榜。
②"偶失"句:偶然失掉状元的希望。龙头,指状元。
③白衣卿相:穿白衣的卿相。卿、相都是高级的官。古代没有做官的人才穿白衣。这里指做个"才子词人"。
④烟花巷陌:指妓女住的地方。
⑤丹青屏障:画有图画的屏风。
⑥恁:如此。偎红倚翠:指冶游。
⑦一饷:一餐饭的时间。

【赏析】

柳永在考进士落第后,写了这首《鹤冲天》词,坦率陈述自己的怨恨和意愿。据吴曾《能改斋漫录》记载,这首词曾经引起宋仁宗皇帝的愤怒和斥责。旨曰:"且去浅斟低唱,何要功名!"柳永因此失去了仕途上进的机会。

作者在前三句自慰说:落榜是偶然,暂时的失意不必论得失,青春易过,还是到青楼中去及时行乐。这里不难看出作者怀才不遇的情绪,是替自己解嘲。受到打击后,他灰心意丧,一任自己放荡,做个"才子词人"也就是"白衣卿相",何必要那些"浮名"呢?不如沉湎于"烟花巷陌"、"丹青屏障"。他把沦落烟花为妓的女子当知己,她们唱他的词曲,也把他当知己。有"幸有意中人,堪寻访。且恁偎红倚翠,风流事,平生畅"。"忍把浮名"一句是无可奈何的决绝语,"忍"字中有辛酸,有蔑视功名利禄,也有对当时朝中执政的显贵们的不满。

斗 百 花

煦色韶光明媚①,轻霭低笼芳树,池塘浅蘸烟芜,帘幕闲垂风絮。春困厌厌,抛掷斗草工夫,冷落踏青心绪,终日扃朱户②。

远恨绵绵,淑景迟迟难度。年少傅粉,依前醉眠何处?深院无人,黄昏乍拆秋千,空锁满庭花雨。

【注释】

①煦:温暖,春光和煦。韶光:美丽的春光。
②扃(jiōng)朱户:关门。

【赏析】

这首词上阕写一位年轻女子被抛弃后,面对无限春光而伤感的寂寞情景。眼前是令人迷醉的景色:红白花树被轻轻抹上白纱般的云雾,碧水旁长着嫩绿的青草,池塘也笼罩着薄雾,塘边小楼帘幕遮垂，杨花柳絮随风飘舞。楼中的她对这样大好春景却反倒困烦"厌厌"，这种苦闷忧郁的心情使她无心游戏，也无心去郊外踏青，大门终日紧闭着。下阕写思念她的情人而不得见的怅怨心情。"远恨绵绵，淑景迟迟难度"，她面对美好的景色反而感到时间缓慢难熬，是因有怨悔的绵长苦情。"年少"二句点明"远恨"原因，原先和她共眠的少年到何处去寻欢作乐了呢？她回顾往日的恩爱，又怨恨少年的薄情。无奈深院孤影一人，只有借打秋千排遣寂寞失望的愁绪，"空锁满庭花雨"，正是她被弃后飘零的写照。柳永善于层层铺叙借景抒情。本词是这种手法的代表作品。

曲　玉　管

陇首云飞①，江边日晚，烟波满目凭阑久。一望关河萧索②，千里清秋，忍凝眸③？　杳杳神京④，盈盈仙子，别来锦字终难偶⑤。断雁无凭，冉冉飞下汀洲⑥，思悠悠。　暗想当初，有多少、幽欢佳会。岂知聚散难期，翻成雨恨云愁。阻追游。每登山临水，惹起平生心事，一场消黯，永日无言，却下层楼。

【注释】

①陇首：山头。
②关河：边关处河流，指山河。
③忍凝眸：哪能忍心注目看。
④杳杳神京：远得看不见的京城（汴京）。
⑤"别来"句：分别后通信困难。锦字，信的代称。
⑥冉冉：慢慢地。汀洲：水边的沙洲。

【赏析】

这是首抒发相思恨与羁旅愁的词。深秋日晚，山上云飞，江中雾浓，登高眺望，宇宙苍茫，最易使人遐想浮生，又最易使人怀念远方的情人，哪能忍心注目久看！"忍"点明了这首词的主旨。遥想

"杳杳神京"、"盈盈仙子",锦书难寄,焦虑、苦闷、寂寞、惆怅的心情归到"思悠悠"之中。回忆欢聚之日,何尝想到会有长分离之时,"每登山临水,惹起平生心事",令人黯然神伤,不如下楼归去,"却下层楼"和"忍凝眸"遥相呼应。

全词绵密清顺,音律和谐悦耳。特别是叠字如"杳杳"、"盈盈"、"冉冉"、"悠悠",选字秀美而又能增添气氛。这是柳永词的又一特点。

竹 马 子

登孤垒荒凉①,危亭旷望,静临烟渚②。对雌霓挂雨③,雄风拂槛,微收烦暑。渐觉一叶惊秋,残蝉噪晚,素商时序④。览景想前欢,指神京⑤、非雾非烟深处。　向此成追感,新愁易积,故人难聚。凭高尽日凝伫,赢得消魂无语。极目霁霭霏微⑥,暝鸦零乱,萧索江城暮。南楼画角⑦,又送残阳去。

【注释】

①孤垒:孤立冷清的军营。垒,军营的墙壁。
②渚:水中间的小块陆地。
③雌霓挂雨:雌霓,即雌虹,今称副虹;挂,悬,这里有勾取的意思。
④素商:即谓秋天。
⑤神京:京城。
⑥霁霭:雨后转晴的云气。霏微:雾气弥漫的样子。
⑦南楼画角:南面楼上传来声声号角。

【赏析】

陈质斋云:"柳词尤工于羁旅行役。"柳永晚年所作的这首《竹马子》词正以此见胜。上阕写景:登上孤垒,在高亭上凝伫,眼前是天苍苍、地茫茫一片寥廓境界。词人感觉已从夏末的天高气爽转入了萧瑟的深秋了,这里用景色气氛烘托出下阕思念故乡的悲愁情绪。"向此成追感",下阕回忆京都和昔日情人而产生万般感慨,那就是"新愁易积,故人难聚","凭高尽日凝伫",只落得"消魂无语",使人感觉他孤伫的身影及遥望苍天的悲戚。但词人还要把满腔离愁别恨向天地呼唤,"雾霭"、"霏微"、"鸦乱"、"城暮",将云气、雾气弥漫,暮鸦纷飞一齐写了出来,又加上悲壮的声声号角,使人耳闻目睹这凄怆悲壮的场面。

这首词和他早年写的《曲玉管》一词中"忍凝眸"相比,一个是不忍看久,一个是久久凝视不动。可见羁旅行役,飘零一生,已把柳永渐渐变得"麻木"了。同是登高怀远词,《曲玉管》词曲折委婉,《竹马子》词却多了几分铿锵持重。

迷 仙 引

才过笄年①,初绾云鬟②,便学歌舞。席上尊前,玉孙随分相许。算等闲、酬一笑,便千金慵觑③。常只恐、容易蕣华偷换④,光阴虚度。　　已受君恩顾,好与花为主。万里丹霄,何妨携手同归去?永弃却、烟花伴侣。免教人见妾、朝云暮雨。

【注释】

①笄(jī)年:笄,是古代用来束发的簪子,据《郑语》注:"女十五而笄"。所以称女子许嫁之年叫笄年。

②绾(wǎn):把头发盘绕起来打成结。

③慵觑(qù):慵,懒。觑,看。即懒得一看。

④蕣(shùn)华:指朝开暮落的木槿花。这里指青春年华短暂。

【赏析】

这首词是一位歌妓的自白。柳永结识过不少歌妓,写下了许多关于这类题材的"艳词",由于他深深地了解歌妓内心的悲伤,非常同情歌妓的不幸遭遇,将满腔的激愤凝于笔尖,为被蹂躏又被人鄙视的歌妓写下了一篇篇饱含血泪的申诉。

这位歌妓十六岁被迫梳妇人发束，开始卖笑生涯。酒席间任人戏弄凌辱，身子还要为王孙公子"随分相许"。她只希望珍惜情意的报答"一笑"，可是没有，只有被轻浮无情地玩弄，内心有无限的屈辱和辛酸。"常只恐"担心"蕣华"即青春年华像木槿花一样短暂，多么想寻找一位知音，得到理想的归宿。下阕"已受"句，指明她遇到了这位有情的"君"，心中泛起了波澜，把希望寄托在"君"身上。只要你带我走出火坑，我跟你到天涯海角。这是她的渴求和希望，这里我们仿佛听到深受迫害蹂躏的歌妓的哀求声。"永弃却、烟花伴侣"句，正是她的决心和誓言。

晏几道

【作者介绍】

晏几道（1030？—1106？），字叔原，号小山。抚州临川（今江西抚州）人，晏殊幼子。累官至开封府推官。一生仕途失意，晚年家道中落。能文善词，与父齐名，时称"二晏"。词风近其父，多写四时景物、男女爱情，受五代艳词影响，又兼花间之长。较之其父，更工于言情，为后世喜工丽词语的文人所赞赏。有《小山词》。

临 江 仙

梦后楼台高锁，酒醒帘幕低垂。去年春恨却来时，落花人独立，微雨燕双飞。　　记得小蘋初见[1]，两重心字罗衣[2]，琵琶弦上说相思。当时明月在，曾照彩云归[3]。

【注释】

①小蘋：歌女名。
②"两重"句：罗衣上所绣的双重心字图案。一指心字香熏过的罗衣。
③彩云：彩色云朵，这里比喻小蘋。

【赏析】

　　这是词人为追忆与小苹的恋情而作的词。起始以梦境衬写凄凉的别后情思。"梦后"、"酒醒"写出昔日是在幸福的歌舞欢娱中和小苹相处,如长醉一般。今日初醒,楼锁人空,那帘幕中的琴声,已随风飘飞,桩桩往事却如梦幻般逝去无影无踪。"去年春恨却来时"一句转折到回忆往事,"落花人独立,微雨燕双飞"是极为出色的景语,"落花"与"微雨","独"与"双"对应,对比烘染出众芳纷谢的凋零,春雨绵绵的迷濛,黯伤的离恨缠绵,在这种环境中,词人孑然伫立,双飞燕令人羡慕,留下了无限的惆怅。借景物含蓄表达伤感的心情,为回忆美好的当初铺设缘由,比直抒胸臆更增了委婉曲折的艺术效果。下阕"记得小苹初见"三句写出了他们一见钟情、心心相印的情景,衣服上的两同心字,表示愿永结同好。小苹琵琶弹出了相思曲,"未成曲调先有情",庆幸遇到了知音。初见如此情投意合,日后情深,怎能不令人缱绻难忘,但如今她流落在可处?"当时明月在"二句抚今追昔,怀念当时月下欢聚,如今月在云归,他哀怨声声:"彩云,你在何方?"(这里的彩云指小苹)旧情依依在,两地相思苦,别有一番扣人心弦的缠绵。前人评论此词说:"能动摇人心"、"精美绝伦"、"感伤笔调,词风近李煜",可以看出晏几道以"工于言情"为后世词家称颂。

蝶　恋　花

　　醉别西楼醒不记。春梦秋云,聚散真容易。斜月半窗还少睡,画屏闲展吴山翠。　　衣上酒痕诗里字,点点行行,总是凄凉意。红烛自怜无好计,夜寒空替人垂泪。

【赏析】

　　这首词写别情分外凄婉,西楼梦醒,迷离恍惚,有无限情思,只叹人生聚散无常。愁苦难消不得眠,唯有空对画屏凝想。夜夜独坐,幽幽细思。醉醒后只见"衣上酒痕诗里字",沾在衣上的一点一滴痕迹，写在诗里的字句，更使人怀念旧人。"红烛"两句，写出悲哀之情系于红烛，真切而传神，可谓绝笔。未有自叹之情，空悲之字，而用红烛形象化，更突出了主人公的哀思。

鹧 鸪 天

彩袖殷勤捧玉钟①，当年拚却醉颜红②。舞低杨柳楼心月，歌尽桃花扇底风③。　从别后，忆相逢，几回魂梦与君同。今宵剩把银釭照④，犹恐相逢是梦中。

【注释】

①彩袖：代指女子，这里代指歌女。捧玉钟：指劝酒。玉钟，酒杯的美称。

②拚却：不顾惜，甘愿。

③桃花扇：绘有桃花的扇子，歌女的道具。

④剩把：尽把。釭（gāng）：灯。

【赏析】

词人多写离情别绪之悲，写重逢之喜悦的篇章不多见。这首词写作者同他思念已久的歌女喜相逢。先追忆当年的欢乐，用了"殷勤"、"颜红"、"舞低"、"歌尽"的内容描述。当年一个笑盈盈含情捧杯劝酒，另一个一见倾心情愫开，畅饮不惜醉，两人浓情蜜意，相亲相爱。歌筵上不断地起舞，不觉到更深月落，"舞低杨柳楼心月，歌尽桃花扇底风"两句虚实转化，用意巧妙，语言工丽，是人们叹赏的名句。作者笔转意回，"从别后"三句，写相思苦深，常常和她梦中相会，梦绕魂牵，醒来空寂寞。"今宵"两句写重逢：今夜真的见面了，疑惑之中惊喜不禁。从前以为梦是真，今天却将真疑梦，此处写得极其曲折，把银灯来照，"犹恐相逢是梦中"一句，写得深切细腻。把从前欢乐、别后怀念、渴望相逢一齐贯通。晏几道把杜甫的"夜阑更秉烛，相对如梦寐"用在此处，"剩把"与"犹恐"

呼应，变质直为宛转，实是文心曲折微妙，令人折服。此词结构层次分明，起伏变化，语言和婉秾丽，精雕细琢，感情真挚，是宋词艺术上的一颗明珠，在当时被列为宋金十大曲之一，广为传唱。

阮　郎　归

旧香残粉似当初，人情恨不如。一春犹有数行书，秋来书更疏。　　衾凤冷，枕鸳孤，愁肠待酒舒。梦魂纵有也成虚，那堪和梦无！

【赏析】

这首词抒写思忆，但写作技巧上有独特之处：以几件事的对比，层层深入，把一个痴情汉子的一片痴心，从有一线希望步步紧逼到绝望，从而展示了恋情中的一种不可解脱的痛苦。"旧香"两句写留下的东西依然如旧，只是"人情"却不如当初了。人不如物，这时他怨而不怒。"一春"两句，写终于盼到一封信来了，寥寥数语不过是敷衍几句，关系已经冷淡。"衾凤冷"、"枕鸳孤"、"愁肠待酒舒"几句描写自己独处的孤冷，只有以酒浇愁，"梦魂"两句是说梦中的她已对我冷冰冰，我已心死魂断，陷入了完全绝望的境界。

阮　郎　归

天边金掌露成霜[①]，云随雁字长。绿杯红袖趁重阳[②]，人情似故乡。　　兰佩紫[③]，菊簪黄[④]，殷勤理旧狂[⑤]。欲将沉醉换悲凉，清歌莫断肠。

【注释】

①"天边"句：《三辅黄图》说：西汉武帝想长生不老，修了座高台，铸了个铜仙人，手上托有承露铜盘，以便接露水吞仙丹。然而盘在长安，作者在汴京。这里是说，秋深了已经露凝成霜，并不见什么铜人

95

和承露盘。

②绿杯：代指酒。红袖：代指侍女。

③佩紫：衣上佩着紫色香花。

④簪黄：头上戴着菊花。

⑤"殷勤"句：过去的"狂态"又扮出来。

【赏析】

晏几道虽是宰相晏殊幼子，但仕宦很不得意，这是他的抒怀作品。重阳赴人邀宴，主人情重，美酒佳人又满堂生辉。他想"趁"节日欢娱一番，怎奈年纪已大，仕途坎坷，心中有无限感慨。"殷勤理旧狂"，也就是强打精神把别人讥讽的所谓"狂"放在一边，且自快乐。把紫兰照例佩上，黄菊照旧簪上，然而年轻时闹玩快乐的心意，已随着时间和遭遇而变迁。晏几道直率阔达，无所顾忌，仕途失意，又不去依附权门。他的文章风格独特，不去歌功颂德，他把"秋兰"、"秋菊"象征自己孤芳自赏的高洁性格。"当年拚却醉颜红"，而今"沉醉换悲凉"。两下相比，从前豪情奔放，踌躇满志，如今已变成借酒浇愁，悲愤满腔。结尾用了"清歌莫断肠"，更使得全词感情深厚而语言凝重，用词含蓄委婉而沉郁顿挫。

李之仪

【作者介绍】

李之仪，生卒年不详，字端叔，自号姑溪居士，沧州无棣（今属山东）人。神宗元丰进士。历任枢密院编修、原州通判等。徽宗初，提举河东常平。能文。词亦工，以小令见长，词风近似秦观。有《姑溪居士文集》、《姑溪词》。

卜 算 子

我住长江头，君住长江尾。日日思君不见君，共饮长江水。此水几时休，此恨何时已。只愿君心似我心，定不负相思意。

【赏析】

　　这首词在当时曾广为传唱,几乎家喻户晓。词中以通俗的民歌语言写情,极易演唱。和艳词相比,它自然清新;和多数缠绵含蓄的相思词相比,它以坦率、质朴的笔调表现痴情女子的相思情。自始至终用"水"联结"我"与"君"的感情长线。"我住长江头,君住长江尾","共饮长江水"喻隔离千山万水,相思是同样的。"共饮"一句使相思更不能自禁。转到"此水几时休"一句,大有"此恨绵绵无绝期"的余音。借江水悠悠不断,写有情人相思绵绵无期,只希望"君心似我心",表明自己对爱情的忠贞不渝。《词林记事》载毛晋云:"姑溪词多次韵,小令更长于淡语、景语、情语……'我住长江头',直是古乐府俊语矣。"

仲　殊

【作者介绍】

　　仲殊,僧人。生卒年不详。俗姓张,名挥。法名仲殊,字师利。安州(今河北省)人。举进士,游荡不羁,几为其妻所毒毙,乃弃家为僧。居苏州承天寺、杭州吴山宝月寺。与苏轼交好。崇宁中自缢卒。能文,善乐府。其词有一种出家人的清逸,语言奇丽、和婉。有《宝月集》不传,今存《宝月词》。

柳　梢　青

吴　中

　　岸草平沙。吴王故苑,柳袅烟斜。雨后寒轻,风前香软,春在梨花。　　行人一棹天涯。酒醒处,残阳乱鸦。门外秋千,墙头红粉,深院谁家?

【赏析】

　　春暖花开,水平如镜,词人驾一叶小舟飘游。他欣喜地看到沿江美如画的景色：两岸芳草如茵，沙滩远伸。船到吴王故苑，屋在人空。一阵春雨过后，寒意浸人。正在这时，小舟迎来一树树明丽似雪、怒放飘香的梨花，他欢心呼出："春在梨花"。一桨划远，小舟似箭，把酒畅饮。酒醒之后，夕阳斜射余晖，群鸦聒吵。在惆怅之中，恍惚迷离，小舟已近一处。只听得笑声朗朗，看围墙处荡秋千的姑娘，引得词人发出痴问："深院谁家？"

全词似一幅山明水秀的风光画，有一种悠然的情韵，使读者随着词人畅游，和词人分享欣喜之情，这就是高手不着痕迹的描述技巧。

孔平仲

【作者介绍】

孔平仲，生卒年不详。字毅父，临江新喻（今江西新余）人。英宗治平二年（1065）进士。曾为秘书丞、集贤校理、江东转运判官等。长于史学，工文词，与其兄文仲、武仲俱有文名，并称"三孔"，有《朝散集》。

千 秋 岁

春风湖外，红杏花初褪①。孤馆静，愁肠碎。泪余痕在枕，别欠香销带。新睡起，小园戏蝶飞成对。　　惆怅人谁会，随处聊倾盖②。情暂遣，心何在？锦书消息断，玉漏花阴改③，迟日暮，仙山杳杳空云海④。

【注释】

①褪：花瓣掉落了。
②倾盖：停车交盖，伞盖稍稍倾斜，可以交谈。
③漏：更漏声，古时计时的一种方法。
④杳杳：无影无声。

【赏析】

　　这首词上阕写女子对游子的思念：春风轻拂，湖边杏花纷纷飘落，孤单一人在馆阁，有无尽的相思之苦，睡醒泪水湿透了枕头，望院中双蝶飞舞，有无限感触。下阕写游子对女子的思念：旅途想念你情思缠绵，无奈何只有同旁人交谈聊以排遣，可是你的影子总在我的眼前，朝思暮想盼封家书。夜静人难眠，黄昏中眺望远方，只见茫茫云海。这首词的特点在于同一首词中，既写我忆人又写以人忆我，词的容量较大。

贺　铸

【作者介绍】

　　贺铸（1052—1125），字方回，自号庆湖遗老。人称贺鬼头。山阴（今浙江绍兴）人，孝惠皇后族孙，授右班殿直。元祐中曾任泗州、太平州通判。晚年退居苏州，杜门校书。不附权贵，喜论天下事。能诗文，尤长于词。其词内容、风格较为多样，善于锤炼字句，有爱国忧时之作，悲壮激昂近苏轼，语言秾丽哀婉近秦观。晏几道、辛弃疾等均有续作，足见其影响。著有《东山寓声乐府》、《庆湖遗老集》。

横　塘　路

即《青玉案》

　　凌波不过横塘路①，但目送、芳尘去②。锦瑟华年谁与度③？月台花榭，琐窗朱户，只有春知处。　　碧云冉冉蘅皋暮④，彩笔新题断肠句⑤。试问闲愁都几许？一川烟草⑥，满城风絮，梅子黄时雨。

【注释】

①凌波：形容女子步履轻盈。
②芳尘：有着花草芳香的尘土，这里指美人。

③锦瑟华年：青春妙龄，风华正茂。
④蘅皋：蘅，杜蘅，一种香草。皋：水边的高地。这里指长了蘅的水边高地。
⑤彩笔：妙笔，指做文章笔下生花。
⑥一川：遍地，即平原。

【赏析】

这首词是后世赞赏的名篇，所以后人把《青玉案》词牌写作《横塘路》。上阕写情阻，下阕写愁乱。以"凌波"开始的上阕写他眷恋的佳人不能来，自己又不能去，只有"目送"。对她的一往情深倾注在思念中，猜想她寂寞，孤独，年华贻误。下阕从"碧云"二句，写站在水边伫望凝想，以至云深日暮，而伫望凝想所在的"蘅皋"，又是先前相会、分手之处，景物如昔，叹始终未能和佳人再度相会，知音不见，相诉不能。只好用笔抒自己的断肠愁。"试问"四句写有人问到底有多少"闲愁"？有如"一川烟草，满城风絮，梅子黄时雨"。那压抑的悲愁像一望无际枯黄的草地，示"愁"无处不在；漫天风絮飞舞，示"愁"乱；迷迷濛濛如雾的梅雨天，示难见天之"愁"。以这三种景物比喻愁，在修辞学上称"联珠譬喻"。一般作品只用一种喻意，而作者运用三联珠譬喻，抒发了他悒悒不得志，愤世嫉俗，功业未竟，情场失意，处境坎坷的几多"闲愁"，所以这三句成为千古名句，贺铸因此得了"贺梅子"的雅号。

薄　幸

淡妆多态，更的的①、频回眄睐②，便认得，琴心先许③，与绾合欢双带。记画堂，同月逢迎，轻颦浅笑娇无奈④，问睡鸭炉边，翔鸳屏里，羞把香罗偷解。　　自过了、收灯后⑤，都不见、踏青挑菜。几回凭双燕，丁宁深意，往来翻恨重帘碍。约何时再？正春浓酒暖，人闲昼永无聊赖。恹恹睡起，犹有花梢日在。

【注释】

①的的：此处为眼波不时注视的样子。
②眄睐（miàn lài）：斜望。
③琴心：是汉司马相如琴挑卓文君的故事，本词示以琴声达意。
④颦（pín）：皱眉。
⑤收灯后：元宵节后。

【赏析】

以"薄幸"为词调名，始见于贺铸这首词，在词的发展史上，历代的词评家和选词者也都很重视此词，它咏叹了男女恋情。在风和日丽的游春踏青的时光，他遇见了一位姿态娴雅的女子，还向他频频送来秋波，使他心猿意马。他判断是"以琴达意"，于是两人一见钟情。他结了同心结在她衣上，情意绵绵，他们在画堂相互依偎，感到无限的欢欣，在热恋中定情。很久之后，她那妩媚的浅笑，香罗偷解时的姿态还历历在目，但自从元宵节后，再也找不到她了。踏青时节，他在挑菜人群中一遍遍寻过，以为有见面的机会，可是"都不见"。那女子家里门深帘重，连燕子捎封信都不能够，眷恋之情向谁吐？"约何时再"这句至结尾，把他痴情的焦灼，眷恋的相思情绪溢于言表，又以"犹有花梢日在"的丽景反衬收来。处处言情，而又处处写景，以景代情，把那种坐卧不安、百无聊赖的形象呈现出来。《宋四家词选》评："言情中布景。"是最中肯的评语。

司马槱

【作者介绍】

司马槱，生卒年不详，字才仲，陕州（今山西夏县）人。司马光侄孙。元祐六年（1091）为河中府司理参军，应贤良方正直言极谏科，入第五等，赐同进士出身，堂除初等职官。存词两首。

黄 金 缕

家在钱塘江上住①。花开花落，不管年华度。燕子又将春色去，纱窗一阵黄昏雨。　斜插犀梳云半吐②。檀板清歌③，唱彻黄金缕④。望断云行无去处，梦回明月生春浦。

【注释】

①钱塘江：古代称杭州为钱塘，钱塘江在杭州城边。
②犀梳：犀牛角做成的梳子。
③檀板：拍板，用檀木制成。
④黄金缕：一种曲调。

【赏析】

一位没有家的歌妓，只好漂泊在钱塘江上，"家"字把她的凄苦身世揉进词中。"花开花落，不管年华度"作者同情她，又好像是她自己倾诉，说明她并不想任花开落、青春逝去、凭命运摆布。"燕子又将春色去，纱窗一阵黄昏雨"，用纱窗、黄昏、雨，将歌妓的忧郁、惆怅的复杂心绪揭露出来。此处用笔如行云流水，勾画出一幅清秀的图画。上阕写景，下阕写歌妓的容貌、姿态、歌喉。她犀梳斜插于发髻，挽髻半垂在耳侧，一个活泼可爱的歌妓呈现在眼前。这里没有艳词丽句，只用了"斜插犀梳云半吐"七个字便出神入化。一曲《黄金缕》，歌喉纯净悦耳，恰似清歌绕飞梁，博得满堂喝彩。结尾"望断云行无去处"二句用字精辟，望断那天上漂泊的云，自叹将来何处是归宿？只乞求做个好梦，梦中现出期望的明月，很耐人寻味。表现了全词的内涵美。

林 逋

【作者介绍】

林逋（967—1028），字君复，杭州钱塘（今浙江杭州市）人。少孤力学，恬淡好古，不趋荣利，隐居西湖孤山上，二十年足迹不到城市。未娶，以种梅养鹤自娱，人称"梅妻鹤子"。卒谥和靖先生。善行书，工于诗。其诗多描写隐居生活，能以疏淡之笔墨勾勒图画，尤长于咏梅，以《山园小梅》最负盛名。存词三首，清丽隽永。有《林和靖诗集》。

长 相 思

吴山青①，越山青②，两岸青山相送迎。谁知离别情？
君泪盈，妾泪盈，罗带同心结未成③。江头潮已平④。

【注释】

①吴山：在浙江杭州市钱塘江北岸，春秋时为吴国地方。
②越山：指钱塘江南岸的山，春秋时越国在以绍兴为中心的杭州南面一带地方。
③罗带：丝织成的带子。同心结：把罗带打成结，象征定情。
④潮已平：江潮已经涨满。这句写离别时所见。

【赏析】

作者用《长相思》作词牌，写的主题正是离别相思。《长相思》又名《双红豆》、《相思令》，林逋是一独身隐士，居钱塘江二十多年，经常看见少男少女难舍难分，洒泪惜别，从而反映到自己的作品中。在词中，他向一水相隔的吴山、越山发出呼喊："多少人悲欢离合、生死离别？两岸青山可以作证。可是谁又知我的离别恨，相思苦？"和情人分别时压抑不住的痛苦，只有向天呼喊、向青山问话来发泄了，这里移情寄怨的手法十分高妙。"君泪盈，妾泪盈"用了两个"泪盈"，因为"同心结未成"，就被粗暴的阻隔，而且将长相别。"江头潮已平"一句，"潮"字蓄意极深，也许就是阻挡他们相爱的巨大势力。本词含蓄深沉，用语流畅婉丽，民歌风味很浓。

解昉

【作者介绍】

解昉,生卒年不详。任官苏州司理。《全宋词》存其词二首。

永遇乐

春 情

风暖莺娇,露浓花重,天气和煦。院落烟收,垂杨舞困,无奈堆金缕[1]。谁家巧纵,青楼弦管[2]?惹起梦云情绪。忆当时,纹衾衾枕[3],未尝暂孤鸳侣。　　芳菲易老[4],故人难聚,到此翻成轻误。阆苑仙遥[5],鸾笺纵写,何计传深诉?青山绿水,古今常在,惟有旧欢何处?空赢得,斜阳暮草,淡烟细雨。

【注释】

①堆金缕:无力地低垂着黄金般的丝缕。这处指杨柳。
②青楼:妓院。
③纹衾衾枕:同盖绵被,并睡花枕。
④芳菲:芳香的草,这里比喻青春。
⑤阆(làng)苑:神仙居住的地方。

【赏析】

"春情"为本词的题目,描写伤春的思绪。可以说写离愁,也可以理解为隐射作者对理想抱负未能实现的一种怨情。开头用从宽到窄的范围去描写春天的美好。"风暖莺娇"三句,视面广阔。"院落烟收"写景窄,也为后文铺路,是自己家里的春景。用"惹"来转折主人翁的忧伤。从谁家传出撩人的乐曲,激起主人对逝去的青春幸福的回忆,接着"忆当时"三句回忆从前的恩爱。"芳菲易老"三句,写伤悲"难聚",感叹"误"了大好时光,旨在渲染并点明主题。现在能否弥补误了的时光?要实现愿望有登天之难。"青山绿水"三句写希望落空,此处借青山绿水而移情寄怨。用"空赢得"三句形容现在,所赢得的只有如将要枯萎的小草,和细雨中飘升的一缕轻烟,凄婉惆怅、沉闷的情怀在此处倾诉无遗。本词结构严谨,层次分明,用词清丽。

王 观

【作者介绍】

王观,生卒年不详,字通叟,如皋(今属江苏)人。仁宗嘉祐二年进士。历任大理寺丞、江都知县等,官至翰林学士。相传曾奉诏作《清平乐》一首,描写宫廷生活,高太后认为亵渎了神宗赵顼,第二天便被罢职,遂自号逐客。其词学柳永,情景交融,风趣而近于俚俗,著有《冠柳集》,不传;今有赵万里辑本。

卜 算 子

送鲍浩然之浙东①

水是眼波横②,山是眉峰聚③。欲问行人去那边?眉眼盈盈处④。　　才始送春归,又送君归去。若到江南赶上春,千万和春住。

【注释】

①鲍浩然:王观的一位友人。
②眼波:向来把美人的眼比成水波,所以称眼波。
③眉峰:把美人的眉毛比成山峰,所以说眉峰。
④"眉眼"句:此处比喻山水秀丽的浙江一带。盈盈:美好貌。

【赏析】

送别之诗词多数是悲悲凄凄,但是这首词却写得轻松、愉快风趣。前者是被迫割离两分开,后者是送别友人归家团聚。王观不因仕途遭遇不公而萎废,反自号"逐客",是个洒脱不羁的人物,词风风趣幽默别具一格。词中比拟亲人的眼波像水波一样清明透亮，用山峰比喻女子的眉头。"欲问行人去那边？眉眼盈盈处"两句，描写游子归心似箭的思乡之情，以及妻子倚门望远的盼归心情，手法高超。下阕写作者送春刚去，心情本是忧郁的，现又要送别朋友，但是看到朋友归心似箭，他想到朋友的亲人殷切盼望，又为朋友团聚在即感到高兴。结句"千万和春住"，这里的"春"字实指朋友家中的"春"意，用意十分深长。

王安石

【作者介绍】

王安石（1021—1086），字介甫，号半山，抚州临川（今江西临川县）人，庆历二年进士，历直集贤院、知制诰。神宗立，为翰林学士兼侍讲，熙宁二年，参知政事，创置三司条例司，推行新法。明年冬，拜同中书门下平章事，加右仆射。封舒国公，改封荆国公，晚居金陵。有《临川集》。王安石是我国历史上著名的政治家，文学成就颇高，影响巨大，其文章有揭露时弊、反映社会矛盾之作，他的散文雄健峭拔，为"唐宋八大家"之一。诗歌刚劲清新。词虽不多，却风格高峻豪放，感慨深沉，别具一格。有词集《半山词》。

浣 溪 沙

百亩中庭半是苔，门前白水道萦回，爱闲能有几人来？
小院回廊春寂寂，山桃溪杏两三栽，为谁零落为谁开？

【赏析】

词人把我们的视线引到一座深宅大院之前，门前一条小河弯曲流过，院内宅地上多半长着青苔，久未住人的荒芜景象呈现在读者眼前。"爱闲能有几人来？"这种空寂荒凉的地方又有几人想来啊。走过小院回廊，稀疏有两三株桃杏，虽然春天来了，可是却这般冷冷清清，花儿开落无人知晓。全词字数虽少，包含内容却多，表面上写景，其实写人。意在言外的是这里曾是个大户人家居住的地方（占地百亩、花院回廊），为何家道败落？空院寂寂，花儿究竟为谁零落为谁开？实写留居之人的寂寞、凄苦情愫。本词语言清新，感慨深沉，别具一格。

章 楶

【作者介绍】

章楶（1027—1102），字质夫，浦城（今福建浦县）人。冶平二年（1067）进士。累官至资政殿学士、中太乙宫使。其词仅存两首，语言工细，风格委婉。

水 龙 吟

柳 花

燕忙莺懒花残，正堤上、柳花飘坠。轻飞点画青林，谁道全无才思。闲趁游丝，静临深院，日长门闭。傍珠帘散漫，垂垂欲下，依前被，风扶起。　　兰帐玉人睡觉，怪春衣，雪霑琼缀。绣床旋满，香毬无数，才圆欲碎。时见蜂儿，仰粘轻粉，鱼吹池水。望章台路杳，金鞍游荡，有盈盈泪。

【赏析】

这篇咏物词，看来写人，实写柳花絮。章楶善于捕捉物象，刻画形象栩栩如生。这篇词用拟人化手法描绘柳花的飘动，确为高作。

在春残的景色中，河堤柳花被风吹得漫天飞舞，"闲趁游丝，静临深院，日长门闭"，作者有意让物象更多地染上人的主观色彩，更多地显示人的性格，于是柳花同人感情更贴近了。"傍珠帘"二句将柳花形容得淋漓尽致，为后人所赞赏。"兰帐玉人睡觉"到"鱼吹池水"，进一步描述柳花的轻扬。"望章台"三句虽不提柳花，而写离人眼中盈盈泪，实写离人似柳絮飘游四方的伤感，余意悠长。

周邦彦

【作者介绍】

周邦彦（1056—1121），字美成，号清真居士，钱塘（今浙江杭州）人。少有才学，元丰初入都为太学生，因献《汴都赋》，歌颂汴京形势和朝廷新法，擢为太学正。及至旧党执政，迭遭贬谪。哲宗亲政，召为国子主簿。徽宗朝累官至徽猷阁待制，提举大晟府，后出知顺昌府，徙处州。其词作多写恋情，还有咏物、怀古伤今、表现羁旅行役的作品。音律严整，语言工丽，多用典故，形成了浑厚、典丽缜密的艺术风格。对创制新调也有重要贡献。被称为婉约派的集大成者和格律派的创始人。但其词过分追求格律法度与形式，思想内容较贫弱，开了形式主义词风的先河。今存《片玉词》。

满 庭 芳

夏日溧水无想山作

风老莺雏①，雨肥梅子②，午阴嘉树清园③。地卑山近，衣润费炉烟④。人静乌鸢自乐⑤，小桥外、新绿溅溅⑥。凭栏久，黄芦苦竹，拟泛九江船⑦。　　年年，如社燕⑧，飘流瀚海⑨，来寄修椽⑩。且莫思身外⑪，长近尊前。憔悴江南倦客⑫。不堪听、急管繁弦⑬。歌筵畔，先安簟枕⑭，容我醉时眠。

【注释】

①风老莺雏：小莺儿在暖风里成长。
②雨肥梅子：被雨水滋润、肥大起来的梅子。
③"午阴"句：中午，阳光下园林的树影显得清晰。
④炉烟：用香炉来熏除衣服湿气。
⑤鸢（yuān）：俗称老鹰，这里代指鸟类。
⑥溅溅：急流中的水声。
⑦"黄芦苦竹"两句：引用白居易《琵琶行》诗："住近湓江地低

湿，黄芦苦竹绕宅生。"上句说溧水"地卑山近"与湓江同。下句说要追步白居易，也就是以白居易贬谪江州时的处境与心情相比。

⑧社燕：相传燕子于社日飞返往年住地。

⑨瀚海：沙漠地区。这里泛指边远荒僻地区。

⑩修椽：承屋瓦的长椽（燕子筑巢处）。

⑪身外：把功名事业等冷漠看待。

⑫江南倦客：作者自称。倦客，倦于作客、做官。

⑬急管繁弦：急促的管（箫、笛类）弦（琵琶、胡琴类）乐声。

⑭簟：席子。古人常用簟比喻闲居生活。

【赏析】

周邦彦自元祐二年离开汴京，先后流宦于庐州、荆南、溧水等僻远之地，这首词是在溧水（今江苏溧水县）时所作。上阕写江南初夏景色，写得极细密；下阕抒漂流之哀，极婉转。"风老"三句写出莺雏梅肥，绿阴如幄的一幅明丽夏日的图景。"地卑"二句承上，用一"费"字写出地卑山近，地势低洼，而导致衣服常湿润需要炉火烘烤，此处流露出极不适意的情绪，为下面抒情伏笔。"人静"二字用得精辟，正因为山空人寂，才领略鸟鸢逍遥，"静"和"自"特别传神。小桥流水鸣声溅溅，引起无限思绪。"黄芦苦竹"两句，用白居易《琵琶行》中"住近湓江地低湿，黄芦苦竹绕宅生"之句，点出自己的处境与被贬谪的白居易相似，含有仕途不畅之意。写景寓情，蕴藉含蓄。

下阕抒情，换头"年年"为句中韵，自叹身世，文笔曲折。"如社燕"三句写自己多年来好像社燕一般，从漠北瀚海漂流来此，寄人檐下栖身，暗示出他宦情如逆旅的苦衷，比喻入微。"且莫思"句，劝人把功名富贵抛在脑后，且开怀痛饮。"憔悴"两句又作一转，"倦客"虽然强抑悲哀，不思种种"身外"事，但在盛宴上听到丝竹纷陈，就顿觉刺耳。作者此处落笔凝重深沉，描写内心活动隐微，缜密委婉。

玉 楼 春

桃溪不作从容住①，秋藕绝来无续处。当时相候赤阑桥，今日独寻黄叶路。　烟中列岫青无数②，雁背夕阳红欲暮。人如风后入江云，情似雨余粘地絮。

【注释】

①"桃溪"句：相传东汉时刘晨、阮肇入天台山，看见山上有桃树，下有溪流。二人在水边遇到两个仙女，他们相爱成婚。半年以后，二人思家求归。及到出山，才知道已经过去三百多年了（见《幽明录》）。这种由于轻易和情人分别而产生的追悔之情，在古典诗歌中常常用天台山桃溪故事来作比拟。

②岫：山。

【赏析】

这首词描写作者和情人分别之后，旧地重游，触景生情引起的怅惘之情，也许是他寄寓自己生活中一段真实的经历。上阕"桃溪不作从容住"，藕断丝连之情虽有，可是藕断接不起来了。"当时"二句追忆过去，旧地又重游，原在赤桥上等候相会的欢欣，今日却独自一人在秋风扫落叶的地方苦苦回想。"烟中"二句写雾中的青山，夕阳中的归雁，以"烟"比喻过去如云烟飘去，无可挽回。"人如风后入江云"二句，比喻人像吹散映在江上的流云，情像雨后粘在泥中的柳絮，无法解脱"粘絮"，如像无法解脱排开心中的郁闷一样。结尾二句描写细腻，广为后人传诵。全词多用对句，对得极为工巧。

解 语 花

上 元①

风销绛蜡②，露浥红莲③，灯市光相射。桂华流瓦④，纤云散、耿耿素娥欲下⑤。衣裳淡雅,看楚女纤腰一把⑥,箫声喧,人影参差⑦,满路飘香麝⑧。　　因念都城放夜⑨,望千门如昼⑩,嬉笑游冶。钿车罗帕⑪,相逢处、自有暗尘随马⑫。年光是也⑬,唯见旧情衰谢。清漏移⑭,飞盖归来⑮,从舞休歌罢。

【注释】

①上元:旧时称农历正月十五日为上元节。

②绛蜡:红烛。

③露浥(yì):露水浸湿。浥,湿润。红莲:荷花灯。

④桂华:月光。

⑤"耿耿"句:耿耿,光明。素娥,月中仙女嫦娥。

⑥楚女纤腰一把:《韩非子》:"楚灵王好细腰,而国中多饿人。"这里指美人。

⑦参差:不齐,杂乱的样子。

⑧香麝:即麝香,香料。

⑨放夜:开放夜禁。

⑩千门:皇宫里的千门万户。

⑪钿车:以金玉装饰的华丽车子,罗帕:车上妇女用的手帕。

⑫暗尘随马:车马走过去尘土飞扬。这里指车马经过的地方聚拢了很多游人。

⑬是也:还是一样。

⑭清漏移:夜深了。漏,古代用水来计时的用具。

⑮飞盖:飞驰的车子。盖,车顶。

【赏析】

《艺蘅馆词选》对这首词批注云:"此美成在荆南作,当与《齐天乐》同时,到处歌舞太平,京师尤绝盛。"周邦彦这篇《解语花》是写上元节题材的代表作品。地方上过上元节,到处都是辉煌灯火,张灯结彩,喜气洋洋,皎洁的月亮与彩灯相辉映,月中嫦娥都想下来一同游玩,箫声鼓乐喧天。在这良辰佳节的夜晚,观灯的人流中,万头攒动,几位窈窕美女留下了一路香气。下阕用"因念"二字承上启下,联想回忆京城的上元节气派更大,灯火万家,照得

111

全城如同白昼。年华老去,跟前的词人深感"旧情衰谢",转入了自嗟自叹,以前那种嬉笑游冶的生活不复返了,再也无心赏灯,不如归去。写景构思新巧,措辞精粹,是本词的特色。

兰 陵 王

柳

柳阴直①,烟里丝丝弄碧②。隋堤上③,曾见几番、拂水飘绵送行色。登临望故国④,谁识,京华倦客?长亭路,年去岁来,应折柔条过千尺。　　闲寻旧踪迹⑤,又酒趁哀弦,灯照离席。梨花榆火催寒食⑥。愁一箭风快,半篙波暖,回头迢递便数驿⑦,望人在天北。　　凄恻⑧,恨堆积!渐别浦萦回⑨,津堠岑寂⑩,斜阳冉冉春无极。念月榭携手⑪,露桥闻笛。沉思前事,似梦里,泪暗滴。

【注释】

①柳阴直:长堤上柳树齐整,阴影连成一条直线。
②烟:指雾气。丝丝弄碧:柳条丝丝飞舞,呈现一片碧绿。
③隋堤:隋炀帝开导汴水沿渠所筑之堤。
④故国:这里指故乡。
⑤旧踪迹:指昔日在汴京常去的地方。
⑥"梨花榆火"句:送别正是梨花开了,快到寒食节的时候。古代习俗以清明前一日为寒食节,禁火三天,节后另取薪火。
⑦迢递:遥远。驿:驿站。
⑧凄恻:悲伤。
⑨别浦:江河的支流入水口。
⑩堠(hòu):古代瞭望敌情的土堡。岑寂:寂静。
⑪月榭:月下的楼台。

【赏析】

宋毛幵《樵隐笔录》说这首词在南宋绍兴年间颇为流行,常用作送别时的唱曲,因它分三阕,故称《渭城三叠》。题为柳,实不咏柳,而是抒别愁。《宋四家词选》说这首词是"客中送客"。上阕写景:写柳阴、柳丝,借柳树将那离愁别绪渲染一番。"拂水飘绵"四字用得精炼,把柳条轻拂流水、春意绵绵的景象跃然眼前,将送别缠绵依依不舍的情感尽致吐露。中阕写别情,从"闲寻"起写送客时自己抒别情,以柳说人,以物似情,"愁一箭风快",将自己"京华倦客"的失意复杂心情更添一层哀愁。下阕写别后追忆,其中"斜阳冉冉春无极"是周词的名句。梁启超评这七字:"绮丽中带悲壮,全首精神提起。"结尾"沉思前事,似梦里,泪暗滴"是又一名句。追思多少欢乐往事,全如在梦里,往事不堪回首,如今满怀凄恻。惟有暗洒泪珠而已。全词委婉曲折,抑郁情怀,伤别念旧之痛苦在回旋往复的叙述中得到深刻的表述,这首词代表了周邦彦词的绵密曲折、委婉入情、富艳精工的艺术特色。

苏 幕 遮

燎沉香①,消溽暑②。鸟雀呼晴,侵晓窥檐语③。叶上初阳干宿雨④,水面清圆⑤,一一风荷举。 故乡遥,何日去。家住吴门⑥,久作长安旅⑦。五月渔郎相忆否,小楫轻舟⑧,梦入芙蓉浦⑨。

【注释】

①燎:烧。沉香:一种气味浓烈的香料。

②溽暑:潮湿闷热的暑气。

③侵晓:天刚亮。窥檐语:鸟儿把头伸出屋檐下边窥伺并吱喳地叫。

④干:晒干。宿雨:夜间的雨。

⑤清圆:指清润而溜圆的新生莲叶。

⑥吴门:苏州的别称。

⑦长安:今西安市。这里借指汴京。

⑧楫:划船的桨板。

⑨芙蓉浦：开满荷花的浦港。

【赏析】

这首词上阕写雨后初晴的仲夏景色；下阕抒久客异乡的思乡情绪。"叶上初阳干宿雨，水面清圆，一一风荷举"三句写出了金色阳光，渐渐晒干了清圆的荷叶上的雨珠，风吹荷叶亭亭出水，迎风一团团舞动的姿态，恰似一幅清新而又美丽的画。"举"字使荷叶站起来，用得不同凡响。写荷塘得如此清新典雅，正应了王国维说它"真能得荷之神理"。因见荷，而牵引出梦魂中故乡的荷港。结尾三句写梦回故乡，用清美的笔调写出思忆中的江南风光。

这首词不但写出荷塘风景清爽、美伦雅致，而且在思想境界上有不得志、不安做旅人的乡关之思。

六　丑

落　花

正单衣试酒，恨客里、光阴虚掷。愿春暂留，春归如过翼①。一去无迹。为问花何在，夜来风雨，葬楚宫倾国②。钗细堕处遗香泽③。乱点桃蹊，轻翻柳陌。多情为谁追惜。但蜂媒蝶使，时叩窗槅。　　东园岑寂④。渐蒙笼暗碧⑤。静绕珍丛底⑥，成叹息。长条故惹行客，似牵衣待话，别情无极。残英小，强簪巾帻⑦。终不似一朵、钗头颤袅，向人欹侧⑧，漂流处、莫趁潮汐⑨。恐断红，尚有相思字⑩，何由见得。

【注释】

①"春归"句：春天过去像鸟飞那样快。
②"夜来"两句：因楚王爱细腰，楚宫中多细腰美女，有宫女因此而饿死，以落花暗喻。
③"钗钿"句：钗钿是形状像花朵的女人头饰物。香泽，女人头发香气，这里用来比落花的香气。

④岑寂：本有高而静的意思，这里作寂寞解。
⑤蒙笼暗碧：指绿叶成荫。
⑥珍丛：花枝。
⑦巾帻（zé）：头巾。
⑧欹（qī）侧：倾斜。
⑨汐：晚潮。早日潮，晚日汐。
⑩"恐断"两句：唐代卢迟在御沟上拾得红叶一枚，叶上题有相思的诗句，后来娶得放出来的宫女，原来就是在叶上题诗的人。

【赏析】

宋词发展到灿烂时期，周邦彦创制了《六丑》新调。

这首词在《彊村丛书·片玉集》题作"落花"，众多书籍又题为"蔷薇谢后作"。写惋惜落花、惜春、伤春怀人之感。描绘细节生动，把花拟人化，构思别致。从春归花谢、花飞，不写人如何惜花，而写花之恋人；不写已簪在头巾上的残英带给的欣慰，却偏偏把花瓣比喻"红叶题字"。借花起兴，从落花到花瓣，再到红叶，而由此想到潮水，想到情人，奇情四溢，是作者运用腾挪跌宕的艺术写作技巧。"愿春暂留，春归如过翼。一去无迹"。十三个字写春留不住，《宋四家词选》中周止庵评道："千回百折、千锤百炼。""问"字振起全篇，"夜来"二句承上回答，写风雨扫葬倾国（美人和花），"钗钿"三句写落花狼藉状，只有蜂蝶追惜花，词人禁不住徘徊叹息。下阕"长条故惹行客"三句，写花枝扯衣恋人，将残留小花簪在头巾上，可见人与花感情之深，缠绵婉转，耐人寻味。将花与人合写，一气贯注。

浪淘沙慢

晓阴重，霜凋岸草，雾隐城堞①。南陌脂车待发，东门帐饮乍阕。正拂面、垂杨堪揽结，掩红泪、玉手亲折。念汉浦离鸿去何许②？经时信音绝。　　情切。望中地远天阔。向露冷风清、无人处，耿耿寒漏咽。嗟万事难忘，唯是轻别。翠尊未竭，凭断云留取，西楼残月。　　罗带光销纹衾叠。连环解，旧香顿歇，怨歌永，琼壶敲尽缺。恨春去，不与人期；弄夜色，空余满地梨花雪。

【注释】

①堞（dié）：城上如齿状的矮墙。
②浦：水滨。

【赏析】

这首写别离相思的词，共分三阕。上阕写相别的时间和地点。在一个秋天雾重迷蒙的早晨，在"城堞"、"东门帐"饯行。女子掩泪，亲手折柳，送走了情人。中阕写分离时依依情怀，望天嫌高，看太遥远，而情人却要到那"露冷风清"的地方去。哀叹"万事难忘"，特别难忘"轻别"。此后只有"断云"、"残月"陪伴我孤凄度寒夜了。下阕写别后怀念和相思苦衷。蓄势在所谓"光消"、"衾叠"、"香歇"、"壶缺"之中，这些景象一件件呈现在眼前，如风雨急至，把难眠、难咽"恨春去"的情思倾泻出来。"弄夜色"两句写又见吹落满地白梨花，更添怅惘。这里用了旋动而忽静的写法，似一舞女急速旋转后，戛然静立，姿态横生，令人叫绝。全篇变化曲折回环，转换顿挫有致，是一篇完整而统一的艺术佳作。周邦彦善于驾驭长调，结构长篇词妙不可言。万红友评此词"精绽悠扬，真千秋绝调"。

少　年　游

并刀如水①，吴盐胜雪②，纤手破新橙。锦幄初温，兽烟不断，相对坐调笙③。　　低声问：向谁行宿？城上已三更。马滑霜浓，不如休去，直是少人行！

【注释】

①并刀：并州出产的刀子，以锋利著称。

②吴盐：吴地出产的盐。

③"锦幄初温"三句：室内是暖烘烘的帷幕，刻着兽头的香炉轻轻升起缕缕香烟。两人相对坐着。

【赏析】

据张端义《贵耳录》记载：宋徽宗幸临李师师家，偶有周邦彦在先。知皇帝至，周藏于床下。后来周邦彦即此事而写了这首词。

狎妓这类词一般情趣低下，为人鄙俚。然周邦彦这一首之所以受到词家注意，历代评论家认定高明之处在于写生技巧。写出了一个典型人物李师师特有的典型心理状态。让人看到了她的神态，听到了她的口吻，真谓呼之欲出，神灵活现。"纤手破新橙"是她刻意讨好他的细微动作。"相对坐调笙"把他们之间的亲密关系和神态写出。"向谁行宿"在留他、在愿留不留上打探口气。"城上已三更"一松一紧，提醒该走早走，又借"马滑霜浓"关心，放心不下而挽留。每说一句话都要，看看对方的反应，把李师师的特有身份在特有环境中所显露的心理活动刻画得入木三分。结句转折一番，说出了早就要说的话"不如休去"，这一收一放更把她逼真神态显映出来。《宋四家词选》评道："此首词亦本色佳制也。"

叶梦得

【作者介绍】

叶梦得（1077—1148），字少蕴，苏州吴县（今江苏苏州）人。哲宗绍圣四年（1097）进士。累官中书舍人、翰林学士、吏部尚书、龙图阁直学士。通经学，并积极参加了南宋初年的抗金斗争。晚年居吴兴（今属浙江）弇石林之下山，自号石林居士。能诗文，长于词。有《石林词》一卷。

贺 新 郎

睡起流莺语。掩苍苔、房栊向晚①,乱红无数②。吹尽残花无人见,惟有垂杨自舞。渐暖霭③,初回轻暑。宝扇重寻明月影,暗尘侵、上有乘鸾女。惊旧恨,遽如许④。　　江南梦断横江渚⑤。浪黏天⑥、葡萄涨绿,半空烟雨。无限楼前沧波意,谁采苹花寄取。但怅望、兰舟容与。万里云帆何时到,送孤鸿、目断千山阻。谁为我,唱《金缕》⑦。

【注释】

①房栊:房屋的窗栊。
②乱红:落花遍地的意思,红:代表花。
③暖霭(ǎi):天气变暖。霭,云气。
④遽(jù)如许:遂引起的意思。
⑤渚(zhǔ):水中小洲。
⑥黏(nián):粘住。
⑦金缕:金线,这里指曲调《黄金缕》。

【赏析】

这首词上阕写幽境与幽情,流莺叫、花落、柳舞,"吹尽"两句更显得庭院无人,四处寂静。"渐暖霭"数句,说因为气候渐热而寻扇,因看到扇上画有乘鸾凤的女子,触景生情,如一石激起水波,本来宁静的心境又掀起波澜。下阕写情,人已远去不复返,"无限"两句写出一片深情。"但怅望"三句写山重水隔,盼望也枉然。结句"谁为我,唱《金缕》",倾诉了对那唱金缕曲的歌女的殷切思念,从而使全词达到高潮。

王 诜

【作者介绍】

王诜,生卒年不详,字晋卿,太原(今山西)人,后徙开封。熙宁二年（1069）娶宋英宗女魏国大长公主，为驸马都尉。元丰二年，因受苏轼牵连贬官。元祐元年（1086）复登州刺吏、驸马都尉。能书画属文，其词音调谐美，语言清丽，情致缠绵。赵万里辑有《王晋卿词》。

行 香 子

金井先秋①，梧叶飘黄。几回惊觉梦初长。雨微烟淡，疏雨池塘。渐蓼花明②，菱花冷，藕花凉。　幽人已惯，枕单衾冷，任商飙催换年光③。问谁相伴，终日清狂。有竹间风，尊中酒，水边床。

【注释】

①金井：水井。
②蓼：一种植物，种类甚多。
③飙（biāo）：暴风。

【赏析】

王诜曾做过驸马都尉，因受苏轼贬职之事牵连，被贬谪均州。流落异地的坎坷遭遇，使他愤懑，此词即抒发了他的寥落情怀。上阕写景，眼前是秋风扫梧桐叶的凋零景象，"金井先秋"之"井"字用意曲折：井锁住了秋天的景色，均州幽居的深院像井一般束缚了人的自由。"几回"一句写惊梦，多少次梦回到故居，那般情景，却被眼前的现实给打断了。"雨微烟淡"三句，写秋雨绵绵，濛濛细雨落打池塘，蓼花衰败，菱藕清冷，这样的景象使人深感凄凉。压抑的气氛，为下阕烘托作者的心境作了铺垫。"幽人已惯"的"惯"字有几层含意：住久了，实际住不惯，又无可奈何要住下去。"任"字转折到悲愤的感慨，写出词人对宦海险恶的厌弃，以及他的苦恼和忧郁。"问谁相伴"一句写解脱不能，无可奈何，只有饮酒消愁，惟有冷风和冰床与他相伴，"终日清狂"中的"狂"字写出了贯穿全词中的"冷凉"，是如何长期积郁在心上，孤独、寂寞之感何时了？哀哀欲绝的倾吐，使读者备感辛酸。

苏 轼

【作者介绍】

　　苏轼（1036—1101），字子瞻，号东坡居士，眉州眉山（今属四川）人。仁宗嘉祐二年（1057）进士。历官福昌县主簿、大理评事、殿中丞等。神宗时，因反对王安石变法，出为杭州通判，知密、徐、湖诸州。元丰中，被指控讥刺新法而下狱，后贬居黄州。元祐中，迁中书舍人、翰林学士，除龙图阁学士知杭州，改知颍州、扬州。还，迁端明殿学士、礼部尚书，再知定州。绍圣初，坐讪谤贬惠州，徙儋州。徽宗立，赦还，卒于常州。苏轼才情奔放，是北宋中期的文坛领袖，一代文学巨匠，唐宋八大家之一。苏轼的散文、诗、词、书、画等均有很高的成就。其词在风格、体制上皆有创变，豪壮清雄之作尤新人耳目。著述颇丰，《东坡乐府》存词三百五十余首。

江 城 子

乙卯正月二十日夜记梦①

　　十年生死两茫茫②。不思量，自难忘。千里孤坟③，无处话凄凉。纵使相逢应不识，尘满面，鬓如霜。　　夜来幽梦忽还乡。小轩窗④，正梳妆。相顾无言，惟有泪千行。料得年年肠断处：明月夜，短松冈⑤。

【注释】

　　①乙卯：宋神宗熙宁八年（1075），苏轼四十岁，时任密州（今山东诸城县）知府。
　　②"十年"句：写这首词时，正值苏妻死去恰十年。
　　③千里孤坟：苏轼之妻的坟墓在四川彭县。
　　④轩窗：屋内的窗户。
　　⑤短松冈：指有松树的墓地。

【赏析】

人生最为痛苦的事，可属生离死别了。多数词人写的，只属在世人的离情别绪，然而苏轼首创了用词写悼亡、写死别的悲情。熙宁八年正月二十日，苏贬官密州，正值爱妻已亡整十年。全词用追忆、现实、梦、梦醒组成，在对亡妻的哀思中揉进了悱恻凄戚、真挚深沉的感情，同时也将屡遭贬谪的郁闷不畅之情借此倾诉。"千里"二句点明和她远隔千里，一个在四川，一个在密州，十年相隔，生死之间不通消息，无法倾诉衷肠。"纵使"二句假设相逢并勾勒了自己的形象，十年宦海沉浮、奔波坎坷，使四十岁的人容颜衰老，"尘满面，鬓如霜"，以至爱妻相逢也认不出来了。下阕忽转梦境，梦中还乡，看见妻子正凭窗对镜梳妆，相会应是喜悦的，可是，千言万语无从说起，只是相视无言，千情万绪一时化作"泪千行"。再想象妻子在荒郊月夜，小松冈上年年思念丈夫，更加柔肠寸断，极度感伤。用景结情，弥留余音。前人评说此词真情沉痛，音响凄厉，即所谓"有声当彻天，有泪当彻泉也"。

水 龙 吟

次韵章质夫杨花词①

似花还似非花，也无人惜从教坠②。抛家傍路，思量却是、无情有思。萦损柔肠，困酣娇眼，欲开还闭。梦随风万里，寻郎去处，又被莺呼起。　　不恨此花飞尽，恨西园、落红难缀③。晓来雨过，遗踪何在？一池萍碎④。春色三分，二分尘土，一分流水。细看来，不是杨花，点点是离人泪。

【注释】

①次韵章质夫杨花词：章楶即章质夫。章楶原作词《水龙吟·杨花》，苏轼在之后作了这首次韵词。

②从教坠：让它自己坠落。

③缀：连接。
④萍碎：传说杨花落在水中，即化为浮萍。

【赏析】

苏轼这首词，题目"次韵章质夫杨花词"。次韵受原作的很多限制，不但要用原作的韵，而且次序也不能变。这就比和韵更难。一般诗、词人都不大作，而苏轼这篇次韵之作，掌握得极好，有独到高明之处。章粢、苏轼两篇杨花词，似高手对弈，各有路数。苏轼以夸张的拟人法捕捉物象，把杨花神化为女子，又对她注入了浓挚的情感。人们唤柳絮为杨花，但并没真正看成花加以爱惜过，而这首词贯穿了"惜"意。"萦损柔肠"二句刻画了一位栩栩如生的少妇形象，她虽然目困心悲，但仍想千里寻郎。随风飘时而疲坠，入梦再寻，却被莺啼惊醒。下阕写人对她的怜惜：不恨柳絮飞尽，而恨柳尽花残，春剩无几。"晓来雨过"三句写漫天飞舞的杨花，只经了一场雨，便一下子消失干净，到底到哪去了呢？只见满池碎浮萍。三分春色，二分为泥土，一分为流水。"细看来，不是杨花，点点是离人泪"，只有相思泪才是如此情深意切。

贺　新　郎

乳燕飞华屋，悄无人、桐阴转午，晚凉新浴。手弄生绡白团扇，扇手一时似玉。渐困倚、孤眠清熟。帘外谁来推绣户？枉教人梦断瑶台曲。又却是，风敲竹。　　石榴半吐红巾蹙①，待浮花浪蕊都尽②，伴君幽独。秾艳一枝细看取③，芳心千重似束④。又恐被、西风惊绿。若待得君来向此，花前对酒不忍触。共粉泪，两簌簌。

【注释】

①蹙（cù促）：像红绸子皱了一样。蹙：皱。
②浮花浪蕊：争妍斗媚的花，这里指对春花的贬词。

③秾艳：草木茂密的样子，也作浓艳。
④"芳心"句：指重瓣的石榴花。

【赏析】

关于这首词，前人有说为一官妓秀兰作，又有说为万顷寺榴花所作，无疑与本词中旨意不相符。这是苏轼晚年之作，他屡遭排斥贬谪，处在官场险恶环境中，仕途失意，怀才不遇，乃使他备觉悲凉。比喻寄托是苏轼的一大写作手法，他用榴花比喻佳人，用佳人的境态寄托个人的孤高自赏，用佳人的迟暮之感寄托个人的忧郁。苏轼以写豪放词名扬天下，但这篇动人的婉丽之作，却不同凡响。描写佳人极为细微："乳燕"三句写初夏午后的幽静环境。"晚凉"三句写佳人手、扇白色，喻示她高洁脱俗，体态优雅。"渐困倚"数句写孤眠无依，但不甘幽闺寂寞的心悸。盼望有人来，梦醒却是风敲竹，美梦破灭，留下来的只有寂寞、怅惘和失意。下阕咏榴花，借以写佳人。榴花"芳心千重似束"，比浮花浪蕊不同，品格高尚，"秾艳"写花的情意独厚。"又恐"句写忽"惊"有西风吹来，佳人和花都受摧残。花落瓣，人落泪，故有泪水"两簌簌"了。

蝶 恋 花

花褪残红青杏小①。燕子飞时，绿水人家绕。枝上柳绵吹又小，天涯何处无芳草②！　　墙里秋千墙外道，墙外行人，墙里佳人笑。笑渐不闻声渐悄，多情却被无情恼③。

【注释】

①花褪残红：花瓣落掉了。
②"天涯"句：芳草长到天边，表示春天快完了，另一层意思是用来安慰、鼓励失意的人不必太伤心，芳草到处有，天涯多可寻。
③"多情"句：行人多情，佳人无情。

【赏析】

　　这是感叹春光易逝、佳人难见的词。上阕写伤春，花瓣落掉飘满地，青杏初结，燕子飞过，溪水绕舍，柳絮飘落殆尽，这确是春将逝去的景色。"天涯何处无芳草"一句，用以安慰、鼓励失意的人，芳草遍天涯，何必伤感。此句脍炙人口，千古传诵。下阕写伤情，墙外的人听得到墙里佳人的笑声，可是墙里佳人却一无所知，只有自怨"多情却被无情恼"了。结句用了移情寄怨的手法，含蓄写出因政治上的失意，自己的愁苦重重，但是苏轼心胸豁达，切合上面的"天涯何处无芳草"一句，就给读者留下了无限地遐想。

水调歌头

　　明月几时有[①]？把酒问青天[②]。不知天上宫阙[③]，今夕是何年。我欲乘风归去，又恐琼楼玉宇[④]，高处不胜寒。起舞弄清影[⑤]，何似在人间！　　转朱阁，低绮户，照无眠。不应有恨，何事长向别时圆？人有悲欢离合，月有阴晴圆缺，此事古难全。但愿人长久，千里共婵娟[⑥]。

【注释】

①几时：何时。
②把：持，握。
③阙：皇宫门前两旁的楼观。
④琼楼玉宇：指神仙居住的宫阙。
⑤弄清影：月光下和自己的影子一起嬉戏。
⑥共：指共赏。婵娟：月亮的美称。

【赏析】

　　苏轼这首《水调歌头》，是中秋词中最著名的一首，他以精湛的笔触，刻画了一个完美的意境；以宽阔的胸襟、丰富的感情抒发了人生的哲理，使读者面对现实，热爱生活。

苏轼因政治失意、遭贬，逢到中秋佳节，倍思兄弟苏辙。上阕对月饮酒，揉进了作者的政治感慨。由于他高旷的胸襟、丰富的想象和奇妙的艺术构思，展示了天上人间自然景物和社会生活的形象。"明月几时有？"是内心对人生沉痛的感叹。面对茫茫长空，有"我欲乘风归去？"的出世思想，然而"高处不胜寒"，容易遭受打击。"起舞"两句表示还是人间生活美好。下阕"不应有恨"、"人有悲欢离合"几句，表明人生在世，有悲、欢、离、合，就像月亮有阴、晴、圆、缺一样，是自古无法周全圆满的。这几句最常被用来感慨人生的不幸和世事的缺憾，也是洞悉人生之后的旷达潇洒与自慰。"但愿人长久，千里共婵娟"，人隔千里，仍得共赏明月，是无奈中的安慰，又是对远方亲人的怀念。是作者对"古难全"的世事的一种豁达的态度，是作者的高明之处。胡仲任评这首词说："自此词出，余词尽废。"

行 香 子

过七里滩①

一叶舟轻，双桨鸿惊。水天清，影湛波平。鱼翻藻鉴②，鹭点烟汀③。过沙溪急，霜溪冷，月溪明。　　重重似画，曲曲如屏。算当年，虚老严陵④。君臣一梦，今古虚名，但远山长，云山乱，晓山青。

【注释】

①七里滩：苏轼任杭州通判，二月在桐庐西边严陵山下，泛舟过此处七里滩所作。

②藻：水草。鉴：铜镜，这里喻水如明镜。

③烟汀：水雾迷濛中的汀。汀，水边平地。

④虚老严陵：七里滩在严陵山下。严陵曾帮过刘秀的忙，待到刘秀做了东汉皇帝，他这"有功之臣"却躲到富春江钓鱼去了。

【赏析】

苏轼以写豪放词而流芳百世,然这首婉约词《行香子》也写得相当精彩,他把人们引到了一个朦胧、美轮美奂的诗情画意的境界中去。一叶小舟在江中划行,惊起栖鸿飞动,鱼儿在碧如镜的水中戏游。过"三溪"选字精炼,将不同时间和情色的不同差别都落于"沙溪急"、"霜溪冷"、"月溪明"中。下阕"重重"句,将那山峦重叠、清水弯曲、浓淡相抹的一幅幅图画呈现在读者眼前。借古抒今,"算当年",几句将东汉皇帝刘秀与严陵之事与自己相比,当年皇帝与功臣严陵都一抹而消,再衡量自己虽政治上失意遭贬,那又算得了什么,君臣关系如一场梦,所以今古徒有"虚名"而已,历事沧桑,人事易变,江山永在。这首词清丽中见雄俊,令人折服。

洞 仙 歌[①]

余七岁时,见眉山老尼,姓朱,忘其名。年九十岁。自言尝随其师入蜀主孟昶宫中。一日,火热,蜀主与花蕊夫人夜起,避暑摩诃池上,作一词。朱具能记之,今四十年,朱已死久矣,人无知此词者。但记其首两句。暇日寻味,岂《洞仙歌令》乎?乃为足之。

冰肌玉骨,自清凉无汗。水殿风来暗香满。绣帘开,一点明月窥人,人未寝,欹枕钗横鬓乱。　　起来携素手[②],庭户无声,时见疏星渡河汉。试问夜如何?夜已三更,金波淡[③]、玉绳低转[④]。但屈指、西风几时来?又不道、流年暗中偷换[⑤]。

【注释】

①《洞仙歌》词牌名。
②素手:指女子洁白的手。
③金波:形容浮动的月光。

④玉绳：星名，此泛指星光。
⑤不道：不觉。流年：像流水一样易逝的年华。

【赏析】

作者在小序中说这首词为补足孟昶佚词残句而作，实是一首风格清丽的婉约词。这首词描述了夏夜君妃纳凉的情景。先是写花蕊夫人斜倚在摩诃池水殿卧榻上的丰姿，她的肤色如冰玉一样洁白、晶莹，酷暑天气，她心静无汗，一阵风送来荷花清香，绣帘开掀，一缕月光射进，照见了美人的玉态。人未眠，金钗滑斜，秀发松堕，显得格外娇媚。蜀主与花蕊夫人携手夜游，四处静悄无声，举头望浩瀚天空，流星划过，两人喁喁絮语。三更过后，月色转淡，星转斗移，似广寒宫清幽仙境。"流年暗中偷换"，是作者慨叹青春易老，似水流年的惋惜心情。

黄庭坚

【作者介绍】

黄庭坚（1045—1105），字鲁直，号山谷道人，洪州分宁（今江西修水）人。英宗治平四年（1067）进士。累官国子监教授、校书郎、《神宗实录》检讨官，迁著作佐郎、国史编修官。苏门四学士之一。其书法精妙，尤长于诗，为江西派宗主。早年近柳永，多写艳情；晚年近苏轼，深于感慨，风格豪放秀逸。其词常以江西诗派那种瘦硬诗入词，因而不少作品缺乏词韵，有《山谷词》。

蓦 山 溪

别　意①

鸳鸯翡翠②，小小思珍偶。眉黛敛秋波③，尽湖南，山明水秀。娉娉袅袅④，恰近十三余。春未透，花枝瘦，正是愁时候。
寻芳载酒，肯落他人后。只恐远归来，绿成荫、青梅如豆。

心期得处，每自不由人。长亭柳，君知否？千里犹回首！

【注释】

①别意：别本作"赠衡阳妓陈湘"。
②鸳鸯：偶居不离的雌雄鸟。翡翠：名翠鸟，羽毛华丽。
③秋波：形容美人的眼睛清澈如秋水。
④娉娉：美貌。袅袅：纤长柔美的样子。

【赏析】

这是词人赠衡阳妓陈湘之作。起首用了五句来比喻形容，赞美他所钟爱的陈湘：像鸳鸯翡翠鸟那样珍贵、美丽又多情。像湘山般清秀的双眉，像湘水般透明、灵秀、柔情的眼睛。"娉娉袅袅"五句，将陈湘的年轻貌美、姿态身世描述尽知：十三岁就有春花般的美貌，恰似"春未透，花枝瘦，正是愁时候"。这里用了"透"、"瘦"、"愁"三字，极工致纤巧。她又像春寒未尽时，长在纤弱枝头上含苞欲放的花蕾，被霜雨淋冻；惹得狂蜂荡蝶来摧残，"正是愁时候"，怎么令人不愁！下阕"只恐远归来"三句，用晚唐诗人杜牧"自是寻春去太迟，不须惆怅怨芳时。狂风吹尽深红色，绿叶成荫子满枝"诗意。接着"心期得处"五句，描写眷恋之情，表示虽远隔千里仍一往情深。

这首词用语婉丽，含意深长，字字锤炼，足见作者功力。

陈师道

【作者介绍】

陈师道（1053—1101），字履常，别号后山居士，彭城（今江苏徐州）人，哲宗元祐时，由苏轼等推荐为徐州教授，历任太学博士、教授、秘书省正字。一生安贫乐道，闭门苦吟。苏门六君子之一，江西诗派重要作家。亦能词，风格以拗峭惊警见长，但内容狭窄，词意艰涩。有《后山词》。

菩 萨 蛮

晓来误入桃源洞①,恰见佳人春睡重。玉腕枕香腮,荷花藕上开。　一扇俄惊起,敛黛凝秋水②。笑倩整金衣③,问郎来几时。

【注释】

①桃源洞:桃源,地名。这里指世外桃源。其比喻理想中生活安乐的,与世隔绝的神仙居住的地方。
②敛:收拢。
③倩:美好。

【赏析】

拂晓离人从远方归来,走进房中,好像到了桃源仙境,迷蒙中,只见眼见一位美艳绝伦的佳人,沉沉睡着。白嫩似玉的手托着娇艳的脸,雪白的手臂仿佛像藕,这藕上开着一朵粉红色的、清香娇嫩的荷花。他疑惑是在梦中,忙揉揉眼,袖子一扇,佳人惊起,眉轻蹙,眼露疑,转为满面笑容,亲热地问夫君何时回还。作者用一枝生花妙笔描绘佳人的卧态,把一位恍如天仙的睡美人,呈现在读者眼前,令人难以忘怀。

秦 观

【作者介绍】

秦观(1049—1100),字少游,一字太虚,号淮海居士,扬州高邮(今属江苏)人。神宗元丰八年(1085)进士。哲宗元祐间,历官太常博士、秘书省正字兼国史院编修。后新党掌权,因与苏轼关系密切,迭遭贬逐。徽宗即位,卒于赦还途中。与黄庭坚、晁补之、张耒齐名,号称"苏门四学士"。能诗文,尤长于词。笔法致密,长于运思,蕴藉含蓄,音律和美,语言清丽自然,艺术技巧很高。其词为婉约派正宗,多写男女恋情和放逐后的愁苦。有《淮海集》、《淮海居士长短句》。

鹊 桥 仙

纤云弄巧①,飞星传恨②,银汉迢迢暗渡③。金风玉露一相逢④,便胜却人间无数⑤。　　柔情似水,佳期如梦⑥,忍顾鹊桥归路!两情若是久长时,又岂在朝朝暮暮。

【注释】

①纤云:一朵朵的云彩。弄巧:呈现巧妙的形状。
②飞星:流星。传恨:传达织女、牵牛两星终年难见一面的离恨。
③银汉:银河。迢迢:形容路途遥远。这里指银河宽阔。
④金风:秋风。玉露:白露。
⑤无数:无数次的聚会。
⑥佳期如梦:美好的相会时间如梦一样过去了。

【赏析】

这首词融抒情、写景、评论为一气,词语清丽自然,上下文心起伏,欢乐时像行云流水舒展,悲哀处像狂澜层出。"纤云弄巧,飞星传恨",写七夕的银河铺上了美如绵的彩霞,流星掠过,为牛郎织女传递离愁别恨,银河之宽,千里迢迢,可见他们相逢之难。"金风玉露一相逢,便胜却人间无数"两句,词家们赞赏"有翻新"。常人认为见面少、分离多的仙人,还不如做人间普通夫妻。但词人认为有金风玉露的佳期,又有两颗坦诚(秋高)、纯洁(白露)的心,即使相逢一回,就胜过人间无数次。下阕"柔情似水"二句写牛郎织女相会时缠绵的柔情与分别的痛苦。"两情若是久长时,又岂在朝朝暮暮",这句脍炙人口,古今评家有:"推陈出新,大放异彩"、"不落陈套,很不容易,便是新境"、"化腐臭为神奇"的高度评价,是对图朝欢暮乐的庸俗爱情的否定,是对经得考验的坚贞爱情的歌颂。

望 海 潮

梅英疏淡①,水澌溶泄②,东风暗换年华。金谷俊游③,铜驼卷陌④,新晴细履平⑤。长记误随车⑥。正絮翻蝶舞,芳思交加。柳下桃蹊⑦,乱分春色到人家。　　西园夜饮鸣笳⑧。有华灯碍月,飞盖妨花⑨。兰苑未空⑩,行人渐老,重来是事堪嗟!烟暝酒旗斜⑪。但倚楼极目,时见栖鸦。无奈归心,暗随流水到天涯。

【注释】

①梅英:梅花。
②水澌溶泄:冰块溶化时随水流动。
③金谷:地名。俊游:高明的朋友。
④铜驼:铜铸的骆驼。
⑤新晴细履平:雨后漫步在平沙路上。
⑥"长记"句:意思是错随人家女眷车辆。长记,曾经记得。
⑦"柳下"句:这里写桃柳争妍,春色宜人。桃蹊,桃树下面的路径。
⑧鸣笳:奏乐。笳,一种北方民族的乐器。
⑨飞盖妨花:车子往来太多了,妨碍人的视线。盖,车顶。飞盖,飞驰的车子。
⑩兰苑:花园。
⑪烟暝:烟雾迷漫。

【赏析】

这首词是秦观四十六岁时,受到贬谪后经洛阳有感而作。旧地重游,忆昔是全词重点。本词与众多作品结构不同,今昔对比是:今—昔—今。而一般作品是上阕写景或今,下阕抒情或写昔。上阕起首"梅英"三句写春回冰化、红梅稀落的景色以及年华暗换的伤感。"金谷俊游"到"飞盖妨花",都是回忆年轻时的往事:风华正茂的朋友在金谷园中赏花，漫步郊野，误随别人的车而成笑话。桃蹊小径边，柳荫处絮飞蝶舞，西园夜饮酒，听曲，华灯高照，车水马龙，一片富丽华贵的气象，明艳的春光和下面凄凉的暮色构成鲜明的对照。前段着重写景，从"东风暗换年华"追忆过去，借过去的豪华生活反衬现在的羁旅郁愁。这种曲折的表达使作者寂寞、孤独、怨愤的心情显得更为突出。从"兰苑未空"到"时见栖鸦"，一派萧条凄凉的景色，令人倍感酸辛。"无奈归心"已久压抑心中，不免"暗随流水到天涯"，心情非常沉痛。陈廷焯《白雨斋词话》很欣赏"柳下桃蹊"二句，云："最深厚，最沉著"、"思路幽绝，其妙令人不能思议。"前人对《望海潮》评价颇高，认为是秦观怀旧的代表作。

减字木兰花

天涯旧恨，独自凄凉人不问。欲见回肠①，断尽金炉小篆香②。　　黛蛾长敛③，任是东风吹不展。困倚危楼，过尽飞鸿字字愁。

【注释】

①回肠：形容内心焦虑不安。
②篆香：指盘香。
③"黛蛾"句：指思妇愁眉不展。

【赏析】

这首词是秦观被贬谪离处州时怀妇之作。有人曾说："秦淮海，古之伤心人也。"其语良是。他的词初读乍觉和婉，细按方知情伤。在穷乡僻壤，离人在房中闭门焚香，香烟袅袅，把他的思绪带到家乡妻子的身旁，天涯各一方，欲爱不能见，旧恨新愁涌阻，怎能不绞心回肠？孤独一个人，凄凉有谁知？何日是尽头？恰是"断尽金炉小篆香"。望穿眼，痛断肠，"断尽"二字用得极好，篆香盘旋着，喻回肠的痛楚。全词上阕写词人，下阕写思妇，前者恨满"回肠"，后者"黛蛾长敛"。他思念远方的妻子，眼前仿佛看见妻子蛾眉不展，在呼唤他，为他担心，为他痛苦地眉头紧锁，所以"任是东风吹不展"，从而"困倚危楼"。"过尽飞鸿字字愁"用叠字突出了远役人黯然销魂的情怀。从人物、空间和时间等多方面展现离愁，可谓尺幅纳百忧。

满 庭 芳

山抹微云，天粘衰草①，画角声断谯门②。暂停征棹③，聊共引离尊。多少蓬莱旧事④，空回首，烟霭纷纷。斜阳外，寒鸦数点，流水绕孤村。　销魂，当此际，香囊暗解⑤，罗带轻分⑥。漫赢得青楼⑦、薄幸名存。此去何时见也，襟袖上，空惹啼痕。伤情处，高城望断，灯火已黄昏。

【注释】

①粘：连。
②画角：古乐器名。形如竹筒。本细末大，以竹木、皮或铜制成。外加彩绘。
③征棹：犹征帆。
④蓬莱旧事：指会稽蓬莱阁。
⑤香囊：装香料的小袋。
⑥罗带：称香罗带，女子饰物。
⑦漫：空，徒然。青楼：妓院。

【赏析】

这首词是秦观考试落榜后所作。他三十一岁仍是一布衣，怀才不遇，天涯沦落，时与眷恋的歌妓离别，写了这首词，这里不单纯写艳情，而是"将身世之感，打入艳情"。这篇词在艺术表现上堪称"有篇有句"。"山抹微云，天粘衰草"又被人誉为"碰头彩"。他像一位高手画家，挥笔淡抹轻点，勾画出一幅暮霭苍茫、空旷寂寥、满地枯黄的画面，画中有词，词中有画。"抹"、"粘"二句是锤炼工致的新奇警句，所以本词在当时引起过轰动，四处传唱，连苏轼也戏呼少游为"山抹微云君"。一声哀厉的画角声吹"断"了别情，饯别酒、船催、泪洒，一下子又把人引进了这种情景之中，回头只见让人感到凄清、孤寂的景象："斜阳外，寒鸦万点，流水绕孤村"。后来元人马致远脍炙人口的"枯藤老树昏鸦、小桥流水人家"，即由此句脱化出来。下阕换头用"销魂"，足见哀之深沉。这时又和情人交换同心物，引发身世之感。"漫赢"二句，引用晚唐杜牧"十年一觉扬州梦，赢得青楼薄幸名"诗句，叹仕途、爱情两不如意。"望断"又可见他对高城歌妓的眷恋情深。回首"已黄昏"，在时间上和情感上与"山抹"句呼应，这时的伤感尽在不言中。善于将事、景、情三者融为一体，是这首词的特色。

千 秋 岁

水边沙外，城郭春寒退。花影乱，莺声碎。飘零疏酒盏，离别宽衣带。人不见，碧云暮合空相对。　　忆昔西池会[1]，鹓鹭同飞盖[2]。携手处，今谁在？日边清梦断[3]，镜里朱颜改。春去也，飞红万点愁如海。

【注释】

[1]西池：故址在丹阳（今南京市）。这里借指北宋京都开封西郑门西北之金明池。秦观于元祐间居京时，与诸同僚有金明池之游会。

[2]鹓鹭：两种鸟。因其飞行有序，故以喻百官朝见时秩序井然。

[3]"日边"句：慨叹还朝无望。见《世说新语·夙惠》："晋明帝数岁，坐元帝膝上。有人从长安来，元帝问洛下消息，潸然流涕。明帝问何以致泣？具以东渡意告之。因问明帝：'汝意谓长安何如日远？'答曰：'日远，不闻人从日边来，居然可知。'元帝异之。明日集群臣宴会，告以此意。更重问之，乃答曰：'日近。'元帝失色，曰：'尔何故异昨日之言邪？'答曰：'举目见日，不见长安。'"后以日边喻京都帝王左右。

【赏析】

这首词是秦观逝世前几年所作,由于北宋新旧党之争,他的导师苏轼被贬,秦观无辜受牵连,屡遭贬谪,甚至被惩处"编管",剥夺了人身自由。曾季貍《艇斋诗话》云:"少游作此词(指《千秋岁》)时,传至余家丞相,丞相曰:'秦七必不久于世,岂有"愁如海"而可存乎?'已而少游果下世。少游第七,故云秦七。"这位北宋婉约词的"正宗"人物,誉称"国士无双秦少游",成为了政治事件的牺牲品。

秦观用《千秋岁》寄慨身世,坎坷悲惨的身世就自然而使整篇充满"愁如海"的感慨。眼前的"绿水"、"花影,、"莺声"和昔日一样,可是如今人在异乡飘零,憔悴落拓,孤影自怜,只有凄清的暮色伴随。下阕"忆昔西池会"一句,忆昔日和朋友们在汴京的欢乐叙会,怡然自得,豪情奔放。"携手处,今谁在"三句慨叹还朝无望。"镜里朱颜改",明示蹉跎岁月已将朋友们的红颜改变了,痛心疾首,使他呼出:"春去也!飞红万点愁如海。"本词写得如此凄厉,有高山流水之悲,千载而下之感。

八 六 子

倚危亭,恨如芳草,萋萋刬尽还生①。念柳外青骢别后②,水边红袂分时③,怆然暗惊④。 无端天与娉婷⑤。夜月一帘幽梦,春风十里柔情⑥。怎奈向,欢娱渐随流水,素弦声断,翠绡香减⑦,那堪片片飞花弄晚,蒙蒙残雨笼晴。正销凝⑧,黄鹂又啼数声。

【注释】

①萋萋:形容草生长茂盛。刬(chǎn 产):同铲。
②青骢(cōng 聪):毛色黑白相间的马。
③红袂(mèi 妹):红色衣袖。
④怆然:悲伤失意的样子。

⑤娉婷：这里指美女。
⑥幽梦：隐约的梦境。暗指男女欢娱之情。
⑦翠绡：绿色绸手帕。
⑧销凝：销魂凝魄之略语，谓因伤感而出神。

【赏析】

作者登高放眼，只见青草茫茫连天。勾起他深深思念远离的情人。这伤春恨别之愁恰似这草绵延不断。相思苦又像这草铲不尽，来年又生，永无尽时，真是惆怅难已。这里化用了白居易"野火烧不尽，春风吹又生"的诗句，草有顽强的、铲除不尽的滋长力，就好比心中的愁绪，排遣不完。这时词人沉浸在回忆之中，一个"念"字，把那念念不忘的分别情景呈现出来。清水边、绿柳下红衣女，还有那匹青白色相间的马，分别情景还历历在目，时光却带走了这一切，怎不叫人"怆然暗惊"。下阕"夜月"句回忆月光下两人相爱缠绵蜜意的美梦，似那十里春风一片柔情。用"怎奈向"转折到现实中，欢娱似流水，一去不复返，再也听不到她弹奏乐曲，帕上的香气也退了，晚风中落花飞，残雨濛濛。举目遥望苍天，耳边却听得黄鹂鸣叫，惹人心烦。以景语作为结束，却留余味在景中。

曹　组

【作者介绍】

曹组，字元宠，生卒年不详。颍昌（今河南许昌）人。宋徽宗时进士。官至防御使。其词作多俗语、谑词、艳词、也有秀近之作，风格近秦观。有《箕颍集》不传。

蓦山溪

洗妆真态，不在铅华御①。竹外一枝斜，想佳人，天寒日暮。黄昏小院，无处著清香，风细细，雪垂垂，何况江头路。　　月边疏影，梦到销魂处。结子欲黄时，又须著、廉织细雨。孤芳一世，供断有情愁，销瘦却，东阳也②，试问花知否？

【注释】

①铅华御：指妆饰，粉饰之意。
②东阳：指南朝时宋文学家沈约，曾为东阳太守。因不得志，忧郁而死。

【赏析】

这是一首咏梅词，作者以一幅风雪梅竹图，抒发了自己抑郁的情怀。在上阕里写出了梅花的高洁妍丽、天然雕饰。接着以"竹外一枝斜，想佳人，天寒日暮"，刻画出梅花不畏严寒，傲然独放，凌肌冰骨的形象，再以"风细细，雪垂垂"，展示出一幅风雪梅景。下阕用月下"疏影"、"梦魂"、"细雨"渲染气氛，造成一种抑郁的氛围。最后将自己与沈约相比，高洁孤傲，不与世俗为伍，看来只有花相知了。

李清照

【作者介绍】

李清照（1084—1151），号易安居士。济南（今山东）人。早年生活比较安定、富裕，词多写个人闲适生活。后期历经战乱，生活动荡不堪，词的内容有了较大的变化，表达了她的悲伤痛苦和怀念故土的感情。其词艺术造诣很高，语言清新，刻画细腻，感情浓烈，意境优美。有《漱玉词》。

凤凰台上忆吹箫

香冷金猊①，被翻红浪②，起来人未梳头。任宝奁闲掩③，日上帘钩。生怕闲愁暗恨④，多少事，欲说还休。新来瘦⑤，非干病酒⑥，不是悲秋⑦。　　休休，这回去也。千万遍阳关⑧，也即难留。念武陵春晚⑨，云锁重楼⑩。记取楼前绿水，应念我，终日凝眸⑪。凝眸处，从今更数，几段新愁。

【注释】

①金猊：狻猊（suān ní）形的铜香炉。狻猊，古代传说中的一种狮形怪兽。

②被翻红浪：红色的锦缎被子乱摊在床上，犹如红浪翻滚。

③宝奁（lián）：精美华贵的梳妆匣。

④生怕：最怕。闲愁暗恨：指的是离别时的离愁别苦。

⑤瘦：消瘦。

⑥病酒：饮酒过度，沉醉如病。

⑦悲秋：不是为秋天的萧条而悲伤。

⑧阳关：指《阳关曲》，古送别曲名。

⑨武陵：指武陵人，代指远行在外的丈夫。王之涣《惆怅诗》有"晨肇重来路已迷，碧桃花谢武陵溪"，北宋韩琦《点绛唇》词云："武陵凝眸，人远波空翠。"唐五代用词大多以刘晨、阮肇天台遇仙女的故事写男女恋情。

⑩云锁重楼：云指云烟，锁是笼罩着之意。此句指千里云烟将自己与丈夫分开。

⑪凝眸（móu）：目不转睛地注视。眸，眼珠。

【赏析】

这是一首写离情的词。它以委婉、细腻、含蓄的风格，抒发了作者别离时的哀愁。在上阕里，词人开始即描绘了一幅闺阁慵惰图景，而展开倾诉无限忧愁的情怀。"生怕闲愁暗恨，多少事，欲说还休"，原来是要与心爱的人离别，一语道破题旨。在这离别的时刻，她有万种愁情，一腔哀怨本想在丈夫面前尽情倾吐，可是话到嘴边，又吞咽了下去。这就使词又多了一道波折，表面的克制，造成心头更为严重的愁苦，而下交待这"愁"不是由饮酒和苍凉秋色所引起的，这是作者宁愿折磨自己，也不肯给临行前的丈夫增加烦恼，在此，读者仿佛看见了词人那颗善良、深情的心。在下阕里，作者说明愁的原因是丈夫明朝就要远行，写出了作者的失望与难以割舍的一缕痴情。"千万遍阳关,也即难留",离别的《阳关曲》唱上千千万万遍,终是难留,一腔离愁,跃然纸上。下文里用"武陵"人的典故与妆楼云烟,既写她对丈夫的思念,也希望心爱的人能像自己眷恋他一样眷恋自己。结尾"凝眸处,从今更数,几段新愁"三句,写在天涯归路上,词人满腔的离愁别恨,何时才能结束呢?这就是作者的高明之处,长长的余音,让人回味不已。

如 梦 令

常记溪亭日暮①,沉醉不知归路。兴尽晚回舟,误入藕花深处。争渡,争渡,惊起一滩鸥鹭②。

【注释】

①溪亭:地名。
②鸥鹭:两种水上生活的禽鸟。

【赏析】

这是一篇记游之作,作者写自己在溪亭饮酒后晚归的情景。开头以"常记"二字娓娓道来,自然、朴实,接着以"日暮"、"沉醉",透露出作者心底的欢愉,是同情人缱绻,还是亲朋的畅游,留给了读者去想象。"兴尽晚回舟"和"误入"一语,用笔自然,和前文的"沉醉"相互照应,绝无故意雕饰之痕。"争渡,争渡"重叠使用,反映了作者着急于回家的心境。"惊起一滩鸥鹭",构思精巧,使读者看到那荷花深处,一叶扁舟,鸥鹭群飞,是一幅优美的画面,有浓郁的生活气息。

如 梦 令

昨夜雨疏风骤①,浓睡不消残酒②。试问卷帘人③,却道海棠依旧。知否,知否④,应是绿肥红瘦⑤。

【注释】

①雨疏风骤：雨疏疏落落的下个不停，风刮的很紧。
②"浓睡"句：夜里睡得很好，可是酒意还没有全消掉。
③卷帘人：站在窗口卷帘子的侍女。
④知否：知道吗？
⑤绿肥红瘦：肥是肥大，瘦是稀少。这句话的意思是绿叶更肥大，红花更稀少。

【赏析】

　　这首小令总共六句话，但作者将自己一夜的经历和对话糅合在一起，构成一幅优美的图画。昨夜雨狂风猛，一夜浓浓的睡意没有消尽酒意，可下文的一个"卷帘人"即点破东方破晓，何等地巧妙。接着以她和卷帘人的对话，描写了侍女的粗心大意和作者惜花的心情。"绿肥红瘦"把春末夏初、风雨过后的景色，刻画得深刻形象。特别是用"肥""瘦"来形容花卉，更是作者惊人的妙思。

一　剪　梅

　　红藕香残玉簟秋①，轻解罗裳②，独上兰舟③。云中谁寄锦书来④？雁字回时⑤，月满西楼。　　花自飘零水自流⑥。一种相思⑦，两处闲愁⑧。此情无计可消除，才下眉头⑨，却上心头⑩。

【注释】

①"红藕"句：红藕，荷花。玉簟指的是精美的席子。秋是凉意。
②罗裳：丝绸制的裙子。
③兰舟：船的美称。
④锦书：锦字回文书，情书。
⑤雁字：雁儿成群结队的飞行，有时像"一"字，有时像"人"字，故有此语。
⑥自流：空自、独自地流。
⑦一种相思：双方彼此都是思念、牵挂的样子。

⑧两处闲愁：两边都在为相思发愁。
⑨"才下"句：意即皱着的眉头刚刚展开。
⑩"却上"句：是说心里头又惦记上了。

【赏析】

这首词是李清照与她的丈夫分别后因思念其而作的。上阕里以荷花香残点明秋日节令，以玉簟已凉说明室内人的感受，即有自然界的苍凉景色，又有肌肤间的触感。而下句的"轻解罗裳，独上兰舟"，把作者凄凉独处的境地暗示出来。"云中谁寄锦书来"接下"雁字回时，月满西楼"，将一个少妇在月满天时独上西楼，看见雁儿飞回，而期望丈夫能够给自己寄一封书信来的情景展现在读者面前。看来这望断天涯的思念，无时无刻都缠绕在作者的心头。下阕"一种相思"句，既写了自己对丈夫的思念，同时仿佛也感觉到了丈夫对词人的思念，正因为两人异地相处，才有深深的愁思无法排遣，这就是"此情无计可消除"。结尾"才下眉头，却上心头"，是脍炙人口的名句，笔法精巧，感情真挚，把作者思念之情刻画得细致入微，因而在艺术上有极大的吸引力。

蝶 恋 花

暖日晴风初破冻。柳眼梅腮①，已觉春心动②。酒意诗情谁与共？泪融残粉花钿重③。　乍试夹衫金缕缝④。山枕斜欹⑤，枕损钗头凤⑥。独抱浓愁无好梦⑦，夜阑犹剪灯花弄⑧。

【注释】

①"柳眼"句：柳眼，指早春杨柳初开的叶芽，如同人的睡眼初展。梅腮，指淡红色的梅花如同美人粉红色的面颊。
②春心：指男女恋情。
③花钿：用金玉翡翠制成的花朵形首饰。
④夹衫金缕缝：指用金线缝制成的夹衣。
⑤山枕斜欹：古代两端凸起，中间凹下的枕头，因像山一样，故有

⑥钗头凤：刻镂有凤形的金钗。
⑦独抱浓愁：心里怀有无限的忧愁。
⑧"夜阑"句：夜阑指深夜。灯花指灯芯燃烬结成的花形。弄是摆弄。全句意即在深夜里词人还在剪弄灯花，难以入睡。

【赏析】

杨柳依依，细雨濛濛。在这严冬刚刚过后的春天里，一个情意绵绵的少妇，已经强烈地感到了春天的气息，内心荡漾着无限的情思。面对大好春光，没有亲人陪伴，只得独自伤心。往日夫妻二人踏青访古，共赏春色的情景又映入脑海，可如今"酒意诗情难与共"，心事沉沉，似乎头上的花钿比平时也重了许多。在下阕里作者以动作起词，说是试试夹衣是否合身，其实重要的是借动作排遣忧愁，可恼人的愁绪还是缭绕在心上。晚上作者也没有心思卸装解衣，头枕凹形的枕头，由于心事重重，辗转反侧，任凭头上的凤钗被损坏。这一段写得真挚细腻，形象生动，准确的表达了作者坐卧不安对亲人深切怀念的情愫。结尾"独抱浓愁无好梦，夜阑犹剪灯花弄"两句含蓄传神，极富感染力，形象地表现了主人公愁苦不堪、销魂荡魄的样子。全词写的蕴藉而不绮靡，妍婉而不纤巧，将婉约词发展到了极高的程度。

醉花阴

九　日①

薄雾浓云愁永昼②，瑞脑消金兽③。佳节又重阳，玉枕纱橱④，半夜凉初透。　　东篱把酒黄昏后⑤，有暗香盈袖⑥。莫道不消魂⑦，帘卷西风，人比黄花瘦⑧。

【注释】

①九日：指阴历九月初九，重阳节。

②薄雾：指稀薄的雾气。浓云：浓厚的云层。愁：忧愁。永昼：整天。
③瑞脑：一种香料。消：烧。金兽：兽形的铜香炉。
④玉枕：磁或玉、石作的凉枕。纱橱：在长方形的木架子上罩上纱罗以避蚊绳。
⑤东篱：种菊花的园地。把酒：指端着酒杯喝酒。
⑥暗香：指菊花的幽香。
⑦消魂：损伤精神。
⑧黄花：菊花。

【赏析】

重阳佳节，饮酒赏菊，亲友相聚，相携登高，本是文人雅事。而词人却用一个"又"字把佳节到来写得很凄凉，阴沉沉的天气，一天到晚是"薄雾浓云"，室内只有香炉里的袅袅青烟，孤独的词人是多么的寂寞与百无聊赖啊！是否由思念在外的丈夫而引起的，词中没有明说，只是感觉夜里"凉初透"。下阕里词人回头来写重阳节这天赏菊饮酒，可哪有陶潜"采菊东篱下，悠然见南山"的雅兴？饮过数杯酒，并未能消解自己的愁怀，而在心中掀起了更大的波澜。"莫道"以下三句更是千古绝唱。据元人伊时珍撰的《瑯嬛记》载：李清照把自己写的《醉花阴》寄给赵明诚，赵对其词的才华横溢自叹不如，但却一心一意想超过妻子，于是三天闭门不出，苦思冥想，作五十余首诗，连同"醉花阴"词一起交给友人陆德夫，陆玩味再三，说："只三句绝佳"，赵问哪三句，陆答曰："莫道不消魂，帘卷西风，人比黄花瘦。"这未必实有其事，可这三句所表现出的艺术特色却为后人所称道，以比喻和夸张的手法，塑造了一个人比菊花还消瘦的上层妇女形象，含蕴丰富，情思无尽。

鹧 鸪 天

暗淡轻黄体性柔，情疏迹远只香留①。何须浅碧深红色②，自是花中第一流。　　梅定妒③，菊应羞。画栏开处冠中秋④。

骚人可煞无情思⑤，何事当年不见收⑥。

【注释】

①情疏迹远：性情疏放，踪迹隐逸。在此比喻桂花的情操高尚和隐士一样。
②何须：何必，有什么必要。
③妒：忌妒。
④画栏：饰有彩绘的栏杆，此指彩栏护卫的花园。冠：第一。中秋：农历八月。
⑤骚人：指屈原。可煞：可是，疑问词。情思：想念。
⑥何事：是说为什么事儿。不见收：没有收入在《离骚》中。

【赏析】

　　这是一首咏赞桂花的词作。全篇以为桂花鸣不平而抒发自己的幽怨与情思。在词中，作者十分推崇桂花的色淡味香，体性温雅。所以有"何须浅碧深红色"，是第一流的上品花卉。而下文的"梅定妒，菊应羞"，在桂花面前，仪态万千、姿容秀丽的梅花为之生妒，清雅秀美、幽香袭人的菊花也不能不掩羞愧之容，其真正的原因在于没有桂花那浓郁的芳香。最后作者以艺术家非凡的才气与胆量，大胆批评屈原当年不收桂花入《离骚》是"情思"不足的缘故，同时也抒发了自己的一缕幽情，反映了作者洁身自好、德馨永驻的品性情操和不被世人理解的遗憾。

永　遇　乐

　　落日镕金①，暮云和璧②，人在何处③？染柳烟浓④，吹梅笛怨⑤，春意知几许⑥？元宵佳节，融和天气，次弟岂无风雨⑦。来相召⑧，香车宝马，谢他酒朋情侣。　　中州盛日⑨，闺门多暇⑩，记得偏重三五⑪。铺翠冠儿⑫，撚金雪柳⑬，簇带争济楚⑭。如今憔悴，风鬟霜鬓⑮，怕见夜间出去⑯，不如向，帘儿底下，听人笑语。

【注释】

① "落日"句：夕阳如熔化的黄金，灿烂绚丽。
② "暮云"句：傍晚的云彩聚和在一起，似美丽的璧玉。合璧，两个半圆形的璧玉合在一起。
③ "人在"句：人，指李清照自己。意即我这是在哪里呢？
④ "染柳"句：暮色下的柳色愈见浓烈。
⑤ "吹梅"句：笛子吹出《梅花落》曲调。
⑥ 几许：多少，几分。
⑦ 次弟：转眼之间。
⑧ 召：邀请。
⑨ 中州：旧时称河南省一带为中州。
⑩ 闺门：贵族妇女。
⑪ 三五：即正月十五。
⑫ 铺翠冠儿：饰有翡翠羽毛的帽子。
⑬ "撚金"句：金线捻成的丝缕。雪柳，即绢花制成的饰物。
⑭ 济楚：整洁、漂亮的样子。
⑮ "风鬟"句：风鬟是头发蓬乱的样子。霜鬓，两鬓雪白。
⑯ 怕见：懒得见。

【赏析】

在南宋小朝廷偏安一隅，国破家亡的历史时期，临安城内的元宵节却大肆铺陈，在这种情况下，词人写下了这首情辞凄婉、感情哀艳的名作。全词以一幅色彩绚烂的晚情图渲染节日的气氛，而心情却是另一幅山河破碎、人在何处的悲凉图景。绿柳葱郁的春色与幽怨的笛声，反映着作者内心的矛盾与痛苦。在上阕里起笔两句着力描绘元宵节夕阳的绚丽，对仗工整，辞采艳丽，而下文的"人在何处"却来了个时空大转换，是一声充满迷惘与痛苦的长叹，紧接着的"次弟岂无风雨"和对诗酒盛会的推却，就顺理成章了。下阕里以回忆东京元宵节的繁华、热闹，反映当时人们心情愉快与无拘无束。"铺翠冠儿，撚金雪柳，簇争济楚"几句，写词人在元宵节的晚上，同闺中女伴戴上嵌插有翠鸟羽毛的帽子和金线丝制成的雪柳，无忧无虑。可"如今"二字将幸福的回忆折断，"如今憔悴，风鬟霜鬓，怕见夜间出去"。历尽国破家倾，夫亡亲逝，词人已是蓬头霜鬓的老妪，晚景凄惨悲凉，使词人那有游玩和赏灯的兴致，只有独坐帘下，孤灯孑影，听着那醉生梦死者的欢歌笑语，这里以乐景衬悲哀，看来国破家亡的苦涩只有自己慢慢咀嚼了。全词情真意切，字字血，声声泪，难怪在作者去世一百余年以后，南宋爱国词人刘辰翁在读此词时尚"为之涕下"。

声声慢

寻寻觅觅①，冷冷清清，凄凄惨惨戚戚②。乍暖还寒时候③，最难将息④。三杯两盏淡酒，怎敌他，晚来风急？雁过也，正伤心，却是旧时相识⑤。　　满地黄花堆积⑥，憔悴损⑦，如今有谁堪摘。守着窗儿，独自怎生得黑。梧桐更兼细雨，到黄昏，点点滴滴。这次第⑧，怎一个，愁字了得。

【注释】

①"寻寻"句：若有所失、四处寻找的样子。
②戚戚：忧愁悲伤的样子。
③乍：刚，初。还，旋即。
④将息：休息。
⑤旧时相识：过去就所认识。
⑥黄花堆积：黄花指菊花，此处指菊花的落瓣。
⑦憔悴损：枯萎凋损的样子。
⑧次第：情景。

【赏析】

这首词是李清照在南渡以后，遭到国破夫亡的巨大打击，内心极度凄苦的反映。在上阕里开首即以"寻寻觅觅，冷冷清清，凄凄惨惨戚戚"七组十四个叠字，多角度、多层次地描绘出词人整日若有所失，东寻西觅，坐卧不安的神态，使读者在一开始就听到了词人忧郁悲咽的心声。紧接着一笔"乍暖还寒"两句，道出自己在秋日早晨的感受，冷清中又加寒风相袭，自是"最难将息"了。借酒浇愁，以御风寒，但水酒淡泊，敌不过急劲凄厉的寒风，浇不灭心头的痛苦悲哀。下文的"旧时相识"，反映出同病相怜，飘落异乡的共同遭遇。下阕里寓情于景，间接抒情。秋菊凋残，落花满地，萧条残败不堪瞩目，词人是以此来表现自己凄婉的孤独生活，不禁发出了"守着窗儿，独自怎生得黑"的咨嗟叹惋。这是以黄花与人相比、相衬，鲜明地勾勒出两个不同的艺术形象。黄昏时的梧桐秋雨，全然一幅黯然销魂的惨淡背景，从视觉和听觉上渲染了悲凉的气氛。最后作者直抒胸臆，"这次第，怎一个愁字了得"。"愁"是词眼，映照全篇，又包含着作者无尽的含蓄与婉转，仿佛是"欲说还休"不了了之，其实已经是全然托出，倾泻无遗了，全词语言朴素，叙事逐一道来，始终围绕一个"悲秋"做文章，读起来自然是意味深长了。

念 奴 娇

春 情

萧条庭院，又斜风细雨，重门须闭①。宠柳娇花寒食近②，种种恼人天气。险韵诗成③，扶头酒醒④，别是闲滋味。征鸿过尽，万千心事难寄。　　楼上几日春寒，帘垂四面，玉阑干慵倚⑤。被冷香销新梦觉⑥，不许愁人不起。清露晨流⑦，新桐初引⑧，多少游春意。日高烟敛，更看今日晴未⑨？

【注释】

①重门：层层门。

②"宠柳"句：宠柳娇花，柳丝飘扬，像是受到春天的宠爱，花儿娇美媚人。寒食，清明节前两天为寒食节。

③"险韵"句：指用怪僻字押韵脚的诗作成了。

④扶头酒：一种容易让人喝醉的酒。

⑤玉阑干：阑干的美称，慵倚：懒得倚在栏杆边。
⑥香销：香炉里的香烧完了。
⑦"清露"句：意谓早晨晶莹的露珠在花叶上流动。
⑧"新桐"句：桐树刚刚开出新芽。引，生长。
⑨更看：再看之意。

【赏析】

　　这首词是写春日离情的。李清照十八岁那年与赵明诚结婚，两人志同道合，伉俪情深。赵出门在外，词人独居闺室，一种别情愁绪油然而生。在上阕里起首二句把词人所处的环境、时节一下子全告诉了读者。寂寞幽深的庭院，层层门扉紧闭，一片萧条景色，再加细雨斜风，则心境之凄苦，更加悲怆。寒食节快到了，垂柳繁花，可"斜风细雨"使人无法游玩观赏，柳、花也显不出妖娆的状态，所以"恼人"一语，其感情色彩之浓烈，无法比拟。"险韵"以下二句，词人在风雨之夕，饮酒赋诗，借以排遣忧愁，而酒醒之后，万端心事又爬上心头，一个"闲"字，耐人寻味。看到大雁飞去，想起鸿雁传书的典故，期望大雁能捎去自己的思念。下阕则从景色的变化入手，写深闺中的女子从晶莹的晨露与初发的桐花中闻到了春天的气息。这里对上阕的抑郁来说是词境的一大变化，低回蕴藉，使人感到勃勃生机，浓愁顿消，心情舒畅，而有"多少游春意"。全篇忽悲忽喜，有开有合，婉转曲折，感情跌宕，细腻地表达出了闺中女子的一片春情。

浣 溪 沙

　　绣面芙蓉一笑开①，斜飞宝鸭衬香腮②，眼波才动被人猜③。一面风情深有韵④，半笺娇恨寄幽怀⑤，月移花影约重来⑥。

【注释】

①绣面：妆饰面庞，此指美丽的面庞。芙蓉：荷花。
②斜飞宝鸭：展翅欲飞的鸭形香炉。

③眼波：目送秋波，眉目传情。猜：看的意思。
④一面：满脸。风情：男女之间的爱情。韵：风韵。
⑤半笺：短信。幽怀：隐藏在内心深处的情怀。
⑥"月移"句：全句化用元稹《莺莺传》"待月西厢下，迎风户半开。拂墙花影动，疑是玉人来"的诗句。为约会之词。

【赏析】

这首词是写一个热恋中的少女与情人不期而遇所流露出的无法掩饰的欢悦。上阕将一个亭亭玉立、绣面芙蓉的少女跃然纸上，而其莞尔一笑，娇柔妩媚，流眸顾盼，更是传神之笔。下阕侧重描写了少女相约与情人幽会，在一封短笺中既抒"娇恨"又寄"幽怀"。结尾以崔莺莺的故事点缀全词，自然恰切。全词语言明快，毫无雕饰，将少女复杂丰富细腻的内心世界全部展现到了读者面前。

蔡 伸

【作者介绍】

蔡伸（1088—1196），字伸道，号友古居士，莆田（今福建）人。宋徽宗时进士，作过太学博士和徐州、和州等地的地方官，词风雄爽，气势博大。有《友古词》一卷。

苍 梧 谣

天，休使圆蟾照客眠①。人何在？桂影自婵娟②。

【注释】

①休使：停止，罢休之意。圆蟾：圆月。蟾是蟾蜍。典出《后汉书·天文志》刘昭注引张衡《灵宪浑仪》："羿请无死之药于西王母，姮娥窃之以奔月，……是为蟾蜍。"这里是月的代称。
②"桂影"句：桂影指月影。古人将月影称为桂影。传说月中有一棵五百丈的桂树，故有此称。自，空自。婵娟，美好的样子。

【赏析】

在这首小令中，作者一开始就采用了汉乐府的形式，一个"天"字，既是口语，又具有民谣色彩，把一声长叹留给了读者，究竟为什么？这就是下文里的明月高悬，客居异乡，难以成眠。在前人诗词中，明月会助人哀乐。李白有"我歌月徘徊，我舞影零乱；冯延巳有"明月，明月，照得离人愁绝"。在这里，月光如水，沦落异乡词人怎样能睡得着呢？月圆之夜，本应亲人团聚，可现在有家不能归，只能仰天长叹。"人何在"？一句既有我在哪里之意，又表示所思念的人儿你在哪里？作者期望月亮能像一面宝镜，照出思念的人的芳姿倩影，但凝望明月，只有桂影扶疏，空自婆娑。全词以短短十六个字，将心事无限的客居，思念故乡、思念情人的感情跃然纸上。立意十分新奇清新，语言简练。

如 晦

【作者介绍】

如晦，生卒年不详。居于当地（今浙江）的明心寺，为住持僧人。

卜 算 子

送 春

有意送春归，无计留春住。毕竟年年用著来，何似休归去。
目断楚天遥，不见春归路。风急桃花也似愁，点点飞红雨。

【赏析】

这是一首惜春词。作者以自己的内心感受描写对春天的眷恋和不愿春归去的惋惜之情。上阕"有意送春"，但却"无计留春"，将作者一束淡淡的忧愁跃然纸上。下阕作者以自己寻找春归何处而不见，把桃花拟人化，以桃花在春风里飘扬为伤春，从而也达到了抒发了作者自己对春日归去的惋惜。全词用语浅显、明快，但细细品味起来，别有一番滋味。

李重元

【作者介绍】

李重元，北宋人，生平事迹不详。

忆 王 孙

春　词

萋萋芳草忆王孙①，柳外楼高空断魂，杜宇声声不忍闻②。欲黄昏，雨打梨花深闭门。

【注释】

①"萋萋"句：刘安《招隐士》赋："王孙游兮不归，春草生兮萋萋。"萋萋，草木茂盛的样子。王孙，这里指游子。

②杜宇：子规鸟，即杜鹃鸟。

【赏析】

李重元作《忆王孙》词有四首，包括春词、夏词、秋词、冬词，此为春词。这首词采用了宋词中常见的"柳外高楼"、"芳草斜阳"、"梨花带雨"、"黄昏杜鹃"等来为景，以写景表达伤春怀人的情绪，那一份情思是通过景物的转换而逐步加深的，开始是千里碧色，萋萋芳草，极目古道，人在何处？接下来是陌头杨柳，柳外高楼，是一种景物的收缩；再就是杜鹃声声，黄昏小院，雨打梨花，闺门紧闭，将古代妇女思念远行在外的丈夫那种内向型的心态表现得尽在联想之中。全词以人去楼空来表达伤春之情，字字沉痛，使人联想无限。

邓肃

【作者介绍】

邓肃（1091—1133），字志宏，沙县人。曾任鸿胪寺主簿等官职。有《拼桐集》。

长相思令

红花飞，白花飞。郎与春风同别离，春归郎不归。　　雨霏霏，雪霏霏①，又是黄昏独掩扉②，孤灯隔翠帷。

【注释】

①雨霏霏，雪霏霏：指雨、雪多盛的样子。
②扉：门扇。

【赏析】

这是一首闺怨词。将一个思念远行在外丈夫的妇女的情爱、情怨，写得入木三分。开首以回忆的手法写出了心上人儿在春天别我而去，可一个又一个春天归来，思念的人儿你为什么还不归来！秋雨淫淫，雨雪纷纷，年复一年，到如今还是我一个人在孤寂的黄昏之夜，孤灯相伴，泪眼盈盈。全词语言平直，词意明畅，近于白描。

吕渭老

【作者介绍】

吕渭老，字圣求，生卒年不详。嘉兴（今浙江）人。宋徽宗时就以词名行世。南渡以后继续写作。有《圣求词》

惜分钗

春将半，莺声乱，柳丝拂马花迎面。小堂风，暮楼钟。草色连云，暝色连空，重重。　　秋千畔，何人见，宝钗斜照春妆浅。酒霞红①，与谁同？试问别来，近日情综②，忡忡③。

【注释】

①酒霞红：指少女的面颊泛红。
②情综：心情，情怀。
③忡忡：忧虑不安的样子。《诗经·召南·草虫》："未见君子，忧心忡忡。"

【赏析】

全词主要写春天的景色和由此而引起的思念之情。上阕里写春色正浓，春意无限。起句即点明时间，写出了莺啼鸟鸣，柳丝依依，繁花扑面，小堂清风，钟楼暮鼓，芳芳萋萋，点明季节景色，造成浓郁的气氛。下阕里"秋千畔"将笔锋一转，将作者看到少妇欢畅地在荡秋千，面颊绯红而引起的思念情综，用"忡忡"二字道来，言简意长。

杨无咎

【作者介绍】

杨无咎（1097—1169），字补之，号逃禅老人、清夷长者，清江（今属江西）人。宋高宗时，因不愿依附奸臣秦桧，累征不起，隐居而终。生平善画梅花，亦工於词。其词多写男女之情，文词华美，刻画细腻。有《逃禅词》

齐 天 乐

和周美成韵

后堂芳树阴阴见，疏蝉又还催晚。燕守朱门，萤粘翠幕，纹蜡啼红慵剪。纱帏半卷，记云鬟瑶山①，粉融珍簟②。睡起揾毫，戏题新句满盈卷。　　睽离鳞雁顿阻③，似闻频念我，愁绪无限。瑞鸭香消④，铜壶漏永⑤，谁惜无眠展转。蓬山恨远⑥，想月好风清，酒登琴荐。一曲高歌，为谁眉黛敛。

【注释】

①云鬌（duǒ）瑶山：鬌，下垂。瑶山即枕头。此句意为美发如云，散落在枕头上。
②珍簟：簟指凉席。指精美的席子。
③"睽（kuí）离"句：睽离是阔别之意。韩愈有"与子昔睽离，嗟余苦屯剥"。鳞雁，鱼雁，指书信。
④瑞鸭：宝鸭形的熏香炉。香消：香已燃尽。
⑤铜壶漏水：指古代一种计时用的仪器。温庭筠有《鸡鸣埭歌》："铜壶漏断梦初觉，宝马尘高人未知。"
⑥蓬山：即蓬莱山，传说中神仙居住的地方。

【赏析】

这是一首情词，在上阕一开头即描写出空寂的环境和一个慵懒的主人。第二句的"又"透露出主人公的孤单与寂寞。"睡起援毫，戏题新句满盈卷"，一个"戏"字将主人公百无聊赖的思念之情化成了淡淡的忧愁，溶入词的行间。下阕里写到鱼雁顿阻，似是情人传书，引起思念无限。到了晚上夜香消尽，静听铜壶漏声，反侧辗转，难以成眠。终末两句，将主人公的思念之情推向高潮：我多么期望在一个月好风清的日子里，你我二人饮酒抚琴，共度良宵。"一曲高歌，为谁眉黛敛"两句长叹一声，留下思绪绵绵。全词构思缜密，语言富丽华美，凝句炼字，其写景之语，富有画意，反映出作者较高的驾驭语言能力。

曾　觌

【作者介绍】

曾觌（dí，1109—1180），字纯甫，汴（今河南开封人），宋孝宗即位，官职累迁至开府仪同三司。才华富艳，诗词大都感慨悲壮，有《海野词》。

念 奴 娇

席上赋林檎花

群花渐老,向晓来微雨,芳心初拆①。拂掠娇红香旖旎②,浑欲不胜春色。淡月梨花,新晴繁杏,装点成标格,风光都在,半开深院人寂。　　刚要买断东风③,鸟栾枝低映,舞苗歌席。记得当时曾共赏,玉人纤手轻摘。醉里妖娆,醒时风韵,比并堪端的④。谁知憔悴,对花空凭思忆。

【注释】

①芳心初拆:这里是说林檎花刚刚开放。拆,放开。
②旖旎(yǐ nǐ):柔美、繁盛的样子。
③买断:在此当愿断解,希望东风停止,不要再刮了。
④端的:究竟。

【赏析】

咏物言志,是中国传统文学的一大特点,而此词正是借赋林檎而描写男女之间的思念之情和对过去的追忆。

上阕描写林檎花,其开放的时间是"群花渐老"的暮春,其体娇红、妍丽、婀娜多姿;其味清香,正像淡月之下的梨花,乍晴之后的繁杏,装点春色,独成一格。虽然"群花渐老",但"春色无限"、"风光都在"。下阕描写人物的心情,一个"记"字将时空断开,想当年你我二人共赏林檎花,玉人纤手轻摘,与花儿相映的神态又映入眼底,而"妖娆"、"风韵"用"醉"和"醒"反写,将玉人的娇美与柔情写得如痴如醉,令人叹为观止。结尾一句"谁知憔悴,对花空凭思忆",留下的是无尽的忧愁,语言婉丽动人。

朱淑贞

【作者介绍】

朱淑贞,号出栖居士,生卒年不详。钱塘(今杭州)人,世居姚村。幼聪慧,工诗文。成年后嫁给了一个商人,心情苦闷。其所作之词大多幽怨悲愤,魏端礼辑其诗词,名《断肠集》。今有《断肠词》一卷行世。

生 查 子

寒食不多时,几日东风恶①。无绪倦寻芳,闲却秋千索。玉减翠裙交②,病祛罗衣薄③。不忍卷帘看,寂寞梨花落。

【注释】

①恶:厉害。
②玉减:玉,指女子的身体洁白如玉。减,减去,消瘦。
③病祛:祛指去掉,此当消瘦解。

【赏析】

这首词以明白淡显的语言,描写作者在暮春时分的伤感与哀愁。寒食节过后不几天,东风刮得很厉害,使人心烦意乱,懒得去寻找春天的芳菲,秋千也不愿去荡了。下阕以"翠裙交"、"罗衣薄"来形容自己因春愁无限,病情怏怏而消瘦的情形。而最后的"不忍看"与"梨花落",流露出词人对长期幽独生活的怨恨和无可奈何的怅然心情。

谒 金 门

春 半

春已半,触目此情无限。十二栏干闲倚遍,愁来天不管。

好是风和日暖，输与莺莺燕燕①。满院落花帘不卷，断肠芳草远。

【注释】

①输与：让与之意。

【赏析】

"春已半，触目此情无限"两句，描写秀丽的春色，风光无限，可她却成了词人愁苦的源头，这句是作者通过视觉来写自己对暮春的感受，是一种无限的感慨。那么"此情"究竟是什么呢？而且"无限"，看来肯定是对意中人的思念，而这种思念因为得不到解脱，积淀的是那么的浓、那么的深。"十二栏干闲倚遍，愁来天不管"，这是以动作来写愁苦。主人公百无聊赖，在栏杆边倚来倚去，似有无处栖身的情态。一个"遍"说明呆的时间已是很久了，可见思念之苦，而"天不管"又是一种怨恨，"如是风和日暖，输与莺莺燕燕"，大好春光，风和日暖，本应为人欣赏，可是孤寂忧伤的人无心思去享受，只好让与那些飞来飞去的黄莺紫燕。而"莺莺""燕燕"叠字重用，有一种成双成对的暗示，也有对自己孤单的反衬。此句里的"输与"二字，用来增色不少，便是一种无可奈何地让，结构奇巧。结句"断肠芳草远"，与开头互相照应，达到和谐的统一，写出愁状的根源，意中人在"芳草"之外，才有肝肠寸断的思念。全词言有尽而意不尽，读来情思缱绻，荡气回肠。

江 城 子

赏 春

斜风细雨作春寒，对尊前，忆前欢。曾把梨花，寂寞泪阑干①。芳草断烟南浦路②，和别泪，看青山。　　昨宵结得梦夤缘③，水云间，悄无言。争奈醒来，愁恨又依然。辗然衾裯空懊恼，天易见，见伊难。

【注释】

①"曾把"两句：曾把，指手把梨花。全句出自白居易《长恨歌》"玉容寂寞泪阑干，梨花一枝带春雨"，用来描述悲伤痛哭的情景。

②"芳草"句：典出江淹《别赋》："春草碧色，春水绿波，送君南浦，伤之如何？"来描述送别时的情景。

③夤缘：攀附之意。

【赏析】

这首词题曰"赏春"，其实是在伤春。作者用极其深沉的语调，描写了斜风细雨，雨打梨花，送君南浦，泪看青山，衬托出自己对当年恋情的追忆与送别恋人时伤心的情景。下阕以梦中相会、喜悦欢快来开端，可醒来依然是凄寂愁恨，难以忍受的苦楚。最后是在绣衾之中，辗转反侧，懊恼惆怅，发出了"天易见，见伊难"的绝望心声。全词寥寥数语，即将自己少年时的恋情始末概述出来，将在封建礼教压抑下的弱女子追求自由恋爱的呼声倾在笔端，跃然纸上。

眼 儿 媚

迟迟春日弄轻柔①，花径暗香流②。清明过了，不堪回首，云锁朱楼。　　午窗睡起莺声巧，何处唤春愁？绿杨影里，海棠亭畔，红杏梢头。

【注释】

①迟迟：形容日色舒和明丽。轻柔：温柔，指太阳暖洋洋的。

②暗香流：幽香袭人。

【赏析】

清明过了春将尽，庭前美景，只词人不堪回首，平添了无尽忧愁。午睡起床后窗外的莺声巧啭，婉转动听。可"何处唤春愁"一句，立使语意陡转，而杨柳依依，海棠亭畔，红杏枝头三个排比句回答的都是美景妙胜，可忧愁就在那儿。这正是以丽语述幽怨，美景添愁思，读来凄婉动人。

鹧 鸪 天

独倚栏干昼日长，纷纷蜂蝶斗轻狂。一天飞絮东风恶，满路桃花春水香。　　当此际，意偏长，萋萋芳草傍池塘。千钟尚欲偕春醉①，幸有荼蘼与海棠②。

【注释】

①钟：古代器皿，用于盛酒或别的东西。
②荼蘼：即酴醾，一种花名。苏轼《荼蘼花菩萨泉》诗："酴醾不争春，寂寞开最晚。"

【赏析】

这首小令是作者写自己在一个春日里独自倚栏，百无聊赖，看着蜂蝶戏花，花絮飘扬，满路桃花，春水溢香。池塘边，萋萋芳草，葱绿茂盛。而这无限美景不仅没有使她产生一点欢情，反而勾起她春愁无限，正所谓"当此际，意偏长"。孤单寂寞的日日夜夜，多少次借酒浇愁，可醒来愁恨依然，幸亏还有春日开放的荼蘼与海棠能与之为伴。试想，以荼蘼和海棠花儿来做伴的生活是多么的空虚与寂寞。全词以景立意，在欢悦与快乐中表露作者忧愁的心思。

蝶 恋 花

楼外垂杨千万缕，欲系青春①，少住春还去。犹自风前飘柳絮，随春且看归何处。　　绿满山川闻杜宇，便做无情，莫也愁人苦。把酒送春春不语，黄昏却下萧萧雨。

【注释】

①系：指留住，系住之意。

【赏析】

有宋一代惜春之词很多，大多是作者看到春天将去，由此而引发的惋惜之情，景物也不外纷飞的柳絮，哀鸣的杜鹃和沥沥的春雨。而在女词人的笔下，通过丰富的想象和拟人化的手法，就显得别具特色。上阕一开始即以柳条留春留不住，柳絮随风飘扬，寻找春归何处的拟人化形象，把春天描写得生动活泼，暗示光阴易去，人生短暂。下阕以景写人，杜鹃泣血，鸟儿无情，可也知道人的愁苦，叫出了人的悲痛心声。"把酒送春春不语"两句，看起来若无其事，其实"萧萧雨"在黄昏降下，三字已道出了作者凄凄然、茫茫然的满腔心事。全词将春拟人，借以抒发自己的情怀，借垂杨系春，飞絮随春到主人公最后送春，通过有层次的心理变化揭示主题，带有凄婉的情味。

菩萨蛮

咏 梅

湿云不渡溪桥冷①，娥寒初破东风影②。溪下水声长，一枝和月香。　人怜花似旧，花不知人瘦。独自倚栏干，夜深花正寒。

【注释】

①"湿云"句：湿云指带雨的云。此句是说几朵带雨的云笼罩在溪流的桥上，十分清冷。

②"娥寒"句：娥指娥眉，用以比喻弯月。东风影指东风吹拂的梅树摇曳的影子。

【赏析】

这首词题曰"咏梅"，实际上是以梅花的高洁来比拟作者不甘流俗，满腔哀愁，无处可诉的情怀。上阕以晚上词人立足在小桥上看到的景物："湿云"、"桥冷"、"娥寒初破"，写出了一种孤寂、冷艳的气氛。梅树枝头绽开淡淡的梅朵，吐出缕缕的幽香。下阕以拟人的手法写花，一年一度，花开花落，但不知我青春已逝，憔悴消瘦。满腔哀愁，无处可诉，在这寒气逼人的夜晚，独倚栏杆。"夜深花正寒"一句，由花及人，看得出作者凝结在心底的哀愁，已经全然没有希望了。全词以环境渲染气氛，情真景浓，风格秀婉，楚楚动人。

浣 溪 沙

玉体金钗一样娇①，背灯初解绣裙腰。衾寒枕冷夜香消。深院重关春寂寂②，落花和雨夜迢迢③。恨情和梦更无聊。

【注释】

①娇：娇美。
②寂寂：冷清、落寞。左思《咏史》诗有："寂寂杨子宅，门无卿相与。"
③迢迢：久长，形容雨夜很长。

【赏析】

这首词是作者孤独和寂寞生活的真实写照。上阕将自己在春夜里背灯解衣，被冷枕寒，熏炉香消，一举一动，一情一景写得十分传神、逼真。看得出作者一人独自伤神，心烦意乱，满腔幽愁，无法排遣。下阕里以深深庭院，寂寞无聊，流水落花，夜雨迢迢来渲染气氛，孤独寂寞之悲愤，使人寸断愁肠。一个"恨"字，将"情"和"梦"对作者的缠绕刻画得淋漓尽致。全词构思巧妙，结构谨严，用语婉丽清新。

阿 那 曲

梦回酒醒春愁怯[1]，宝鸭烟消香未歇。薄衾无奈五更寒[2]，杜鹃叫落西楼月。

【注释】

[1]"梦回"句：梦回即梦醒之意。怯，害怕，担心。
[2]"薄衾"句：出自南唐李煜："罗衾不耐五更寒"。

【赏析】

这是一首写春愁的小令。此词从室内的景色"梦回"、"酒醒"、"香未消"、"薄衾"等写春愁无限，借酒浇愁，酒醒后更是愁上加愁，孤单，寂寞，无聊，长恨难眠。结句"杜鹃叫落西楼月"中的"叫落"二字十分工巧，它将杜鹃的叫声与月落作为因果关系提示出来，别致独创，真是妙语传神。

吴淑姬

【作者介绍】

吴淑姬，南宋人，生平不详。《唐宋诸贤绝妙词选》录其词三首。

小 重 山

谢了荼蘼春事休[1]。无多花片子，缀枝头。庭槐影碎被风揉[2]。莺虽老，声高带娇羞。　　独自倚妆楼。一川烟草浪[3]，衬云浮。不如归去下帘钩。心儿小，难着许多愁。

【注释】

[1]荼蘼春事休：荼蘼，初夏开花，这时春天已过。
[2]揉：来回揉搓，此当揉碎解。

③草浪：修饰词，与"麦浪"、"竹浪"等意义相近，是作者的独创。

【赏析】

这首《小重山》写的是一个独守空房的女子对远方情人的思念。其谋篇构思，与前人有许多的不同，别出心裁，富有新意。上阕写暮春初夏之景：不写花落满地，而写枝头花残；不写风雨摧花，而写风揉槐影；不写杜宇声碎，而写莺声依然乖巧娇柔，这样就显得清新、独到，把一个独守空房的少妇的身份与思想感情结合了起来。这里既有对自己容颜渐老、青春空逝的叹惜，同时也有告诉心上人我青春将逝，但尚有美丽的面容和娇羞的神志。下阕"独自倚妆楼"一句，紧承上文，将自己在孤寂、落寞中的所见，用"一川烟草浪，衬云浮"几句道来，作者究竟看到了什么？思念的人儿，你究竟在何处？收入我眼底的是一川草浪，衬托着浮动的白云。"一川烟草"是静物，"浪"则是动景，用此来比喻思绪如草浪滚滚，连天而来。下文的"不如"二字，是对忧愁无法抑制，一种无可奈何的表示。"心儿小，难着许多愁"，愁思之大，之深，使少妇的心已无法容下，结句强烈，意境悠长。全词从少妇立足楼上，远望生情，以移动的景点，反映出一种深深的愁苦。

赵 鼎

【作者介绍】

赵鼎（1085—1147），字元镇，解州闻喜（今属山西）人。宋徽宗时进士，南宋高宗时为尚书右仆射、同中书门下平章事，兼枢密使。宋金议事，忤秦桧，后绝食死。其词疏朗豪健。有《忠正德文集》。

蝶 恋 花

河 中 作

尽日东风吹绿树。向晚轻寒，数点催花雨①。年少凄凉天付与，更堪春思萦离绪[2]！　　临水高楼携酒处。曾倚哀弦[3]，歌断黄金缕[4]。楼下水流何处去[5]，凭栏目送苍烟暮。

【注释】

①催花雨：宋词中有两种用法，一是指用于初春催花开放的雨，晏几道有"催花雨小，著柳风柔，都似去年时候好"。另一种是用于暮春催花落的，李清照有"惜春春去，几点催花雨"。在此词中当后一种意思解。
②春思：情思。
③曾倚哀弦：指以丝竹伴唱。倚，指以声合曲。
④黄金缕：用来形容鹅黄色的柳条，古时有折柳送别的风俗。
⑤"楼下"句：唐人杜牧诗《题安州浮云寺楼寄湖州张郎中》："去夏疏雨余，同倚朱栏语。当时楼下水，今日到何时。"宋时将此诗谱曲传唱，赵鼎用此句以"水流"比喻人去。

【赏析】

这首词是作者故地重游，忆起当年情思的怀人之作。上阕记时，指出时令和当时所处的环境，"向晚轻寒，数点催花雨"，表明春尽花落，孤独寂寞。"年少凄凉天付与，更堪春思萦离绪！"年少本是青春和欢乐的时节，但作者将"年少"与"凄凉"连在一起，读起来就使人有些伤感了，究竟是为什么，下文就点明是因为"春思"和"离绪"，而"天付与"，三字则纯粹是自己解嘲的了。下阕记地，当时与情人分别是在"临水高楼携酒处"，分别时是：合着丝竹，唱着送别曲，折柳相赠。一个"哀弦""歌断"，道出了分别的痛苦与伤感。如今故地重游，登栏远眺，暮烟四合，一片怀念旧情的绵绵思绪，就在作者登临时的久久凝望之中。

点 绛 唇

春　愁

香冷金炉[1]，梦回鸳帐余香嫩[2]。更无人问，一枕江南恨。消瘦休文[3]，顿觉春衫褪[4]。清明近，薄暮东风紧。

【注释】

①金炉：金黄色的熏香炉。
②嫩：娇嫩。在此用来形容余香之幽微。
③休文：指南朝梁时沈约，是一个多愁多病的才子。
④春衫褪：褪即宽。指人儿消瘦，衣服觉宽。

【赏析】

　　这是一首伤春之作，借以抒发自己那一腔无法排遣的忧愁。上阕写梦醒来独自忧愁。金炉香消，但绣着鸳鸯的帐帷之间依然暗香浮动，若有若无，一切都是那么静谧，那么温馨。"更无人间，一枕江南恨"，午梦睡来，欲说梦中故事，可对谁去说。在此作者以"一枕"来修饰"恨"，犹如李清照用"舟"来装载"愁"一样，化抽象为具体，把作者满腔的愁怨化在"一枕"之间，读词至此，始觉作者"伤春"是表面之意，而感叹人生，忧虑世事，才是真谛。下阕以南朝时文人沈约自比，以夸张的手法说明自己消瘦的程度，春衫渐宽，人儿憔悴。一个"顿"说明消瘦时间之快、之短，把作者浓烈的惜春之情表现得淋漓尽致。"清明近，薄暮东风紧"，清明即将到来，清明时节多风雨。若再有几场风来，春色还能留下几分呢？一个"紧"既道出了清明时东风的力度，又写出了作者不愿春去的忧愁心情。全词语言通俗，却耐人寻味。

王之道

【作者介绍】

　　王之道（1093—1169），字彦猷，濡须（今安徽合肥）人，宣和间进士，任官于南宋间。词有《湘山居士词》。

如 梦 令

　　一饷凝情无语，手撚梅花何处①。倚竹不胜愁，暗想江头归路。东去，东去，短艇淡烟疏雨。

【注释】

①撚（niǎn）：指用手指持物。

【赏析】

这是一首闺怨词。写一个女子盼望心上人从远方归来的殷切情怀。"一饷凝情无语，手撚梅花何处"，一响都无言，原来攀折梅花，使人浮想万千。古人有折梅怀人的习惯，所以触景生情。女子思念何人，"倚竹不胜愁，暗想江头归路"，这里是用杜甫《佳人》诗"天寒翠袖薄，日暮倚修竹"的原意，表达了女主人公对丈夫的思念和自己孤独的忧伤。"江头"是丈夫扬帆远去的地方，如今多么期望丈夫你能从江头归来。"东去，东去，短艇淡烟疏雨"，通过主人公的回忆，那时候丈夫在一片烟暮迷蒙之中乘舟东去，如今对此依然记忆犹新，难以忘怀。作者在此采用倒叙的方法，既增加了词的内蕴与意境，又将女主人公盼郎不归的悲凉心境恰切地表达出来，为全词增色不少。

李 石

【作者介绍】

李石（1108—？），字知几，号方舟子，资阳盘石（今四川资中）人，历官至太学博士，有《方舟集》。

临 江 仙

佳 人

烟柳疏疏人悄悄，画楼风外吹笙①。倚栏低唤小红声：熏香临欲睡②，玉漏已三更。　　坐待不来来又去，一方明月中庭③。粉墙东畔小桥横。起来花影下，扇子扑飞萤④。

【注释】

①笙：一种簧管乐器。

②"熏香"句：古代富贵人家在晚上睡觉前多用香料熏被子，以使人觉得舒服。

③"一方"句：指明月如水，映照中庭。唐人刘禹锡《生公讲学》有诗句"一方明月可中庭"。

④"扇子"句：是说用轻罗小扇扑捉流萤。唐人杜牧《秋夕》一诗描写一位宫女排遣忧愁，有"轻罗小扇扑流萤"的诗句。

【赏析】

李石的这首词是写一个少妇在月明之后的情态。作者一落笔就描绘出一幅柳丝低垂，疏疏落落，在淡淡的月光下随风轻摇，夜幕已深，四周寂寂，只有一个多情的妇人在画楼上独自吹笙。其乐凄婉，似从"风外"传来，是一幅少妇夏夜吹笙图。"倚栏低唤小红声：熏香临欲睡，玉漏已三更"三句说夜已深，女主人低唤"小红"："给我熏好被子，我要睡觉了，时间已过三更了。"下阕作者紧接上文，"坐待不来来又去"，女主人等心上人已经等到三更，可见所等之晚和欲见心上人的心意是多么迫切。可心上人来又很快走了，这下睡意全无。"一方明月中庭"，看着明月如水，照射中庭，连同闺楼外的小桥也看得一清二楚。"起来花影下，扇子扑飞萤"，既然睡不着，这腔心事只好如此排遣。全词虽写恋情，但着笔清淡、自然，描绘了少妇的忧愁，大有呼之欲出之感。

陆　游

【作者介绍】

陆游（1125—1210），字务观，号放翁，南宋越州山阴（今浙江绍兴市）人。南宋高宗绍兴年间应礼部试，因遭秦桧嫉恨，被黜免。光宗时以宝章阁待制告老还乡。陆游一生力主抗金，恢复中原，屡受主和派排挤。诗作近万首，题材广阔，为南宋杰出的爱国诗人。散文成就亦高。

陆词的成就不及其诗,但其基调与诗一样,都贯穿着爱国主义的思想感情,而且以大手笔写小品,信手拈来,使得词作精当圆熟,婉转流利,声情并长,成就也高出同时代的一般词人;同时陆词的风格也呈多样化的风姿。《放翁词》收词130首。其它著作有《剑南诗稿》、《渭南文集》等。

鹧鸪天

懒向青门学种瓜①,只将渔钓送年华。双双新燕飞春岸,片片轻鸥落晚沙。　歌缥缈,橹呕哑,酒如清露鲊如花②。逢人问道归何处,笑指船儿此是家。

【注释】

①青门:西汉长安东城墙自南而北第二门为青城门,或称青门。种瓜:指秦东陵侯邵平,秦亡后沦为平民,在长安东门外种瓜为生。其瓜甜美,人称东陵瓜。

②鲊(zhǎ):经过加工的鱼类食品。

【赏析】

词的上阕一开始就表明了作者的心志:自己不愿像邵平那样在繁闹的都城外种瓜,以图东山再起,而只想在清静的湖边垂钓,以度过自己的晚年。"青门"代指都城。当时作者卜居筑室于镜湖北边的三山之下,因备受主和派打击,恢复中原的心志难以实现,只得投向大自然的怀抱。此时面对三百里镜湖的大好风光,不禁心旷神怡。"双双新燕飞春岸,片片轻鸥落晚沙",清词丽景之中,正好体现了作者的这种心情。下阕继续描写自己的安逸闲适生活。远处有缥缈的渔歌,近处有小船前进的吱呀声,而自己身处这"菱歌泛唱"的尘世之外,又有清酒作伴,显得是多么地自由自在啊。若要问我到什么地方去,这小小的船儿漂到哪里,哪里就是我的家。

作者在此一再强调自己以"渔钓"为生,以船儿为家,表面上显得自己确实对政治已心灰意懒,决计安逸度日,但实际上他那匡复中原的信念至死也没有忘怀。在他的名作《示儿》诗中,就沉痛地要求儿子"王师北定中原日,家祭无忘告乃翁"。而此词中,作者所表现的只不过是一种受压抑的感情,是对自己心志的一种掩饰。只要仔细研索,就不难发现,"送年华"表露的是自己无可奈何的心志,而"笑指船儿此是家"也是一种苦涩的"笑"。只是作者有意举重若轻,以眼前景物反衬内心感情,清新自然而又正反兼顾,耐人寻味,引人深思。

临 江 仙

离果州作

鸠雨催成新绿①,燕泥收尽残红②。春光还与美人同。论心空眷眷,分袂却匆匆③。　　只道真情易写,那知怨句难工。水流云散各西东。半廊花院月,一帽柳桥风。

【注释】

①鸠雨:古谓鸠鸣是雨将到来的征候。亦作"鸠呼"。陆游《剑南诗稿》七六《喜晴》也有"正厌鸠呼雨,俄闻鹊噪晴"的句子。

②燕泥:燕子作巢所衔的泥土。

③分袂(mèi):意指分手,离别。袂,衣袖。

【赏析】

乾道八年(1172)正月,陆游任夔州通判期满,应四川宣抚使王炎之邀,到兴元(今陕西汉中)入其幕府,二月,途经果州(今四川南充)而作此词。

这是一首伤春惜别的词。上阕写景。晚春时节,鸠鸟鸣叫呼唤来的春雨,把山川田野催成了绿色,燕子衔净了满地的落英垒成了燕巢。姹紫嫣红的春光就要消逝了,如同美人匆匆别人而去一样,给人留下的只是无限的眷恋之情。明是怨春,实是惜别,表现了词人对果州朋友难分难舍的感情。下阕开始反用韩愈《荆潭唱和诗序》

中的"欢愉之辞难工，而穷苦之言易好也"之意，言离别的痛苦之深，以至于让人写不出来了。从此之后，朋友之间犹如水流云散，各自东西，不知什么时候才能相见。结尾处却笔力一振："半廊花院月，一帽柳桥风。"天上的明月照进花院的廊下，阵阵可人的清风把我送上柳桥。当时陆游北上入王炎幕府，心中充满了协助王炎北伐以实现统一国家的美好心愿，因此，虽是离别之境，却冲淡不了自己想有所作为的心志。故以此轻快流丽之句完篇，更显得自然和必然了。

全词以惜春起笔，中间感叹离别，最后以清新明快的景物描写结束，把与朋友依依不舍的离别之情和力图北上复国的壮志都表现了出来。情景交融，转接自然，体现了陆游词作的艺术风格和思想倾向。

乌 夜 啼

纨扇婵娟素月①，纱巾缥缈轻烟。高槐叶长阴初合，清润雨余天。　　弄笔斜行小草②，钩帘浅醉闲眠。更无一点尘埃到，枕上听新蝉。

【注释】

①纨扇：细绢制成的团扇，此比做月亮。婵娟：形态美好。
②弄笔：指执笔写字。

【赏析】

宋孝宗淳熙七年（1180），作者离官归家，居于山阴（今绍兴）镜湖之北、三山之下的西村。西村依山傍水，风景优美，陆游闲居其间，自号渔隐，前后达五年之久，直到知严州军事为止。这首词即写于这一时期。

词一开篇就给人以轻松愉快的感受：手持洁白如满月的团扇，头戴薄如浮烟的轻纱，置身于"高槐叶长阴初合"梅雨乍晴的初夏之夜。月明星稀,清爽宜人,寥寥数笔,就把词人隐逸闲适的生活情调一下子显现出来了。景物显得清新,人物形象也十分突出。

下阕紧接着写在这种闲适情调下自己的日常生活。信手在纸上斜写草字之余,又搭起钩帘,浅斟小饮,倒卧床上休憩。夏雨初晴,空气新鲜无比,没有一丝儿尘埃,耳边只听见阵阵清亮的蝉声。

这的确似一首轻快优美、通篇写景的闲适之作。然而我们从"更无一点尘埃到"却也能看出陆游那隐隐作痛、耿耿于怀的匡复之志。"尘埃"一词,既是自然界的尘埃,又可喻人世间的尘事,一语双关,越是没有一点尘埃到,就越是不能忘怀尘事。恢复中原的心志始终贯穿于陆游的作品中,这首描写景物的小词也不例外。

鹊　桥　仙

一竿风月,一蓑烟雨,家在钓台西住①。卖鱼生怕近城门,况肯到红尘深处?　　潮生理棹②,潮平系缆③,潮落浩歌归去。时人错把比严光④,我自是无名渔父。

【注释】

①钓台:指东汉严光隐居钓鱼的地方。《通典》:"桐庐县(今属浙江)下有严子陵钓台。"
②棹:划船拨水的用具,状如桨。
③缆:系船的索绳。
④严光:字子陵,东汉会稽余姚(今属浙江)人,年少时曾与光武帝刘秀一同游学。刘秀称帝后,严光变名隐姓,刘秀派人寻得,授谏议大夫之职,不受,隐居于富春江。后人称他所游居之地为严陵山、严陵濑、严陵钓坛等。

【赏析】

这是一首描写作者隐居时生活情调的词,作于被免职后在山阴故乡闲居之时。上阕写陆游当时的生活环境及心理感受。身披蓑衣,手持钓竿,就像东汉的严光一样,心无所求。"卖鱼生怕近城门,况肯到红尘深处",是作者的愤世之语。作者一心有志于雪国家民族之耻,但屡遭议和派的打击排挤,以至被免职归家。心里积愤难平之余,又想自己此时虽家居无事,难伸心志,但总比那些投机钻营,置国家民族利益于不顾的人要高尚得多吧。因此,不肯到尘世中去,不肯和那些人同流合污。

下阕写作者平日的家居生活,也显得恬淡自安,并进一层表明,严光虽然遁世隐居,不应光武帝之召,但还有名利之心,自己则甘愿做一个"无名渔父",以永远避开尘世。

宋人有一首咏严光的诗:"一着羊裘便有心,虚名留得到如今。当时若着蓑衣去,烟水茫茫何处寻。"陆游这首词从一开头"一竿风月,一蓑烟雨"到结尾"时人错把比严光,我自是无名渔父",紧紧切合这首诗意,所表明的却不尽是自己要清静无为,安度残生的心态,更有对朝廷君臣不思复国大计,一味议和苟安,自己难以实现宏伟的抱负,因此不愿与他们同流合污的激愤之情。这种激愤之情以平淡清静的语言表现出来,更反映了陆游此时内心的悲凉之感。

鹊 桥 仙

夜闻杜鹃

茅檐人静,蓬窗灯暗,春晚连江风雨。林莺巢燕总无声,但月夜常啼杜宇。　　催成清泪,惊残孤梦,又拣深枝飞去。故山犹自不堪听,况半世飘然羁旅[①]。

【注释】

①羁(jī)旅:客居异地。

【赏析】

这是作者居蜀时的作品。1169年底,陆游接到任夔州通判的通知,第二年初即走马上任,当时四十六岁。四十八岁时,又在王炎幕府任职,由于参与军事,作者还是想有一番作为的,但不久随王炎又驻节成都,远离前线。其后作者在四川各地辗转任职,直到五十四岁时,孝宗念其在外日久,召其东归,居蜀期间共达九年之久。在欲战不能,欲回不得,长期辗转在外的情况下,又遇如此"连江风雨"、杜鹃哀鸣的暮春夜晚,陆游那种凄凉的心境即可想而知了。

这首词通篇围绕杜鹃而写。上阕以夜闻杜鹃烘托悲凉的气氛。在幽暗凄清的晚春之夜,一点也听不到闹春的黄莺、燕子那美好动听的叫声了,听到的只是杜鹃的哀鸣。这里以"燕懒莺残",悄然无声,衬托杜鹃的叫声,对比强烈,更让人心灰意冷。下阕紧接着写在那种凄凉的风雨之夜,自己内心的愁苦情状。孤独而寂静的夜晚,本就难以入睡,更被杜鹃那一声声"不如归去"的哀鸣惊醒。这种凄惨的哀鸣,即使在自己的家乡听到,也叫人难以接受,更何况是"半世飘然羁旅"的孤客。作者在蜀滞留期间,已五十岁左右,故此处点出"半世"。自己年已半百,犹自在外地做于心志无益的一般官吏,怎能不叫人痛伤呢。

词论家说陆游的词多带有悲凉之气,这是与其所处的时代和个人的境遇心态密切相关的。就这首词来说,词中所显现出来的,不仅是作者旅居在外的归乡之思,更能看出其壮志难酬的悲愤心绪。

月照梨花

闺　思

霁景风软①,烟江春涨。小阁无人,绣帘半上。花外姊妹相呼,约樗蒲②。　修蛾忘了章台样③。细思一饷④,感事添惆怅。胸酥臂玉消减,拟觅双鱼,倩传书⑤。

【注释】

①霁景:指雨后天气晴和,万里无云的景象。
②樗(chū)蒲:古代的一种赌博游戏。
③修蛾:修饰眉毛。蛾,比喻女子长而美的眉毛。章台样:《汉

书·张敞传》载，汉宣帝时，京兆尹张敞"无威仪，时罢朝会，过走马章台街……又为妇（妻子）画眉，长安中传'张京兆眉怃'（张敞画的眉模样美好。怃，通"妩"，美好）"。此用其典。

④一饷：一会儿。饷，通"晌"。

⑤"拟觅"两句：古乐府《饮马长城窟行》："客从远方来，遗我双鲤鱼。呼儿烹鲤鱼，中有尺素书。"倩：借助。倩传书，指使鲤鱼替自己传信。

【赏析】

这是一首设想闺中少妇春天思念在外的丈夫的词。开头写景：小雨过后，天气晴朗，春风和暖，迷蒙如烟的江水渐渐上涨。以"风软"描摹春天的微风，既妥帖，又细腻。在这种迷人的春景中，思妇的楼阁映在眼前。只见，绣帘半卷，除了思妇再无他人，正在百无聊赖之际，院外传来了伙伴们请她去玩樗蒲游戏的呼唤声。

下阕紧承上文，因应姐妹之约，临走前自然要去修饰打扮一番，这也是少妇爱美的习惯，可是急切之间忘了张敞给其妻所画的那种美好的眉样了。对镜细思之间，心头忽生一种惆怅之情：心上的人儿并不在身边，眉样画得再好，去让谁欣赏呢？怅惘之余，又觉得自己如花的年华白白流逝，犹如自己因思念丈夫而消瘦的身体一样。还是赶快写封信，让心上的人儿早点回来吧。

这首词以美好的春景衬托妇女思念丈夫的真情，写得真切动人，自然如画。有的词论家把陆游词归之于"苏辛"豪放一派，但并不能因此而把陆词作都当作豪放词来看，事实上陆游的许多词作确实写得细腻真切，婉转动人。

卜 算 子

咏 梅

驿外断桥边①，寂寞开无主。已是黄昏独自愁，更著风和雨②。无意苦争春，一任群芳妒。零落成泥碾作尘③，只有香如故。

【注释】

①驿（yì）：驿站。古代供传递公文或来往官员暂住、换马的地方。汉时三十里置一驿。

②著（zhuó）：通"着"，加上。

③碾：压碎。

【赏析】

这是一首咏物言志之作，以梅花象征自己的清高孤傲和不屈不挠、经得起挫折的品性。上阕写梅花的存在环境。在"驿外断桥"那人迹罕至的地方开放，自然是清静而寂寞，没有什么人光顾了。这里以梅比喻自身，包括两层含义，一层是自己一直坚持抗金主张，触怒了当政的主和派，所以"寂寞开无主"，没有谁过问自己；另一层是自己也不屑于和那些谗事君上、一心主和的人为伍。开门见山，表明了自己的心志。接着以时值黄昏喻自己年纪已老，"独自愁"喻自己年纪老而抗金之志不衰，虽仍在为收复国土苦苦求索，但还是遭到了主和派的打击迫害。犹如梅花黄昏时分遭到狂风骤雨的侵袭，这境况是多么地令人悲伤啊！

下阕以梅花比喻自己孤高执著的品性。经历了严冬的考验，迎来了姹紫嫣红的春天，这是梅花本有的品性，不与春天开放的百花争夺美好的春光，所以无心计较百花的妒忌。即便是花瓣凋落，和入泥土之中，化成了风尘，可香气却不消失。

作者一生怀抱复国之志，力主抗金，可是屡受朝廷主和派的打击，一生不得志，虽报国之志难酬，然而不同流合污、宁折不屈的品格不变。作者在词中赋予了梅花以"只有香如故"的新的含义，并把自己刚劲不屈的孤高气节融注其中，物我合一，使这首词成为千古传颂的佳作。

钗 头 凤

红酥手①，黄縢酒②，满城春色宫墙柳③。东风恶④，欢情薄⑤。一怀愁绪,几年离索⑥,错!错!错! 春如旧,人空瘦,泪痕红浥鲛绡透⑦。桃花落,闲池阁。山盟虽在⑧,锦书难托⑨。莫⑩!莫!莫!

【注释】

①红酥手:红润而白嫩的手。
②黄縢酒:即黄封酒。一种官酒,以黄纸或黄罗绢封住瓶口,故名。
③宫墙柳:喻指陆游的原配夫人唐琬。绍兴原为古越王宫殿所在,宋高宗建炎四年(1130)至绍兴元年(1131)曾将绍兴作为行宫,故此处有"宫墙"之称。
④东风:春风,春色,可比作慈母,此处暗指陆游之母。
⑤欢情:指陆游与唐氏的恩爱感情。
⑥离索:离散。
⑦红浥(yì):指泪水和着脸上的胭脂流下。浥,湿润。鲛绡:传说中鲛人(人鱼)织的丝绢。梁朝任昉《述异记》卷上:南海出鲛绡纱。"此指丝绸一类的手帕。
⑧山盟:如山一样不可改移的誓言。
⑨锦书:锦字回文书。此指书信。
⑩莫:罢了。指无可奈何的感叹。

【赏析】

据南宋陈鹄《西唐集·耆旧续闻》、周密《齐东野语》载:陆游先娶表妹唐琬为妻,二人青梅竹马,伉俪相得,婚后感情一直很好。但陆游的母亲却不喜欢唐琬,逼迫陆游休掉唐氏。陆游只好在外为唐氏置别馆,并时时探望,陆母知后又封了别馆。后唐琬改嫁赵士程,陆游也另娶妻子。一次,陆游春日游绍兴城内的沈园,恰遇唐琬。唐琬便让丈夫赵士程给陆游送来酒菜,并殷勤招待。陆游非常伤感,便在沈园的墙壁上写下了这首传世之作。

词的上阕从沈园与唐琬相见入手,追忆与唐琬被迫分离的痛苦心情。仍是这双熟悉而红润白嫩的手,送来了多么美好的酒,但此时，你已成了他人之妻，在这大好的春色里，犹如那皇宫里面伸出墙外的柳枝，可望而不可即，使我不能像以前那样亲近你了。而造成这种悲惨局面的是我那无情的母亲，是她拆散了我们之间恩爱美好的姻缘，使得我们几年来相互离散。"错、错、错"三字正是这种激愤之情的宣露。

　　词的下阕则由眼前情景写以后再难见面的痛苦之情。春天的景色依然美好如旧，但你却变得瘦多了。这里的"瘦"，是与词人眼中因几年离异、感情伤痛的"瘦"，是与景物相对应的"瘦"。"桃花落，闲池阁"喻唐琬将离己而去，以后自己将更加寂寞了。"山盟虽在，锦书难托"是说自己对唐氏的感情犹如山石，永远不会改变，但这种感情去向谁诉说呢？想爱而不能，不爱却又割舍不断，这种复杂感情交织在一起，难以自解，无可奈何之余，只得发出"罢了，罢了"的感慨。

　　这首词写得感情真挚，声情并茂，是陆词的代表作之一。"东风恶，欢情薄"是对封建包办婚姻制度的强烈抗议；而"错错错"、"莫莫莫"则淋漓尽致地抒发了词人与唐琬爱情关系中，既怨恨愁苦，又无可奈何的复杂感情。有人说在陆游的作品中，对生母没有一个好字，对后妻没有一个爱字，平生寄情于唐琬，这正是对这首词思想内容的高度概括。

唐　　琬

【作者介绍】

　　唐琬，生卒年不详，陆游的原配夫人，唐闳之女。宋元之际人周密在《齐东野语》中说她与陆游为姑表兄妹，今人根据刘克庄《后村诗话》等资料说二人不存在姑表关系。而是其后夫赵士程与陆游有姨表关系。唐琬颇有才情，初嫁陆游时，夫妻唱和，如鱼得水，生活甚为美满。但终因陆游的母亲不喜欢她，被迫与陆游离异，改嫁于赵士程，后忧郁而死。仅传《钗头凤》词一首。

钗 头 凤

世情薄，人情恶，雨送黄昏花易落。晓风干，泪痕残。欲笺心事①，独语斜阑②。难！难！难！　人成各，今非昨，病魂常似秋千索。角声寒，夜阑珊③。怕人寻问，咽泪装欢。瞒！瞒！瞒！

【注释】

①欲笺心事：想把心事写在纸上。笺，精美的纸张，代指书信。
②斜阑：斜靠在栏杆上。阑，同"栏"。
③阑珊：将尽。

【赏析】

陆游与唐琬沈园相会后，在沈园墙壁上写下了著名的《钗头凤》词，唐琬悲不自胜，随即和写了这首词。这两首《钗头凤》珠联璧合，广为流传，打动了无数读者的心。

词一起笔便开门见山，紧承陆词"东风恶，欢情薄"两句，言明自己是"世情薄，人情恶"的直接受害者，也是对封建婚姻制度及封建礼教的强烈控诉。陆母根据《礼记·内则》中"子甚宜其妻，父母不悦，出"的话，强迫陆游休掉唐琬，唐琬对此十分愤慨，"雨送黄昏花易落"暗喻自己被迫与陆游离异，被陆母赶出家门。从那时起，自己就生活在愁苦之中，"晓风"虽然吹干了花草上的露珠，但却吹不干自己那不枯的泪水。唐琬常常内心悲泣，整夜难眠。而要把这种"心事"写下来寄给陆游，却难以完成，只有斜靠栏杆，把"心事"藏在肚子里。这"心事"便是与陆游难舍难分的爱情关系。唐琬既已改嫁，按封建礼法，使只有一心一意侍奉新夫，想要表明自己改嫁后还在依恋着陆游的这种复杂感情，又怎么能够呢？真是难！难！难！

下阕进一步写自己与陆游离异后愁苦的凄凉境况。人已分手，再不能像从前那样你欢我笑、夫妻恩爱了。但灵魂儿还常常像秋千架上的绳索一样,在你我之间飘来荡去。这里以"病魂"比喻自己两地相思的执著与痛苦,更为深沉哀痛,令人不忍卒读。这种凄凉的相思之情,白天还稍稍平淡,可到了晚上,如无形的绳索,赶不去,砍不断,萦绕眼前。"角声寒,夜阑珊"就是对这种苦情的真切描摹。"怕人寻问,咽泪装欢"则更进一层,"人"当指新夫,自己深夜无以成眠,又怕新夫猜问,只得强装笑脸。既有如此执著之苦情,还得强言装欢,还得瞒!瞒!瞒!此情此景,悲何以堪!

这是一曲咏唱爱情的悲歌,在对封建婚姻制度的无情控诉与揭露声中,真切地表露了自己缠绵执著的相思苦情,具有强烈的艺术感染力。

关于这首词的真伪问题,学者多有争议。南宋陈鹄《耆旧续闻》只记载唐琬见陆游《钗头凤》之作后,和了一首词,其中有"世清薄,人情恶"之句,"惜不得其全阕",到明代时则被收录于《古今词统》之中。可以认为这首词是后人所补。陆游《钗头凤》一词问世后,影响很大,后人多有附会之作。不管本词是真是伪,词中所描述的那种真切而执著的相思苦情,确实引起了人们的共鸣,其艺术感染力自不待言,应从这个角度来欣赏这首《钗头凤》词。

范成大

【作者介绍】

范成大(1126—1193),字致能,号石湖居士,吴县(今江苏苏州)人。宋高宗绍兴二十四年进士,曾奉命出使金国,慷慨陈词,坚强不屈,几乎被杀。后累官至广西经略安抚使、四川制置使、参知政事。有文名,工于诗,是南宋颇负盛名的诗人之一。其词文字精美,音节谐婉,内容主要抒写自己的闲适生活,与婉约派一脉相承。作品有《石湖居士诗集》、《石湖词》等。

秦 楼 月

楼阴缺①,阑干影卧东厢月。东厢月,一天风露②,杏花如雪。　　隔烟催雨金虬咽③，罗帏黯淡灯花结④。灯花结，片时春梦，江南天阔。

【注释】

①楼阴缺：指楼阁没有被树木阴影遮住的一面。
②一天：满天。
③金虬（qiú）：即铜龙，铜铸的计时器，使水从龙口滴出，看壶内刻度即知时间。
④罗帏：用纱罗制成的帐子，此指闺房。

【赏析】

《秦楼月》一组共五首，前四首按一天中的早上、中午、傍晚、夜间分写，第五首写惊蛰那一天的情思。五首词写的都是闺中少妇思念远在外地的爱人的种种情态。有人认为词中以少妇喻自己，以少妇所怀之人喻皇帝，是寄寓之作，也有道理。这首词是其中的第四首。

词的上阕写夜月下闺楼的幽静景致。院中花木成荫，清静的月辉斜洒而下，栏杆的影子淡淡地印在东厢房上。这里通过写景，点出了怀春少妇的居所。其下重叠"东厢月"，强调月亮的皎洁美好，与"一天风露，杏花如雪"同为衬托之语：就在这种风淡露浓、杏花如雪的美好月夜之中，闲居着一位相思怀远的妙龄少妇。以美景衬托少妇，以素月风露暗喻少妇淡淡的清愁，情景交融，浑然一体，有自然天成之妙。

下阕描写月夜下少妇的相思之情。素月清辉，不时传来漏壶的报时声，预示着夜已深沉。静夜中的滴漏声本来清响，可在相思之人听来却似呜咽之声。"咽"字点出独守空房的忧怨之情。纱帐中的烛光时时结出灯花，使烛光变得更为暗淡（旧俗结灯花预示着将有喜讯传来），这该不是远在外地的情人就要回来了吧？可是，烛花结了又结，烛光亮了又亮，终没有见什么消息。结尾化用岑参《春梦》诗："枕上片时春梦中，行尽江南数千里。"江南天阔地远，自己所思念的人儿又在哪里呢？表现出少妇的惆怅迷茫之情。

全词浑然一体，上阕写景，下阕抒情，平淡自然，不着华采，却把少妇惆怅的怀春之情表现得细腻入微，读来更觉含蓄优美，意味深长。

霜天晓月

梅

晚晴风歇，一夜春威折。脉脉花疏天淡①，云来去，数枝雪。　胜绝，愁亦绝，此情谁共说？唯有两行低雁，知人倚、画楼月。

【注释】
①脉脉：相视而含情不语的样子。

【赏析】
这是一首抒写初春之夜闺妇寂寞心境的咏怀词。

上阕写景：在天清气和的夜晚，初春的寒风既已消减了其严冷的威气，梅花也含情脉脉，星星点点地开放了。清静的天空飘浮着轻云，雪一般洁白的梅花开放了几枝。这里把初春夜晚极为常见的景致连缀起来，就组成了一幅花疏天淡、闲云飘浮的恬淡图画，为下阕抒写闺愁烘托出清寂的气氛。

下阕承上启下，入语不凡，看来词人对自己上阕的景物描写也颇为得意，因此才说"胜绝"；然处在其中的人又有非他人可比的愁思；即"愁亦绝"。这种愁思是什么呢？"此情谁共说"，一是没有人可理解，一是难以启口对人说。而只有那善传心书、以"人"字形低飞前行的大雁，才知道我这个在画楼月下独倚斜栏的愁人的心思啊！

这首词以景物之清淡对人物之浓愁，突出地表现了人物孤寂惆怅的相思之情。语言浅近自然，简洁明快，从中可以看出词人造语洗练的艺术功力。

眼 儿 媚

萍乡道中乍晴、卧舆中，困甚，小憩柳塘

酣酣日脚紫烟浮[①]，妍暖破轻裘。困人天色，醉人花气，午梦扶头。　春慵恰似春塘水[②]，一片縠纹愁[③]。溶溶曳曳[④]，东风无力，欲皱还休。

【注释】

①日脚：穿过云间的空隙射下的日光。
②春慵：春天时精神疲倦的样子。慵，懒散。
③縠（hù）纹：皱纹，水的波纹。
④溶溶曳曳（yè）：荡漾的样子。泄泄（yì）：弛缓的样子。

【赏析】

这是一首即景词，描写春日和暖天气里令人昏醉的种种景致。南宋孝宗乾道九年（1173）闰正月末，范成大赴桂林任广西经略安抚使，途经萍乡（今属江西），时值春日，天刚放晴，作者一路奔波，已有倦意，值此春阳之日，阳光温和，更觉困乏，便在柳塘前小憩。对柳塘春水，最容易诱发诗兴。

词的上阕写人之情致。作者赴任途中，虽是乘轿而行，但连日奔波，已感劳顿，忽儿天气放晴，阳光透过云缝，直射而下，只见田野里弥漫着一片云雾般的水汽，天地间顿然显得一片和暖景象，融融春光透过"轻裘"，使人甚感惬意。"酣酣"形容日光照耀水气蒸腾的景致，"破"形容春光之盛。春阳之暖令人倦意浓浓，加上花香的侵袭，更使人迷离恍惚，昏昏如醉了。

既然昏然欲睡，恰值路经柳塘，作者便令暂歇，由此引出下阕写春水之景致。春阳当头，地气上升，春塘之水在经历了冬季的凝滞之后，此时亦如春困之人一般，波纹细皱，给人一种暖丝丝、懒洋洋的感受。只见柳塘水似动而无动，欲皱而不皱，浮浮沉沉，融

182

融和和，一片温情。这种春意真使人爱恋。一个"愁"字，写尽塘水春情，似难以言传，又觉细微贴切。

词中对柳塘春水的描写细腻入微，完全可以说这是作者对春意的感觉，把这种感觉描写出来，又用其比喻人在阳春之日的困倦沉迷之情，情景相和，真叫人有如身临其境的真切感受。

醉落魄

栖鸟飞绝，绛河绿雾星明灭[1]。烧香曳簟眠清樾[2]。花影吹笙，满地淡黄月，　好风碎竹声如雪，昭华三弄临风咽[3]。鬓丝撩乱纶巾折[4]。凉满北窗，休共软红说[5]。

【注释】

[1]绛河：银河，也叫天河，天汉。明灭：忽明忽暗。
[2]樾（yuè）：树荫。
[3]昭华：古乐器名。传说秦咸阳宫有玉管长二尺二寸，二十六孔，上面刻字为"照华之琯"。弄：奏乐一曲称作一弄。
[4]纶（guān）巾：古时用青丝带编成的头巾。
[5]软红：都市繁华。此指尘世中热衷功名富贵的人。

【赏析】

范成大历任处州知府、四川制置使、参知政事等职，支持张浚等主战派收复失地，因而得罪了主和派，晚年归隐故乡，此词为归隐时所作。

词的上阕写自己的闲适生活。在"栖鸟飞绝"的清秋之夜，银河高悬天空，星星在淡淡的云气间忽明忽灭，如此之良夜，作者在清凉的树阴之下铺下竹席，闲卧其上，旁边燃香以驱蚊虫，天气清爽，人意闲适，金黄色的月光斜洒下来，面对稀疏的花影，自己情不自禁地吹起了笙。落笔清淡，而悠闲自得之情跃然纸上，令人心旷神怡。

183

下阕写作者的精神情趣与孤清心理。清风吹来,竹声窸窣。笙声清越,显得清阔辽远。"昭华三弄"是说曲子吹过了几遍,"临风烟"是说意已尽,而吹笙之人此时则"鬓丝撩乱纶巾折",沉浸在一种如痴如迷、超乎物外的惬意之中,显得是多么洒脱自如,傲然不羁。此时秋风阵阵,"凉满北窗",身心更为爽快,这种种难忘的美好感受。是都市红尘之人根本体味不到的,所以没有给他们说的必要了,作者安然闲适的生活情趣及清高自赏的品性,于此便显露无遗。

张孝祥

【作者介绍】

张孝祥(1132—1170),字安国,号于湖居士,南宁乌江(在今安徽和县)人。高宗绍兴年间中进士第一。官至荆南、湖北安抚使。曾大力支持张浚的北伐计划,被主和派免职。文学成就很高,以词著称于世,著有《于湖词》。

张孝祥是南宋著名的爱国主义词人,是辛弃疾词派的先行者。其词极力追踪苏轼,声情激越,前人称其词为"自在如神之笔,迈往凌云之气"(陈应行《于湖先生雅词序》)。但他的一些词也写得清新秀丽,潇洒飘逸。值得注意的是,张孝祥的词中有时也流露出虚无、超世的消极思想。

西 江 月

题溧阳三塔寺①

问讯湖边春色,重来又是三年,东风吹我过湖船,杨柳丝丝拂面。 世路如今已惯,此心到处悠悠。寒光亭下水连天②,飞起沙鸥一片。

【注释】

①溧阳:县名,今属江苏省。县西的三塔湖旁有三塔寺。

②寒光亭：为三塔寺中亭阁。

【赏析】

这是一首抒发作者因政治上不得志而内心悲凉慨叹的词。上阕描绘三塔湖的大好景色。分别已经三年了，三塔湖及其周围的景色是怎么个样子呢？作者三年前曾游览过溧阳湖，写有《过三塔寺》七绝二首，其一是："湖光潋滟接天浮，风卷银涛未肯休。夜岸系舟来古塔，不妨踪迹更迟留。"可见那时的秋天风光很令作者留恋。而此时的春色依然秀美，春风和暖，杨柳拂面，可以看出作者的心境仍是很愉快的。

下阕却突然一转："世路如今已惯，此心到处悠然"，与上阕致颇不相合。这是什么原因呢？作者以北伐复国为己任，在任建康留守时曾极力赞助张浚北伐，亦曾得高宗嘉许，但终遭主和派屡次打击，三年间两次罢职，这对当时意气风发、年仅三十一岁的张孝祥来说是多么大的打击啊，如此之坎坷的世路更增加了作者深沉的忧患意识。此虽值大好春景，但忽然回想起失意之往事，不堪回首，因而发出了"此心到处悠悠"的慨叹。而此时的景色也变成"寒光亭下水接天，飞起沙鸥一片"了。三年前作者在此迷恋景色，是"不妨踪迹更迟留"，而此时写春景如此悲凉，可以看出作者失意而迷茫的心境。

木兰花慢

送归云去雁，淡寒采满溪楼。正佩解湘腰，钗孤楚鬓①，鸾鉴分收②。凝情望行处路，但疏烟远树织离忧。只有楼前流水，伴人清泪长流。　　霜花夜永逼衾裯③，唤谁护衣篝④？念粉馆重来；芳尘未扫，争见嬉游⑤。情知闷来殢酒⑥，奈回肠不醉只添愁。脉脉无言竟日，断魂双鹜南州⑦。

【注释】

①钗：两股笄并为一起，首饰的一种。
②鸾鉴：饰有鸾鸟图案的梳妆镜。
③衾裯：寝时覆体之具。衾，大被。裯，帐。
④衣篝（gōu）：薰衣用的竹薰笼。篝，竹笼。
⑤争：犹"怎"。
⑥殢（tì）酒：病酒，困酒。此指借酒消愁。
⑦鹜（wù）：鸭。

【赏析】

根据今人考证，张孝祥的两首《木兰花慢》，均为怀念其子张同之的生母李氏之作。金兵南侵时，张孝祥一家南逃，途中与李氏相识，两情依依，同居一处，于高宗绍兴十七年（1140）生下张同之。后张孝祥不得已与李氏分手，李氏携九岁的儿子回其故乡安徽桐城的浮山学道。不久，张孝祥即作此《木兰花慢》词，寄托情思，怀念李氏。

上阕写与李氏不忍分离的情景。首两句点出时间，"归云"、"去雁"喻即将离别的李氏，"淡寒"表明是八月清秋季节，同时烘托气氛，全词的格调由此显得深沉哀婉，不胜悲凉。"正佩解"三句，写惜别时互赠信物的场景：本是两情相依，无奈被迫分手，从此后金钗成单，宝镜分持，再难有相见之日了。李氏含泪而别，竟织成了一片愁网，使人忧伤难禁。而自己的泪水，亦如眼前的流水一般，流个不停。

下阕写对李氏的怀恋。在此霜洒露浓、寒气袭人的夜晚，谁会替自己收拾洗换衣服呢？言下之意，李氏当初对自己关怀备至。走进李氏原来住过的楼馆，依然是李氏在时的样子，依稀可以看到她的音容笑貌，可当时那种无忧无虑的景况今后怎么能再出现呢？回首往事，使人心情沉郁，只能借酒消愁，但酒愈饮愁愈深。"回肠不醉"写出自己对李氏的深切眷恋之情，最能动人感情，非置身其间，不能写出。在这种情况下，自己难以吐出胸中块垒，只能"脉脉无言竟日"，把一切都化为情思，寄给远方的李氏。"双鹜"化用东汉明帝时叶县令王乔每月初一、十五从叶县上朝,不乘车骑,而乘双凫自东南而至的典故。这里以"鸯"代"凫","南州"泛指南部各州。李氏所在的浮山在长江之北,南宋的都城临安(今杭州)及二人分手之处建康(今南京)在其东南,故称。

这首词把作者对李氏的深沉眷恋而被迫分离的感情,写得隐忍含蓄,而情韵绵密,文辞优美,颇受词论家的好评。明代杨慎《词品》评张孝祥词说:"清丽之句,如'佩解湘腰,钗孤楚鬓',不可胜载。"此论颇为中肯。

浣 溪 沙

绝代佳人淑且真①,雪为肌骨月为神,烛前花底不胜春。倚竹袖长寒卷翠,凌波袜小暗生尘②,十分京洛旧家人③。

【注释】
①淑且真:姿容美好而心地善良纯真。真,正,与"邪"相对。
②凌波:形容女子步履轻盈。
③京洛:泛指京城。旧家:此指世家大族。

【赏析】
张孝祥是南宋爱国主义词人,写下了《六州歌头》(长淮望断)、《水调歌头》(雪洗虏尘静)等一些有历史意义的名篇,后人称其词有"凌云之气",豪放超迈是其词的主要特点,而张孝祥也写出了一些清新小词,这首《浣溪沙》即是其一。

这首词是对一歌女的描摹。上阕写佳人之美好。"淑且真"是说她不但姿容美好,且一言一行都显得心地纯真善良。"雪为肌骨月为神"描写佳人神态,肌肤白腻如雪,神态安详自然犹如满月。如此美好之女子,在春夜之烛下或花丛之前,更显得姿容妙曼而令人怜爱叹惋。

下阕写佳人的舞姿。长袖曼舞,步履轻盈,身材美好,又擅长舞技，一定是从京城世家大族出来的女子。"十分"表示肯定的语气，又含有由衷的赞叹之意。

这首小词写得清新婉丽，一气呵成，采用白描的手法，对歌女的描摹入神如画，简洁之中透出明快。

赵长卿

【作者介绍】

赵长卿，生卒年不详，为宋宗室，家居南丰（今属江西），自号仙源居士。所著《惜香乐府》，多得淡远萧疏之致。

阮 郎 归

客中见梅

年年为客遍天涯，梦迟归路赊①。无端星月浸窗纱，一枝寒影斜。　肠未断，鬓先华，新来瘦转加。角声吹彻《小梅花》，夜长人忆家。

【注释】

①赊（shē）：长，远。

【赏析】

这是一首抒怀词。首句开宗明义，说自己久居在外，到处漂泊，无以为家。赵长卿为宋宗室，在北南宋交际之时，也自然地陷于流落丧乱之中。而他的丧乱之感又比常人要深刻得多。以前优游自如，颐指气使，金兵入侵，使他突然间降低到社会底层，狼狈不堪。因此，对赵长卿来说，感受最深的就是"年年为客"，到处流落，过去那种花天酒地的生活则在梦里也难得再出现了。一个"赊"字，道出了词人这种孤苦伶仃、凄恻难耐的可怜境况。在百无聊赖的心境下，就连星月之光照进宿处窗前这一自然景致，也觉得莫名其妙,"无端"一词切合流落之人的心境。这"无端"照进之星光,使得一枝梅花亦映入眼帘。点出"客中见梅",而且这梅也是"寒"梅,烘托出一种凄寒的气氛。

下阕写客居之苦。"肠未断,鬓先华"。词人经年漂泊,心中凄苦,自不待言,连两鬓之发也变得苍白了。且"新来瘦转加",人也变得更加瘦弱了。想到奔波之苦难得有个尽头,不由得吹起了《小梅花》的曲子。作者因漂泊流浪而见"寒"梅,因见"寒"梅而感叹鬓华,"瘦转加"凄苦之中又吹梅曲,最后又归之于"夜长人忆家",把怀念过去的豪华生活、感叹目前客居漂泊之苦的心情全然表露了出来。

从南唐后主李煜的词中,感觉得到那恰似"一江春水向东流"的亡国愁情;而从赵长卿的词中,感到的则是丧家流落的悲苦之音。

探 春 令

早 春

笙歌间错华筵启,喜新春新岁。菜传纤手青丝细。和气入,东风里。　　幡儿胜儿都姑婷①,戴得更忔戏②。愿新春已后,吉吉利利,百事都如意。

【注释】

①幡儿胜儿:唐宋时每逢立春日,用金银箔罗彩剪作的饰物或小旗,戴在头上或系在花下,以欢庆春日来临。幡,旗帜。胜,古时剪彩做成的饰物。姑婷:当时方言词当是"整齐"的意思。
②忔(qì)戏:当时方言词,为"高高兴兴"的意思。

【赏析】

这是一首描写新春时节人们喜庆宴乐,彼此祝福的词。且以方言入词,别有一番情趣。

上阕写人们新春宴乐的欢庆气氛。丰盛的宴席正在进行,其间交错演奏一些乐曲歌舞，这是人们在欢庆新年。"间错"二字写出了边欣赏歌舞边进行宴筵的热闹场面。姑娘们纤纤的细手把一盘盘青细的菜点"传"了进来，满屋喜庆，一团和气。以"和气入、东风里"比喻家宴的喜庆气氛和新春气象，生动真切，有双关之妙。

下阕写节日里的民俗活动。少男少女们佩戴着装饰华美的小旗帜彩胜，一个个游街串户，喜气洋洋。大人们则祝愿彼此在一年里"吉吉利利，百事都如意"。

这首词可能是词人早年的作品。词中所描绘的新年喜庆气氛及小孩子们天真烂漫的游戏场景，今天在农村仍能看到。这首不事雕饰、以方言入句、摄取民俗素材的清新小词，给人们以吉祥如意的祝福，读后叫人备感亲切，久久难忘。

辛弃疾

【作者介绍】

辛弃疾（1140—1207），字幼安，号稼轩，历城（今属山东）人。出生时，金人已占领山东，少年时曾参加抗金起义军。不久投奔南宋，历任湖北、江西、湖南等地安抚使。曾上孝宗《美芹十论》，上宰相虞允文《九议》，陈述抗金良策，然终不被朝廷采用，且被主和派免职。从孝宗淳熙九年（1182）至宁宗嘉泰二年（1202），长期闲居江西上饶、铅山一带，后被启用为绍兴、镇江知府，不久又被免职，终于抑郁而死。

辛弃疾是南宋伟大的爱国主义词人，其词笔力雄健、慷慨悲壮、沉郁悲凉，具有强烈的爱国主义精神和积极的社会意义，与苏轼并称"苏辛"。辛词题材广泛，善于熔铸经史，以文为词，艺术上也呈现出多样化的风格，沉郁、明快、激扬、妩媚、闲适、清新兼而有之。词集有《稼轩词》、《稼轩长短句》两种刊本，存词六百余首。

摸 鱼 儿

淳熙己亥，自湖北漕移湖南，同官王正之置酒小山亭，为赋[①]。

更能消②、几番风雨，匆匆春又归去。惜春长怕花开早，何况落红无数。春且住，见说道：天涯芳草无归路。怨春不语。算只有、殷勤画檐蛛网，尽日惹飞絮。　　长门事，准拟佳期又误。蛾眉曾有人妒。千金纵买相如赋，脉脉此情谁诉③？君莫舞，君不见，玉环飞燕皆尘土④。闲愁最苦。休去倚危栏，斜阳正在，烟柳断肠处。

【注释】

①淳熙己亥：宋孝宗淳熙六年（1179）。漕：漕司，掌管钱粮。宋人称转运使为漕司。当时辛弃疾由湖北转运副使调任湖南转运副使。王正之：名特起，辛弃疾的老朋友，此时接替辛弃疾的职位，故曰"同官"。小山亭：在湖北转运副使（府所在今武汉市）署衙内。

②消：经受得住。

③"长门事"五句：《昭明文选·长门赋序》："孝武皇帝陈皇后，时得幸，颇妒，别在长门宫，愁闷悲思。闻蜀郡成都司马相如天下工为文，奉黄金百斤，为相如、文君取酒，因于解悲愁之辞。而相如为文以悟主上，皇后复得亲幸。"根据史书记载，陈皇后被贬长门宫之后，便没有再被宠幸过，而司马相如《长门赋》之序，也只是后人加上去的。词人在此是说陈皇后本可以重新得幸，只由于"有人妒"，才使得"准拟佳期又误"。蛾眉，形容貌美，借指陈皇后。

④玉环：杨玉环，唐玄宗的宠妃。后赐死马嵬坡。飞燕：赵飞燕，汉成帝皇后，后被废自杀。二人皆以善妒著名。

【赏析】

这首词作于孝宗淳熙六年（1179），一本题作"暮春"。辛弃疾怀抱复国之志，然而朝廷非但没有委以重任，给他施展才能的机会，只让他担任一般地方官吏，并且频繁调任，十七年间竟改职十二次。报国之志难以实现，而此时又从湖北转运副使调任湖南转运副使，离前线更远，其悲愤之情，终于如决堤之水，奔泄而出。

"更能消、几番风雨？"首句拔地而起，词人以暮春时惜春花的美人自喻，在暮春之际，花儿已渐凋零，再能经受得了几次疾风劲雨的侵袭？难道春天就要如此"匆匆归去"了吗？"风雨"隐指朝廷里摧残打击爱国志士的主和派。投奔南宋时作者仅十七岁，到此时已经四十岁了，还没有建功立业，没能实现匡复之志，再如此消磨下去怎么得了呢？悲愤之情，溢于言表。"惜春长怕花开早，何况落红无数"，花开得早也谢得早，所以"怕"，而此时佳人已眼见"落红无数"，其惜春之心弦已绷得很紧了，因此，情急间发语："春且住"，但由于"惜春"，词人便想尽自己最大的努力挽回，而春还是去了，所以"怨春不语"。只有那画檐上悬织的蛛网，枉自粘几片花絮，希图留住那美好的春色。而眼前的蛛网与那摧残春花的风雨相比，显得多么软弱无力。由此可以看出佳人对春归去的无可奈何之情。上阕写佳人惜春，下阕则抒写佳人对忌妒之人的怨恨。作者设想陈皇后让司马相如写的《长门赋》已打动了武帝的心，但只因"曾有人妒"，使得她未能再被宠幸，这种痛苦之情能找谁去诉说呢？"君莫舞"三句，讽刺朝廷的主和派，他们排挤爱国志士，自然会像善妒的赵飞燕、杨玉环那样，化为历史的尘土。"闲愁最苦"指美人被打入冷宫的愁苦情状。"休去倚危栏"喻国事衰微，"斜阳正在，烟柳断肠处"，以美人哀伤春去喻词人面对日益衰落的国事，不能去挽救而只能闲居村野的深沉悲哀之情。"断肠"是说哀痛之深切。

在屈原、杜甫的作品中，"美人"常作为对君上的喻称，在这首词中，词人却用以自喻，而将摧春归去的风雨喻作朝中主和派的君臣。通篇以比兴的手法，极写春意将尽的哀怨之情，寄托自己不受重用、难以报国的幽愤情怀。无怪孝宗"见此词颇不悦"，这也是辛弃疾长期不被重用的原因之一。

祝英台近

晚　春

宝钗分[①]，桃叶渡[②]，烟柳暗南浦[③]。怕上层楼[④]，十日九风雨。断肠片片飞红，都无人管。更谁劝、啼莺声住[⑤]？　　鬓边觑⑥，试把花卜归朝，才簪又重数。罗帐灯昏，哽咽梦中语：是他春带愁来，春归何处？却不解、带将愁去⑦。

【注释】

①宝钗分：临别分钗相赠。

②桃叶渡：晋王献之与妾桃叶离别的地方，在今南京秦淮河与青溪合流处。《隋书·五行志》：“陈时，江南盛歌王献之桃叶之词曰：'桃叶复桃叶，渡江不用楫。但渡无所苦，我自迎接汝。'"

③南浦：古时送别的地方。《楚辞·九歌·河伯》：“送美人兮南浦，”江淹《别赋》："送君南浦，伤如之何？"

④层楼：高楼。

⑤更谁劝、啼莺声住：唐金昌绪《春怨》："打起黄莺儿，莫教枝上啼。啼时惊妾梦，不得到辽西。"此句化用其诗意。

⑥觑：窥视，斜视。

⑦带将愁去：一本作"和愁将去"。

【赏析】

辛弃疾词的特点之一，就是融会百家，为我所用。这首闺怨词也是如此，信手拈来，用典不露痕迹。

上阕由伤别到伤春。前三句连用典故，都是古人离别时的物事，写思妇与人别离的苦恨。"怕上层楼"是因为登上高楼，就会看见晚春时节，"十日九风雨"使得落红片片的惨景。而莺啼不住，预示着春将归去（古人以"莺残""莺啼残春"，作为晚春的标志之一），谁又劝阻得住呢？此是由伤别到伤春，充满了思妇思人不得，留春不住的惜别伤春之情。

下阕抒写思妇的怀人之情。春将去而人未归，愁苦之际，偶尔看见了鬓边所插的花枝，灵机一动，便想用花瓣的数目来占卜情人的归期，更细腻的是"才簪又重数"，数过一遍把花插在头上后又取下来再数一遍。这里化用晏几道《归田乐》词"试把花期数，便早有感春情绪"词意，妙在词人更深化了一步，把思妇思念情人的痴态和急切之情，描摹得真切感人。这是白天的情景，晚上则"罗帐灯昏"喻夜之深，影之孤；"哽咽梦中语"，形容情之苦，情之急。末尾写"春带愁来"，但春归在何处？不明白又怎样把愁带去。

这首词写得缠绵悱恻，在辛词中别具一格，深得词论家注目。沈谦《填词杂说》评说："稼轩词以激扬奋厉为工，至'宝钗分，桃叶渡'一曲，昵狎温柔，魂销意尽。才人伎俩，真不可测。"辛词多样化的风格由此可见一斑。

丑奴儿

书博山道中壁①

少年不识愁滋味，爱上层楼，爱上层楼。为赋新词强说愁。而今识尽愁滋味，欲说还休，欲说还休。却道天凉好个秋。

【注释】

①博山：在广丰县（今属江西）西南三十里，山上有博山寺。

【赏析】

孝宗淳熙九年（1182），四十二岁的辛弃疾被弹劾落职，在江西上饶带湖一带闲居，有时也去附近的名山胜寺游览，直到光宗绍熙三年（1192），一下子就是十年。眼看国事日非，而自己却在此闲居，回首往事，真有不堪回首的感慨。这首词即是游历博山寺时在博山道中所写。

词一开始即以"愁"入笔。少年时意气风发，不知道什么叫做愁，想干什么就干什么。而且为了觅得佳句，一味登上高楼，远望家乡，搜肠刮肚，强自说些想家念亲的词语。

下阕写人到中年，广历世事，才真正识得"愁"的滋味了。"尽"字言愁之深之大，入木三分。然而愁肠凝结，愁苦难言，使得"欲说还休"，不得已说出来的却是"天凉好个秋"。全篇说"愁"，而结句不着"愁"，看似浅近，而实际却是愁思无边，充满了天空大地。

这首词清辞丽句，字面上好像是思妇的遣怀之作，而实际上是作者回首往事，感伤国事日衰、有志难竟的自叹之作。

词中以"愁"贯穿到底，前后对比，把词人那种"忠愤气填膺"，哀怨满天地的深沉复杂的心理挥写尽致。而艺术手法则十分隐忍含蓄，以轻浅的辞句表达了词人半生的经历感受，其遣词造句的功力真是难以测其深浅。

鹧 鸪 天

代 人 赋

晚日寒鸦一片愁，柳塘新绿却温柔。若教眼底无离恨，不信人间有白头。　　肠已断，泪难收，相思重上小红楼。情知已被山遮断，频倚阑干不自由。

【赏析】

这首词题作"代人赋"至于所代之人是谁，已不得而知了。词的主人公当是早春伤别的思妇。

上阕抒写离恨。在早春的傍晚，寒鸦归栖双居，引发思妇一片愁思，而门前池塘边的柳条也丝丝垂挂，绽发出温情脉脉的绿意。既有如此之春景，自己却要孤清一人，苦守春夜，连那尚能双居的寒鸦也不如。一正一反，对比强烈，思妇怎能不愁怨伤恨呢？思妇怨恨之余，不由得发出"若教眼底无离恨，不信人间有白头"的感慨。自己之所以"白头"，是因为思念离去的情人所致。

下阕写相思。"肠已断，泪难收"写相思之苦、之深，以至于只能清泪长流了。"相思重上小红楼"有两层含意，其一，"小红楼"是昔日与情人相聚的地方，而现在"重上"这里，是想看情人的遗迹遗物，追怀以往的缠绵情思，以解相思之苦；其二是登高望远，以眺望情人所去的地方。而"情知"情人所去之地遥远，已被青山"遮断"，但还是要"频倚阑干"去望、去想。使得词意更为深长、哀婉。

"代人赋"一类的名称，在文学作品中并不少见，辛弃疾之前的李商隐有《代赠》、苏轼有《少年游·润州代人寄远》等等，名义上是"代"，而实际上却抒发的是作者自己的思想感情。辛弃疾这首"代人赋"也许是作者借以表达他那种壮志难酬的政治情怀吧。

青 玉 案

元 夕[①]

东风夜放花千树[②]，更吹落、星如雨[③]。宝马雕车香满路。凤箫声动[④]，玉壶光转[⑤]，一夜鱼龙舞[⑥]。　蛾儿雪柳黄金缕[⑦]，笑语盈盈暗香去。众里寻他千百度，蓦然回首[⑧]，那人却在，灯火阑珊处[⑨]。

【注释】

①元夕：旧时称农历正月十五为上元，上元之夜为元夕，即元宵。
②花千树：形容灯火之多如千树花开。或指在树上安置灯花，犹如花开的样子。
③星如雨：形容燃放的焰火之多。
④凤箫：装饰成凤样的箫。此指民间社火、歌舞。
⑤玉壶：比喻月亮。一说指装饰精美的华灯。
⑥鱼龙舞：指耍狮子、耍鲤鱼、舞龙灯一类的节日游艺。
⑦蛾儿雪柳：指妇人头上戴的饰物。黄金缕：黄金抽成的丝线，指蛾儿、雪柳为金丝饰成。
⑧蓦然：忽然。
⑨阑珊：零落，将尽。

【赏析】

这首词上阕写元宵之夜的热闹场景。开头一句即妙。元宵之夜，从古到今都是张灯结彩，布置花树，施放焰火，这本是人为之景,而作者却借入"东风"一词,使之变得自然化了,形象地描绘出花树、焰火的场面之热闹广大。街市上装饰精美的车马不断,而各种各样的民间社火、歌舞,也在这灯光、月光交相映汇的元宵之夜此起彼伏。"一夜鱼龙舞"形容热闹酣畅之情景。

下阕写寻人。在这熙熙攘攘、热烈酣畅的元宵之夜,自己所要找的心上人在哪里呢? 只见满街市的年轻女子,插戴着饰有金丝的蛾儿、雪柳,欢欢喜喜,来来去去。"盈盈"形容年轻女子的仪态美好。"暗香"指花香,借称众年轻的漂亮女子。而如此之多的,在花灯下穿梭往来的女子,都不是自己的心上人,因此,不惜千百遍地寻找。突然间无意向斜旁一视,自己心中的情人却在那灯火稀疏的地方。"众里寻他千百度,蓦然回首,那人却在,灯火阑珊处"这几句本是词人极写自己心目中的佳人之幽寂、冷落,在热闹的花市间决然寻她不到。这是词人高洁品格的自我写照。《艺蘅馆词选》引梁启超语:"自怜幽独,伤心人别有怀抱。"但这首词的影响却不完全在此,而在王国维在《人间词话》中论及古今之成大事业大学问者,必须经过的三个境界时,将这三句作为了第三境界。这第三境界的意思是只有经过艰苦的努力奋进、顽强拼搏之后,才能出现"得来全不费功夫"、"无心插柳柳成行"的效果。这三句话作为人生成功道路必经的最高境界而闻名于世。

清 平 乐

村 居

茅檐低小,溪上青青草。醉里吴音相媚好,白发谁家翁媪①。大儿锄豆溪东,中儿正织鸡笼。最喜小儿亡赖②,溪头卧剥莲蓬③。

【注释】

①媪(ǎo):老年妇女。

②亡赖：方言，江（江西）、湘（湖南）一带将小孩多诈而狡猾称作无赖。亡，通"无"。

③莲蓬：即莲房，莲子果实的外苞。

【赏析】

辛弃疾曾长期闲居于江西上饶带湖一带，有时日间无聊，便去周围农家散步。这天，正走在铺满青草的小溪旁，忽然听到从前边低矮的茅草房里传出一阵阵用当地方言说出的欢热情话，还以为是青年男女在那儿嬉戏。走近一看，原来是一对白头老夫妻喝醉了酒在谈笑取乐。农家人好客，便邀相坐。谈说间知道这家大儿子在小溪东边的豆田里锄草，二儿子正在屋后织着鸡笼，而那个小儿子最是调皮可爱，横卧在小溪前头，蛮有兴致地剥着莲蓬。

这首小词妙在以寥寥数语，便把醉中情话的老夫妇的神态，以及溪头无忧无虑卧剥莲蓬的小儿的无赖像刻画得生动真切，给我们展现出一幅农家田园生活的天然图画。辛弃疾平生忧国忧民，其词作往往豪放悲壮，抒发着其心中的悲愤之气，而似这种和平安然、自得其乐的小词却不多见，这当是作者热爱和向往宁静生活真情的自然流露。

西 江 月

夜行黄沙道中[①]

明月别枝惊鹊[②]，清风半夜鸣蝉。稻花香里说丰年，听取蛙声一片。　七八个星天外，两三点雨山前。旧时茆店社林边[③]，路转溪桥忽见[④]。

【注释】

①黄沙道中：黄沙岭，在信州府（治所在今江西上饶市）上饶之西，有山泉之胜，作者当时经常往来其间。

②"明月"句：苏轼《次韵蒋颖叔》诗："月明惊鹊未安枝，一椁

飘然影自随。"别枝，意指乌鹊选枝栖息。

③茆（máo）店：茅店。茆，通"茅"。社林：土地庙的树林。社，土地庙。

④见：通"现"。

【赏析】

这首词是作者闲居上饶带湖一带时所作。既是闲居，时间又长（前后几达二十年），因此总要和当地居民或多或少地进行接触。而作者又甚为关切人民，农家的欢乐疾苦，无疑会显现在他的身心上，一个夏夜，作者又过黄沙道间，沿途的和乐景象一下子使他陶醉了。

词的上阕简洁明了，作者选用了一路所闻所见的几处景致：明月中的惊鹊、半夜随风而来的阵阵蝉鸣及稻香，池塘水田的蛙声，给我们勾画出一幅田园夏夜的风景图。字里行间透出词人祝愿农民粮食获得丰收的思想感情。下阕继续写景。天上的乌云飘到头顶，只能偶然从云缝间看见七八个忽隐忽现的星星；随着云脚，又飘下两三滴清凉的雨点。"天外"言星星在云层之外，方见其高；"山前"是说云脚扫过山头之处，自然落下几滴地形雨。从这犹如夏夜阵雨一样叫人倍感清新的句子当中，让我们感受到了词人细腻的笔触。也正因词人沉浸在这夏夜的美好情景之中，所以已走过了平时常经过的"社林"之边才感到熟悉；转过了山路，溪桥已到了眼前才说"忽见"。平时熟识的地理标志，本来未到之前早已心中有数，可词人却连用"旧时"、"忽见"几个词，仿佛恍然大悟的样子，把词人留恋田园景色的情致细微地刻画出来。

这首小词勾画出了农村的田园风光，表现了词人陶醉其间的思想感情，让人感受到了一种扑面而来的清新气息。其中"稻花香里说丰年，听取蛙声一片"，写景当中，又以"蛙声一片"形容稻花香所预示的丰年时节的那种热闹场面，构想奇特，为传神之笔。

一 剪 梅

记得同烧此夜香,人在回廊,月在回廊。而今独自睚昏黄[①]。行也思量,坐也思量。　　锦字都来三两行[②],千断人肠,万断人肠。雁儿何处是仙乡?来也栖惶[③],去也栖惶。

【注释】

①睚(yá):犹"捱",苦度时光。
②锦字:前秦秦州刺史窦滔被徙流沙,其妻苏蕙在锦帛上织回文璇玑图诗相赠,以表思念之情。其词缠绵哀婉,可回转循环而读,共840字,后称妻寄夫之信为锦字。
③栖惶:烦恼不安的样子。

【赏析】

词的上阕忆写自己当初与美人同度良宵的美好时刻及当今的思念之情:在那如今夜之美好的夜晚,我曾与美人在圆月下同烧香枝,祝愿以后彼此恩爱,白头偕老。直到深夜,二人还依偎一起,靠着回廊之栏脉脉情话;清亮的月光也显得特别多情,从天边斜射而下,照在我们身上,仿佛来为我们作证。但是现在我却独自一个消磨着难熬的黄昏时光。月光挥洒而下,依旧那么明亮,我却"行也思量,坐也思量",那时的美妙时刻只能成为现在的追忆。

下阕写再难相见的愁苦。美人离去后,也曾来信叙说她的情况,可那简单的字句非但不能消解我的相思之情,反而叫我愈发思念。"锦字"指情书。"千断人肠,万断人肠"写出词人的相思之苦与一片痴情。那善解人意的雁儿的落脚之处在哪里呢?怎么都没给我带个佳人回归的确信,而空增我的悲苦愁思之情?这里词人以大雁在天空高来低去,比喻自己与美人重聚的遥遥无期,甚为贴切。

作者生于已被金人占领的历城(今山东济南),本怀着一腔热血投奔南宋,以实现收复家园、统一国家的心愿。但南归后却事与愿违,其忧愤之情可想而知。这首词可能即是借思念美人,而表现对仍被异族侵占的家乡的深沉眷恋之情吧!

鹧 鸪 天

代 人 赋

陌上柔条初破芽①,东邻蚕种已生些。平冈细草鸣黄犊②,斜日寒林点暮鸦。　山远近,路横斜,青旗沽酒有人家③。城中桃李愁风雨,春在溪头荠菜花④。

【注释】

①"陌上"句:一本作"陌上柔桑破嫩芽"。
②平冈:低平的小山坡。
③青旗:酒店招牌以青布做成,此代酒店。沽:卖。
④荠:荠菜。春天开小白花,性喜温和,耐寒力强。野生于田间地头,可入药。"荠菜花"一本作"野荠花"。

【赏析】

这首词当为词人免官闲居时所作。题为"代人赋",抒写的却是自己对生活的真切感受。

上阕描绘初春时节农村的生活图画。田野路旁的桑枝刚绽出嫩芽,农舍人家已将蚕种孵化出了一些小蚕。"破"字最为传神,它与三四两句的"鸣"、"点",共同把初春时节桑枝的嫩芽"破"苞而出,山坡上的小牛犊啃着细草的欢快情状及夕阳斜射、鸦归寒林的农村田园风光点染出来,富有诗情画意。

下阕抒写情怀。四周环绕着群山,而其景致却远近高低各不相同,小路曲折横斜伸向远方,还有那横插青旗、以卖酒为业的山村人家,这一切多么地富有生气。辛弃疾十分关心民间疾苦,热爱农村的山山水水,此时面对富有生意的农村大好春光,词人在由衷地赞赏之余,忽然悟出一种很有情味的哲理:城市里的桃李之花整日忧惧风雨的摧残,哪里比得上这生命力极强的野荠菜花呢?欣欣向荣的春意，就在这广袤的农村田间溪头啊！

这首词抓住最有特色的景致，将桑枝破芽、幼蚕孵化、黄犊、暮鸦、山路横斜、酒店青旗、荠菜花连缀一起，构成了一幅生动活泼、纯朴可爱的农村田园风俗画。"城中桃李愁风雨，春在溪头荠菜花"富有哲理性，它包含着词人半世以来对人生的深刻体验，抒发了词人爱憎分明的思想感情。

临 江 仙

金谷无烟宫树绿①，嫩寒生怕春风。博山微透暖薰笼②。小楼春色里，幽梦雨色中。　别浦鲤鱼何日到③，锦书封恨重重。海棠花下去年逢。也应随分瘦④，忍泪觅残红。

【注释】

①金谷：也称金谷涧，在河南洛阳西北。西晋石崇曾筑园于此，名金谷园。此指作者所居之山园。
②博山：器物表面雕刻作重叠山形的装饰。薰笼：同"熏笼"。罩在熏炉上的笼子，作熏香及烘干之用。
③别浦：在南浦告别。
④随分：照例。此为"相应"之意。

【赏析】

这是一首春日闺怨词。上阕写少妇寂寞冷清的孤独生活。山园中的树因无烟显得更青绿了，含苞的花蕾再得一点和暖的春风，就会绽出光艳夺目的花朵。一个"怕"字，写出花蕾待放之势，衬托思妇之孤独。若花儿开放，情人未归，自己一个人有什么情趣呢？第三句写思妇晚上的寂寞，冬春之交，夜寒尚存，周围一片寂静，思妇对着透出丝丝温热的博山暖炉发呆。夜深了，闺楼被春意静静地围裹着，思妇正做着与情人相会的美梦。虽然怕春到来，可春色还是围笼到她的身边。由此引出下阕伤春思人的主题。

"别浦"指相别分手之后"鲤鱼何日到"言书信从没收到过。"锦书封恨重重"是怨书信不来,怨书信即是怨人。上两句言分手之后就一直没有音信,不由得叫人怨恨重重了。海棠花又开了,自己只能流连树下,追忆去年这个时候与情人在此相会的情景了。"也应随分瘦",自己此时也衣带渐宽、日见消瘦了。只见落红已少,红花难觅,自己的眼泪忍不住如断线的珠子那样掉了下来。

这首词怨春怀人,却不直说,而说"小楼春色里,幽梦雨声中";而说"嫩寒生怕春风"、"忍泪觅残红",婉转细腻,深沉含蓄,其怨春怀人之情愈为深切。辛弃疾是豪放派大家,而该词通篇以婉丽词句写出,体现了这位"豪气"与"柔情"并于一身的大词人多样化的艺术风格。

刘 过

【作者介绍】

刘过(1154—1206),字改之,号龙洲道人,太和(今江西泰和县)人,一说庐陵(今江西吉安县)人。曾上书朝廷,提出恢复中原的方略,不被采用。四次应举未中,长期流浪江湖,曾为辛弃疾称赏。晚年居于崑山(今属江苏)。其词整体上属辛派豪放词,但也有清秀俊逸之作。内容上多抒发恢复中原的爱国心志及怀才不遇的感慨。有《龙洲集》、《龙洲词》。

贺 新 郎

老去相如倦,向文君说、似而今怎生消遣?衣袂京尘曾染处,空有香红尚软。料彼此、魂消肠断。一枕新凉眠客舍,听梧桐、疏雨秋风颤。灯晕冷,记初见。　　楼低不放珠帘卷,晚妆残、翠钿狼藉,泪痕凝面。人道愁来须殢酒[1],无奈愁深酒浅。但寄兴、焦琴纨扇[2]。莫鼓琵琶江上曲,怕荻花、枫叶俱凄怨[3]。云万叠,寸心远。

【注释】

①㫃酒：病酒，困酒，指沉溺于酒中。

②焦琴：即焦尾琴。《后汉书·蔡邕传》："吴人有烧桐以爨（烧火做饭）者，邕闻火烈之声，知其良木，因请而裁为琴，果有美音，而其尾犹焦，故时人名曰焦尾琴焉。"代指质地优良的琴。纨扇：细绢制成的团扇。古人常在扇上题诗，故此处用作写诗赋词的代称。

③"莫鼓"二句：白居易《琵琶行》有"枫叶荻花秋瑟瑟"之句，此化用其意。

【赏析】

这首词一题作《怀旧》，词下有跋："壬子（南宋光宗绍熙三年，即1192年，作者三十九岁）春，余试牒（选拔举人的考试）因明（今浙江宁波），赋赠老娟，至今天下与禁中皆歌之。江西人来，以为邓南秀词，非也。"当时作者未能考中，落魄之际，遇一半老妓女，同病而怜，甚为相得。后作此词相赠。

词一开始就写自己落第后的烦闷心绪。词人曾多次参加选拔举人的考试，不幸都没被录用，这次依然落选，其失意消沉之情可想而知。因此，不知不觉间走向秦楼楚馆之地，恰遇老妓，又见老妓颇解人意，便情不自禁地诉出自己心中的愁苦。因二人相得，故作者以情投意合的司马相如、卓文君自喻。"倦"字道出了作者的困顿失意之情。"怎生消遣"是作者倾吐胸中烦闷愁苦的呜咽之语，最为伤情。作者回忆起当初曾上都城临安向皇帝进恢复北方之方略的情景，希望会有所作为，谁知竟没有被当政者录用，作者只得到酒馆妓院，消解心中之愁，"空有香红尚软"即指此事。"料彼此、魂消肠断"，是自指，也设想老妓感伤自己人老珠黄，穷困清寒，不比当年红极之时一掷千金的境况了，凄凉伤感，又面对窗外秋风秋雨吹打梧桐的萧条秋景，二人相对无言，望着泛着冷晕的灯盏，不由得心中发"颤"。此情此景，人何以堪！

下阕承上，写初见面时老妓的情状。"楼低"是说居处之寒伧，"不放珠帘卷"是不想见外人（不放，不让的意思）。"晚妆残"三句，写老妓的凄残景况，词人同病相怜，便与其借酒消愁，怎奈

204

"酒浅愁深",愈饮愈愁,因而寄意于抚琴和赋诗。"莫鼓"二句,借白居易《琵琶行》的意境而反用之,喻其愁怨凄苦之深沉,以至于不忍听忧怨之曲了!同时作者以"同为天涯沦落人"喻比自己与老妓,也非常贴切。结句"云万叠,寸心远"则抒写词人的胸臆,不同凡响。

糖 多 令[①]

安远楼小集[②],侑觞歌板之姬黄其姓者[③],乞词于龙洲道人,为赋比《糖多令》。同柳阜之、刘云非、石民瞻、周嘉仲、陈孟参、孟容。时八月五日也。

芦叶满汀洲[④],寒沙带浅流。二十年重过南楼。柳下系船犹未稳,能几日、又中秋。　黄鹤断矶头[⑤],故人曾到否[⑥]?旧江山浑是新愁。欲买桂花同载酒,终不似、少年游。

【注释】

①此词一题作"重过武昌"。《糖多令》一作《唐多令》。
②安远楼:即词中之"南楼",亦即黄鹤楼,在武昌黄鹤山西北的黄鹤矶上。古时为文人骚客云集游赏的胜地。
③侑觞(shāng):劝酒。觞,古代称酒杯为觞。
④汀洲:指长江中的沙洲。
⑤矶:水边突出的岩石。
⑥故人曾到否:一作"故人今在不"。

【赏析】

这是一首感伤国事不堪回首的抒怀之作,问世之后就曾"传唱一时",也是宋词中的佳作之一。

上阕头两句写作者重登南楼的整体感受:芦叶落"满"了江中的沙洲,江水携带着"寒"沙东流而去。"浅流"形容江水从沙洲边漫流而去的情形。"满"字抒作者愁思之大,"寒"字写作者心情之悲凉。"二十年重过南楼"点明背景，承上启下。二十年前，作者曾在此游赏过，而今由于朝廷主和派当政，武昌已沦为对金作战的前线，因此作者重新登临，心中就填满愁思，眼中全都是悲凉了。"过"字既写时间流转之快，也指战事进展迅速，自己可能只在这里暂停，就要继续迁移他方了。"柳下系船犹未稳，能几日、又中秋"，写时间飞逝，包蕴着作者空度年华、壮志未酬，面对这国事日衰的局面而无可奈何的感慨。

下阕抒写作者"重过南楼"的凄凉哀伤之感。"黄鹤断矶头，故人曾到否？"起首突兀，"断"，是写黄鹤楼建于江边突出的黄鹤矶上，令人有"横断"之感；同时，又是国事衰败，江山残破的真实写照。作者之凄凉伤感已不堪言，而"故人曾到否"一句则更深入一层：自古以来，到过黄鹤楼的名人贤士难以计数，他们若是现在到了这里，心情会是如何呢？"旧江山浑是新愁"一句，扑面而来，"新旧"对比强烈，让人不寒而栗。"欲买桂花同载酒，终不似、少年游"，写自己欲买桂花和朋友们载酒同乐，但像二十年前那样纵情游赏的兴致，再也激发不起来了。满目苍凉，百事成衰。

"二十年重过南楼"、"旧江山浑是新愁"二句，提起全词，将作者站在黄鹤楼上那种满目疮痍、不忍直视的今昔之感宣露无遗，表现了作者强烈的爱国主义情操。艺术手法上溶情于景，含蓄哀婉，章法严密，浑然天成。清刘熙载《艺概》卷说："刘过之词，狂逸之中，自饶俊致"。这首词适当其论。

临 江 仙

长短驿亭南北路①，蒙茸醉拥驼裘②。雪天行计欠人留。严风催酒醒，微雨替梅愁。　　自作小词呵冻写，冷金淡衬银钩③。此情知得几时休？寒云迷洛浦④，残梦绕秦楼⑤。

【注释】

①长短驿亭：指距离远近不等、供行人休息或饯别的驿站。

②蒙茸：同"蒙戎"，蓬松散乱的样子。
③冷金：砑垂制在纸上的金片，这种纸叫做冷金纸。陆游《秋晴》诗："韫玉砚凹宜墨色，冷金笺滑助诗情。"
④洛浦：洛水之滨。
⑤秦楼：旧指城市中吃喝玩乐的地方。

【赏析】

这首词抒写词人流落江湖的悲凉之感。上阕写流落的凄苦之情。一出驿站就是南北通行的大路，自己带着醉意，穿着驼绒制成的大衣，孤身而行，一路上跌跌撞撞显得落拓而散乱。"长短驿亭"是说自己如此落拓已非一日，长长短短的旅途都是这样，极写其流落的凄苦之情。"雪天行计欠人留"强调孤身，因所到之处举目无亲，即使在这大雪天行路也没有人挽留。雪天寒风刺骨，自然吹人酒醒，而醒后的第一个念头是什么呢？"微雨替梅愁！"江南一带腊月的天气，常是雨雪交加，又值腊梅初开之时，因此作者担心初开的梅花是否经受得住这雨雪交加的侵袭。这里以替梅发愁，喻自己流落江湖之凄苦，妙就妙在不直接说出。

下阕写自己对前途的迷茫之感。用口中的热气呵化已冻结了的墨，写"自作"之"小词"，写什么呢？还是写愁思。"冷金淡衬银钩"，冷金纸在灯下泛出的光映在了银窗钩上，使得屋中的色调更加冷淡。"此情知得几时休"道出自己对前途难以预测的苦闷心情。"洛浦"指洛水之滨，旧时以为洛水女神常出没其间。此处当代以指称作者怀抱的复国之志。"寒云"阻塞了去路，作者难以实现报国之志，只得"混迹""秦楼"，苦捱时光。

从这首词中，我们可以看到，艰难曲折的世路，将词人早年意气风发的豪壮之气消磨殆尽，剩下的只有流落江湖的凄凉悲苦和对前途惆怅迷惘的感慨。

姜　夔

【作者介绍】

姜夔（约1155—约1221），字尧章，饶州鄱阳（今属江西）人。后卜居弁山白石洞下，自号白石道人。姜夔布衣终身，为人狷洁清高，他与当时名重一时的诗人杨万里、范成大等结成翰墨友谊。

姜夔词风神潇洒，意度高远。笔力疏跌峻容，言情体物，善用健笔隽句，造成刚劲峭拔之风；讲究律度，多自制曲，格高韵响，谐婉动听。张炎《词源》则用"清空"概括白石词风格，说"如野云孤飞，去留无迹"。姜夔写作态度严谨，注重艺术琢练，其词风很受南宋晚期的骚雅派和清代浙派词人推崇。

姜夔著有《白石道人歌曲》，《白石道人诗集》，存词80多首。

扬 州 慢

淳熙丙申至日①，予过维扬②。夜雪初霁，荠麦弥望。入其城则四顾萧条，寒水自碧。暮色渐起，戍角悲吟。予怀怆然，感慨今昔，因自度此曲。千岩老人以为有《黍离》之悲也③。

淮左名都④，竹西佳处⑤，解鞍少驻初程。过春风十里，尽荠麦青青。自胡马、窥江去后⑥，废池乔木，犹厌言兵。渐黄昏，清角吹寒，都在空城。　　杜郎俊赏⑦，算而今、重到须惊。纵豆蔻词工⑧，青楼梦好⑨，难赋深情。二十四桥仍在⑩，波心荡、冷月无声。念桥边红药⑪，年年知为谁生？

【注释】

①淳熙丙申至日：宋孝宗淳熙三年（1176）冬至日。

②维扬：扬州之别称。

③千岩老人：萧德藻，字东夫，号千岩老人，以侄女嫁与姜夔。《黍离》：《诗经·王风》篇名。写周大夫过西周旧都，见宫室长满禾黍，怀念故国，作诗寄慨。后用来指触景生情感慨亡国。

④淮左名都：宋时在淮扬一带置淮南东路称为"淮左"。扬州是淮左名城。

⑤竹西：扬州有竹西亭。杜牧《题扬州实禅智寺》："谁知竹西路，歌吹是扬州。"

⑥胡马窥江：宋高宗建炎三年（1129），绍兴三十一年（1161），隆兴二年（1164），淮南三次遭到金人侵犯。

⑦杜郎俊赏：意思是说杜牧英俊聪明，善于欣赏。杜牧是唐代著名诗人。

⑧豆蔻词工：指杜牧诗《赠别》："娉娉袅袅十三余，豆蔻梢头二月初。春风十里扬州路，卷上珠帘总不如。""豆蔻"句比喻妙龄女郎。

⑨青楼梦好：杜牧《遣怀》："十年一觉扬州梦，赢得青楼薄幸名。"青楼，妓院。

⑩二十四桥：杜牧《寄扬州韩绰判官》："二十四桥明月夜，玉人何处教吹箫。"《扬州画舫录》："廿四桥即吴家砖桥，一名红药桥。古有二十四美人吹箫于此，故名。"

⑪桥边红药：《一统志》："扬州开明桥，在甘泉县东北，旧传桥左右春月芍药花市甚盛。"

【赏析】

公元1176年，二十二岁的姜夔自鄂中沿江东下，路过扬州。扬州在隋唐时非常繁华，宋王朝南迁后，却屡遭金兵侵袭。虽然最近的一次是在十二年前，然劫后景物萧条，依然使人生发"《黍离》之悲"，遂作此词寄慨。

上阕开头两句"淮左名都，竹西佳处"，对仗工整，点出扬州，以切合序中所云"过维扬"，姜夔特别点出扬州是名城，是为了反衬出下文萧条景象的可悲可叹。"过春风十里，尽荠麦青青"，这是今日的扬州，则从前的一派繁华，已是荡然无存。作者的沉痛、悲愤心情自是可想而知，读者也可感到一股悲凉之气从字里行间迎面扑来。"自胡马、窥江去后，废池乔木，犹厌言兵"，初读平淡，再读则震人心魄。池，木都是无情之物，它们尚且"犹厌言兵"，饱经战乱的人们的心情就更不用说了。"渐黄昏，清角吹寒，都在空城"，切合序中"暮色渐起，角悲吟"，点明时刻，补足荒寒景象。

下阕着重抒写词人的《黍离》之悲。唐人咏扬州作品极多，人说"三分春色，二分在扬州"。著名诗人杜牧亲历过扬州的繁华风流，所作关于扬州的诗也很有名。因此作者引出杜牧，让他对今日扬州再进行观察。"杜郎俊赏，算而今，重到须惊"。杜牧善于欣赏风景，看到如此萧条，一定会惊倒的。"纵豆蔻词工，青楼梦好，难赋深情"。他纵然有春风词笔，现在恐怕再也写不出那样儿女情长的诗篇了。"俊赏"与上阕开始两句绾合，"须惊"、"难赋"与"过春风"以下绾合，昔之繁盛，今之残破，俱在其中。"二十四桥仍在，波心荡、冷月无声"。与上阕"黄昏"相应，又以"仍在"二字点出今昔之感。词人在"同"前加一"冷"字，造成凄冷的感觉，又在"月"后加"无声"二字，增添了沉寂的感觉。所谓无声，是不再有昔日的管弦吹奏声，不再有昔日的笑语喧哗声，不再有昔日的鸡鸣犬吠声。总而言之，不再有往昔的活力。如今惟一的声音，只有"清角吹寒"而已。这是以无声衬有声，切词序中的"戍角悲吟"。最后以红药作结："念桥边红药，年年知为谁生？"，极有深意。扬州芍药最负盛名，往昔花开时裙屐络绎于途，如今乱后城空，花开却是为谁？以问语结，更含无限凄怆。

小重山令

赋潭州红梅①

人绕湘皋月坠时②。斜横花树小、浸愁漪。一春幽事有谁知？东风冷，香远茜裙归③。　　鸥去昔游非。遥怜花可可④、梦依依。九疑云杳断魂啼⑤。相思血，都沁绿筠枝⑥。

【注释】

①潭州：今湖南长沙、株洲、湘潭一带治所在长沙。
②湘皋：湘江岸边。湘江流经长沙。
③茜裙：绛色裙。
④可可：模糊，隐约。
⑤九疑：山名。也叫九嶷，在湖南宁远县南。
⑥"相思血"句：相传舜死于苍梧，二妃娥皇、女英追至，哭帝极哀。泪染于竹，斑斑如血。筠，竹。

【赏析】

　　这首词是见潭州红梅而作。上阕首句"人绕湘皋月坠时",点出潭州,句中"人"即是作者自己,时在"月坠时"。历代咏梅诗作可谓纷繁,但以宋人林和靖的"疏影横斜水清浅,暗香浮动月黄昏"最为人传诵。白石有自制曲《暗香》、《疏影》,可以看出他对林诗之倾倒。词人眼中所见梅花是"斜横花树小、浸愁漪"。这是对林氏"疏影"一句诗的改写,同时又将词人的感情色彩通过"愁"字贯注进去。他为什么会愁呢?他回答说:自己的"一春幽事有谁知?"这表明了他在怀人,那么他又是怀念何人?"东风冷,香远茜裙归",原来是一位女子,这可能是他的情人。

　　下阕承接上文,表达自己刻骨铭心的思念。"鸥去昔游非"。鸥是水边常见的鸟,由眼前所见想到伊人也像鸥鸟一般翩然飞逝,词人心中该有多么沉痛。"遥怜花可可"既是在月坠时花枝隐约,又是上阕结句"香远茜裙归"印象的逐渐朦胧,但词人仍然爱怜不置,他的情感像梦一样依依缠绵。他想起了那个著名的传说来:"九疑云杳逝魂啼。相思血,都沁绿筠枝。"自己的相思不也如此强烈吗?运用这个典故,省却了许多笔墨,而且由娥皇、女英泪洒于竹,斑斑如血转换到红梅,在词人看来,红梅不也是自己相思血染成的吗?

　　这首词开始突出词人孤愁思念的无以排遣,到结句相思化红梅,终于爆发,但却别出机杼。

点　绛　唇

丁未冬过吴淞作[①]

　　燕雁无心[②],太湖西畔随云去。数峰清苦,商略黄昏雨[③]。第四桥边[④],拟共天随住[⑤]。今何许?凭阑怀古,残柳参差舞。

【注释】

①丁未冬过吴淞作：宋孝宗淳熙十四年（1187），白石自湖州往苏州见范成大，道经吴松作此词。吴松，又叫松江、松陵，即今吴江。
②燕雁：自北地飞来之雁。燕，燕地。
③商略：犹言商量，商讨。
④第四桥：《苏州府志》："甘泉桥一名第四桥，以泉品居第四也。"
⑤天随：唐代诗人陆龟蒙，号天随子，苏州人，隐居松江甫里。

【赏析】

词人从眼前所见景物起笔。燕雁随着云向太湖西畔飞去，这是下雨前的景象。又由"云"字引出下文中的"黄昏雨"。季节已是冬天，大雁南飞，本能使然。白石说"燕雁无心"，貌似超脱，其实也是不得已，作者用以比喻自己飘零湖海的生活。"数峰清苦，商略黄昏雨"未免太有情，太执著。"苦"是一种味觉，白石用来写岁暮天寒的萧瑟山谷，形象极为逼真，而且富有意味。"清苦"二字，作者把自己心底的凄凉客思贯注进去，让山峰也打上了人的情感色彩。"商略"二字，前人评为"诞妙"，它妙就妙在想象奇绝的拟人手法，把景物写活了。

下阕转而写情。"第四桥边，拟共天随住"不仅点出词序"过吴松"的意思，而且直抒胸臆，提出"拟共天随住"的想法。天随子终老布衣，自号"江湖散人"。白石一生不曾仕宦，漂泊江湖，身世遭遇与天随子很相似，因此他对天随子非常钦敬。

"今何许？"陡然一转。"凭阑"即是远眺，绾合上阕数句。"怀古"即是伤今，这一句气象阔大。柳舞本来是柔婉的，而"柳"上着"残"字，"舞"上加"参差"，便让人觉得悲壮苍凉。著名词评家陈廷焯非常欣赏结尾三句，他说："白石长调之妙，冠绝南宋。短章亦有不可及者，如《点绛唇》一阕，通首只写眼前景物，至结处云：'今何许？凭阑怀古，残柳参差舞。'感时伤事，只用'今何许'三字提倡，'凭阑怀古'下，仅以'残柳'五字咏叹了之，无穷哀感，都在虚处，令读者吊古伤今，不能自止，洵推绝调。"

念 奴 娇

予客武陵①,湖北宪治在焉。古城野水,乔木参天,予与二三友日荡舟其间,薄荷花而饮②,意象幽闲,不类人境,秋水且涸,荷叶出地寻丈。因列坐其下,上不见日,清风徐来,绿云自动,间于疏处窥见游人画船,亦一乐也。揭来吴兴③,数得相羊荷花中④,又夜泛西湖,光景奇绝,故以此句写之。

闹红一舸,记来时,尝与鸳鸯为侣。三十六陂人未到⑤,水佩风裳无数。翠叶吹凉,玉容销酒,更洒菰蒲雨⑥。嫣然摇动,冷香飞上诗句。　　日暮青盖亭亭,情人不见,争忍凌波去。只恐舞衣寒易落,愁入西风南浦⑦。高柳垂阴,老鱼吹浪,留我花间住。田田多少,几回沙际归路。

【注释】

①武陵:今湖南常德,宋时为朗州武陵郡。时萧德藻为湖北参议,姜夔客居萧邸。

②薄:迫近。

③揭(jiē)来:即去来。常偏义使用,在这里主要用"来"意。

④相羊:即徜徉。漫游、徘徊之意。

⑤三十六陂:三十六,极言其多。陂,水塘。

⑥菰蒲:水草。

⑦南浦:浦,水边之地。《楚辞》:"送美人兮南浦。"

【赏析】

这首词以描写荷花而脍炙人口。

上阕开头从荷花盛开时入手。"闹红"一语是由北宋著名词人宋祁《玉楼春》中的名句"红杏枝头春意闹"化出,将满塘荷花的盛况呈现在读者眼前。"一舸"表明词人是在水上泛舟,欣赏荷花。他回想自己初来时,正是初春,水上只有鸳鸯与自己为伴。"记来时,尝与鸳鸯为侣",暗示了时间和景观的变化。"三十六陂"极言荷花之盛,自己一舸难以遍赏,便想到"水佩风裳无数"。李贺《苏小小歌》中有"风为裳,水为佩"句,白石借用来指荷花荷叶。下面即说"翠叶招凉,玉容销酒",意谓翠绿的荷叶能让人产生凉意,而荷花的红色则如美人脸上酒晕才消。这便是荷的可爱之处。周邦彦《苏幕遮》写荷"叶上初阳干宿雨,水面清圆,一一风荷举",白石进一步发挥想象,说荷叶荷花上的雨滴或露滴被风吹落,对于水草来说如同下了雨一样,词人描写荷花在微风中"嫣然摇动",这就把荷花比拟成美人,一笑生媚,令人动心,于是便有"冷香飞上诗句"。

下阕写自己不忍归去,荷花也留人。"日暮青盖亭亭"说明词人流连已久。"情人不见,争忍凌波去",他仍把荷花当作美女,她亭亭玉立,含情脉脉,在伫望情人。他又用曹植《洛神赋》中的词句"凌波",使荷花有了仙气,风神缥缈。在词人一刹那的直觉里,荷花与众仙融为一体了。荷既不忍去,词人便为她担心:"只恐舞衣寒易落,愁入西风南浦。""南浦"含"送君南浦,伤如之何"意,表达惜别之情。"高柳垂阴,老鱼吹浪,留我花间住"说盛时不再,虽高柳、老鱼,也知道劝人少住,惜此芳时。可是毕竟到了日暮,词人不得不归,而在归途中,仍有荷叶时时萦人情思,"多少"与上阕"无数"相对应。

这首词将荷花拟人化,词意婉转,意象鲜明。

长亭怨慢

予颇喜自制曲,初率意为长短句,然后协以律,故前后阕多不同。桓大司马云:"昔年种柳,依依汉南;今看摇落,凄怆江潭;树犹如此,人何以堪[①]!"此语予深爱之。

渐吹尽、枝头香絮,是处人家,绿深门户。远浦萦回,暮帆零乱,向何许?阅人多矣,谁得似、长亭树?树若有情时,不会得、青青如此！　　日暮，望高城不见②，只见乱山无数。韦郎去也，怎忘得、玉环分付③？第一是早早归来，怕红萼无人为主。算空有并刀④，难剪离愁千缕。

【注释】

①"桓大司马云"句：见庾信《枯树赋》。《世说新语·言语篇》："桓公北征，经金城，见前为琅琊时种柳，皆正十围。慨然曰：'木犹如此，人何以堪！'攀枝折条，泫然流泪。"赋即把此语改为韵文。又，桓温字元子，东晋明帝婿，官至大司马，专制朝政。

②望高城：唐欧阳詹赠太原姑诗："驱马渐觉远，回头长路尘。高城已不见，况复城中人。"

③"韦郎"句：《方云溪友议》载：韦皋少游江夏，止于姜使君之馆，与小青衣玉箫有情。后韦皋归觐，遂与玉箫约，少则五载，多则七年来娶。因留玉指环并诗遗之。至八年春不至，玉箫叹曰："韦家郎君一别七年，是不来矣。"绝食而殁。

④并刀：产于山西的剪刀，以锋利著称。杜甫诗云："焉得并州快剪刀，剪取吴淞半江水。"

【赏析】

这首词是由桓温的几句感慨话而引发，抒写词人的伤情。白石二十多岁时在合肥恋一琵琶妓，别后二十多年，仍是怀念不已，时常在诗词中表现出来。

"渐吹尽，枝头香絮"，则时间正是春暮。"是处人家，绿深门户"表明地点。与苏轼词《蝶恋花》"枝上柳绵吹又少，天涯何处无芳草"意相近，都是一往情深。"远浦萦回，暮帆零乱，向何许？"写景，其中又融铸着词人的惆怅。"阅人多矣，谁得似、长亭树？"是典故翻新。《左传》中文姜云："姜阅人多矣，未有如公子者。"是赞许，而白石却是抱怨。他说："树若有情时，不会得、青青如此。"人正伤情至极，树却依然自绿，而且在风中自在摇曳。这就难怪词人要指责它无情了。

下阕一开始即以"日暮"写天色，同时暗点心情，一语多用。

"望高城不见，只见乱山无数"，是说关山迢迢，相会无由，自己只好遥望高城，聊抒离恨。这已是非常可悲了。然而高城却不可见，更不用说城中之人了。眼前但见无数乱山锁在暮霭之中，则词人心中的忧伤不言自可知晓。明明是乱山遮望眼，为什么他还要固执地伫望，直至日暮也不罢休呢？词人解释道："韦郎去也，怎忘得、玉环分付？"韦郎是词人自指。原来临别时，情人与他有约誓，刻骨铭心，难以忘怀；但自己天涯漂泊，山长水远，实难践约，便只有日日怅望不已。他耳畔回响起那熟悉而深情的叮咛："第一是早早归来，怕红萼无人为主。"情蕴藉而语分明，让人没齿难忘。越蕴藉越缠绵，越分明越凄苦。因此，词人"算空有并刀，难剪离愁千缕"，"千缕"极言离愁之繁乱，所以并刀虽然锋利，却也是"剪不断，理还乱"。这意味着在词人心中将是"天长地久有时尽，此恨绵绵无绝期"。这首词写情极为深挚，非常动人。

暗　　香

辛亥之冬①，予载雪诣石湖②。止既月，授简索句，且征新声。作此两曲，石湖把玩不已，使工妓隶习之，音节谐婉，乃名之曰《暗香》、《疏影》。

旧时月色，算几番照我，梅边吹笛，唤起玉人，不管清寒与攀摘。何逊而今渐老，都忘却，春风词笔③。但怪得、竹外疏花，香冷入瑶席。　　江国，正寂寂，叹寄与路遥，夜雪初积。翠尊易泣，红萼无言耿相忆。长忆曾携手处，千树压，西湖寒碧。又片片、吹尽也，几时见得？

【注释】

①辛亥：宋光宗绍熙二年（1191）。

②石湖：在苏州西南，与太湖相通。当时诗人范成大居此，号石湖居士。

③"何逊"三句：何逊，南朝梁诗人，在扬州有《咏早梅》诗。杜甫云："东阁官梅动诗兴，还如何逊在扬州。"此处作者把自己比作何逊，谓而今逐渐老大，忘却用词笔来歌咏梅花。

【赏析】

在咏梅的词中，《暗香》和《疏影》两首作品历来备受推崇。张炎誉之为"前无古人，后无来者，自立新意，真为绝唱"。

"旧时月色，算几番照我，梅边吹笛"，这是回忆往事。月光底下，梅花开放，词人在梅边吹笛，这情景是多么美好。笛声"唤起玉人，不管清寒与攀摘"。笛声花影，月色衣香，构成了一个极美极幽的境界。往昔如此，现在又怎样呢？词到此一转："何逊而今渐老，都忘却，春风词笔"。白石以何逊自指，说自己年华老大，才情渐减，吟兴也渐衰。在今昔对比中，词人满怀惆怅。物是人非，因此他"但怪得、竹外疏花，香冷入瑶席"。花依旧，香依旧，自己却"渐老，都忘却，春风词笔"。在自然与自我的巨大反差中，透出他多少车愁伤！

下阕由梅花转而怀人。古诗云："折梅逢驿使，寄与陇头人。江南无所有，聊赠一枝春。"在上阕中白石已暗示了他是在思念情人。"江国，正寂寂"，透出一股凄凉。词人欲折梅寄远，但"路遥"，而且"夜雪初积"，愿望无法实现。虽说男儿有泪不轻弹，但相思太苦。举杯浇愁愁更愁，终于忍不住流下泪来。"翠尊易泣，红萼无言耿相忆"，是已到了无可言说之境地，却仍是耿耿于心，难以忘怀。其情至深，其音凄厉。下面又转向回忆："长忆曾携手处，千树压，西湖寒碧。"初看是为下阕的凄切情绪着了一点欢乐，但因是思往事，却倍增了现在的孤凄。西湖边梅花曾是多么繁盛："千树压，西湖寒碧"。现在"又片片、吹尽也，几时见得？"一片一片，吹之不已，终至于尽，让人如在目前，看着梅花落尽，这情景令人哀叹，石湖梅花的命运不也如此么？

这首词以盛衰为脉络，以今昔为开合，到下阕又插入怀人的主题，使词意丰富，耐人品味。周济云："前半阕言盛时如此，衰时如此。后半阕想其盛时，想其衰时。"

疏　影

　　苔枝缀玉,有翠禽小小,枝上同宿①。客里相逢,篱角黄昏,无言自倚修竹。昭君不惯湖沙远,但暗忆、江南江北。想佩环、月夜归来,化作此花幽独。　　犹记深宫旧事,那人正睡里,飞近蛾绿②。莫似春风,不管盈盈,早与安排金屋③,还教一片随波去,又却怨、玉龙哀曲④。等恁时,重觅幽香,正入小窗横幅。

【注释】

　　①"有翠禽"二句:据《龙城录》说,赵师雄迁罗浮,日暮于松林中遇一美人,又有绿衣童歌舞侧。"师雄醉寐,但觉寒风相袭。久之东方既白,起视大梅花树上,有翠羽剌嘈相顾。所见盖花神"。

　　②"犹记深宫旧事"三句:《太平御览》载:"宋武帝女寿阳公主人日卧于含章殿下,梅花落公主额上,成五出花,拂之不去。"蛾绿,女子翠眉。

　　③安排金屋:《汉武故事》载:汉武帝小时候对姑母说:"若得阿娇作妇,当作金屋贮之也。"

　　④玉龙哀曲:指笛曲《梅花落》。李白诗云:"黄鹤楼中吹玉笛,江城五月落梅花。"

【赏析】

　　这首词仍是咏梅花,与《暗香》不同者,在于用了较多的典故,为梅花赋形,词人的身世伤感较少。

　　开头一句"苔枝缀玉"写梅花姿态。"苔枝"是说枝条上面长着苔藓,可见其沧桑。"缀玉"是说梅花开在枝头。"有翠禽小小,枝上同宿",运用典故,使梅花有了英英仙气。"客里相逢,篱角黄昏,无言自倚修竹"写梅花神韵,同时递入作者自己。白石是在范成大家作客,在此处见梅花,所以说"客里相逢"。梅花横枝篱角,无言倚竹,暗用了杜甫《佳人》诗句:"天寒翠袖薄,日暮倚修竹",

使人觉得清寒太甚而生伶娉怜惜之意。"昭君不惯胡沙远，但暗忆、江南江北"，承接上文，用一个具体的美人来比拟梅花。因为梅花在严冬绽放，使人很容易把它想象成一个在寒冷的北方仍然丰姿不减的美人；而王昭君远嫁匈奴，生活在塞外，是最合适的比拟对象。南方的腊梅，北地的美人怎样合为一体呢？词人进一步发挥想像力，说："想佩环、月夜归来，化作此花幽独。"这个想象是奇特而又合理的，因为王昭君是南方人，而思念故乡又是人之常情。

下阕开头几句又用了典故："犹记深宫旧时，那人正睡里，飞近蛾绿"，写出了梅花的可亲可爱。"莫似春风，不管盈盈"，梅花开在寒冬，春风不管，词人便说我们不要像春风那样，那么如何爱惜呢？他说："早与安排金屋"，即要像爱惜自己钟情的女子那样对待梅花，可见他爱梅之情的深挚。花开终须落。落花在寿阳公主额上成为美谈，也可能随水漂逝让人叹惋。词人耳旁回响起了那首感伤的笛子曲《梅花落》的熟悉的音调，一种凄清之情顿然涌上心头。作为情绪的缓和，作为安慰，他想到："待恁时，重觅幽香，正入小窗横幅。"也就是可用画图来长存梅的逸姿倩影，并可以细细欣赏。

这首词写梅花，联想丰富，而且联想之间衔接紧密。最后结尾又有柳暗花明的效果。

角　　招

甲寅春①，予与俞商卿燕游西湖，观梅于孤山之西村②，玉雪照映，吹香薄人。已而商卿归吴兴，予独来，则山横春烟，新柳被水，游人容与飞花中，怅然有怀，作此寄之。商辄善歌声，稍以儒雅缘饰；予每自度曲，吹洞箫，商卿歌而和之，极有山林缥缈之思，予今离忧，离卿一行作吏③，殆无复此乐矣。

为春瘦，更何堪，绕西湖尽是垂柳。自看烟外岫，记得与君，湖上携手。君归来久，早乱落、香红千亩。一叶凌波缥缈。过三十六离宫④，遣游人回首。　　犹有、画船障袖，青楼倚扇⑤，相映人争秀。翠翘光欲溜⑥，爱著宫黄⑦，而今时候，伤春似旧。荡一点、春心如酒，写入吴丝自奏⑧。问谁识，曲中心，花前友？

【注释】

①甲寅：宋光宗绍熙五年（1194）。
②孤山：在杭州西湖中。西村：《武陵旧事》："西陵桥又名西泠桥，又名西村。"
③一行作吏：出来做官。
④三十六离宫：指南宋都城临安宫殿。南宋偏安江左，称临安为行都。临安之宫殿为离宫。
⑤青楼：古显贵之家亦称青楼。梁刘邈诗云："倡女不胜愁，结束下青楼。"始专指妓院。
⑥翠翘：古代妇女首饰。翡翠鸟尾上长毛曰翘，美人首饰像此，因名翠翘。
⑦宫黄：宫人服装颜色。
⑧吴丝：指琴弦。李贺诗："吴丝蜀桐张高秋。"

【赏析】

这首词表达词人对朋友的怀念。

上阕一开始，词人就说自己心绪不佳："为春瘦"。四季更迭，本是自然之道，可是在人的心灵中却引起了不同的反应，这往往与各人的遭际有关。白石因为好友俞商卿远去而伤春，"更何堪，绕西湖尽是垂柳"。垂柳依依，使人想起依依难忘的朋友，这就增添了他的惆怅。西湖景美，朋友却不在眼前，他只好"自看烟外岫"，也就是序中所云："予独来，则山横春烟，新柳被水"。他不由得陷入回忆："忆得与君，湖上携手"。当时，自己吹箫，朋友唱歌，是多么快乐。下来又转入现实，他告诉朋友："君归来久，早乱落、香红千亩。"其中蕴含着词人的叹惜和遗憾之情。"归来"是词义偏指，偏重在"归"。千亩红落，可见梅花已是无可挽回地衰败了，也说明时间流逝有多么迅速。这时，在他的视野里，出现了"一叶凌波缥缈",该不是朋友驾舟来了吧,他不禁涌起一种期望,因此虽然他"过三十六离宫",这种隐约期望还是使他频频回首,可见他的怀念是多么强烈。

赏春之人,除了词人,"犹有、画船障袖,青楼倚扇",她们"相映人争秀",前者是乘画船游赏的女子,后者是伫立楼上眺望的女子。下来写她们的打扮:"翠翘光欲溜,爱著宫黄,而今时候",如此华贵时髦。可是她们并未将词人的愁伤冲淡,他说自己"伤春似旧"。积郁在心中的苦闷总需要宣泄出来。他"荡一点、春心如酒,写入吴丝自奏",可是朋友不在,谁又能明白曲中表达的情感,谁知道我在怀念那个花前同赏的朋友呢?因此还是无法排遣那强烈的怀念。

这首词将强烈的、难以改变的怀友之情贯串始终,在今昔对照中加强了他的情感,写得朴素而真挚。

鬲梅溪令

丙辰冬①,自无锡归,作此寓意

好花不与殢香人②,浪磷磷。又恐春风归去,绿成荫。玉钿何处寻③? 木兰双桨梦中云,水横陈。漫向孤山山下,觅盈盈。翠禽啼一春。

【注释】

①丙辰:宋宁宗元庆二年(1196)。
②殢:滞留。
③玉钿:古代妇女首饰,有花钿、玉钿、金钿、翠钿等。

【赏析】

这首词以落花起兴,抒写词人难以排遣的离情别绪。

"好花不与殢香人,浪磷磷",说落花不与爱花人同在,却随着流水逝去,这是暮春的景象。"又恐春风归去,绿成荫",承上启

221

下,既补充了上文伤春的意思,又引入了思念情人的主题。《太平广记》中说杜牧游湖州时,见一小女,才十余岁,非常动人,他便以厚币与其母为聘,约定十年内来娶。但十四年后,他才被委派为湖州刺史。而此女已嫁三年,且生二子,杜牧很失望,赋诗一首"自恨寻春去较迟,不须惆怅怨芳时。狂风落尽深红色,绿叶成荫子满枝"。这样我们就明白了词人开头所说的"好花"是暗喻往日的情人,而"又恐"句则表达他对未来的没有把握和愁伤,这就自然地引出下句:"玉钿何处寻?"

下阕开头"木兰双桨"回忆往昔两人一同在西湖上泛舟的快乐情景,紧接着用"梦中云"作补充。梦易醒,云易散,"梦中云"就更是难以持久。如今只有一湖春水横陈,难觅旧踪。在往事与现实的倏然转换中,表达了他好景难再的感叹。词人"漫向孤山山下",寻觅那笑盈盈的身影,但却是徒然费心。只有翠禽的啼声仍如往昔。这暗示了上阕的担忧终于成为现实,也就是情人已经他适,自己惟留满怀的无法排遣的憾恨。

白石是深于情的人,但时与世都使他的梦想难以成真。这首词虽然写得含蓄。却仍有无法掩抑的愁伤从字里行间渗透出来,感人至深。

蓦 山 溪

咏 柳

青青官柳①,飞过双双燕。楼上对春寒,卷珠帘、瞥然一见②。如今春去,香絮乱因风,沾径草,惹墙花,一一教谁管? 阳关去也③,方表人肠断。几度拂行轩④,念衣冠、尊前易散。翠眉织锦,红叶浪题诗,烟渡口,水亭边,长是心先乱。

【注释】

①官柳:官府种植之柳树。

②瞥然：短暂过目。

③阳关：地址在今甘肃省敦煌县西南，为唐时往西域要道，因在玉门关之南，故称阳关。王维诗："劝君更尽一杯酒，西出阳关无故人。"

④行轩：行进之车。

【赏析】

这是一首咏物词。上阕一开始，即推出所咏之物："青青官柳"，古代官府往往在驿路两旁种植柳树作为行道树。这一句是静景，下一句便有了动感："飞过双双燕。"这两句表明季节是初春，景物只有和人联系起来，才有意义。下来便出现了人："楼上对春寒，卷珠帘，瞥然一见。"此句或从唐代王昌龄的《闺怨》化来，王诗云："闺中少妇不知愁，春日凝妆上翠楼。忽见陌头杨柳色，悔教夫婿觅封侯。"白石没有像王昌龄那样写出闺妇的心理活动。因为她既看到柳色青青，又看到燕子双飞，其内心所受到的触动自然可以想见，光阴如箭，转瞬又到了春末。"如今春去，香絮乱因风，沾径草，惹墙花"，在景物的变化中寓含了青春难再的惆怅。因此词人感叹道："这样纷乱而衰败的情景"一一教谁管？"上阕选择了初春和暮春两个方面来写柳以及它对人心理的影响。

下阕说："阳关去也，方表人肠断。"转而写朋友之离别。阳关之所以出现在这里，与王维的诗《送元二使安西》有关："渭城朝雨浥轻尘，客舍青青柳色新。劝君更尽一杯酒，西出阳关无故人。"友人远去，路旁垂柳"几度拂行轩"，似乎依依不舍，这就不禁使人要"念衣冠，尊前易散"，生发一番感慨了。看着柳叶，词人想象着"翠眉织锦，红叶浪题诗"。人常说柳叶如眉，词人却以翠眉代指美人。又说柳叶可以题情诗，把它与优美的爱情故事联系起来。柳树被广泛种植，"烟渡口，水亭边"，到处都有，每看到柳，游子们"长是心先乱"，这是对上阕闺妇"楼上对春寒，卷珠帘，瞥然一见"的照应，也就是游子知道闺人望柳青而怨己不回，不免也引动归思。

这首词咏物却时时带着词人的感情色彩，并且融铸了与柳有关的诗、典故，使词意婉转丰富。

史达祖

【作者介绍】

史达祖，生卒年不详。字邦卿，号梅溪，汴（今河南开封）人。曾为权臣韩侂胄门下堂吏，掌文书，时在一千二百年左右。不久，韩被杀，史也受黥刑。史达祖的词，过去常与周邦彦、姜夔并称。姜称史词："奇秀清逸，有李长吉之韵，盖能融情景于一家，会句意于两得。"他的咏物词善用白描，细腻工整，写得形神兼备，最为著名。有《梅溪词》。

绮罗香

咏春雨

做冷欺花，将烟困柳，千里偷催春暮。尽日冥迷，愁里欲飞还住。惊粉重、蝶宿西园，喜泥润、燕归南浦。最妨它、佳约风流，钿车不到杜陵路①。　　沉沉江上望极，还被春潮晚急，难寻官渡。隐约遥峰，和泪谢娘眉妩②，临断岸、新绿生时，是落红、带愁流处。记当日、门掩梨花，剪灯深夜语。

【注释】

①钿车：用螺钿（蚌类的壳制成的镶嵌之物）装饰的车子，通常是妇女乘坐。杜陵：长安（今西安）南面的一个风景区，是唐代人游春的地方。这里用以指代杭州郊区。

②谢娘：晋代谢安的侄女、王凝之的妻子谢道韫，这里代指自己的妻子。

【赏析】

这首词向来被人赞许，因其能将春雨的形态与精神特征表现出来，而且由雨及人，词人的情感也给读者以强烈感染。

上阕通过春雨对花、树、鸟、人的影响来写它的特征。冬去春来，大地上百花竞妍，万木争绿，一派欣欣向荣的景象，但春雨却"做冷欺花，将烟困柳"；人们本来就害怕匆匆春归去，它却"千里偷催春暮"，字里行间流露出词人的不满。本应是阳光明媚，现在却"尽日冥迷"；抬头望着铅灰色的天空，只见细如愁丝的无边春雨"欲飞还住"，这个观察带有词人的情感色彩。环视周围，发现蝴蝶因翅膀被雨打湿，只好栖息；相反，燕子却因泥土湿润，正可以筑巢而忙碌。上面这些描写都是作者目中所见，可称之春雨图，其基调是阴郁、凄冷的，正是燕喜才为之增添了一点亮色。由眼前所见，词人进行联想：道路泥泞，那些期盼了许久的女子们恐怕不能去郊外践"佳约风流"了。这才是春雨造成的最大妨碍。

下阕是被春雨阻断归路的词人的惆怅。春雨本不大，但恰逢春潮，江水便汹涌起来。天已黄昏，想要归家的词人却找不到渡口。极目眺望，看到的却是隐约的远山，仿佛妻子因自己不归而忧伤。词人徘徊在水边，看到绿色渐浓，落红飘逝，不禁生出良辰难再、美景不可复得的感慨。想起以前，虽也是春雨绵绵，自己却是和妻子在一起，到夜深还在剪灯共话，心中多么快乐。词至此戛然而止，但却为读者留下了让人继续吟味的余地。

作者观察细致，用字准确细腻。"惊粉重"几句，蝶因粉重而"惊"，燕因泥润而"喜"；蝶又因惊而"宿"，燕却带喜而"归"。词人功力，不能不令人叹服。"临断岸"一句，既是观察所见，同时蕴含哲理，无怪深得姜夔称赏。

杏 花 天

清 明

软波拖碧蒲芽短，画桥外、花晴柳暖。今年自是清明晚，便觉芳情较懒。　　春衫瘦，东风剪剪，过花坞，香吹醉面。归来立马斜阳岸，隔岸歌声一片。

【赏析】

　　清明在春分后十五日，是古代人上坟祭祖的日子，也是人们去郊外踏青赏春的日子。江南一向春早，到清明正是春光无限。今年天气虽有变化，春天终究来了。词人站在画桥畔向下看，是春水泛起柔波，如同一条碧绿的长带，河岸蒲草也萌出嫩芽。"软波"从水之形状写春，"拖碧"则与冬日之灰黑作比，从水之颜色写春。凭栏远眺，只见花色鲜丽，杨柳温润。作者用"晴"、"暖"二字形容花、柳，直接诉诸读者的感受。"今年自是清明晚"，词人寻芳的兴趣也就不那么强烈了。但词人终究还是去了。他脱掉臃肿的冬衣，换上轻便的春衫。杨柳风吹过，好不惬意。行过一片花坞时，扑面而来的花香使他沉醉。太阳西下时纵马归来，更有一阵歌声被风吹送耳边。

　　这首词用笔极为经济。上阕先说自己寻芳之情较淡，下阕全用白描，但喜悦之情溢于言外。

双双燕

咏　燕

　　过春社了，度帘幕中间①，去年尘冷。差池欲住②，试入旧巢相并③。还相雕梁藻井了，又软语，商量不定。飘然快拂花梢，翠尾分开红影。　　芳径，芹泥雨润④。爱贴地争飞，竞夸轻俊。红楼归晚，看足柳昏花暝。应自栖香正稳，便忘了、天涯芳信。愁损翠黛双蛾，日日画栏独凭。

【注释】

①度（duó）：推测，估计。
②差池：形容燕子摆动双翼和尾羽的样子。
③相（xiàng）：观察，看。藻井：绘着花纹的天花板。古时有些建筑，在天花板当中开个方形或圆形的洞口，似井，加彩绘图案。故称。

④芹泥：带草的泥。

【赏析】

这首词是史达祖的咏物名篇。

上阕写燕子初归。时光到了春天社日，词人揣想着燕子又该归来，结果真的飞回了。它们先是有些迟疑地徘徊了一阵，然后在旧巢上停下来，双双紧靠在一起。"欲住"二字甚妙，写出了燕子初回旧地的生怯。燕子打量着天花板，"又软语，商量不定"，这一句极为传神。词人赋予燕子以人性，也就是灵性；既是鸟通人情，更是人知鸟性。一转眼，却见燕子飞出去，极为轻捷地掠过花树枝头，深绿色的尾翼把枝头红影蓦地剪开。燕子飞行本领之高超于此可见。

下阕写燕子之乐与思妇之愁。花间小径上，春草初生，泥土沁润。快活的燕子贴地飞行，你追我赶，相互比谁最轻灵。词人用"芹泥"二字暗示着燕子既玩耍也衔泥补巢。它们玩了一整天，繁花绿柳看了个够，直到黄昏降临。"柳昏花暝"极为精炼，"看足"极富动感，简练地写出天色正晚，又暗示燕子玩了一整天。一归巢，燕子就沉沉睡去，完全忘却了天涯游子托的书信。"应自栖香"句真如天外飞来之神笔，充分体现了作者独具匠心。结句则写托书人的妻子，双眉都愁皱了，她天天倚栏，痴痴地等待着"天涯芳信"。表面虽似在怨燕子，事实上却传达了春草又绿而王孙不归的怨怀。由燕到人，转换得自然而巧妙。

临 江 仙

闺 思

愁与西风有约，年年同赴清秋。旧游帘幕证扬州。一灯人著梦，双燕月当楼。　　罗带鸳鸯尘暗淡，更须整顿风流。天涯万一见温柔。瘦应因此瘦，羞亦为郎羞。

【赏析】

自从宋玉发出"悲哉秋之为气也"的慨叹，秋便与愁联系在一起。千载而后的文人仍然如此。只不过引发各人悲怀的具体原因不同罢了。

一开头，作者就绝对肯定地说："愁与西风有约"，要不然它们为什么会"年年同赴清秋"呢？人在情绪低落的时候最容易忆起往事。词人想起了当年游历扬州时所结识的女子。自别后，二人何曾再聚首？他想象着在静寂的深夜，孤灯独明，她正在做着团圆梦，而窗外却一轮月满，燕子双栖。作者以自然界的圆满反衬人的孤单，凄楚之情虽未明说却感人至深。

下阕作者继续想象着。尘土使她罗带上绣的鸳鸯图案变得暗淡无光了，可见她很久就无心修饰自己了。古语说："女为悦己者容"，因此从"鸳鸯尘暗淡"可以看出她对他的痴情。虽然音讯杳然，她还是心中抱有一线希望：他说不定哪一天会突然回来。正是这种万里盼将归的急切渴望使她消瘦，同时也替久不归来的游子感到羞愧：他是男子，却忍心丢下她一个人孤单单地苦熬日子！

此词写得较为工巧。"一灯人著梦"及"瘦应因此瘦"两句看似平常却经过锤炼，不是信口可说出者。表现思妇之愁苦也没有直说，而是通过人缺月圆燕成双以及尘暗鸳鸯带，从侧面暗示烘托，颇有含蓄蕴藉之致。

玲珑四犯

雨入愁边，翠树晚，无人风叶如剪。竹尾通凉，却怕小帘低卷。孤坐便怯诗悭，念后赏、旧曾题遍。更暗尘，偷锁鸾影，心事屡羞团扇。　　卖花门馆生秋草，怅弓弯，几时重见。前欢尽属风流梦，天共朱楼远。闻道秀骨病多，难自任，从来恩怨。料也和、前度金笼鹦鹉，说人情浅。

【赏析】

这首词写别后情人的凄苦与无奈。

盛夏的一个傍晚，一阵急雨使本来就忧愁的女主人公更加愁闷。静悄悄的，没有人陪伴她，只有枝头的绿叶在风中自在摇曳。开头便交代时间和环境。下雨时，屋中反倒郁闷，她明知屋前的一片竹子能产生凉气，却不敢卷起小帘。因为竹子生机正盛，翠色欲滴，而自己却红颜愁损，两相对照该多么难堪！一人枯坐，诗情也悭吝得不来光顾，而当年，他们在一起时，题了多少诗！更难堪的是，细尘不知不觉地把当年象征夫妻永聚的鸾凤图案遮掩住了。从这里可以看出夫妻分别是多么长久，而女主人公的思念又多么执著。她想象着夫妻重聚时的情景，想到热烈处不禁满面飞红，虽然旁边无人，还是赶紧用团扇遮住自己。

上阕细致地写出了闺妇的孤苦思恋，那么天涯游子的心又该如何呢？"卖花门馆生秋草"，可见一年韶光又将尽。望着天边一弯月亮，他满心惆怅。何时再能相见，他也没有把握。从前的欢爱好像一场梦，而现在那女子住的彩楼远在天边，他又如何能够轻易地回到她身边呢？有消息说她常生病，他确实清楚她生病的原因就是他们之间的恩恩怨怨。他推测，她一定在对鹦鹉诉说他的感情太浅。是他感情太浅吗？当然不是的。可他又怎么能将自己的苦衷跟她讲清楚呢？这最后一句包含着多少凄楚与无可奈何！

古代交通不发达，多少男子离乡求取功名，妇女在家独居。往往新婚燕尔，便不得不洒泪分离，再相见又不知到什么时候。所以文学中写离愁别恨的作品便特别多。闺妇们往往抱怨男子寡情，其实男子也有苦衷，这首词即写此。

蝶　恋　花

二月东风吹客袂，苏小门前[①]，杨柳如腰细。蝴蝶识人游冶地，旧曾来处花开未？　　几度湖山生梦寐，评泊寻芳，只怕春寒里。今岁清明逢上巳[②]，相思先到溅裙水。

【注释】

①苏小：六朝时南齐著名歌妓，后世诗人多有歌咏之作。这里代指歌妓。

②上巳：农历三月上旬的一个巳日（所以叫上巳），古人到水边驱除不祥，叫做修禊。但自曹魏以后，把节日固定为三月三日。后来变成了水边饮宴、郊外游春的节日。

【赏析】

南唐后主李煜《清平乐》词云："离恨恰如春草，更行更远还生。"他是亡国之君，抒发的自然是故国之思。同是春恨，史达祖心中浮现的却是对故乡家中妻子的思念。

"二月东风吹客袂"，语句简练，传达的信息却很丰富。时间已是二月，东风拂过，吹面不寒。客居他乡的词人衣袖被风掀动，他意识到又是一年春来，而自己却寒滞难归。心里烦闷，只好去青楼销忧。那里"杨柳如腰细"，繁花引来蝴蝶，就好似它们也"识人游冶地"似的。词人不禁暗想：故园花开了没有？"旧曾来处花开未？"一句源于王维《杂诗》："君自故乡来，应知故乡事。来日绮窗前，寒梅著花未？"看似平淡，却包含了非常强烈的故园之思。

下阕一开始就沉挚地说自己早已厌居都市了，几度梦想去湖山寻芳，却又因春寒料峭而作罢。今年历书上恰巧把清明和上巳安排在一起，词人不免和众人去郊外踏青，到水边宴饮。春天的两个节日重合，游人之熙攘，宴乐之热闹自是可想而知。但词人的故园之恋却未被冲淡，他的如水柔情早已流到了故乡那条小河，独守空闺的妻子能体会到吗？作者没有说。

这首词小巧，出语貌似平淡，却有深情蕴于其中，颇耐涵咏。

夜 行 船

正月十八闻卖杏花有感

不剪春衫愁意态，过收灯①、有些寒在。小雨空帘，无人深巷，已早杏花卖②。　　白发潘郎宽沈带③，怕看山，忆它眉黛。草色拖裙，烟光惹鬓，常记故园挑菜④。

【注释】

①收灯：古代在农历正月十五夜放花灯，常通宵达旦，明如白昼。开元二十八年唐玄宗令改至二月十五夜，以避雪。又叫烧灯，燃灯。

②杏花卖：杏花开于初春，人们往往把它看做报春使者。高观国《杏花天·杏花》："玉坛消息春寒浅"，即一例。陆游七律《临安春雨初霁》中有"小楼一夜听春雨，深巷明朝卖杏花"的诗句。

③"白发潘郎"句：晋代诗人潘岳《秋兴赋·序》中说"余春秋三十有二，始见二毛"，后人便以潘鬓为中年鬓发初白的代词。南朝梁诗人沈约在《与徐勉书》中说自己因为多病而腰围减损，后人因以沈腰为身体瘦损的代称。

④挑菜：唐代风俗，农历二月初二日曲江拾菜，士民游观其间，谓之挑菜节。

【赏析】

春节已过，烧灯节已过，虽说江南春早，现在却仍是春寒料峭。词人也就没有去剪裁轻便的春衫。上阕一开始，就写出了居住在都市中的人们对春天的反应迟钝。细雨使空气变得湿冷，砭人肌骨，因此人们都蜷缩在屋内，城市笼罩在一片静寂之中。但就在这无人的深巷，却一清早就传来了卖杏花人的吆喝声！这分明是报告着春天的来临。词人的惊喜之情从他不动声色的描述中透露出来。

词人的心情是复杂的。他虽然为春来而欣喜，却怕看山色又绿的景象。这岂不矛盾？他解释说自己人到中年，白发两鬓，又因多病多愁而衣带渐宽，因此那如少女眉黛一般的青山只会增添自己的伤感。词人既说他"怕看山"，下句却又讲山坡上的青草像少女拖曳在地上的绿罗裙，淡烟雾霭像少女的云鬓惹人怜爱，这岂不又是一重矛盾？但"常记故园挑菜"一句，却让我们恍然大悟：词人是在回忆自己少年时在故乡初春的情景。上了年纪的人喜欢回忆小时候的事，来逃避今日的衰颓，但青春的回味恐怕要使人更加伤感。

这首词情意曲折婉转，词人却很好地将其复杂心情传达给读者。

高观国

【作者介绍】

高观国，字宾王，号竹屋，山阴（今浙江绍兴）人。生卒年不详，年代约与姜夔（约 1155—约 1221）相近。

高词多写男女恋情，抒发闲适心情，芳菲缠绵，尤以咏物为工。其词句琢字炼，格律谨严，风格婉丽，受姜夔影响，被称为白石羽翼。又与史达祖同为吟社词友，交谊厚密，叠相唱和，竹屋、梅溪一时并称。对高词历来评价甚高，今存《竹屋痴语》一卷，收词一百零八首。

杏　花　天

杏　花

玉坛消息春寒浅，露红玉、娇生靓艳。小怜鬓湿胭脂染，只隔粉墙相见。　　花阴外、故国梦远，想未识、莺莺燕燕。飘零翠径红千点，桃李春风已晚。

【赏析】

诗词是抒发情感的一种手段，具体做起来又有多种抒情方式，托物言态即是其一。咏物时，诗人的主观情感投射到外物上，使"物皆著我之色彩"。

二月杏花开，这时寒气渐退，因此作者开头便说："玉坛消息春寒浅，"好像杏花是传达春信的使者。在他眼里，杏花简直就是一个妖艳的女子，她卸掉冬日的层层包裹，露出了红玉般的双靥，美丽极了，似乎刚抹了胭脂，因为两鬓犹存湿润。作者用比拟的修辞方法，以杏花比美女，又描写了美女的艳丽，杏花就给人产生了鲜活美丽的印象。"只隔粉墙相见"说明作者是在园外看到了初开的杏花。

杏花本是寻常物，但在北宋社稷倾覆、二帝被掳北去途中，徽宗含着血泪赋《燕山亭·北行见杏花作》，极为凄苦悲凉，这就使杏花与亡国之痛联系在一起。因此下阕作者便也一般性地歌咏杏花转到故国之情上。南方已暖，北地犹寒，莺燕一类的春鸟要到春风吹遍、桃花盛开时才能飞回。那时花间小径上已是翠绿一片，而千点红杏则是落英满地，"零落成泥碾作尘"了。因此作者非常伤感地叹道："桃李春风晚"，这仍是寄托其故国之思。

春来杏花发，本来是很平常的景观，但词人巧妙地融入历史血泪，使咏物别有寄托，引人动情，引人深思。

江　城　子

代　作

绿丛篱菊点娇黄，过重阳，转愁伤。风急天高，归雁不成行。此去郎边知远近，秋水阔，碧天长。郎心如妾妾如郎，两离肠，一思量。春到春愁，秋色亦凄凉。近得新词知怨妾，无处诉，泣兰房。

【赏析】

这首"代作"词，以闺妇的口吻抒发对游子的思恋。

思妇的目光落在篱边，一丛细竹犹是翠绿，初绽的菊花被衬托得非常娇美。季节已到暮秋，菊花又能开放多久？敏感的女主人公心情不免"转愁伤"。她抬头仰望，却见"风急天高，归雁不成行"。古代人传说可以系书雁足传给远方亲人，李清照就有"云中谁寄锦书来？雁字回时，月满西楼"的词句。当时交通不发达，书信往来很费时间，人们便以为是"秋水阔，碧天长"，路途遥远之故。上阕最后一韵由晏殊《蝶恋花》"欲寄彩笺兼尺素，山长水阔知何处"变来，只是语气更急促直率。

外有旷夫，内有怨女，他们的离愁别恨相同，因此下阕便说：

"郎心如妾妾如郎,两离肠,一思量。"晋代作家江淹说出了多少离人的感受:"黯然消魂者,唯别而已矣!"恨别之情最易产生,也最强烈。闺妇的感觉正是这样。她"春到春愁,秋色亦凄凉"。等了很久,终于收到了丈夫的书信,里面却是责怪她,她的委屈无处诉说,只有去花房对兰低泣,让幽雅高洁的兰花作证了。

这首词模拟思妇的口吻,抒情朴直诚挚,成功地写出了闺妇对丈夫的强烈思念以及有苦难言的委屈心情。

卢祖皋

【作者介绍】

卢祖皋,生卒时间不详。字申之,又字次夔,号蒲江,浙江永嘉人。庆元五年(1199)进士,嘉定十六年(1223)权直学士院。有《蒲江词》。

西 江 月

燕掠晴丝袅袅[①],鱼吹水叶粼粼。禁街微雨洒香尘,寒食清明相近。　漫著宫罗试暖,闲呼酒社酬春。晚风帘幕悄无人,二十四番花讯[②]。

【注释】

①晴丝:虫类所吐的丝,常飞扬空中,通称游丝,也叫晴丝。
②二十四番花讯:由小寒到谷雨共八个节气,一百二十日,每五日为一候,计二十四候,每一候应一花讯。

【赏析】

古代作家往往多愁善感,发而为诗词,其中也充满哀叹,因此这首词所表露出来的淡雅欣喜自然让我们感到新鲜。

春寒已经消退,人们出去踏春。满目春色,词人却只描绘了两样:"燕掠晴丝袅袅,鱼吹水叶粼粼。"多么富有生机和情趣!这两句对仗工整，从中也可见出词人观察之细致。春天空气干燥，风吹过，人马踏过，都会扬起尘土，又因空气中弥漫着花香，尘土也有了香味，所以词人称为"香尘"。一阵微雨轻洒落，空气又变得非常清爽洁净，词人的欣喜之情便可想而知。

下阕转而写春天里人们的欢快。女人们翻出了在箱箧中压了一年的轻罗衫，男人们则呼朋唤友去饮酒酹春。"漫著"、"闲呼"两句白描，抓住了特征，准确生动地写出春来后人们的特有举动，而快乐从中流溢出来。第三句说傍晚"悄无人"原来是人们出去游玩，流连忘返，只有吹面不寒的杨柳风轻轻拂动帘幕。词人立即补白一句：这不是风，而是报告二十四番花开的花讯呢！这个结尾很妙，有着丰富的潜台词。一般词人都感叹春天短暂易逝，这里用"二十四番花讯"便给人以春天很长的感觉，而且一番花落，又有一番花开，词人的欢快便很自然地表现出来。

乌 夜 啼

柳色津头泫绿，桃花渡口啼红。一春又负西湖醉，离恨雨声中。　　客袂迢迢西塞，余寒剪剪东风。谁家拂水飞来燕，惆怅小楼空。

【赏析】

这首词写游子的惆怅。

津头、渡口，寄托了人的多少希望，又给人带来多少感伤？春来，柳树翠绿欲滴，桃树上红花灼灼。开头两句对仗工整，描绘了一幅渡头春色图。由眼前所见，词人联想到西湖。那里的春景更好，而自己却不能游赏其间，他感到自己"一春又负西湖"。他是浙江人，在这里便把西湖看做是故乡山水的象征。因此他满怀感伤，便饮酒大醉了。词人的愁绪本来就剪不断，理还乱，窗外淅沥的春雨更让人心烦。这是写春来引起了词人的感伤。

下阕首句"客袂迢迢西塞"说自己客居异乡，又用"迢迢"二字给人造成路途极为遥远的感觉。同时暗示自己难以回家。一阵阵东风拂过，满心喜悦的人会感觉到"吹面不寒"，但敏感而伤情的词人却觉得仍是寒意很浓。这和他心底的忧郁是合拍的。词人想象着在故乡，燕子飞越万水千山而回，但它们却为小楼空寂而惆怅了。小楼何以空？男主人（也就是词人自己）远游异地，那么女主人呢？"空"字暗示出她已经不在了，也许就是天人永隔。燕本无心，词人说它们"惆怅小楼空"，其实是他自己在惆怅。他把自己的情感推广到燕子身上，正可以见出他惆怅之深且难以排遣。

林正大

【作者介绍】

林正大，生卒年不详。字敬之，号随庵，浙江永嘉人。开禧（1205—1207）中，为严州（今浙江建德、淳安、桐庐一带）学官。著有《风雅遗音》，多为以词改写他人诗文之作。

括满江红

　　为忆当时，沉醉里、青楼弄日。闲想象、绣纬珠箔，魂飞心折。羞向姮娥谈旧事，几经三五盈还缺。望翠眉、蝉鬓一天涯，伤离别。　　寻作梦，巫云结①。流别泪，湘江咽②。对花深两岸，忽添悲切。试与含愁弹绿绮③，知音不遇弦空绝④。忽窗前，一夜寄相思，梅花发。

【注释】

①巫云：《文选》中有宋玉《高唐赋》记楚王梦与神女欢会，神女辞别时说："妾在巫山之阳，高丘之阴。旦为朝云，暮为行雨。"后来以此指男女欢会。

②湘江咽：晋张华《博物志·史考》："尧之二女，舜之二妃，曰湘夫人。舜崩，二妃啼，以涕挥竹，竹尽斑。"又明王象晋《群芳谱》说："世传二妃将沉湘水，望苍梧而泣。"

③绿绮：琴名。西汉司马相如弹琴而卓文君心动，二人结为夫妇。

④知音：《吕氏春秋·本味》记伯牙善鼓琴，钟子期善听琴，钟子期死，伯牙破琴绝弦，终身不复鼓琴。后世因谓知己为知音。

【赏析】

这首词是对玉川子《有所思》的改写，抒发别后对美人的热切思念。

上阕是对过去爱情的回忆和别后难聚的感伤。又见一轮月满，流落异地的文人不禁回想起当日饮酒半酣，二人并立窗前赏月的情景。他们在一起的日子多么快活！因此一想到她居室的美丽装饰，他便"魂飞心折"了。明月几回圆缺，而今他一人独对，简直都有些怕提旧事。往日的欢爱只会使人倍觉现在的孤凄难忍。明月满天，远方的人会与自己"千里共婵娟"吗？他不清楚，充满心中的只有离愁别恨。

下阕写自己深愁的无以排遣。身无彩凤之双翼，不能飞回爱人身边，就只好寻求梦里相会，但巫山云雨梦难成。心痛泪落，连那曾目睹娥皇、女英之哭的湘江也为他呜咽。由这夸张语可见他爱恋之深。两岸江花红胜火，一片勃勃生机，未能使他愉快起来，反倒增添了他的悲切。想效司马相如弹琴，弦都弹断了还是看不见自己的知音，他的悲愁简直无法排遣了。到此为止，述说的一直是自己的深切思恋。她是不是也在思念自己，他不知道，一夜的辗转无眠，到清晨有一股暗香袭来，抬头却见一枝梅花正开窗前。他又惊又疑：这便是她么？结尾一句，笔法、情感都陡转，颇有柳暗花明的效果。

洪咨夔

【作者介绍】

洪咨夔（？—1236），字舜俞，号平斋，於潜（在今浙江临安县境内）人。嘉泰二年（1202）进士，累官刑部尚书、翰林学士、知制诰，加端明殿学士，提举万寿观，卒谥忠文。有《平斋词》一卷，以淡雅见长，有时也仿苏辛，体颇清畅。

南 乡 子

　　风雨过芳晨，多少愁红恨紫尘。两点眉尖凝远碧，纷纷，又被杨花误一春！　　金凤压娇云，睡起纱窗背欠伸。心事欲言言不尽，沉沉，乳燕雏莺触拨人。

【赏析】

　　上阕写暮春时节。一夜的风风雨雨，清晨起来会有多少娇红零落在泥泞里！风雨落花是自然界里很平常的现象，但在一个独守空闺的敏感少妇眼中，萎落的不是花，而是自己美丽的青春！这怎会不使她触目惊心？因而她认为落花满怀忧愁，怨恨自己委弃尘土的命运。这种感觉正是她移情于花的结果。凝眸远眺，花纷纷飘落。这里用"纷纷"二字，写出了落花之繁多。闺妇的复杂心理活动略而不说，给读者留下想象的余地。她心中千头万绪，一声长叹脱口而出："又被杨花误一春！"表面上是抱怨杨花，实际上却是责怪那杨花一般薄情的郎君。青春一去不会回来，他竟然忍心让自己光阴虚度，整日里茕茕孑立，形影相吊。

　　下阕写她起床梳洗，她装束得很美，金凤钗插在娇云一样的柔发上。女为悦己者容，她打扮又是为谁呢？心中烦忧，夜里频醒，因此到天明她仍然慵倦不堪。开头两句纯用白描，但人物心理却分明可感。下来说她"心事欲言言不尽"，为什么呢？"沉沉"，也就是心事太多太深，反倒无从说起。更难堪的是窗外乳燕双飞，雏莺偕翔，怎不让人倍觉孤凄呢？

　　这首词以白描见长，用语简练而蕴藉，有韵外之致。

眼 儿 媚

　　平沙芳草渡头村，绿遍去年痕。游丝上下，流莺来往，无限销魂。　　绮窗深静人归晚，金鸭水沉温[①]。海棠影下，子规声里，立尽黄昏。

【注释】

①金鸭：金属制的鸭形香炉。

【赏析】

这首词写闺妇思念不归之人，写得含蓄蕴藉。

上阕一开始即点出地点是渡头村。既是渡口，则丈夫远行是从这里起，回家出必是从这里登岸。人们说"春草绿而王孙归"，但现在正经春深，河边一片平沙上，芳草也"绿遍去年痕"了。满怀期待的女主人公望眼欲穿，却看不到丈夫的身影，只见空中游丝轻拂，成双成对的黄莺上下翻飞欢鸣。这种欢乐景象不仅没有给她带来欢乐，反而更让她心中难受。

下阕开头一句"绮窗深静人归晚"，暗示了女主人公在渡头翘首等待了一天，直到暮色苍茫，她才满心失望地回到那幽深寂静的屋中。她点起几支香烛，插在做成鸭子形状的香炉里。香烟袅袅，鸭形香炉在眼前渐渐幻成真的鸭子。苏东坡诗说"春江水暖鸭先知"，自己所思念的人难道没有发现春回大地了吗？走出屋，她要在"海棠影下，子规声里，立尽黄昏"。连理海棠是永不分离的爱情的象征，子规不断地呼叫着"行不得也，哥哥"，她不怕心情更难受吗？作品到此顿然收束，留下了一幅鲜明的图画，也造成了悠长的意境。

方千里

【作者介绍】

方千里，生卒年不详，三衢（今浙江衢县）人。曾任舒州签判。有《和清真词》。

少 年 游

东风无力飐轻丝，芳草雨余姿。浅绿还池，轻黄归柳，老去愿春迟。　　栏干凭暖慵回首，闲把小花枝。怯酒情怀，恼人天气，消瘦有谁知？

【赏析】

上阕一开始就描写常见的游丝："东风无力飏（飞扬）轻丝"。"东风无力"是说春风非常轻柔和煦，似乎连细细的游丝也不能吹动，一场春雨后，芳草萌出绿芽，只见"浅绿还池，轻黄归柳"，大有绿满天涯之势。词人用了"还"和"归"两个动词，似乎绿色是出远门的人，又回到家来。到此为止，词中一直洋溢着一股轻快的情绪。作者却出人意料地以"老去愿春迟"一句结束上阕，不免让人诧异。细想一下，春天或已回归，而人的年华却如流水一去永不回头，因此他的心情便可以理解了，而且"还"、"归"两路也为这种感情陡转做好了铺垫。

下阕写词人的情怀。他凭依栏杆，想让春阳驱走寒意。他说自己"慵回首"，其实是怕回首。回首前事，只会增加伤感，不回首不过是想逃避心中的伤感。"闲把小花枝"表面上看很幽雅闲适，其实更多的是一种无可奈何。精神的委顿使他见酒生怯，从今日的怯酒可以想见他往昔的豪饮。春天里阴晴无定的天气也让他恼恨，而当年可能是对此全不在意的。更难堪的是由于老病而日见消瘦，但又有谁知晓呢？词人的孤苦凄凉由此可见。

这首词先制造了快乐的春天的印象，随后以一句陡转将幻影戳破，让人知道他的真正感受。在下阕对今日情状的描绘中又暗寓了今昔对比，非常含蓄。

岳　珂

【作者介绍】

岳珂（1183—1234），字肃之，号倦翁，汤阴（今属河南）人，岳飞之孙。著有《金陀粹编》、《桯史》、《愧郯录》、《玉楮集》等。今存词八首。有的壮烈有祖风，有的则以明畅雅洁见长。

满 江 红

小院深深,悄镇目、阴晴无据。春未足,闺愁难寄,琴心谁与①?曲径穿花寻蛱蝶,虚栏傍月教鹦鹉。笑十三、杨柳女儿腰,东风舞。　　云外月,风前絮;情与恨,长如许。想待窗今夜,为谁凝伫?洛浦梦回留佩客②,秦楼声断吹箫侣③。正黄昏时候,杏花寒,帘纤雨。

【注释】

①琴心:西汉司马相如用弹琴传达心意,向卓文君求爱,世称"琴心"。后以指表达爱情。

②洛浦留佩客:指曹植,他在《洛神赋》中备述洛水女神之美,说"余情悦其淑美兮","解玉佩以要之"。

③秦楼吹箫侣:古代传说箫史善吹箫,能以箫作鸾凤之音。秦穆公女弄玉,也好吹箫,穆公将她嫁给箫史,并筑凤台给他们住。数年后,弄玉乘凤,箫史乘龙,升天而去。

【赏析】

这首词写闺妇幽独无依的怨情。

上阕写思妇愁难遣。她住在深深的庭院中,整天静悄悄的。这是通过环境描写来表现她的孤寂。她的心情则如初春的天气一样阴晴无定,这个比喻非常形象地表现出了抽象的心境。春意未浓,大雁不归,自己的一片深情寄托给谁呢?这又表现了她的百无聊赖,于是她只好去花间小径上追捕蝴蝶,或者在栏杆边教那鹦鹉说话来打破这死一般的静寂。因此当她看到柔弱的杨柳在风中摇曳生姿,婀娜得就像十三岁少女的细腰,不禁有些哑然失笑:你们初解风情,满怀热望,到头来也会和我一样有苦难言了。在一刹那的直觉里,思妇把杨柳与少女两种形象合而为一了。以上通过对动作、表情的描画把闺妇的复杂心情写出来。

下阕是词人对此的感慨与评论。他先干练地推出两个意象:"云外月，风前絮"，这是写景么？作者紧接说："情与恨，长如许。"这样我们就得把它们连起来理解。云后的月亮，时掩时出；风中的柳絮，有时飘然若飞，有时又被游丝纠缠。爱与恨不也常常如此吗？有时恨，有时爱；爱愈深，恨愈深，反之亦然。两相交织，真是剪不断，理还乱。这是词人油然而生的感叹。下来他推想：今夜里，她辗转无眠，只好伫立窗前望月，却是为谁呢？随后他自己答道：是梦想那如留玉佩给洛神的曹子建般深情的郎君吧，是梦想着有朝一日夫妻团圆，便如那吹箫的仙侣萧史、弄玉一样快活吧。梦想使人神驰，但现在的孤寂却要一分一秒地捱。在那幽深的小院，这时候正是黄昏，暮寒笼罩着娇弱的杏花，细雨飘洒在帘栊上，全词到此戛然而止，干净利落。而这最后的意象却造成了新的开始，引人进一步去想象，体味。

许 玠

【作者介绍】

许玠，生卒年不详。字介之，襄邑（今河南睢县）人。端平三年（1236），以荐补初品官衡州户掾。有《东溪诗稿》，不传。《全宋词》收词一首。

菩 萨 蛮

西风又转芦花雪，故人犹隔关山月。金雁一声悲[①]，玉腮双泪垂。 绣衾寒不暖，愁远天无岸。夜夜卜灯花，几时郎到家。

【注释】

①金雁：即秋雁。在五行之中，金在方位上对应于西，在季节上对应于秋，故有金天、金风、金秋、金雁等词。

【赏析】

一般说来，词里写思妇多选择春季，这首词却将时令放到秋天。

秋风瑟瑟，本来已使人顿生凉意，而雪白的芦花在风中飞舞，初看还让人以为是飘雪了呢。"西风又转芦花雪"写出了由秋风初起到芦花满天的变化，也就是风力渐劲。一个"雪"字既形容了芦花之洁白和飘逸，又让人联想到真的雪，也寓含了一年光阴又将尽之意。时间流逝如此迅速，而故人（其实就是丈夫）仍然远隔千山万水，这就难怪闺中少妇听到秋雁的一声悲鸣而泪落两腮了。上阕是说秋风秋雁引起了思妇的伤感。

下阕写她的愁怨和期望。夜里寒气逼人，她孤弱的身体怎么也不能把被窝暖热，这就使她更加感到自己的孤独与凄凉。作者说她"愁远天无岸"，也就是说她的忧愁就像天空一样无边无际。这句话意义密度很大。本来人们说愁如水，像海一样浩渺，但海还是有尽头的。于是由天、海颜色的相似而把天想象成无边的大海。的确，还有什么比天大更能形容愁苦的广大呢？这个推演过程被省略，作者只用五个字就说明了。虽然满怀愁怨，思妇并未放弃希望，她"夜夜卜灯花"，想知道"几时郎到家"。

通篇看，这首词晓畅易懂，但词人的巧思我们应多加体会。

黄　机

【作者介绍】

黄机，生卒年不详。字几仲，一作几叔，浙江东阳人。曾仕宦州郡，与岳珂酬唱。其词学辛弃疾，沉郁苍凉，又不失清幽风雅。有《竹斋诗余》一卷。

菩　萨　蛮

相思绕遍天涯路，相思不识行人处。多病怕逢春，那堪春正深。　　日高梳洗懒，鸾镜香尘掩。双鬓绿蓬松，一帘花信风。

【赏析】

一摊开这首词，便有几声强烈的喟叹传到我们的耳鼓："相思绕遍天涯路"，情感是那么浓烈，抒情又是那么真率，让人不免讶异。相思这种抽象的心理活动，似乎变成了有情的青鸟，急速地飞遍天涯异路，却终于找不到远行人今在何处。人多愁也就多病，多病更添烦忧。这种心情是怕见春光的。令人难堪的是现在春花正盛，春已过半，而自己却是青春空度，怎不惆怅！

上阕一声声深沉的感慨，使人们感动不已。犹如中国传统戏剧中，有些角色尚未出场，声音已从幕后传出。下阕幕布徐徐拉开，闺妇终于出台亮相。太阳已经升高，她却无心梳洗打扮，那明洁的铜镜也因为不常擦拭而落满细尘，平日她最精心收拾的头发也是蓬乱着，这些既是对思妇形态的描绘，又是对上阕心理描写的补充。一阵风吹过，花香透过竹帘弥漫屋中，传达了花开的消息。花且有信，人呢？

这首词虽然短小，艺术上却相当讲究。上阕是直接的呼告，以声动人；下阕则是情态的描绘，以形动人。而深情却流溢于字里行间。上阕几乎把话说尽，不留余地，下阕纯用白描，让人仔细品味。

临 江 仙

寒食清明都过了，客中无计留春。东风吹雨更愁人。系船芳草岸，始信是官身。　　怅望故园烟水阔，几时匹马骎骎①？别肠何止似车轮！殢天天不管②，转作两眉颦。

【注释】

①骎骎（qīn）：形容马跑得很快的样子。
②殢（tì）：引逗，烦扰。

【赏析】

这首词是作者在异地任职时，因春来而生故园情时所作。

开头便指出了词作的时间,"寒食清明都过了",春天很快就要归去。下一句说"客中"道出了他是身在异乡。从"无计留春",可以知道词人千方百计想留住春归的脚步,终于无可奈何地眼看着春天一刻刻远去,作者的惜春之情可以想见。东风吹雨,枝头上花落得更多,春天也就归去更疾,因此风雨更给词人添愁。他多想追上春天的脚步,一只行舟就系在岸边,待到要解缆绳时才想到自己竟是"官身",身不由己随后而来的更加失望和伤感,作者没有说,留待读者想象。

下阕写词人思归而不得。我们读过许多闺怨之作,思妇们总是抱怨游子不归。难道他们忘记了家乡和家中的亲人吗?这首词让我们知道了他们是欲归而不能。异地和故园之隔山阔水长,目力难及,词人仍然怅望不已。他多盼望有朝一日能快马加鞭飞返故乡!闺中少妇不解游子苦衷,抱怨他们心硬情薄,其实不然,古诗云:"愁肠如车轮,一日千百转。"词人说自己"别肠何止似车轮",意思更进一步。欲归不能,他只好求助于天,但"天意从来高难问",根本不管这样的事,这时,须眉男儿不禁也要"转作两眉颦"了。

这首词写出了游子思归而不得的无奈与伤感,着意突出了内心愿望与外界环境的矛盾,使人产生同情。

刘克庄

【作者介绍】

刘克庄(1187—1269),字潜夫,号后村,福建莆田人。以荫入仕,淳祐(1241—1252)中赐同进士出身,官至工部尚书兼侍读,以龙图阁学士致仕。

刘克庄词以爱国思想内容与豪放的艺术风格见称于时,被认为"与放翁、稼轩,犹鼎三足"(冯煦《宋六十一家词选例言》),但他也不乏清切婉丽之作。有《后村先生大全集》196卷。

清 平 乐

赠陈参议师文侍儿

宫腰束素,只怕能轻举。好筑避风台获取①,莫遣惊鸿飞去②。　　一团香玉温柔,笑颦俱有风流③。贪与萧郎眉语④,不知舞错伊州⑤。

【注释】

①避风台:汉成帝为宠妃赵飞燕建筑的七宝避风台。宋代乐史《杨太真外传》:"汉成帝获飞燕,身轻欲不胜风,恐其飘蕩,帝为造水晶盘,令宫人掌之而歌舞。又制七宝避风台,间以诸香安于上,恐其四肢不禁也。"

②惊鸿:受惊而飞起的鸿燕。曹植《洛神赋》:"其(洛神)形也,翩若惊鸿,宛若游龙。"后因以比喻美人的体态轻盈,或代称美人。

③笑颦:《庄子·天运》成玄英疏:"西施,越之美女也,貌极妍丽,既病心痛,矉眉苦之,而端正之人体多宜便,因其矉蹙,更益其美。"矉:同"颦",皱眉头。

④萧郎:原指称帝以前的梁武帝萧衍。后诗词中常指女子的恋人。如唐代崔郊《赠去婢》:"侯门一入深如海,从此萧郎是路人。"

⑤伊州:唐代州名,辖境相当于今新疆哈密地区。隋唐时西域音乐在中原盛行,天宝以后乐曲常以地方为名。在这里即是指伊州传来的乐舞。

【赏析】

这首词写给一个妖媚的侍女,赞扬她的体态之轻盈,情态之可爱。

上阕先说她有一个让女子们艳羡的细腰,又穿着素洁的衣裙,走起路来轻飘飘的,自然让人想到那个身轻似可随风飘动的著名美女赵飞燕来。作者继续发挥说:对这样轻不胜风的女子,真是应该像汉成帝为赵飞燕一样筑一个七宝避风台来安置,以免她像受惊的鸿燕一样飞走。"惊鸿"是曹植《洛神赋》中写洛神的词句,这里借用来夸赞侍女的体态轻盈。

描写如果停留于此,则与绢做之美人、纸画之娇娥无异,美则美矣,惟少生气耳,难以动人。所以下阕词人便着力描绘她情态之娇媚。作者说她面如一团玉,但却有香气,因而充满了温柔。她与西施一样无论启颜轻笑或皱眉不乐都让人觉得可爱。这里他又把侍女比做西施。接下来他说此女美而多情,在跳舞时还不断地与情郎(陈参议?)以眉眼传情,舞步渐渐赶不上乐曲,可她还不知道呢。

"贪与萧郎眉语,不知舞错伊州",将一个多情的美女活灵活现地展示在读者面前,到此才完成了对侍儿形象的刻画。

生 查 子

元夕戏陈敬叟①

繁灯夺霁华②,戏鼓侵明发③。物色旧时同,情味中年别。浅画镜中眉,深拜楼西月。人散市声收,渐入愁时节。

【注释】

①陈敬叟:陈以庄,号月溪,建安人。刘克庄诗文之友。
②霁华:明月。
③明发:天发明,即天亮。

【赏析】

这是一首游戏之作,因陈敬叟与作者很熟悉,他自然不会把戏语当真。

写词的时间是元夕,即元宵。旧俗此夜张灯为戏,满城人皆上街游玩,非常热闹。

作者一开始先描绘了元夕的纷繁热闹。三五月圆,可是辉煌灿烂的灯火却使明亮的月光黯然失色,也就是"花市灯如昼",那时缓时急的戏鼓直到清晨还在不停地敲打着,可见市人游赏了一个通宵。这种情景年年都有，今年与以往一样，也就是"物色旧时同"，而"情味中年别"，不同的却是年岁渐长，已到中年，感受自然不比少年。

是谁在发这样的感慨？下阕把人渐渐推出：她对镜浅浅地画了眉，又对着已经偏西的月亮深拜了几下，希望它下落得慢一些。月亮终于西沉，天也渐渐地高了，观灯看戏的人都散去，街市上也渐渐静寂下来。忧愁却从女主人公心头慢慢生发出来。她是担心这一年里再难见情人，还是想到从此又要在寂寞深闺中度日？作者隐去这些，留待读者想象。

刘克庄向以豪语见长，这首词却写得清隽婉曲，绘景写情，比较成功。

严　仁

【作者介绍】

严仁，生卒年不详。字次山，号樵溪，福建邵武人。他与严羽、严参并称为"邵武三严"。有《清江欸乃集》一卷，今已失传。其词多写男女爱情，明艳工丽。黄升谓其词"极能道闺闱之趣"（《花庵词选》）。

南　柯　子

柳陌通云径，琼梳启翠楼。桃花纸薄渍冰油①。记得年时诗句，为君留。　　晓绿千层出，春红一半休。门前溪水泛花流，流到西州犹是②、故家愁。

【注释】

①桃花纸：纸名。一用以糊窗，涂以水油，透明度较好。一作笺纸。这里当用前意。"冰油"或是"水油"之笔误，或形容水油之清亮。

②西州：地名。晋宋间扬州刺史治所，以其在台城西，故称。这里指丈夫远行的地方。

【赏析】

这首词也写闺愁,但着重于思念。

上阕一开始便是远景描写:垂柳依依的田间小径与大路相连,大路又向前延伸,无穷无尽,似乎直通向天边的云中去。"云径"一词充分写出了道路的杳渺漫长。是谁的眼睛看到这般景象?原来是一个美丽的女子站在绿树掩映的楼上,当窗梳妆。窗用桃花纸糊,并且涂以水油,因此很透明。清晨她随着第一缕晨曦醒来,每当她梳洗打扮时,很自然地想起爱她、欣赏她的丈夫来。他已经离家有年,自己又有多少离情别恨要对他说。一首首诗就是自己深情的记录,等到有朝一日丈夫归来,她让他细细地读,知道自己有多么爱他,多么想他。

下阕写一场春雨过后,绿叶更加纷繁,红花却落了不少。"晓绿千层出,春红一半休",对仗工整却不板滞,恰切地描绘出了春雨后"绿肥红瘦"的自然界变化。春雨虽然不大,却也使门前的溪水上涨,万千落花在水中漂浮。思妇会因之叹息自己青春的流逝吗?作者没有说。一去不回头的小溪要流向何处?它要流到西州,那是她心上人所在的地方。从这故乡春水,他定然是可以感受到妻子的柔情、忧愁和盼归之心。

像大部分的闺愁作品一样,这首词也是从思妇的角度写的,使它没有一意渲染愁怨,而是透过闺愁写出二人之深情,可以说是别开生面。

醉 桃 园

春 景

拍堤春水蘸垂杨,水流花片香。弄花嚼柳小鸳鸯①,一双随一双。　　帘半卷,露新妆,春衫是柳黄。倚栏看处背斜阳,风流暗断肠。

【注释】

①嘈（zǎn）：叮，咬。

【赏析】

词人自注说这是描绘春景之作。

上阕写的是春水，描写了几个画面。画面一：春江水涨，水拍堤岸，垂柳的婆娑长枝又在微风中轻击水面。画面二：落花随水漂流，水似乎透出了花香。初读"水流花片"几个字，我们会以为作者是像其它许多作品一样表达伤感之情，但一个"香"字立刻打消了我们的阅读预设，也就是改变了诗意的走向，减弱了伤感情绪。画面三：在水中嬉戏的鸳鸯。鸳鸯本来就给人以成双成对的感觉，作者还要特别强调说它们是"一双随一双"，它们很悠然地"弄花嘈柳"，构成了愉悦淡雅的春水鸳鸯图。

写景是为了更好地写人。到下阕便出现了春景的主体：闺女。从"帘半卷"我们知道上面的一切都是她站在窗前看到的，而且我们也可感到她的情绪不高。只见她"露新妆，春衫是柳黄"，这却是词人的眼睛看到的。从新妆我们可以想到她年轻、爱美，从柳黄色春衫我们知道她是生气勃勃的，表现出她对生活的热爱。作者只字未提她的丈夫，但她独守空闺却是毫无疑问的。"帘半卷"对她的心境作了一点暗示，"倚栏看处背斜阳"进一步描写。这句话包含了两层意思：一是表示时间的变化，表明她站了很久；二是夕阳西下，使人伤感，所以她不敢看，也不愿看，要"背斜阳"。最后以"风流暗断肠"一句轻轻作结，其中的心理活动略去不写。这是因为词人已经造成了人与自然的对比：鸳鸯成双与人之孤单，鸳鸯怡然自得与人之心绪烦乱；这些对比已经为最后的结语作好了铺垫。

这首词意象鲜明，心理活动从中隐现，从而构成了一幅恬淡的伤春图。

郑觉斋

【作者介绍】

郑觉斋，南宋人，生平不详。《全宋词》收其词三首。

扬 州 慢

弄玉轻盈①，飞琼淡泞②，袜尘步下迷楼③。试新妆才了，炷沉水香毬④。记晓剪、春冰驰送，金瓶露湿⑤，缇骑新流。甚天中月色，被风吹梦南州。　　尊前相见，似羞人，踪迹萍浮。问弄雪飘枝，无双亭上⑥，何日重游？我欲缠腰骑鹤⑦，烟霄远，旧事悠悠。但凭栏无语，烟花三月春愁。

【注释】

①弄玉：见岳珂《满江红》注③。

②飞琼：即许飞琼，仙女名。《汉武帝内传》："(王母)又命侍女董双成吹云和之笙，石公子击昆廷之金，许飞琼鼓震灵之簧。"淡泞：形容水色明净。这里用以形容仙女神色明净。

③迷楼：隋炀帝时，浙人项升进新宫图，帝令扬州依图起造。经年始成。其工巧弘丽，自古无有。人误入者虽终日不得出。帝顾左右曰："使真仙游其中，亦当自迷也，可目之曰迷楼。"

④沉水香：即沉香。香木，其黑色芳香脂膏凝结为块，入水能沉，故名。

⑤金瓶露湿：汉武帝迷信神仙，于神明台上作承露盘，立铜仙人舒掌以接甘露，以为饮之可以延年。这里金瓶也用如此。

⑥无双亭：在江苏旧甘泉县（今江都）东蕃釐观，以遮护自后土庙移植之琼花。后土庙琼花古称天下无双，亭名取此。

⑦缠腰骑鹤：南朝梁殷芸《殷芸小说》："有客相从，各言所志，或愿为扬州刺史，或愿多资财，或愿骑鹤上升。其一人曰：'腰缠十万贯，骑鹤上扬州。'欲兼之者。"

【赏析】

郑觉斋是姜夔一派词人，他依姜白石创制的曲子也填了这首叹惋扬州衰变的作品。

扬州曾为帝王别都，因此上阕追怀昔日的繁盛。当年迷楼有多少佳丽，她们有弄玉的轻盈，许飞琼的明艳，在迷楼中闲步，试新妆。宫中燃着名贵的沉香，香烟袅袅。一清早，使者便像运送易解的春冰一样迅速地把剪下的琼花送进宫来，金瓶也承接了不少仙露，禁卫军流布四处警卫。通过对宫中生活的追述，我们可以想见当年的国力强盛，社会繁荣。天上月色多么好，微风轻拂，人不禁要梦想这南方的繁华都市。汴京陷落，宫苑荒弃，多少人为此痛心疾首，但词人没有直接去写汴京，而是大写扬州，透过它的今昔对比，表现出《黍离》之悲来。

下阕说自己想重游扬州而终于不能。此词可能是写给一个久别的朋友，因此作者说"尊前初见，似羞人，踪迹萍浮"。何日才能重游故地呢？扬州名胜极多，词人在这里只标举了无双亭，因为这里的琼花世称天下无双，故用以指代扬州。当年他曾踏雪看花，什么时候能再访故地呢？思绪万千的词人想起了那个关于扬州的著名故事，他自己也何尝不想"腰缠十万贯，骑鹤上扬州"？但现实情况却是自己流寓异地，与扬州相隔甚远，而且，一提起扬州，便有多少感慨涌上心头（这自然包括国家变故与个人遭际），让人心情沉重起来。烟花三月，美景无限，本是上扬州的好时候，词人却"凭栏无语"，心中充满了惆怅。

这首词通过词人因扬州而生的感叹寓含了作者遭受家国之变后的深深愁怀。上阕所写之升平更增添了下阕之凄凉，而在词人的无语凭栏中，又透出作者感慨之深。

李昂英

【作者介绍】

李昂英（1201—1257），字俊明，番禺（今广州）人。宝庆二年（1226）进士，历任秘书郎、著作郎、吏部侍郎、龙图阁待制等，归隐文溪，卒谥忠简。有《文溪词》一卷。其词学辛弃疾，喜作豪语，但也有深挚婉曲之作。

兰 陵 王

燕穿幕，春在深深院落。单衣试，龙沫施薰①，又怕东风晓寒薄。别来情绪恶，瘦得腰围柳弱。清明近，正似海棠，怯雨芳踪任飘泊。　　钗留去年约。恨易老娇莺，多误灵鹊。碧云杳渺天涯各。望不断芳草，更迷香絮，回文强写字屡错②。泪欲住还阁。　　孤酌，住春脚。便彩局谁忺③，宝轸慵学④。阶除拾取飞花嚼。是多少恨春，等闲吞却。阑干猛拍，叹命薄，悔旧诺。

【注释】

①龙沫：即龙涎香。抹香鲸病胃的一种分泌物。和以其它香物，其香加烈，经久不散，可消暑毒。

②回文：即回文诗，纵横反复去读，都有意义。前秦窦滔镇守襄阳，把宠姬带到任上，和妻子苏蕙断绝了音讯。苏蕙便织锦为文，五色交错，纵横八寸，题诗二百多首，计八百余字，寄给窦滔，窦读而回心转意。

③彩局：即彩选格，唐宋时的一种博戏。忺（xiān）：高兴，适意。

④宝轸（zhěn）：琴瑟筝篌一类的乐器。轸，这类乐器腹下转动弦的木往，用以调声。这里指代乐器。

【赏析】

这也是一首闺妇春愁词。《兰陵王》为长调，共有三阕。

上阕写春深而人憔悴，燕子已经飞回，在帘幕中穿梭出入，闭处深闺的少妇也感到了春天。春阳让人微微发热，就想换上单衣。用龙涎香薰好了，却又怕那未尽的寒气。正是乍暖还寒时候，人的情绪和这多变的天气一样坏，原来是让人黯然消魂的离别使她衣带渐宽，无情无绪。"燕子来时新社"，现在又到了"梨花落后清明"，她感叹自己正如院子里的海棠，虽然怕风摧雨打，却也无可奈何。

中阕是她对远行不归人的思怨。去年他临走留钗约好一定要在今春赶回。自己每日里梳妆时都重温他的约词。如今却仍然是天各一方，音耗杳渺。她不禁要迁怒于娇莺、灵鹊。黄莺儿居然长大了，时间过得多快！传达喜讯的灵鹊多次误报，让人空欢喜。人说："春草绿而王孙归"，现在已经是芳草绿遍天涯，柳絮满天飞舞，丈夫该不会忘了自己吧？要不然为什么会失约呢？她的心愈加忧愁，只好强打精神写回文给他。由于神思恍惚，字便屡屡写错。忍不住想哭却强忍着不让泪水落下来。这一阕把闺妇焦灼等待，深切思念，悲苦怨恨的爱怨交织的复杂心情写出了。

下阕写闺妇借酒消忧，自叹命薄。人在心烦意乱时往往以酒浇愁，但只会愁上加愁。百无聊赖的她，博戏也不能让她开颜，乐器也懒得去弹。阶前落花满地，匆匆春又归去，她恨春天无情，又让人一春虚度，拾取落花咀嚼，以发泄对春的怨愤。但心中郁积的强烈情绪又怎能这般文静地宣泄呢？她不由自主地猛拍阑干，既叹惜自己命薄，也后悔轻易许诺了他。

这首词描写春来燕归时闺妇的心情及动作，非常细致地将她的孤寂、愁怨刻画出来，又写出了她心情的复杂变化。

淮上女

【作者介绍】

淮上女，不知其名。嘉定年间（1208—1224），金人南侵，大批妇女被掳北去，此女即其一。此词题于驿壁。

减字木兰花

淮山隐隐，千里云峰千里恨。淮水悠悠，万顷烟波万顷愁。山长水远，遮住行人东望眼。恨旧愁新，有泪无言对晚春。

【赏析】

初读这首词，我们以为这也是一首闺妇春愁词，但这首词的创作来历却使我们不能把它看做表现一般的春愁，而是借春思抒写作者的家国之恨。

北宋王朝庞大的官僚机构并没有造成强大的军事实力，相反，一直在几个兴盛的少数民族的军事压力下被动挨打，终于亡国。南宋王朝偏安江南一隅，只求苟且，并不想收复失地。北方少数民族不受遏制，便不断南侵，造成大批生灵涂炭。战乱频仍，受害的却是普通人民，淮上女便是其中之

上阕开头说"淮山隐隐"，可见她和其他人被驱北去，不断地走，离故乡越来越远了，也可见她是一步一回头，对故园留恋不舍，她心头的痛苦不言自明。恨满心头，再也不能自已，所以"千里云峰千里恨"一句便脱口而出。脚下宽阔的淮水悠悠东去，流水本无情，但在这个满腹愁恨的女子眼里，却是"万顷烟波万顷愁"！

下阕"山长水远"，四字，意味着又走了很久，连隐隐淮山和悠悠淮水也从视野中消失了。"遮住行人东望眼"是说她还想翘首回顾家园，视线却被遮住。她心中的最后一点安慰也没有了。"行人"通常指在外面奔波的男子，现在她也成了"行人"，却是被迫的，而且，她的命运比"行人"更惨：他们有朝一日还可以回家，自己呢，恐怕是永远难归了。境况如此，她更多地忧虑未来的命运，所以说"恨旧愁新"，眼前是一片晚春的衰败景象，自己的命运只会比雨打风吹萎弃于地的落花更坏。想到此，眼泪不禁流下来，但她却一句话也说不出。

这首词交织着一个年轻女子的血和泪。一个弱不禁风的女子，却承受了两个民族的厮杀所造成的灾难，其命运令人为之动容。

曾原一

【作者介绍】

曾原一，生卒年不详。字子实，号苍山，赣州宁都（今江西宁都）人。绍定中（1228—1234）与戴石屏结江湖吟社。《全宋词》存其词三首。

菩萨蛮

淡黄斜日留汀草,檐低半露遥岑小①。病眼不禁愁,阑干无数秋。　　雁声何处落?旧梦还惊觉。风重葛衣单,深山吹笛寒。

【注释】

①岑:小而高的山。

【赏析】

这是一个秋天的傍晚,夕阳西下,故称"斜日"。秋阳早已失却了它在夏日的威力,又加上不是正午,因此它淡黄的颜色无论如何也唤不起温暖的感觉来。衰草连天,淡黄的斜日把余晖涂抹其上,更增添了衰败景象。词人凭栏远眺,屋檐低矮,暮烟四合,远处小山便有些模糊。从"病眼"我们知道词人是久病初登高,"不禁愁"是说自己本来就因病而心绪不佳,身体再也经不起心灵的沉重压力。但事与愿违,从栏杆上看到的却是无数秋天的荒凉景象。"秋"是不可数名词,作者却冠以"无数"的修饰语,造成了满目秋色的写作效果。

就在词人低头沉思往事的时候,南飞雁的一声悲鸣将他惊醒。"雁声何处落?旧梦还惊觉"。这两句表明词人已在栏杆边站立很久,而且由眼前秋景想起了春天,想到了年轻时候,多少往事涌上心头,他沉浸在回忆之中。一声雁叫使他确切无疑地知道了正是秋天,他这才感到了西北风的强劲,自己的葛衣单薄难以抵御寒气。同时,风还将远山的笛声吹送到耳边,这黄昏时候忧怨的笛声也叫人感到寒意森森。

这首词写出了一个久病尚未痊愈的词人对秋的体会过程,由观到闻,再到感知。通篇都是具体的描绘,而作者的愁却处处可感。

吴 潜

【作者介绍】

吴潜（1196—1262），字毅夫，号履斋，宣州宁国（今属安徽）人，嘉定十年（1217）进士第一。淳祐十一年（1251）为参知政事，拜右丞相，兼枢密使，封庄国公，改许国公。卒赠少师。有《履斋诗余》一卷。其词格调沉郁，感慨特深。学辛弃疾，颇能得其是处，又曾与姜夔相从，也受其影响。

青 玉 案

黄昏先自无情绪，更几阵、风和雨。闲把楼头更点数。挑残灯烬，装成香缕，此际凭谁诉？　　新词旧曲歌还住，欲说相思渺无处。围定寒炉人不语。暗蛩啾唧，征鸿嘹唳，憔悴都如许。

【赏析】

这首词写相思。

情人远别，自己意兴萧索，到傍晚时情绪更坏。李商隐诗云："向晚意不适，"这首词第一句："黄昏先自无情绪"，含义有差异。他说自己本来就情绪低落，并不是黄昏时才产生，但黄昏无疑加深了他的不愉快情绪，更不用说还有几阵凄风，几阵苦雨了。不能去散心，只好点数视野中的幢幢高楼。一个"闲"字把词人的无聊心情刻画出来。已到夜深人静，自己却是耿耿难眠，一遍遍地挑灯花。从"挑残灯烬，装成香缕"中可以看出他的一往情深。这种深情"此际凭谁诉"呢？其实这正是他无情绪的原因。

新词旧曲有那么多曾经喜欢的，但现在想咏歌又打不起精神，因为这些词曲尽是诉说相思之情，而自己所思念的人却杳渺难见。自己虽有满怀情思，对方却难以知晓。相思太苦！夜阑寒生，自己围在小炉旁一句话也不想说。躲在屋角的秋虫有气无力地鸣叫着，尚未南飞的大雁声音清亮而凄切。作者说，它们与我一样，"憔悴都如许"！因为自己满腹忧愁，便说一切事物都与自己一样含愁，这既是"物皆著我之色彩"，也可以从中看出词人的忧、愁之深。

南 柯 子

池水凝新碧，阑花驻老红。有人独立画桥东，手把一枝杨柳、系春风。　　鹊绊游丝坠，蜂拈落蕊空。秋千庭院小帘栊，多少闲情闲绪、雨声中。

【赏析】

这首词给我们描绘了一幅闲雅的庭春图。

作者首先把视线对着庭园里的一池春水。因为空气折射和周围绿草萌发的关系，池水呈现深绿色。作者用"新碧"来形容。"碧"已使人领略了春色，"新"字更使人产生了天地焕然一新的感觉。动词"凝"字则好像水已固结为碧绿的温玉或翡翠，从中可见出春意之浓。

接着转向对阑干边的红花的观察。阑干是漆成深红色的，所以称为"老红"。旁边的几树红花的映衬，使得在日晒雨淋下颜色逐渐暗淡的阑干又似乎鲜亮起来。从"阑花驻老红"可以看出作者观察之细微。我们再随着作者的目光，便看见"有人独立画桥东"。女主人公在干什么呢？作者慢慢说道："她手把一枝杨柳、系春风。"春风如何能系？她又为何要系春风？她的这一举动引起了我们的猜测。

作者并不直接回答，而是一笔荡开，写道："鹊绊游丝坠，蜂拈落蕊空。"游丝之细居然可以把喜鹊绊倒，这是夸张，写游丝之多而韧。蜜蜂满怀希望去采花，却扑了个空，可见又到了春意阑珊。这样，我们就对系春风的原因知道了一点。作者又指给我们看，秋千随着风轻拂，并无人游戏；帘栊不开，似乎无人。最后他轻轻地告诉我们："多少闲情闲绪、雨声中。"看来她终于没有能系住春风。"闲情"其实不闲。是叹息青春又逝？是愁怨离人不归？作者让我们

258

去想象。

这首词淡雅婉妙,句子大多是具体描绘,意象鲜明生动,非常富于诗情画意。

武 陵 春

惨惨凄凄秋渐紧,风雨更潇潇。强把炉薰寄寂寥,无语立亭皋①。　　客路十年成底事,水国更停桡。苍鸟横飞过野桥,人不似、汝逍遥。

【注释】

①亭皋:水边的平地。亭、平。皋,水旁地。

【赏析】

刚一开卷,便有一股凄凉之气扑面而来:"惨惨凄凄秋渐紧,风雨更潇潇。"时节是深秋,满目荒凉,已让人感到凄惨,而风雨交作,声声入耳,又倍增惨凄感。"惨惨"、"凄凄"、"潇潇"三组叠字的运用便造成了一个极为凄凉的意境。词人只好在香炉中燃香草来勉强排遣这难耐的孤寂。这时候多少往事涌上心头,反而使人无语。

词人为什么那么愁怨,为什么又无语,下阕便给我们作了说明。"客路十年成底事"表明诗人已在异乡漂泊十年了。人生却能有几个十年?结果一事无成,使年华空自蹉跎。词人的失望该有多深,往事只堪哀,现在呢,"水国更停桡",烟雨茫茫。向前,不知要去何方;向后,也难以归故乡。正在词人百感交集之时,眼前一只"苍鸟横飞过野桥",显得多么潇洒自由。人虽说是万物之灵,可是人生有多少枷锁和羁绊挣不脱!因此,望着苍鸟远去的影子,词人的感叹油然而生:"人不似、汝逍遥。"

作者善于造境,先以强烈的气氛,情绪紧紧攫住读者,又用具体的陈说将情绪坐实,使人觉得他的情感是真实可信的。

赵崇嶓

【作者介绍】

赵崇嶓（1198—?），字汉宗，号白云，南丰（今江西）人。宋宗室商王元份八世孙。嘉定十六年（1223）进士，官至大宗正丞。卒于宝祐四年（1256）以前。有《白云稿》。

谒 金 门

春意薄，江上晚来风恶。帘外海棠花半落，睡深浑未觉。
梦想当年行乐，新恨暗添金鹊。写就金笺无处把，去鸿天一角。

【赏析】

海棠花开时，春意方浓，芳草遍地，无处不飞花，这种景象本应使人感到愉悦。作者的感受却是"春意薄"，而且"江上晚来风恶"，一切景语皆情语。人们在观物时往往把自己的情感投射上去，使客观外物都涂上了自己的主观色彩。因此，从这两句词我们可以体会到作者的心绪是恶劣的。苏东坡深爱海棠，"只恐夜深花睡去，故烧高烛照红妆"，词人却听任"帘外海棠花半落"，自己居然"睡深浑未觉"。读者肯定要问是什么事使他变得意兴全无。这就自然地引出了下阕。

原来作者"睡深"是为了"梦想当年行乐"。当年行乐，乐则乐矣，只是已成往事，重要的是现实。只有丧失了行动的能力或机会的人，才需要靠回忆来逃避现在的凄凉。"梦想"一句把词人目前孤独索寞的境况表露出来。喜鹊香炉里的袅袅香烟又把一阵阵愁恨添上他心头。"新恨暗添金鹊"是倒装句，为了突出"新恨"。愁恨之情讲出来也可以减轻自己的痛苦，事实上，他也已经"写就金笺"。古人说托鸿雁可以传书，眼前就有"去鸿天一角"，捎信是不成问题的，可是捎给谁呢？"无处托"三字便使这种做法不可能实施。词人心头的悲凉不言自可知晓。

读完下阕我们重新回到上阕去,可以更好地理解其意。人间万感幽单,而海棠却是美丽情人的象征。春来花开,睹花思人,只会增加词人的忧愁,因此他不敢看,任由它花开花落,自己只寻求回忆来弥补现实的缺憾。这首词妙就妙在这种结构设计。

清 平 乐

怀 人

莺歌蝶舞,池馆春多处。满架花云留不住,散作一川香雨。 相思夜夜情惊[①],青衫泪满啼红。料想故园桃李,也应怨月愁风。

【注释】

①惊(cóng):欢乐。

【赏析】

季节正是春天,最让人赏心悦目的便是莺声婉妙、蝶舞蹁跹的景象。开头一句,作者便从听觉和视觉两个方面让我们对眼前的春意纷繁有一个真切具体的感知。随后他补充说:"池馆春多处",意味着春色满人间。这就由具体描绘推广到一般概括,也即是虚实相生。一树树繁花,就像一朵朵美丽的云。春云本来就美,花云岂不更美?作者说:"满架花云留不住,"似乎他很感伤,但"散作一川香雨"却打消了我们的疑虑。有云不一定下雨,但下雨之前却一定有云。作者既把繁花比做云,便很自然地联想到雨,他把迷濛的春雨看做是花的结局。这样的构思精巧而别致。

作者自注说这是为怀人而作。我们当然很想知晓他怀念何人,为何怀念。上阕写景为下阕写情作了铺垫。他说自己"相思夜夜情惊",我们急于弄清楚他的怀念对象,他却沉吟不语。最后才吐露:

"料想故园桃李,也应怨月愁风。"从"故园"我们知道他客居异地,有家难归。字面上说桃李怨月愁风,其实应是家中妻子抱怨自己久久不归。我们在许多词中都读到过闺妇对游子的思怨,明知妻子怨自己不归,自己却无法归去。我们终于知道了他怀念何人,又何以那样动情。

从上面的分析中我们可以看到这首词善于铺垫,又善于制造悬念,引起读者的阅读兴趣。

蝶 恋 花

一剪微寒禁翠袂,花下重开,旧燕添新垒。风旋落红香匝地,海棠枝上莺飞起。　　薄雾笼春天欲醉,碧草澄波,的的情如水①。料想红楼挑锦字,轻云淡月人憔悴。

【注释】

①的的(dí):明白,昭著。

【赏析】

这首词写闺妇春愁。

上阕说春意渐浓。春天初来时,寒气没有退尽,因此还不能换上绿罗衫。作者简练地用"一剪微寒禁翠袂"加以概括。等到一树树花朵绽放,旧时燕子已经飞回来,并且筑好了新巢。"花下重开,旧燕添新垒"表示了时间的变化。接下来只见"风旋落红香匝地,海棠枝上莺飞起"。这是两幅动感很强的画面。"风旋落红"一句表达了三层紧密衔接的意思:先是风吹;由于风吹而有落红;落红又使地上有了香气。这一句我们的视线随落红渐渐下到地上,"海棠枝上莺飞起"又引我们从下往上观察。这就使词意思灵动,写景不凝滞。

薄雾为自然界的一切事物罩上了一层朦胧的轻纱。连天也似乎陶醉了。这是仰视所见,烘托出春景之美。低头看,碧草澄波,令人赏心悦目。"的的情如水",用加强的语气肯定春天之情思。一般作品都是以水喻情,由情到水,这首词却正好相反,由水联想到情,也就是反用比喻。进而他展开想象:独居红楼的闺妇,眼看着春将暮却不见丈夫的归来,她不免要想丈夫是不是变心了,于是像苏蕙那样织回文诗。轻云淡月是春天的美景,而她愁情满怀,日渐憔悴,恐怕是无心看景的。

这首词很自然地运用了颜色组合,如"翠袂","旧燕"(黑色),"落红","黄莺","碧草澄波","红楼","锦字","轻云淡月"等,织成一幅格调淡雅却意象鲜明的春景图。在这个背景上出现的闺人愁怨,也就被淡化了,不会给读者的心理上产生重压。

方　岳

【作者介绍】

方岳(1199—1262),字巨山,自号秋崖,祁门(今属安徽)人。理宗朝(1225—1264)两为文学掌故,官中秘书,出守袁州。因忤权贵,终生仕途失意。有《秋崖先生小稿》四卷。

水　龙　吟

和朱行文海棠

昼长庭院深深,春柔一枕流霞醉①。朦松欲醒,娇着还困,锦屏围翠。豆蔻初肥,樱桃微绽,玉阑同倚。记华清浴起,渭流波暖,红涨腻、弃脂水。　　燕子来时天气,尽韶风,与诗为地。芳丛雨歇,露痕日酽,英英仙意。莫恨无香,最怜有韵,天然情致。待问春能几,五更犹是、伴今宵睡。

【注释】

①流霞:美酒。

【赏析】

这首词吟咏海棠。

上阕写海棠初开时的娇羞之态。先说它生长的时间和环境。仲春时，白天渐渐变长，故曰"昼长"。海棠开放在深深的庭院，在开放之前就像一个醉酒酣眼的女子。第二韵写海棠初绽时的娇态："朦松欲醒，娇羞还困，锦屏围翠。"作者将海棠拟人化，比起直接描画来既省力又传神，而且海棠在我们心中也似乎具有了鲜活的生命力。海棠是孤单的吗？不，作者说这时"豆蔻初肥，樱桃微绽"。这些如同美女的花儿与海棠"玉阑同倚"，物以类聚，人以群分。作者通过对海棠友伴的叙述从侧面烘托出它的品质高洁。作者想起了那个著名的美女杨贵妃来。唐明皇把醉酒的杨贵妃称做是海棠花未醒，作者运用这个典故，便把海棠花推到艳盖群芳的地位。

下阕写作者的挚爱之情。海棠开时，正值燕子南来。东风送暖，人心头春光荡漾，满腹诗情，怎能不使人喜爱它呢？一阵春雨消歇，花枝上水珠盈盈，海棠真像一个绰约仙子。又怎能不让人爱它呢？有人以为海棠美而无香，终是憾事，但偏爱她的词人辩驳说："莫恨无香，最怜有韵，天然情致。"真是情人眼里出西施，连海棠的不足也成为词人爱它的一个理由。作者的深情于此可见一斑。他言犹未尽，"春宵一刻值千金"，而海棠却能与人共度良宵。凡此种种，怎能不使人爱它呢？

这首词咏物而能将其态度、神韵摹出，又时时渗透了作者的情感，是一首成功的咏海棠之作。

一 剪 梅

客中新雪

谁剪轻琼做物华[①]？春绕天涯，水绕天涯。园林晓树恁横斜[②]。道是梅花，不是梅花。　　宿鹭联拳倚断槎。昨夜寒些，今夜寒些。孤舟蓑笠钓烟沙。待不思家，怎不思家？

【注释】

①琼：美玉，泛指精美的东西。
②恁（nèn）：这么，这样。

【赏析】

如词前自注，这是作者"客中新雪"时有感而作。

上阕写他看见新雪时的惊喜之情。清早起来，推窗远眺，外面的景象却令人诧异：远近的树上都白花花一片，"千树万树梨花开"，真让人不可思议。他脱口而出："谁剪轻琼做物华？"表示自己的疑问。他用"轻琼"比喻雪，既写出了雪的轻洁，也写出了自己的喜悦，花开了，春天也来了吧。因此他接下去说："春绕天涯，水绕天涯。"但定睛细看，"园林晓树恁横斜"，不像开花时的样子。再看枝头，"道是梅花"，却"不是梅花"，因为"梅须逊雪三分白，雪却输梅一段香"。

下阕写词人因清寒太甚而思归。看到江边无人的木筏上一对鹭鸶在寒风中瑟缩着，他自己也感觉"昨夜寒些，今夜寒些"。远处有一只小舟在漫天风雪中孤独地漂泊，那舟人披蓑戴笠。上面落满了白雪，从远处看有些茫然莫辨。他手持钓竿，在薄雾笼罩的江上垂钓。这形象是多么的幽凄孤寂。"孤舟蓑笠钓烟沙"一句源出柳宗元《江雪》："千山鸟飞绝，万径人踪灭。孤舟蓑笠翁，独钓寒江雪。"这种萧索荒寒景象怎不令人想回到那温暖的家呢？思归之情一下子控制了他，"待不思家，怎不思家？"

这首词触景生情，由喜到忧，层次非常清晰。在语言运用上也很有特色。"谁剪轻琼做物华"、"园林晓树恁横斜"，简练而有口语的自然。"宿鹭联拳倚断槎"，孤舟蓑笠钓烟沙"却精工而干练。"春绕天涯，水绕天涯"等四句既重复而有变化，前后或相承，或相悖，诗情曲折有致。

余桂英

【作者介绍】

余桂英，字子发，号野云。南宋人，生平不详。其姓一作佘，一作俞，未知孰是。

小 桃 红

芳草连天暮，斜日明汀渚。懊恨东风，恍如春梦，匆匆又去。早知人、酒病更诗愁，镇轻随飞絮①。　宝镜空留恨，筝雁浑无据②。门外当时，薄情流水，如今何处？正相思、望断碧山云，又莺啼晚雨。

【注释】

①镇：常，久。如李商隐《独居有怀》："蜡花常递泪，筝柱镇移心。"
②筝雁：筝柱上排列作雁形的徽带，陆游《雪中感成都》："感事镜鸾悲独舞，寄书筝雁恨慵飞。"

【赏析】

这首词在写法上有其独特之处。一般词抒情立足点只有一个，这首词却上阕写游子的感伤，下阕写闺妇的憾恨。

"芳草连天"是春天的美景，经紧接着一个"暮"字却立刻为它罩上一层愁伤。阳光普照使人心情开朗，"斜日明汀渚"却使人心猛然收缩。开头两句写的是夕阳将落未落时的景观。就在人情绪的一开一合之中，已经为全词打下了忧郁的感情基调。游子不禁要"懊恨东风，恍如春梦，匆匆又去"。这既是他由具体情景引起的愁恨的向四方扩展，同时也说明了时间正到春暮。春天给人带来希望，春归在许多诗人看来便意味着希望的破灭，感伤的产生便是很自然的了。游子抱怨东风"早知人、酒病更诗愁"，却终于"轻随飞絮"而远走。这就难怪他要"懊恨东风"了。

下阕转而写闺中人。宝镜就是鸾镜，镜中映现的只有她孤单单的身影，因此照镜便引起她深深的憾恨。人们相信鸿雁可以传书，眼前筝柱上徽带排列作雁形，人们称之为"筝雁"可是让它传书却显然不可能。"筝雁浑无据"还有一层意思。就是不知道他现在在哪里，想传书也无处可传。这就引起了她对丈夫的抱怨。她问"门外当时，薄情流水，如今何处？"说的其实是丈夫。正因为他音讯杳然，她才把他比做"薄情流水"。恨与爱在心中交织，所以虽然恨他薄情，却还是爱想念他。"望迤碧山云"见出她伫立已久，也见出她希望之大。望眼欲穿，结果却是晚雨落下来，遮住了视线，而且凄婉的莺声传到耳畔。作者没有说她的情绪又如何变化，但我们可以想象出她该有多么失望。

上阕写游子，下阕写闺妇，内外兼顾，他们共同面对晚春的凄凉景象，两离恨，一感伤，无怪乎他们惆怅不已。

吴文英

【作者介绍】

吴文英（1200—约1260），字君特，号梦窗，晚年又号觉翁。四明（今浙江宁波）人。本姓翁，出继吴氏，改姓。早岁曾入苏州仓幕供职，此后长期以清客身份往来杭州、苏州、绍兴一带。交游如吴潜、史宅之等都是朝中显贵。

吴文英继承了周邦彦的词风，创出密丽秾艳一派。

吴文英词的题材比较狭窄。他对词的主要贡献在艺术技巧方面。他的词以讲究字面，烹炼词句，措意深雅，守律精严为基本特征。他用笔幽邃而绵密，脉络井然，章法多变，情思婉转曲折。他着意追求青逸警迈的艺术境界，但他也能根据不同题材，用不同的风格和手法来表现特定的内容。有些词境界雄阔高远，与豪放派并无二致。凡此种种，都说明吴文英的词戛然独造，不愧为南宋词坛重镇。

吴文英在丰富词体方面，也有贡献。他精通音律，自度了许多腔调。如《古香慢》、《霜花腴》等。其中《莺啼序》分四阕，有二百四十字，为词中最长的调。

有词集《梦窗甲乙丙丁稿》，四卷，三百四十首作品。

风 入 松

听风听雨过清明，愁草《瘗花铭》[①]。楼前绿暗分携路，一丝柳一寸柔情。料峭春寒中酒,交加晓梦啼莺。　　西园日月扫亭林,依旧赏新晴。黄蜂频扑秋千索,有当时、纤手香凝。惆怅双鸳不到②,幽阶一夜苔生。

【注释】

①瘗(yì):葬花。庾信有《瘗花铭》。此以葬花寓别恨。
②双鸳:鸳鸯履,指女鞋。此指行迹。

【赏析】

本词一题作"春晚感怀"。吴文英曾纳苏、杭二妾,一遣一死,集中不少词,均系咏二妾事。

上阕说自己独过清明,百无聊赖,只好以酒销忧。

清明本是都市中男女去郊外游春赏花的日子,但现在却风雨并作,且又一人独居,全无意趣,于是就躺在床上听风听雨。想到有多少娇艳的花朵被打落在地,更添愁闷,便像庾信那样草成一篇《瘗花铭》,表达自己的惋惜和惆怅。由落花想到离人,楼前分别的路上已是绿柳成荫,寸寸柳丝都仿佛是寸寸柔情,真让人愁肠寸断!满腹忧愁只好销之以酒,在麻醉中沉沉睡去,但黄莺争鸣,惊醒晓梦,终于不能成寐。词人为情所困,百般无奈,由此也可见他情之真、深。

下阕说自己日日望归,而离人终于不回。

"西园日日扫亭林,依旧赏新晴",是依旧吗?非也。过去两人共赏,而今一人独观。词人说得若无其事,好像很达观,却更反衬出了他的思念之深切。他看到"黄蜂频扑秋千索",便认为是"有当时、纤手香凝",想象可谓怪极。最后以"惆怅双鸳不到,幽阶一夜苔生"作结。"双鸳不到",犹望其到;"一夜苔生",踪迹全无,则惟日日惆怅而已,从中可见出词人思念之急切。

陈廷焯《白雨斋词话》赞许说:"情深而语极纯雅,词中高境也。"

西 江 月

赋瑶圃青梅枝上晚花

枝袅一痕雪在，叶藏几豆春浓。玉奴最晚嫁东风[①]，来结梨花幽梦。　　香力添熏罗被，瘦肌犹怯冰绡。绿阴青子老溪桥，羞见东邻娇小。

【注释】

①玉奴：古代或称女子为玉奴。南齐东昏侯潘妃小字玉儿，东昏侯败，同死。此指梅花。

【赏析】

词人自注说这是赋晚梅之作。

上阕说梅花晚开。一般梅花开在十冬腊月，这时白雪飘飘，而梅雪争艳。晚梅开在初春，枝头上仅有"一痕雪在"，树叶已呈翠绿，从中可以看出春意方浓。作者很讲究炼字，"枝袅"、"叶藏"两句用字精警而对仗工整。对于晚开的梅花，词人把它看做是晚嫁的女子，说"玉奴最晚嫁东风"，因此它也就变得可爱起来。至于梅花晚嫁的缘由，在他看来是为了"来结梨花幽梦"。这样便把梅花晚开这样一个平常事实写得婉曲幽雅。

下阕写晚梅之娇娆。这是写梅花本身，但作者并没有直接去赋写。他把花朵看做梅的罗被，说梅花为它添香。下来说梅花之娇弱，"瘦肌犹怯冰绡"，仍是把梅花人化。冰绡指枝头残雪。晚梅开时，早梅已结子，故曰"青子老"。作者想象中老梅子应该是羞见新梅花，因此说它"羞见东邻娇小"。

咏物词难就难在不容易把所咏之物的本身特质写出来。有些人由物及事，实际上是托物言志，写物只是一种抒情手段，严格说来，算不上咏物词。这首词则前后一贯，叙写梅花，运用想象、拟人，较好地完成了对梅花的勾画。

声 声 慢

陪幕中饯孙无怀子郭希道池亭,闰重九前一日

檀栾金碧①,婀娜蓬莱②,游云不蘸芳洲。露柳霜莲,十分点缀成秋。新弯画眉未稳,似含羞,低护墙头。愁送远,驻西台车马③,共惜临流。　　知道池亭多宴,掩庭花、长是惊落秦讴④。腻粉阑干,犹闻凭袖香留。输他翠涟拍甃⑤,瞰新妆、时浸明眸。帘半卷,带黄花,人在小楼。

【注释】

①檀栾:秀美状,多形容竹。

②蓬莱:蓬蒿草莱,隐者所处。

③西台:一为中书省的别称,一为御史台的简称。唐和北宋都有东都、西京,皆置御史台。唐以在长安者为西台,宋则以在西京洛阳者为西台。

④秦讴:《列子·汤问》:"薛谭学讴于秦青,未穷青之技,自谓尽之,遂辞归。秦青弗止,饯于郊衢,抚节悲歌,声振林木,响遏行云。薛谭乃谢求反,终身不敢言归。"

⑤甃(zhòu):井、池周边砌的砖。

【赏析】

这首词记一次饯别的情景。

上阕写饯人的环境和气氛。地点是郭希道家的池亭。这里修竹碧绿夺目,花草婀娜多姿,天高云淡,笼盖不住水中小洲。吴文英讲究炼字,在第一句中他用了"檀栾"、"蓬莱"(指草)这样较为生僻的词语,又用"蘸"字来写云。前者不免有些过求深雅,后者却真正能显其功力。这一天是闰重九前一日,自然有十分秋意,但作者却说:"露柳霜莲,十分点缀成秋",则婉曲有致。一勾新月"低护墙头",他力避直接描写,而将其看做一个娇羞的女子,她"新弯画眉未稳,似含羞"。环境、气氛都写完,最后才说大家含愁送远。

下阕写郭希道家歌女的可爱,因她亦与饯别有关。他称郭家歌女为"掩庭花",说她"知道池亭多宴",就唱起别离歌来,她的歌声,美妙动听,因此作者说她"长是惊落秦讴"。敏感的词人从她曾经依凭的栏杆上仍能嗅出她衣袖留下的淡香。池中绿波拍打着岸壁,她以水为镜,为了看自己的新妆,不时地投眸俯瞰。最后是词人远观,看见"帘半卷,带黄花,人在小楼"。这一句意境极佳,深得诗评家好感。

惜 秋 华

重 九

细响残蛩,傍灯前,似说深秋怀抱。怕上翠微①,伤心乱烟残照。西湖镜掩尘沙②,翳晓影、奉鬟云扰。新鸿,唤凄凉,渐入红萸乌帽③。 江上故人老。视东篱秀色,依然娟好。晚梦趁,邻杵断,乍将愁到。秋娘泪湿黄昏④,又满城、风轻雨小。闲了,看芙蓉、画般多少。

【注释】

①翠微:轻淡青葱的山色。
②"西湖镜"句:据传秦宫有方镜,广四尺,高五尺九寸,表里有明。人直来照之,影则倒见;以手抈心而来,则见肠胃五脏。这里以西湖比秦镜。
③红萸:即茱萸。古代风俗,阴历九月九日佩戴茱萸,以祛邪避灾。
④秋娘:即杜秋娘。《唐诗三百首》卷八有杜秋娘诗《金缕衣》:"劝君莫惜金缕衣,劝君惜取少年时。花开堪折直须折,莫待无花空折枝。"此指年长色衰的美女。

【赏析】

这首词为吴文英重阳日感怀之作。是其自度曲,调名"惜秋华"

与抒情内容相吻合。

上阕写秋色凄凉。作者通过耳闻目见的四种景物表现：先是在家中，残存无几的蟋蟀声息衰竭，他用"细响"来形容。这残蛩的细响在他听来就"似说深秋怀抱"。走出门去，按重九风俗登高，却又看到一幅"乱烟残照"的伤心景象。原本明洁的西湖为烟霭笼罩，就好像那可照人肝胆的秦镜蒙上尘沙，宫中美女清晨梳妆时连头发都看得清楚。杭州以西湖知名，现在西湖如同"镜掩尘沙"，如何不使人伤怀？正在词人睹物生愁时，却又有几声凄凉的雁叫传入耳鼓。作者没有直说耳朵，用插了"红萸"的"乌帽"代指。而"红萸"、"乌帽"又造成颜色上的对比。从这也看出词人的苦心营求。

下阕叹息年华老去。一年风景老于秋，触景生情，自然就会联想到自己的韶光已逝。到这时，向忌直说的词人也不禁脱口而出："江上故人老。"古人云："耳畔频闻故人死，眼前但见少年多。"词人看到东邻女子，虽到深秋。却仍旧那么娟好，怎不倍感自己之衰朽？到晚间，邻女捣衣声阵阵传来，让人无法入睡。而杵声一旦停止，梦却带愁而来，直是睡也烦，不睡也烦。但词人发现，伤老的不只是他一人。你看那年长色衰的秋娘（代称美女）比我还痛苦，虽然是"满城风雨轻小"，天气不错，她却泪洒黄昏。算了算了，还是看湖中往来如梭的游船吧。"闲了"句说得轻松，其实看别人欢乐又怎能安慰自己的忧愁呢？下阕写了自己和秋娘的衰老，又对比了东邻秀色的娟好，别人游乐，自己却只能闲看，则词人的伤愁让人可感可闻。

唐 多 令

惜 别

何处合成愁？离人心上秋①。纵芭蕉不雨也飕飕。都道晚凉天气好，有明月，怕登楼。　　年事梦中休，花空烟水流。燕辞归，客尚淹留②。垂柳不萦裙带住③，漫长是，系行舟。

【注释】

①心上秋:"愁"字由"心"和"秋"合成。
②淹留:迟延、滞留。
③裙带:女子衣饰,此代指离去的女子。

【赏析】

这首词写与情人分别后的惆怅。

上阕说自己愁绪满怀。情人们总希望长相厮守。一旦不得不分开,就不禁"忧从中来"、"不可断绝"。愁闷难遣的词人就自言自语起来:"何处合成愁?"然后他认真的想了想,回答自己:"离人心上秋。"作者巧妙地用了拆字法,因"愁"是合成字,由"心、秋"两字组成。而"秋"在文学传统中一直是与忧愁悲怨等情绪相联结在一起,从词人的固执强调中我们也可看出他的情之深挚。他说虽未下雨,可芭蕉叶嗖嗖地抖颤不已似乎也满含忧愁,芭蕉也打上了他的感情色彩。虽然人们"都道晚凉天气好",但今晚却"有明月",月圆人缺,因此他"怕登楼"。

下阕说自己淹滞难归。词人感叹自己"年事梦中休",而现在已是深秋,枝头花空,河中烟水东流,益发感到孤独。抬头望见一群群的燕子正飞回南方温暖的故乡,而自己仍滞留异地,怎不更添愁伤?看到在风中飘动的柳枝,不禁充满了怨忿:"垂柳如丝,你却不牵着她的裙带留住她;我现在希望归去,你却偏偏系住了我的行舟!"真是该留的不留,想走的却不让走。

这首词痴语满篇,但却很好地表现出了作者的深情。

思 佳 客

迷蝶无踪晓梦沉①,寒香深闭小庭心。欲知湖上春多少,但看楼前柳浅深。　　愁自遣,酒孤斟。一帘芳景燕同吟。杏花宜带斜阳看,几阵东风晚又阴。

【注释】

①迷蝶:《庄子·齐物论》:"昔者庄周梦为蝴蝶,栩栩然蝴蝶也。自喻适志欤,不知周也,俄然觉,则蘧蘧然周也。"

【赏析】

这首词写春来而自己却游赏兴致不高。

上阕写自己困居家中。春天却不知不觉地来了。他为沉沉的忧思所苦,多么希望能像庄周那样化蝶,翩翩飞舞,忘掉一切不快,即使是在梦中,能得到片刻的解脱也可以。但"迷蝶无踪",即使是梦,也那么沉重! 待他起床后,看到清寒中几朵花在这小门紧闭的院子里开放了,不禁有些惊喜:噢,春天回来了。湖山春早。他不禁想西湖里该有了多少春色? 看着楼前柳树正是"眉眼盈盈绿,"他就明白了。一般人都是追切的盼望春天,词人却在春色渐浓时才注意到,可见忧愁满怀,无心他顾。至于他为什么忧愁,上阕中没有说。

下阕写自己孤愁难遣,无心赏春。春浓愁亦浓,词人身边知己一个也无,他只能"愁自遣,酒孤斟",怎不倍感凄凉! 美景让人产生诗兴,但却只有初归的燕子叽叽喳喳的应和自己,谁还有心去吟诗呢! 杏花枝上夕阳的光彩最好看,而现在几阵风吹过,阴云早遮蔽了天空,怎能不使人兴致顿消!

这首词写自己的孤独愁闷,除了"愁自遣,酒孤斟"一句外,在别的地方都是侧面去写,但却给人造成满纸忧愁的感觉,这种手法写情含蓄而又深沉。

扫 花 游

送春古江村

水园沁碧,骤夜雨飘红,竟空林鸟。艳春过了,有尘香坠钿,尚遗芳草。步绕新阴,渐觉交枝径小。醉深窈。爱绿叶翠圆，胜看花好。　　芳架雪未归。怪翠被佳人，困迷清晓。柳丝系棹，问阊门自古①，送春多少？倦蝶慵飞，故扑簪花破帽。酹残照。掩重城，暮钟不到。

【注释】

①阊门：苏州城西门。

【赏析】

这首词是暮春时节，作者送春而作。

日月如流。似乎刚迎得春来，却又见匆匆春归去。"绿肥红瘦"的景况让多少诗人触目神伤！梦窗寓居苏州城外古江村，在这里他饱赏春色，而今春天要去了，多情的词人为之送行。他看到池水泛碧，昨夜的一场骤雨使水中飘满落花，而树丛中一片静寂，常在枝头闹春的小鸟也飞走了。词人用了"沁碧"、"飘红"这样凝炼而又对仗的词语来写景色，可见其匠心。"艳春过了"，尘埃因落花而有香，游春之人遗落的钗钿在草中也时常可见。词人漫步在树荫下，两边枝条交接，路也显得窄小了。他饮酒酣畅，心中愉快，虽然是送春，却并不感伤，他觉得"绿叶翠圆"，比花更可爱，词句中流露出一种练达之气。

下阕是词人由送春生发出来的观感。他看到一树雪一样的白花还没有败落，不免感到奇怪，想那披翠佳人一样的绿叶是不是因为春困而尚未苏醒过来。河边泊着行舟，岸上细柳如丝，就像"柳丝系棹"。此时，作者超越一己之见，他想到人生有尽，而岁月悠悠。就不禁要"问阊门自古，送春多少？"谁又能解答呢？再看眼前，蝴蝶因倦于飞来飞去追逐春色，就扑到破帽上插的花上面。蝶"扑簪花破帽"，是写实，而"倦蝶慵飞"纯是词人的主观判断，实际上是作者内心情感的表现，浮想联翩，词人的心也沉重起来。一日又将结束，对着渐渐沉落的夕阳，诗人洒酒以祭。隔了重重城墙，寺院里沉闷的暮钟也听不到。不然，又让人添一番惆怅了。

这首词写出了词人情感的不断转变，由开朗而愁伤，层次非常清晰。

极 相 思

题陈藏一水月梅扇

玉纤风透秋痕，凉与素怀分。乘鸾归后，生绡净剪[1]，一片冰云。　心事孤山春梦在[2]，到思量，犹断诗魂。水清月冷，香消影瘦，人立黄昏[3]。

【注释】

①绡：生丝织成的绸子。
②孤山：在杭州西湖边。北宋初，诗人林逋（和靖）在此结庐隐居。人称他"梅妻鹤子"。
③"水清冷月"句：林逋诗《山园小梅》中非常有名的一联："疏影横斜水清浅，暗香浮动月黄昏。"

【赏析】

这首词为题扇而作，因扇画水月梅，词也就围绕这三样事物来写。

炎夏中一扇在手，人便会像吹了一阵秋风似的凉爽，词人却巧妙地说是"风透秋痕"。下来他说这种爽快的产生是凉气和素怀各占一半。"素怀"犹言纯洁的心胸，这当然是赞扬陈藏一了。词人又想到这把扇子就像仙人乘鸾升天后，用绸子剪成的一片白云。"冰云"也就是白云，用"冰"字，既称其洁白，又可使人顿生凉意。上阕虽只是一般性的写扇，却也通过精心的遣词造句使得它不落俗套，非高手不能如此。

下阕围绕扇上所画水月梅来写。说起梅，人们便会很自然地想到那位隐居孤山、"梅妻鹤子"的林和靖先生。梦窗一生除短时间供职苏州仓幕外，布衣终身，他们二人可以说是声气相通。因此他说："心事孤山春梦在，到思量，犹断诗魂。"梅花开时，正值严冬季节，水清月冷，梅花也是疏影横斜，暗香浮动，作者用了"香消影瘦"四字来概括。梅花孤零零的开吗？不，有"人立黄昏"，他有着隐者的高标。"水清月冷，香消影瘦，人立黄昏"构成了一个清逸的境界，简直可以和林逋写梅的名句："疏影横斜水清浅，暗香浮动月黄昏"媲美。"人立黄昏"，而如画龙点睛，由梅写人。写出了隐者的高洁品质。

题扇词在写作时受的限制较大。作者要把扇画、自己和对方都写到，容易流于板滞，而这首词却写得神思飞动，摇曳生姿，不愧为大家手笔。

夜 合 花

白鹤江入京，泊葑门外有感①

柳暝河桥，莺清台苑，短策频惹春香②。当时夜泊，温柔便入深乡。词韵窄③，酒杯长，剪蜡花，壶箭催忙④。共追游处，凌波翠陌，连棹横塘⑤。　　十年一梦凄凉，似西湖燕去，吴馆巢荒。重来万感，依前唤酒银罂⑥。溪雨急，岸花狂，趁残鸦，飞过苍茫。故人楼上，凭谁指与，芳草斜阳？

【注释】

①白鹤江：本松江支流，见《松江府志》。葑门：在苏州市东南角。

②策：马鞭。

③韵窄：近体诗用韵的要求很严格。无论律诗、长律或绝句，都必须一韵到底，而且不许邻韵通押。因此一般人做诗，都选择字数多的宽韵，只有高手才敢于选择字数少的窄韵。词韵基本上就是诗韵，只是更宽，更自由些。但仍有人押窄韵以为乐。

④壶箭：古人以铜壶盛水，壶中立箭杆以计时刻。

⑤横塘：古堤塘名。三国吴筑于建业城南淮水（今秦淮河）南岸。一称南塘。

⑥罂（yīng）：小口大腹酒器。

【赏析】

这首词是作者十年以后重过苏州的感慨之作。

上阕追思旧欢。作者连续写出:"柳暝河桥,莺清台苑,短策频惹春香。"好一幅赏春图!我们不禁要问:这是什么时候的情景?于是回答:"当时夜泊,温柔便入深乡。"原来作者在回忆往事。他想起与朋友们相聚时候,大家以用窄韵作词相竞,酒逢知己,一杯接一杯地饮,酣畅淋漓。"昼短苦夜长",于是点起蜡烛。烛花剪了一次又一次,漏声催晓,箭状的指示器告诉人们夜阑将尽,可是大家仍然兴致勃勃,没有倦意。词人与朋友追随游乐:他们曾在种满荷花的绿波上泛舟,也曾停船在横塘前寻欢。上阕充满了欢乐感。

下阕感慨万端。在尽情地回忆旧乐之后,一开始感情基调就急转直下。他用"十年一梦"来概括自己的生活,还嫌不够充分,又加上"凄凉"二字,一下子让人觉得阴雾惨惨。作者意犹未尽,又用了一个比喻:"似西湖燕去,吴馆巢荒。"而今,故地重游,心中千头万绪,只好再去买酒。他说"依前唤酒",酒依前,人却只剩下自己孤零零的一个人了。眼前但见溪雨急落,岸花疯长,一两只残鸦,在苍茫的暮色中飞过,心中怎不倍觉凄凉?登楼远眺,十年前常与朋友来这里,现在知交零落,楼依旧,但又有谁再能为我指点评画那一抹芳草斜阳?

这首词前述欢乐,后讲凄凉,感情反差极大。正因为反差大,才给人沧桑之感。作者他讲究锻字炼句,却一点也不生涩。

珍 珠 帘

春日客龟溪①,过贵人家,隔墙闻箫鼓声,疑是按舞,伫立久之

蜜沉烬暖萸烟袅②。层帘卷,伫立行人官道。麟带压愁香,听舞箫云渺。恨缕情丝春絮远,怅梦隔、银屏难到。寒峭。有东风嫩柳,学得腰小。　　还近绿水清明,叹孤身如燕,将花

频绕。细雨湿黄昏，半醉归怀抱。蠹损歌纨人去久[3]，漫泪沾，香兰如笑。书杳。念客枕幽单，看看春老。

【注释】

①龟溪：《德清县志》："龟溪古名孔愉泽，即余不溪之上流。昔孔愉见渔者得白龟于溪上，买而放之。"

②蜜：即蜜香，又叫沉香。晋嵇含《南方草木状》："交趾有蜜香树，干似柜柳，其花白而繁，其叶如橘。……木心与节坚黑，沉水者为沉香。"

③纨：很细的丝织品，细绢。

【赏析】

这首词是作者春日闻某贵人家传出的箫鼓声，心有所感而作。

上阕说自己隔墙听舞。初春的一天，客居龟溪的梦窗正在散步，突然路旁边的深宅大院中传来一阵阵箫鼓之声，他本是精通音律的人，自然就被吸引住了。久久地伫立在墙外，他想象里面定然是燃着沉香，香烟袅袅，层层帘幕都被卷起，那观舞的贵人官服上的麟带也有香味，而自己却只能"伫立行人官道"上"听舞"，连箫声也缥缈得似从云外传来。他不禁怅恨自己的情丝像柳絮一样飞得很远，却被银屏遮挡，连梦也不能到大墙里边。想到这里，不免心寒。"寒峭"既是对初春天气，也是对词人心情的写照。春风中一株细柳婀娜生姿，这并非纯是实写，也包含着对墙内歌儿舞女娇娆之态的推测。

下阕叹惜春老身孤。快到清明节了，人们将结伴赏春，临流作乐，自己却像一只孤燕，"将花频绕"。细雨飘洒的黄昏，孤愁难遣，只好浇之以酒，却往往喝得醉醺醺，可见词人孤愁之深，"细雨湿黄昏"很有意境。越孤独，越思念自己所爱的人，但她离去太久了，以致她歌舞时穿的绢衣都被虫蛀坏了，怎能不让词人伤心落泪呢？伤心无人诉，只好对兰花说，"可是香兰如笑"，怎不让人更加忧伤呢？到如今，她一点消息也没有，词人的期盼、焦虑可想而知。客居他乡，又是一个人，又眼看着春天一天天老去。说"春老"

279

其实是指自己一春又是虚度,而韶华还能有几?

下阕所言数事,并非词人听舞时所做,而是词人思前想后的结果,用孤愁的情绪贯串起来,联系相当紧密。而且,上阕想象中贵人家的欢乐亦更增加了下阕词人的孤独凄凉之感。

宴 清 都

连理海棠

绣幄鸳鸯柱①,红情密、腻云低护秦树②。芳根兼倚,花梢钿合③,锦屏人妒。东风睡足交枝④,正梦枕瑶钗燕股⑤。障滟蜡,满照欢丛,嫠蟾冷落羞度⑥。　　人间万感幽单,华清惯浴,春盎风露。连鬟并暖⑦,同心共结,向承恩处。凭谁为歌《长恨》?暗殿锁,秋灯夜语。叙旧期,不负春盟,红朝翠暮。

【注释】

①绣幄:绣幕,在此用来笼盖置海棠花。

②秦树:相传古代秦地(今陕西)有双株海棠。

③钿合:钿盒,有上下两扇。

④睡足:唐玄宗召杨贵妃同宴,她醉酒未醒,玄宗说,海棠花还睡得不够。

⑤燕股:钗有两股如燕尾。

⑥嫠(lí)蟾:指月中嫦娥无夫,故称。

⑦连鬟:女子所梳双髻,名同心结。

【赏析】

这首词歌咏连理海棠。

上阕写海棠初开时的娇美之态。海棠未开时,如美人春睡未醒。因而词人用鸳鸯柱撑起绣幕为之遮寒。绣幕饱含深情,像一团红云低低地笼罩着海棠,这可以看出词人爱海棠之情的深和痴。终于等到花开,取掉绣幕,只见连理海棠"芳根兼倚,花梢钿合",枝柯相交，好像一对情人"正梦枕瑶钗燕股"，在东风中酣眠。苏东坡"只恐夜深花睡去，故烧高烛照红妆"（《海棠》），吴梦窗也"障沲蜡，满照欢丛"，烛光明亮，使得月华也黯然失色，形影相吊的嫦娥也羞于看到这紧相偎依的连理海棠。

下阕叙与连理海棠密切相关的杨贵妃、唐玄宗（明皇）故事。作者由海棠枝连而嫦娥孤单生发出感叹："人间万感幽单"，这同时也是唐明皇遇杨贵妃前的心境写照。而"一朝选在君王侧"，杨贵妃便"华清惯浴，春盎风露。连鬟并暖，同心共结，向承恩处"，明皇尽日看不足，将三千宠爱加之一身，"从此君王不早朝"。但"渔阳鼙鼓动地来"，贵妃宛转马前死，演出了一场惨痛的爱情悲剧。白居易作《长恨歌》，咏叹此事，极动人。但词人却反问："凭谁为歌《长恨》？"天宝十年七夕，明皇、贵妃"感牛女事，密相誓心，愿世世为夫妇，且结后缘"。词中"暗殿锁，秋灯夜语"即说此。白居易又有"在天愿为比翼鸟，在地愿为连理枝"的诗句，因此词人便将连理海棠看成是这一对痴情人"叙旧期，不负春盟，红朝翠暮"，依然热烈地相爱。连理海棠有这样一番故事，焉能不使人深相爱护？这就呼应了上阕。

澡 兰 香

淮安重午

盘丝系腕①，巧篆垂簪②，玉隐绀纱睡觉③。银瓶露井④，彩箑云窗⑤，往事少年依约。为当时曾写榴裙⑥，伤心红绡褪萼。黍梦光阴⑦，渐老汀洲烟蒻⑧。　　莫唱江南古调，怨抑难招、楚江沉魄。薰风燕乳，暗雨槐黄，午镜澡兰帘幕⑨。念秦楼、也拟人归，应剪菖蒲自酌⑩。但怅望一缕新蟾⑪，随人天角。

【注释】

①盘丝：腕上系五色丝线。

②巧篆：簪上插精巧纸花。
③"玉隐"句：玉人隐在天青色纱帐里睡觉。绀（gàn），天青色。
④银瓶：代指饮酒。
⑤彩箑：彩扇，指歌舞。箑（shà），扇子。
⑥写榴裙：典出《宋书》："羊欣着白练裙昼寝，王献之诣之，书其裙数幅而去。"榴裙即大红裙。
⑦黍梦：即黄粱梦。唐沈既济小说《枕中记》写卢生在邯郸客店遇道士授枕入梦，时客店主人方蒸黄粱。卢生梦中尽享富贵荣华，醒后却发现主人蒸黄粱尚未熟，因有所悟。
⑧烟蒻（nuò）：柔弱蒲草。
⑨午镜：水清如镜。澡兰：五月五日，蓄兰沐浴。
⑩菖蒲：端午以菖蒲一寸九节者泛酒，以避瘟气。见《荆楚岁时记》。
⑪新蟾：新月。古代传说月亮上有三条腿的蟾蜍，因此诗文中常以之代称月亮。

【赏析】

这首词是词人在淮安过端午节时有感而作。陈洵云："此怀归之赋也。"

吴文英乃是深情人，离别之后自然念念不忘。独居异地，却逢佳节，怎不倍思亲人？

上阕先用"盘丝系腕，巧篆垂簪"来写妇女们此日的装饰，因为"困人天气日初长"，所以"玉（人）隐绀纱睡觉"。在露井边用银瓶饮酒，从云窗里不时闪过她歌舞时挥动的彩扇。这几句描述所用的时态不明显，直到"往事少年依约"，这才告诉我们他在回忆。接着想起"当时曾写榴裙"，就不禁要"伤心红绡退萼"了。从那时到现在日月忽忽，他叹息光阴像黄粱梦一样短暂，自己也在渐渐老去。

词人深感幽独，家人也是望其早归。但下阕突起一句："莫唱江南古调"（指《招魂》），不免让人吃惊。他解释说："怨抑难招，楚江沉魄"，用宋玉为屈原招魂事，说自己知道家人心情，但却难以归去。什么原因,他没有讲。家乡也该是"薰风燕乳,暗雨槐黄"的初夏风景了,家人按风俗以兰汤沐浴,想她盼归而不得,也只好"剪菖蒲自酌",真是"一种相思,两处闲愁",在孤独中又过去一天,一勾新月初升,词人满怀惆怅地望着它,想着也只有它能随人走到天涯海角。

六 丑

壬寅岁吴门元夕风雨

渐新鹅映柳,茂苑锁,东风初掣。馆娃旧游,罗襦香未灭①,玉夜花节。记向留连处,看街临晚,放小帘低揭。星河潋滟春云热,笑靥欹梅②,仙衣舞缬,澄澄素娥宫阙。醉西楼十二,铜漏催彻。　　红消翠歇。叹霜簪练发,过眼年光,旧情尽别。泥深厌听啼鹧③,恨愁霏润沁,陌头尘袜。青鸾杳④,钿车音绝。却因甚,不把欢期,付与少年华月?残梅瘦,飞趁风雪。向夜永,更说长安梦,灯华正结。

【注释】

①罗襦(rú):用质地稀疏的丝做成的短衣。
②靥(yè):酒窝。
③啼鹧:即是鹈鴂(tí jué),通称杜鹃。《临海异物志》:"鹈鴂,一名杜鹃,至三月鸣,昼夜不止,夏末乃止。"其声凄厉。
④青鸾:即青鸟。《汉武故事》:"七月七日,忽见有青鸟来集殿前……是夜漏七刻,王母至,有二青鸟如乌,夹侍母旁。"后人因称妇女传信使者为青鸟。

【赏析】

这首词是壬寅岁(1242)吴文英在苏州,因元宵风雨有感而作。元夕,都市里张灯结彩,平时深居闺中的妇女们也得以走出家门,多情的青年男女一见而铭心刻骨,终生难忘。这首词即写此。

283

斗转星移，天地间又是冬去春归。东风送暖，柳树上一片鹅黄色新绿，这是元夕前的自然景观。在这"玉夜花节"的元夕，馆娃娇女纷纷出游，她们衣服上的香气至今依然可闻。罗襦再香，留下的气味也不会经年不灭。从这痴语中我们可以晓知词人当时留下的印象之深。多情的词人流连于女子的宝马香车旁边。"小帘低揭"，她"笑靥敧梅，仙衣舞縠"，自己不禁春心荡漾，甚至觉得"星河潋滟春云热"。这是处于热烈的恋爱中的人特有的感觉。月华如练，通宵朗照，自己兴奋得饮酒大醉，计时的铜漏报告着夜阑将晓，时间过得这么快！上阕的回忆中有掩抑不住的欢快。

下阕开首即道："红消翠歇"，语气陡转。他感叹自己韶华已逝，旧情尽别。他"厌听"杜鹃啼声，事实上是怕听，因它凄厉的啼声只会勾起自己的无限伤感。元夕过了，到清明时人们出城游春，也还有可能再见。但可恨的春雨却落下来，自己去郊外，打湿了鞋袜，也没有等来传递消息的青鸟，从此再也没有看见她的钿车。这几句接上阕继续回忆，补叙了那一面之缘的结局。惆怅不已的词人质问自己："却因甚，不把欢期，付与少年华月？"以致到今日还是憾恨难平。又逢元夕，"残梅瘦，飞趁风雪"，这既是写实，也暗喻自己所余无多的岁月仍在凄风苦雨中度过。词人心情之苍凉于此可见。街上无灯，只好用回忆梦一般的少年时代来打发这漫漫长夜。灯光渐暗，抬头才发觉"灯华正结"。现在的觉"夜永"和当年的不觉间"铜漏催彻"，构成今昔之比。灯华结而无人剪也见出诗人的孤愁无绪。

这首词忆昔叹今，和他一般的这类词写法相同，前述往昔之欢乐，后叙今日之孤愁。但对往日一段情事讲得非常清楚，而情感也或喜或悲，写得从容有度，非一般人能为。

玉 漏 迟

絮花寒食路，晴丝罥日[①]，绿阴吹雾。客帽欺风，愁满画船烟浦。彩柱秋千散后，恨尘锁，燕帘莺户。从间阻，梦云无准，鬓霜如许。　　夜永绣阁藏娇，记掩扇传歌，剪灯留语。月约星期②，细把花须频收。弹指一襟幽恨，漫空倩，啼鹃声诉。深院宅，黄昏杏花微雨。

【注释】

①罥（juàn）：挂。
②星期：指农历七月七日。民间传说牵牛、织女二星此夕相会。

【赏析】

这首词写春来时作者对亡妻的忆念。

寒食节时，柳絮满路飞舞，游丝在日光里摇荡，树树青翠欲滴，远看如一团绿雾。春光何其好，但他却感到"客帽欺（于）风，愁满画船烟浦"。为什么如此不快乐呢？原来是在"彩柱秋千"上玩耍的人不在了，她的"莺帘燕户"也被尘锁，自己空留余恨。更难耐天人永隔，连梦里相会都不易，怎不让人愁白头发？从这些描述中可以看出词人爱恋之深。

下阕回忆共同度过的美好日子，抒发其永无尽期的幽恨。虽然已经过去了许多年，可是那一段生活却仍是历历如在目前。他分明记得在漫长的冬夜，他将她藏在绣阁，她则为他持扇歌舞。两人说了许多甜蜜的话，灯花频剪，却无倦意。"藏娇"用汉武帝典故，可见他爱妻之深。"剪灯"源于李商隐《夜雨寄北》，显出夫妻感情之厚。七夕，一般妇女乞巧，她却"细把花须频收"，可见其人之不俗。正沉浸在回忆间，"弹指"猛然回到现实，同时也惊叹时间流逝之速。如今自己空留一腔幽恨，欲发却无从说起，只好让杜鹃替自己凄号不已。想那留下了两人多少欢笑的深院里，"黄昏杏花微雨"，却死寂寂的，有谁再欣赏呢？

古代社会，由父母做主的婚姻，夫妻感情如此之好者实不多见，词人幸与不幸却因此而生。苏轼《江城子》、李清照《声声慢》可参读。

陈 著

【作者介绍】

陈著（1214—1297），字子微，号本堂，浙江鄞县人。宝祐四年（1256）进士。官著作郎，出知嘉兴府。忤贾似道，改临安通判。有《本堂集》。

洞 仙 歌

次韵苏子瞻

冰肌玉骨，自清凉无汗。午梦醒来盼娇满扇。轻抬又放，浅炷兰薰，微笑处，吹着烟丝散乱。　　凉亭还独步，曾是凭阑，携手心盟指云汉。碧云斜阳外，信有如今，音书杳，寸肠千转。漫伫立，无言对荷花，看转眼秋风，翠移红换。

【赏析】

这首词步苏轼（子瞻）同调词所用韵而写。据苏轼说，蜀主孟昶曾与花蕊夫人纳凉池上，作一词。他少时从一老尼处听过，后来仅记其头两句，疑为《洞仙歌》，便为之补足。本词则写闺妇。

一般写闺愁的，多把季节放在春、秋。这首词则是在夏天。上阕用暑热来反衬闺妇的清丽娇娆。

"冰肌玉骨，自清凉无汗"，袭用东坡词中原句。确实，再也难以找出比这更恰切的语句来描绘女性的冰清玉洁了。一般人都是"日长睡起无情思"，她"午梦醒来"却顾盼生娇。作者的描写没有仅停于此。他通过几个不经意的动作，"轻抬又放，浅炷兰薰，微笑处，吹着烟丝散乱"，把她的轻柔娇媚写出来。这样，上阕就静动结合，为我们塑造了一个娇丽的闺妇形象。

下阕则继续描写她的动作和心理。她走出屋来，独步于凉亭之上。在这里他们夫妻曾经一起凭阑，又曾经携手对天发誓永不相忘。现在他远行"碧云斜阳外"，一点音信也无，使自己"寸肠千转"。言犹在耳,誓言和行为之间反差如此之大,她怎能不痛苦愁怨?愁绪满怀,反倒一句话也说不出,只能"漫伫立,无言对荷花"。池塘里荷花开得正盛,但转眼间秋风起,还不落个"翠移红换"的结局?她惜花,更惜自己青春的虚度。言外之意,可想而知。

上阕写表情,下阕深入心理。上阕喜,下阕愁,使人物栩栩如生。谁忍心让这样美丽可爱的女子独守空闺,忧愁度日?作者对薄情郎的谴责和对闺妇的同情都分明可感。

吴大有

【作者介绍】

吴大有,生卒年不详。字有大,号松壑,嵊(今属浙江)人。宋理宗宝祐年间,游太学,率诸生上书言贾似道奸状。后退处林泉,与林昉、仇远等词友以诗酒自娱。《全宋词》存其词一首。

点 绛 唇

送李琴泉

江上旗亭①,送君还是逢君处。酒阑呼渡,云压沙鸥暮。漠漠萧萧,香冻梨花雨。添愁绪。断肠柔橹,相逐寒潮去。

【注释】

①旗亭:酒楼。

【赏析】

这是为友人送别之词。

起句点明送行地点,是在当年初次相适之地,这一特定地点,不禁引起人们对往昔初会时的欢乐浮想联翩。今与昔,哀与乐,形成鲜明对比,离别的感伤更添几分。两人畅饮无绪,正是"劝君更进一杯酒,西出阳关无故人"。酒阑辞行之时,正是重云低垂、寒鸥数点的苍茫景象,就如词人此刻凄黯的心境。似乎天解人意,这时,又漫天飘起潇潇细雨,似为远行之人掬一把惜别之泪。雨打梨花分外娇,清幽的香气若有若无,绵延缭绕。至清则生凄凉,这清丽中透出落寞之感的景色,使词人平添愁绪。"断肠柔橹,相逐寒潮去",因离别而寸断之柔肠,似与那一声声单调而重复的划桨声相逐着寒潮,去向远方。结句情景交融,将词人的深挚友情表达得深致婉曲,感人肺腑。

储 泳

【作者介绍】

储泳,生卒年不详。字文卿,号华谷,云间(今江苏松江)人。著有《华谷祛疑说》。

齐 天 乐

东风一夜吹寒食,枝头片红犹恋。宿酒初醒,新吟未称,凭久栏杆留暖。将春买断。恨苔径榆阶,翠钱难贯①。陌上秋千,相逢谁认旧时伴。　　轻衫粉痕褪了,丝缘余梦在,良宵偏短。柳线轻烟,莺梭织雾,一片旧愁新怨。慵拈象管②。待寄与深情,难凭双燕。不似杨花,解随人去远③。

【注释】

①翠钱:指榆钱,也称榆荚。榆树的果实,榆树未生叶前先生荚,形似钱而小,连缀成串,可食。
②象管:指笔。有的以象牙作为装饰。
③解:解开,消散。

【赏析】

上阕借写景抒词人心境。"东风"句写词人于宿酒醒后凭栏所见之景:清明寒食天气,东风劲吹,枝头上残留的花朵在风中瑟瑟颤栗，似不忍离开它所依附生长的枝干，故曰："犹恋"，将花拟人化。"片红犹恋"，既给一片清景增添了亮色，同时又注入了一份柔情，透露出词人旧情难忘的心绪。"将春买断"，以别致手笔表现词人的惜春，恋春之情，这里更表达了词人对风中片红的怜惜之意。"恨苔径"句写小径苔痕斑驳、榆钱遍地零落的颓芜景象，"恨"字道出了词人心中的烦乱与忧伤。接下来则言这忧怨之情的来由：词人重归故里，然而岁月沧桑，无情的年月改变了人们往日的容颜，旧时的玩伴今日相逢却不相识。

  愁人思友，情人思偶。下阕紧承上阕，抒写词人失去情侣的悲伤。"轻衫"句写一场短暂的爱情之后，只给词人留下了梦幻般的回忆。接下来写柳丝飘曳，似织起了一片烟雾，娇莺穿梭其间，更增添了迷离朦胧之感。杨柳唤起词人离别之情思，娇莺更使词人怀念远方的情人。旧愁未了，又添新怨。千种相思，万种情恨，汇聚笔端，写得寄情书简，然而却无从投递。失望之余，词人不胜羡慕那自由自在的杨花随风飘散，可以追随着人去向遥远的地方。

  此词声情并茂，不以华丽雕绘取胜，而有灵气行于其间，以情动人，情辞恳切。

陈允平

【作者介绍】

  陈允平，生卒年不详。字君衡，一字衡仲，号西麓，自称莆鄜室后人，四明（今浙江宁波）人。宋恭帝德祐时，授沿海制置司参议官。宋亡后，曾征至大都。著有《西麓诗稿》。词学周邦彦，有《西麓继周集》、《日湖渔唱》。

八 宝 妆

秋宵有感

  望远秋平，初过雨、微茫水满烟汀。乱蒹疏柳①，犹带数点残萤。待月重帘谁共倚，信鸿继续两三声。夜如何，顿凉骤觉，纨扇无情。　　还思骖鸾素纹②，念凤箫雁瑟，取次尘生。旧日潘郎③，双鬓半已星星。琴心锦意暗懒，又争奈、西风吹恨醒。屏山冷④，怕梦魂、飞度蓝桥不成⑤。

【注释】

①蕻（hóng）：同"荭"，一种草，可供观赏。
②骖（cān）：古代指驾在车前两侧的马。
③潘郎：指晋潘岳。以姿仪美好著称。后常借指妇女所爱慕的男子。
④屏山：县名。属四川省。
⑤蓝桥：桥名。在陕西蓝田县东南蓝溪之上。传说其地有仙窟，即唐裴航遇仙女云英处。见《太平广记》五十《裴航》。

【赏析】

此词叙写词人秋夜的感怀。

上阕以写景为主，景中含情。以"望远"领起全文，下述登高所见。刚刚下过一场秋雨，秋水上涨，漫过了河中小洲，水天一色，如烟云苍茫。下面"乱蕻"句，接连用"乱、疏、残"字以状物，构成了秋季荒凉萧瑟之景况，也传达出词人黯然的心境。"待月"句以下写词人欲赏秋月，却无人相伴，暗空中远远传几声鸿唳，更引起词人思远之情。独自伫立，秋凉似水，顿觉寒气袭人，炎热的夏天已经过去，萧杀的秋季已经来临，此时此际，词人心中将作何感触呢？

上阕写景铺垫已毕，下阕则阐发由此而生的无尽感想。曾经与佳人定下海誓山盟，而今物是人非，当年曾相奏和的箫、瑟也渐渐尘封（凤箫：形似凤身的箫；雁瑟：形似雁行的瑟）。曾为佳人所爱慕的词人，如今也已双鬓斑白。人与秋俱老，然而词人心中那份恋情却欲罢犹生、难以忘怀。西风飒飒，离恨悠悠。结句写词人一缕相思梦魂，也欲飞往情人所在的地方。"怕"字言词人的担心，多一层曲折，多一份深情。

陈廷焯《白雨斋词话》卷二云："西麓词……沉郁不及碧山，而时有清超处；超逸不及梦窗，而婉雅犹过之。"这首词即体现了他婉雅的风格。

唐 多 令

秋暮有感

休去采芙蓉，秋江烟水空。带斜阳、一片征鸿。欲顿闲愁无顿处，都著在两眉峰。　　心事寄题红[①]，画桥流水东。断肠人，无奈秋浓。回首层楼归去懒，早新月、挂梧桐。

【注释】

①题红：指红叶题诗故事。唐宣宗时，卢渥赴京应举，偶临御沟，拾得红叶，上题诗云："流水何太急，深宫尽日闲；殷勤谢红叶，好去到人间。"后宣宗放出部分宫女，许从百官司吏，渥得一人，即题诗红叶上者。

【赏析】

"休去采芙蓉"起句突兀警人，既领起下文，留下发挥余地，又含有象征喻意。芙蓉为莲的别名。南朝民歌中有《青阳渡》："青荷盖绿水，芙蓉披红鲜。下有并根藕，上生并目莲。"原来词人是怕怀远之女子触物伤情之意。次句写秋暮景色：秋江空阔，秋水漫漫，一带斜阳余晕中，远飞的大雁排列成行，唳鸣而翔。此时此景，最易触发人感时怀远之情，故有闲愁顿生。"欲顿闲愁无顿处，都著在两眉峰"，此句如信手拈来，流丽自然，却极贴切形象，既将闲愁化无形为有形，又淡笔写出怀远的佳人秀眉微颦、楚楚动人之态。

下阕进一步言明女子心事。"心事寄题红"句，用红叶题诗之典故。这里的女主人公虽非深宫寂寞，但因情人远别，相思之苦，亦令人断肠；更何况正逢那"秋风萧瑟天气凉，草木摇落露为霜"的深秋季节，更使人将那寸断柔肠，无以置处。"回首"句写出主人公慵懒的动作和神态，与王维诗"心怯空房不忍归"有异曲同工之妙。"早新月、挂梧桐"，以景结情，写得空灵剔透，清幽中透出凄凉况味。

刘辰翁

【作者介绍】

刘辰翁（1232—1297），字会孟，号须溪，吉州庐陵（今江西吉安）人。曾入太学，宋理宗景定三年（1262）廷试对策，因忤怒权贵贾似道，被贬为丙等。曾任濂溪书院山长。宋亡不仕、隐居而终。其词以俊逸见长，晚年多感伤时事之作，辞情凄切，格调悲郁。著有《须溪集》、《须溪四景诗》。后人辑有《须溪词》。

江 城 子

春 兴

一年春事几何空，杏花红，海棠红。看取枝头，无语怨天公。幸自一晴晴太暖，三日雨，五更风。　　山中长自虹城中，到城中，望水东。说尽闲情，无日不匆匆。昨日也同花下饮，终有恨，不曾浓。

【赏析】

此词名为春兴，实借节序之变迁，抒写岁月流逝、人生沧桑之悲凉感慨。

上阕写春之易逝。首句一"空"字，为全词意旨所在。南宋灭亡以后，刘辰翁隐居山中，空度岁月，往事不堪回首，故国的繁华荣盛，已化为无边的空寂悲凉。这一个"空"字，不但道出了自然界的变迁无常，更包蕴着词人的种种故国之思，人生沧桑之感，国家兴亡之慨，却似有千钧份量，击打在人们心头，读来只觉有无限沉郁苍凉之感。接下来具体描写春的离去。曾经是满目春色，百花怒放，争奇斗艳，但经不住几番风雨的凌虐，看那枝头，已不见了春的芳踪，于是有无限怨意，怨天公之无情。

下阕则由春事成空联想到自己的人生遭遇。宋亡后词人不仕，隐居于故乡庐陵山中，词人于寂寞中，以劫后余生之身，常常怀念起沦亡的故都，然到得城中，那物是人非之感，却又难免在词人心中引起创痛。想要超尘脱俗，遗世独立，却又难以忘却世事，岁月就在这"闲情"中匆匆流逝。昨日也曾与友人于花下畅饮，而如今已旧梦难再。但词人已饱经沧桑，在隐居生活中，已修得超脱、澹泊之心性，故此，"终有恨，不曾浓"。词到此戛然而止，但那轻愁淡恨，却似余音袅袅，不绝如缕。

此词怨而不怒，悲而不凄，感情几曲几折，幽咽往复，欲说还休，别具情致。

唐 多 令

癸未上元午晴

春雨满江城，汀州春水生①。更悲久雨似春酲②。犹有一般天富贵，夜来雨，早来晴。　　年少总看灯，老来犹故情。便无灯，也自盈盈③。说着春情谁不爱，今夜月，有人行。

【注释】

①汀州：水中小洲。《楚辞》屈原〈九歌·湘夫人〉："搴汀州兮杜若，将以遗兮远者。"

②酲（chéng）：酒醒后所感觉的困惫如病状态。《诗·小雅·节南山》："忧心如酲，谁秉国成？"

③盈盈：清澈的样子。《文选·古诗十九首》之十："盈盈一水间，脉脉不得语。"

【赏析】

这是一首即兴抒写春情的词。

上阕写春雨潇潇,连绵不断,遍洒江城,春水漫过了城外河中的小洲,词人给我们绘出了一幅烟雨迷濛、充满动感的春日雨景,"满"、与"生"字写出了春雨飘飘洒洒、春水不断上涨的活泼的动态。下句写下久了的春雨给人一种慵倦的感觉,仿佛喝了太多的春酒。但令人欣喜的是,昨夜下了一场雨后,今晨却是个好天气。

下阕抒发词人对生活之热情:年少时喜欢赏灯游玩,老来不变旧情。在雨后初露霁月的春夜,即便没有灯火辉照,但那盈盈月光、如水一般清澈的光辉,却也令人陶醉神往。词人怀着愉悦的心情,想象今夜定会有人趁着皎皎月光作一番月下畅游。

全词一改词人平日凄切悲凉之风格,字里行间跳跃着一种对生活热烈的爱恋,情调明快活泼。

谒 金 门

惜 春

风又雨,春事自无多许。欲待柳花团作絮,柳花冰未吐。

翠袖不禁春误①,沉却绿烟红雾。将谓花寒留得住,一晴春又暮。

【注释】

①翠袖:翠色的衣袖。在此代指佳人。

【赏析】

此词名为惜春,实叹美人迟暮。

上阕写风雨肆虐,春意阑珊。在一片萧条凄凉的环境中,词人心中怀抱着希望,盼望那杨柳枝条飘飞、柳花漫洒的美丽景象,然而柳花却似被春寒冻结住了,迟迟不肯吐絮杨花。词人那怅然若失之情尽染词篇。

下阕首句点明题旨,惜佳人青春虚度,韶华近去。一个"误"字,道出多少惋惜之意。风雨朦胧之中,绿树红花,幻化作一片迷濛的绿烟红雾,就在这凄凄离离的情境中,美丽的青春悄然逝去,纵有千种风情,却是无人与诉。"将谓"句是写词人只说天寒春光迟,然而待到雨过天晴之时,却已是春的尾声了。

此词妙在写出了情感的起伏跌宕。"欲待"和"将谓"写词人于万般无奈情形中对未来的隐约希望,而紧接着下面一句,却是这希望的破灭。一个"未"字和一个"又"字,包含了无限惋惜哀叹,怅然若失之意于其中。

浣 溪 沙

春日即事

远远游蜂不记家,数行新柳自啼鸦。寻思旧事即天涯。
睡起有情和画卷①,燕归无语傍人斜。晚风吹落小瓶花。

【注释】

①和:连。宋晏几道《小山词·阮郎归》:"梦魂纵有也成虚,那堪和梦无。"

【赏析】

这是一首描写春日思乡的小词。

上阕以优美蕴藉的笔法,勾勒出一幅春意缱绻的雅致图画,并点明词人思乡之题旨。无论是写游蜂渐去渐远,不知回巢,还是"新柳"、"啼鸦"的意象,均暗示着词人的思乡情怀,因柳与鸦,在古诗词中均是代表离别愁绪的象征物。这番景象,在词人心中引起往事恍若天涯相隔的惆怅之情。

下阕首句紧承上阕,这里的"情"即指上句旧事不堪回首之意。刚刚从睡梦中醒来,许多哀愁又涌上心头。词人无心赏画,遂将画卷起。这里"有情和画卷",是说词人希望把这愁思忘却,像卷画一样,暂且收起。古诗词中常以蕉心喻人情怀,谓"蕉心可卷",似乎情是可以卷起来的。最后两句是这首词最精妙之处,在词人眼中,燕子与花似乎都为有情之物,燕归无语傍人,对人似有无限依恋之情,晚风习习中,瓶花片片凋零,又似有许多的无奈与感伤。这里,词人把主观感情色彩涂抹于客体事物之上,于纯粹写景中,点染出词人心中淡淡的落寞情愫,词中有画,画中有情。浅浅话语,无限意思,读去乍觉和婉,细按方知情伤。可谓"淡语皆有味,浅语皆有致"。

宝 鼎 现

丁酉无夕

红妆春骑,踏月影、竿旗穿市。望不尽,楼台歌舞,习习香尘莲步底①。箫声断,约彩鸾归去②,未怕金吾呵醉③。甚辇路④、喧阗且止⑤。听得念奴歌起⑥。　父老犹记宣和事⑦。抱铜仙⑧,清泪如水,还转盼,沙河多丽⑨。滉漾明光连邸第。帘影动,散红光成绮⑩。月浸葡萄十里⑪。看往来、神仙才子⑫。肯把菱花扑碎⑬。　肠断竹马儿童⑭,空见说、三千乐指⑮。等多时春不归来,到春时欲睡。又说向、灯前拥髻⑯。暗滴鲛珠坠⑰。便当日,亲见霓裳⑱,天上人间梦里。

【注释】

①习习香尘:指尘土微扬。习习,形容微风。

②彩鸾:林坤《诚斋杂记》:"钟陵西山有游帷观,每至中秋,车马喧阗。大和末,有书生文箫往观,睹一姝吴彩鸾甚妙,生意其神仙,植足不去,姝亦相盼……乃与生下山归钟陵为夫妇。"这里彩鸾指游春之女。

③金吾:官名,掌管京城的守卫防务。韦述《西都杂记》:"西都京城街衢,有金吾晓暝传呼,以禁夜行,惟正月十五日夜敕许金吾弛禁。"呵醉:指西汉将军李广夜饮回家,被霸陵一喝醉的尉官呵责扣留。见《史记·李将军列传》。

④甚:为什么。辇路:皇帝车马经过的道路。

⑤喧阗（tián）：人声喧闹。
⑥念奴：唐玄宗天宝年间名歌伎，善歌。
⑦宣和：宋徽宗年号。
⑧铜仙：金铜仙人。李贺《金铜仙人辞汉歌》："空将汉月出宫门，忆君清泪如铅水。"
⑨沙河：即沙河塘，在杭州南五里。田汝成《西湖游览志余》："沙河宋时居民甚盛，碧瓦红檐，歌管不绝。"
⑩绮：光色。《文选》晋张景阳《七命》："流绮星连，浮彩艳发。"
⑪葡萄：这里比喻水深色碧。
⑫神仙：借指美女。《武林旧事》："靓妆笑语，望之如神仙。"
⑬菱花：镜子。用陈亡后乐昌公主和其夫徐德言将镜扑碎，各分其半，作为分离后互相探访的凭信的典故。
⑭竹马：以竹杖当马骑。李白《长干行》："郎骑竹马来，绕床弄青梅。"
⑮三千乐指：三百人的乐队。
⑯灯前拥髻：《飞燕外传·伶玄自叙》："通德（伶玄妾）占袖顾视烛影，以手拥髻，凄然泪下，不胜其悲。"
⑰鲛珠：即"鲛人泣珠"。鲛人为神话传说中的人鱼。晋张华《博物志》："鲛人从水出，寓人家积日，卖绡将去，从主人索一器，泣而成珠满盘，以与主人。"后以鲛珠形容哭泣时流出的眼泪。
⑱霓裳：唐代乐曲名，即《霓裳羽衣曲》。

【赏析】

这首词是刘辰翁晚年的名作，写于宋亡之后，通过对昔日宋代元宵节的繁华富贵和今日之惨淡萧条的对比描写，抒发词人无比深沉的亡国之痛。词分三阕，分别描写了北宋、南宋和作者作词之时的灯节景象。

上阕通过对声、色、形的铺写，将北宋元宵节的繁华热闹表现得绘声绘色、淋漓尽致。盛妆的仕女们乘着香车宝马，纷纷出游；歌台舞榭上，歌妓舞女们轻移莲步，婆娑多姿；这里箫声刚歇，那里歌声又起。在这喜庆气氛中，青春男女，相邀结伴，自由欢乐。此阕以铺叙手法，浓墨重彩，道不尽的繁华富贵。

中阕首句点明时间，转入南宋，借用金铜仙人辞汉落泪的典故，寓亡国之痛。此时南宋王朝虽然偏安一隅，然亦有承平景象，词人通过对光、影、水色的描写，写出了元宵节时沙河塘一带灯月交辉之美。末句"肯把"二字，则流露出词人刻骨铭心的亡国之痛。此阕首末两句巧妙用典故，铜仙坠泪、菱花扑碎两个意象的推出，使人深感在一片承平欢乐的表象下有着无尽的凄凉与辛酸。

下阕由上两阕对往事的回忆中，回到词人作词之时的现实。"肠断"句是写往日的繁华，今天骑竹马的儿童已再也无法见到，只能从老人们的叙述中去凭空想像了。后面写今日的元宵节，不复有当日的盛况美景，人们只能枯坐灯前，回首往事，黯然神伤，不禁泪坠。即便是当日亲见霓裳羽衣舞的老人们，也恍觉与那时似天上人间相隔遥远，宛如一场春梦一般，末句化用李煜语，再加上"梦里"二字，倍觉沉痛。

此词通过铺叙、对比手法的运用，极写景与情的前后变化之大，给人以往事不堪回首之感，词人的亡国之痛得以艺术的深曲往复表现出来。张孟浩云："反反复复，字字悲咽。"杨慎《词品》说："词意凄婉，与《麦秀》何殊。"

兰 陵 王

丙子送春①

送春去，春去人间无路。秋千外，芳草连天，谁遣风沙暗南浦②。依依甚意绪。漫忆海门飞絮③，乱鸦过，斗转城荒，不见来时试灯处④。　　春去，最谁苦？但箭雁沉边⑤，梁燕无主⑥。杜鹃声里长门暮⑦。想玉树凋土⑧，泪盘如露⑨。咸阳送客屡回顾⑩，斜阳未能度。　　春去，尚来否？正江令恨别⑪，庾信愁赋⑫（二人皆北去）。苏堤尽日风和雨。叹神游故国，花记前度⑬。人生流落，顾孺子⑭，共夜语。

【注释】

①丙子：宋恭帝德祐二年（1276），即元兵攻入南宋都城之年。
②南浦：泛指送别之地。这里借指江南水乡。
③海门飞絮：指逃往海滨的南宋君臣。海门，海边。
④试灯：正月十五日灯节前之预赏灯节。
⑤箭雁：被箭射中受伤的雁，指被俘的南宋君臣。
⑥梁燕：梁上的燕子，指留在临安等地散落无主的士大夫。
⑦长门：本汉武帝时长门宫，是陈皇后被贬时的冷宫。
⑧玉树凋土：《晋书·庾亮传》：亮将葬，何充（会之）叹曰："埋玉树于土中，使人情何能已！"借指为国牺牲的人们。
⑨泪盘如露：指汉武帝在建章宫前造神明台，上有铜人手托盛露铜盘。魏明帝命人把铜人由长安搬到洛阳，宫官拆盘，铜人临载之时，由眼中流下泪来。
⑩咸阳送客：李贺《金铜仙人辞汉歌》："衰兰送客咸阳道，天若有情天亦老。"
⑪江令：即江淹，著有《别赋》。
⑫庾信：梁庾信出使北周，被留，著有《愁赋》，已失传。
⑬花记前度：刘禹锡《再游玄都诗》："种桃道士归何处，前度刘郎今又来。"
⑭孺子：指作者自己的儿子。

【赏析】

陈廷焯在《白雨斋诗话》中说："题是送春，词是悲宋。曲折说来，有多少眼泪。"此词以春喻国，借送春、惜春、怀春，抒写词人对灭亡了的宋国的无限哀思。这首词为长调，共分三阕，均以"春去"为中心，围绕这一主题进行描写和抒情。

上阕写临安失陷后的凄凉景象。"芳草"在古诗词中常用来表示离别之情。这里"芳草连天"的凄迷景色，似写春天依依惜别，实暗喻词人送别宋朝的绵绵离恨。"风沙暗南浦，"风沙暗喻元军，由于元军的侵占和破坏，临安昏暗无日。"海门飞絮"则象征着孤苦无助、流落天涯的南宋君臣。"乱鸦过"句写失陷后的临安，乱鸦盘旋，城池流圮，昔日灯火辉煌的景象已荡然无存。

中阕写人。"箭雁"指被掳北去的君臣；"梁燕"喻亡国后流散落泊的南宋臣民；"玉树"比喻那些为国捐躯的勇士。"泪盘如露"、"咸阳送客"，俱是化用金铜仙人辞汉落泪的典故，暗喻着被迫北去的南宋君臣对故国的眷恋之情。

下阕抒情。首句以设问起，将词人对故国的一片痴恋表达得感人至深。江令、庾信二人均是北去不得归的愁人，均经亡国恨事，作赋达情，而词人心境正与古人同。再看今日苏堤，于风雨飘摇中，那一片凄楚迷离，更增词人愁绪。惟有神游故国，以暂时忘却触目痛心的现实，然那种人生流落、飘零无依的感觉却总是挥之不去。正是，春可再来，国亡不复。

此词成功地运用象征手法，通过种种艺术形象寄托词人悲国之情，表里相宜，斐然成章。又以多处设问，使感情的表达层层深入，曲折动人。特别是中阕、下阕均以设问句起，问得惊心动魄，问得似痴似绝，词人那悲愤之状似历历在目。卓人月在《古今词统》中说："'送春去'二句悲绝；'春去，最谁苦'四句凄清，何减夜猿；下片则悠扬悱恻，即以为《小雅》、《楚辞》可也。"

踏 莎 行

雨中观海棠

命薄佳人，情钟我辈。海棠开后心如碎。斜风细雨不曾晴，倚阑滴尽胭脂泪。　　恨不能开，开时又背，春寒只了房栊闭。待他晴后得君来，无言掩帐羞憔悴。

【赏析】

此词为词人雨中观海棠有感而发，开篇即以"命薄佳人"切中题旨，似不止咏物，概由赏花而引起同类联想，慨叹"自古红颜多薄命"，亦为佳人之不幸而唏嘘惋惜。"情钟"乃情之所聚之意。花与人，皆娇美而脆弱，令词人不胜爱怜和护惜。然而她们的命运却实堪伤悲，使词人观之"心碎"，因那"斜风细雨"严相逼，尽日备爱摧残，流不尽的眼泪，伴随了她那短暂的一生。

下阕进一步叙写她不幸的命运。花开不逢时，开时正值"斜风细雨不曾晴"，春寒料峭，人们都回到了屋中，将房门紧闭，花儿孤苦寂寞，承受着风雨的肆虐。待到雨过天晴，赏花人来时，她早已失却了盛时的风采，花容失色，变得憔悴不堪。

此词咏海棠，处处将之拟人化，读来"似花还似非花"，花与人，已浑然莫辨，花的命运与人的命运交织在一起，双重的慨叹与悲哀，使此词意蕴深远，耐人寻味。

浣 溪 沙

感 别

点点疏林欲雪天，竹篱斜闭自清妍。为伊憔悴得人怜。
欲与那人携素手，粉香和泪落君前。相逢恨恨总无言。

【赏析】

"多情自古伤离别"，而情人间的离别则最为伤情。刘辰翁此词将常为文人所咏叹的这一永恒题材，以清丽流转、淡雅简洁之笔致表出，别具艺术魅力。

上阕首先交代和描绘了两人离别的场所，是在那郊外乡野之处。正是寒冬天气，雪欲下未下，天色昏黄，四周有疏疏落落的树林环抱，屋前竹篱斜闭，景色自是清丽，却不管此时此地正有两个伤心人依依不舍，因即将来临的离别而自苦呢。而后又描写故事里的男女主人公，女子因离别悲伤不已，美丽的面容变得憔悴不堪，也因此而更加得到情人的怜爱。

"欲与那人携素手"，写女子希望能与自己所爱的人携手并肩，共游天涯，共度人生，表现了女子对爱情的坚贞不移。然而这愿望却非现实所允许，万般的失望，内心的痛苦，迫在眼前的分离之苦，于是都化作串串珠泪落于情人面前。结句是说在这最后别离的时候，满腔愁绪，无以说起，故"恨恨总无言"。恨为爱的极致，无声胜似有声，词写到这里，将离别的悲伤气氛推至高潮。

此词以女子口吻徐徐道来，写得既温雅含蓄，又哀婉动人，缠绵绯恻，细腻地表现了恋爱中的女子在别离时刻复杂而微妙的心理。读完全词，一位美丽多情的女子的艺术形象跃然于纸上。

李彭老

【作者介绍】

李彭老，生卒年不详。字商隐，号筼房。宋理宗淳祐中曾为沿江制置司属官，与弟莱老同为宋遗民词社中重要作家，合著《龟溪二隐词》。

法曲献仙音

官圃赋梅，继草窗韵

云木槎枒①，水漪摇落，瘦影半临清浅。翠羽迷空②，粉容羞晓，年华柱弦频换。甚何逊，风流在，相逢共寒晚。　　总依黯。念当时，看花游冶，曾锦揽移舟，宝筝随辇。池苑锁荒凉，嗟事逐、鸿飞天远。香径无人，甚苍藓，黄尘自满。听鸦啼春寂，暗雨萧萧吹怨。

【注释】

①槎枒：也作"槎牙"，错杂不齐貌。
②翠羽：喻翠色的树叶。唐李贺《歌诗编》三《春归昌谷》："龙皮相排戛，翠羽更荡棹。"

【赏析】

此词为李彭老和周密词，周密原词题作"吊雪香亭梅"。雪香亭在杭州清波门外聚景园内。此园为宋孝宗建,供退位的高宗闲暇时游幸。雪香亭旁广植梅花,多古梅。宋亡后,亭园荒芜。草窗词作于宋亡以后,名为吊梅,实为悼宋,李彭老此词意同。

上阕起句写眼前之景,古梅苍老的枝桠错杂参差,池塘中的水燕随波飘摇,梅花清秀的姿容倒映水面,梅奇水清,相映成趣。"瘦影半临清浅",出自林逋诗句"疏影横斜水清浅"。"翠羽"句表明词人将视线移向梅亭四周,翠色的树叶层叠披离,遮住了太阳的光芒,使树丛显得迷离深幽;花朵的娇颜也已委顿憔悴,给人残败之感。这荒凉景色,顿使词人心生岁月飞逝之叹,更兼故国兴亡之悲,不胜唏嘘。"柱弦频换"是以弹拨弦索之急速比喻时光之速。"甚何逊"句慨叹当年风流词友,今日相逢,却已是"市朝轻换",国不复存亡时。

下阕将聚景园今昔对比,回想当年帝王们乘坐着锦舟宝车,看花冶游,无限风光。如今池苑荒芜,昔日盛况,已如飞鸿远逝,不复可见。人迹罕至的小径上,苔痕斑驳,已落满了积年的尘土。此非徒为写景,有词人对故国无限追悼,怀念之情蕴含其中。结拍两句,将这凄怨之情推向极致:荒无人迹的园亭中万籁俱寂,只有偶尔几声凄厉的鸦啼打破了这逼人的寂静,黄昏时刻又下起了潇潇暗雨,似是那历经荣衰的梅园之怨魂在为亡去的宋国哭泣。此种意境,将情与景完美结合,具有强烈的悲剧感染力,千载之下,仍令人为之低回不已。

这首词以高超的艺术形式,深刻婉曲地表达了深怀禾黍之悲的亡国之民的悲恸之情。

祝英台近

杏花初,梅花过,时节又春半。帘影飞梭,轻阴小庭院。旧时月底秋千,吟香醉玉,曾细听、歌珠一串。　　忍重见。描金小字题情,生绡合欢扇①。老了刘郎②,天远玉箫伴。几番莺外斜阳,栏杆倚遍,恨杨柳、遮愁不断。

【注释】

①生绡：没有漂煮过的丝织品。古以生绡作画，故也借指画卷。合欢扇：团扇。《文选》汉班婕妤《怨歌行》："裁为合欢扇，团圆似明月。"

②刘郎：南朝宋刘义庆《幽明录》记东汉永平年间，刘晨、阮肇在天台桃源洞遇仙。太康年间，刘重到天台寻觅仙侣不遇。

【赏析】

此词怀念旧欢，情、景、物相映相衬，虚实相生，言情细腻入微，生动别致。

上阕首句写时节物候，于疏疏写景中，摇漾出时光飞逝之感慨。"帘影"句则由自然之背景落笔到人物所处的具体环境上来。"帘影"、"轻阴"，造成了一种幽暗、清寂的氛围，透露出词人寂寞的情愫。"旧时"句以下，则写词人对往日欢乐的回忆，词人以"香"、"玉"、"珠"等华丽字眼，来形容旧时情侣的美丽容颜和动听歌喉，表现了词人一往情深的依依恋情。

下阕首句写词人睹物思人，不胜其悲。"忍重见"，实为"怎忍重见"或"不忍重见"之意。"老了刘郎"句用刘晨重入天台访仙不遇的故事，喻自己年华老去，形影相吊之悲。结句以景结情，情思邈远，哀婉深沉。在娇莺啼声中，斜阳余晖里，词人久久伫立、倚栏望远的身影，显得格外孤单。更兼那杨柳在晚风中拂拂扬扬，更勾起人满怀的离情别恨，故曰："遮愁不断。"

何梦桂

【作者介绍】

何梦桂（1228—?），字岩叟，初名应祈，字申甫，淳安（今浙江淳安县）人。宋度宗咸淳元年（1265）省试第一，廷试一甲第三名。官授台州（今浙江临海县）军事判官。咸淳十年冬，任监察御史。元朝至元年间，屡征不起，于小酉源筑室，自号潜斋，著有《潜斋集》。

喜 迁 莺

留春不住。又早是清明,杨花飞絮。杜宇声声,黄昏庭院,那更半帘风雨。劝春且休归去。芳草天涯无路,悄无语。倚栏杆立尽,落红无数。　　谁愬①。长门事,记得当年,曾趁梨园舞②。霓羽香消,《梁州》声歇③,昨梦转头今古。金屋玉楼何在,尚有花钿尘土。君不顾。怕伤心,休上危楼高处。

【注释】

①愬:诉的异体字,告诉、诉说。
②梨园:唐玄宗时教练宫廷歌舞艺人的地方。见《旧唐书·中宗本纪》。后人称戏班为梨园,戏曲演员为梨园弟子。
③梁州:《梁即州令》,词调名,本唐教坊曲名。

【赏析】

这首词借伤春怀古,抒发了人生无常、富贵冷落的悲哀。

上阕首句突兀而起,道出词人一片惜春、怨春之情。已是清明时节,杨柳飘絮,春天似乎正在悄悄离去。更有那风风雨雨的吹打,似已不容春光再迟迟淹留。黄昏时的庭院,杜鹃发出凄怨的叫声,这孤冷凄清之境,引起词人心中万千愁绪,于是"劝春且休归去",说那漫漫芳草已铺遍了天涯,遮断了春的归路。然词人情痴如此,却仍留春不住。无限伤心,令词人默默无语,久久地凭栏而立,看那凋零的花朵乱纷纷坠下,那般寂静凄凉的意味,使人为之肠断心碎。

春天的短暂易逝,自然而然引起词人对浮生若梦、譬如朝露的悲哀感慨。下阕通过对古代美人陈皇后和杨贵妃的悲剧的描写,进一步抒发了这种感受。"长门事"是指陈皇后一度失宠,被弃置于长门宫,后以千金请司马相如作《长门赋》诉说自己的怨愁,感动了武帝,重邀宠幸,然到如今,那藏娇金屋也已不复存在。杨贵妃曾集三千宠爱于一身,于梨园随着《霓裳羽衣曲》翩翩起舞,使人疑

305

为天人下凡,然而这一切,转眼间已似成为昨日的一场梦,歌阑人亡,唯留下委弃于尘土之中的花钿。纵曾有万般富贵荣华,到头来总如大梦一场。念即此,词人已不胜其悲。结句"怕伤心,休上危楼高处",乃化用辛弃疾的"休去倚危栏,斜阳正在烟柳断肠处",言词人之悲哀似已到了极限,经不起那危楼独倚,令人肝肠寸断的孤独与悲哀之情了。

黄　升

【作者介绍】

黄升,生卒年不详。字叔旸,号玉林。建安(今福建建瓯)人。早年弃科举考试,雅意读书,以吟咏自适。著有《散花庵词》,编有《绝妙词选》二十卷,分上、下两部分,后人统称为《花庵词选》。游受斋称其词为晴空冰柱。

鹧　鸪　天

暮　春

沉水香销梦半醒[①],斜阳恰照竹间亭。戏临小草书团扇[②],自拣残花插净瓶。　　莺婉啭,燕叮咛。晴波不动晚山青。玉人只怨春归去,不道槐云绿满庭。

【注释】

①沉水:沉香的别名。宋胡宿《文恭集》五《侯家》诗:"彩霞按曲青岑醴,沉水薰衣白壁堂。"

②小草:书体名。草书的一种,笔势似行书。宋苏轼《东坡题跋》四《论沈辽米芾书》:"近日米芾行书,玉斝小草,亦颇有高韵。"

【赏析】

这首小词以流丽清新的笔触描写了女子暮春伤怀的感情。

上阕首句点明了时间、地点，确定了全词的基调：女主人公春眠初醒之时，已是斜阳余晖之际，沉香缭绕蜿蜒，恰如女主人公寂寞、惆怅的情思绵绵。"戏临"句摹写了女主人公闺中生活的两个片断，写得清新有致。临草书扇，表现了女主人公的聪颖敏慧和高雅情趣，残花插瓶，为怜花，亦为自怜，韵味深长。这里，拣为"自拣"，瓶为"净瓶"、表现了女主人公对花的一片爱怜深情。

下阕通过景色描写，衬托女主人公的寂寞情怀。这里，词人对景物的描写抓取了声与色的特点，酿得自然天成之妙句，既富声音之美，又具鲜明之色调：空中不时传来婉转莺歌，呢喃燕语，清亮悦耳；湖蓝色的水波似凝不动，暮色中的青山愈加青翠。自然界的一切如诗如画，祥和无比，但岂能解女主人公心中的无限伤感呢？结句似怨玉人怨春之无理，实叹美人迟暮之可怜。虽然自然界四季流转，各有佳妙之处，永远令人感觉新鲜可喜，然而时光却在悄悄流逝，人的青春也在一天天老去，无怪乎玉人要"怨春归去"了！

此词将轻愁浅怨，以淡语道之，以景物烘托之，极富含蓄之美。

鹊　桥　仙

春　情

青林雨歇，珠帘风细，人在绿阴庭院。夜来能有几多寒？已瘦了、梨花一半。　　宝钗无据，玉琴难托，合造一襟幽怨。云窗雾阁事茫茫，试与问，杏梁双燕。

【赏析】

此词写伤春之情。

上阕写雨歇风细，青林幽翠，珠帘低垂，绿荫深深，女主人公闲步庭院，惊见梨花如雪零落满地，于是忧从中来，由伤春而及伤己，有无限感慨，故此引来下阕女主人的思绪，过渡自然。"无据"、"难托",均言无人与伴的寂寞生涯,使女主人无心装扮,无人与诉。这一切日积月累,合造成一腔难以排遣的幽怨心情。"云窗"句写女主人回首往事,已如云遮雾隔,难以追寻。也许只有那曾在房梁上筑巢的燕儿还记得吧?想当初,也曾是伉俪情深,合欢无限,如今燕儿依旧成双成对,人儿却已是形单影只,这凄凉滋味,尽在这一句问双燕之中。

此词写得幽怨悱恻,且一气贯之,如累累滚珠而下,绝无滞碍。

李 演

【作者介绍】

李演,生卒年不详。字广翁,号秋堂。著有《盟鸥集》。词存《绝妙好词》中。

声 声 慢

轻鞯绣谷①,柔屐烟堤②,六年遗赏新续。小舫重来,惟有寒沙鸥熟。徘徊旧情易冷,但溶溶、翠波如縠③。愁望远,甚云销月老,暮山自绿。　　颦笑人生悲乐④,且听我尊前⑤、渔歌樵曲。旧阁尘封,长得树阴如屋。凄凉五桥归路,载寒秀,一枝疏玉。翠袖薄,晚无言,空倚修竹。

【注释】

①鞯(jiān):马鞍子下面的垫子。
②屐(jī):鞋。
③縠(hú):有皱纹的纱,多用以比喻水的波纹。
④颦(pín):皱眉。
⑤尊:泛称一切酒器。

【赏析】

这是首怀念旧情之作。

上阕写词人时隔六载，重访曾与情侣一起畅游过的旧地。"绣谷"指树木茂密的山谷；"烟堤"指杨柳成行，枝条飘扬的堤岸。"惟有寒沙鸥熟"，写无人相慰、只有鸥做伴的孤独凄凉境况。触景生情，此刻的孤单更令词人怀想起旧日的情侣，不禁感叹炽热的感情竟轻易地就变得冷漠起来。"但溶溶"句，写词人极力从痛苦的感情漩涡中挣脱出来，于是注目远眺，碧如翡翠的湖面泛起细细的涟漪，如轻纱起皱，似有无限温柔。然而如挥刀断之不去的水流，词人的愁思如湖水漫漫，难以消除。"甚云销"句，实乃"为什么"之意，这里词人用云朵销散、月亮残缺的景象来比喻自己因失去爱人的内心痛苦，而以"自绿"的"暮山"喻背叛了的情人。

　　下阕"颦笑人生"句，写词人试图挣脱痛苦的羁绊，以潇洒、超脱的态度去对待这一切，迎受人生的悲悲乐乐，开怀畅饮，纵情高歌，唱的是"渔歌樵曲"，而非文人雅士所欣赏的阳春白雪，表现了词人欲与自然贴近，以山水渔樵为知音，在粗犷豪放的山歌水调中获得一种充满生命力的感觉。这里，词人似乎表现出了一种飘然凌仙之意度，然仍掩盖不住内心的伤痛，"笑"贯之以"颦"，就透露了词人的这种隐痛，以洒脱之面目表现出来，婉转曲折。顺之而下，故有"旧阁尘封"、"树阴如屋"之沉痛话语。"凄凉"句写归乡路上，景色凄清，惟有一枝独花，于寒风中傲放，秀色喜人。这一意象给全词灰暗的色调上添抹了一层亮色。全词以美人无言倚修竹的优美画面作结，词情凄美，内似含有劝人顿悟之禅意，"空"字约略点明了词人意旨所在。

　　此词写得波澜有致，感情跌宕起伏，顿挫开合，曲尽其情，并蕴含人生哲理于其中，无论从艺术上、或思想上看，都为一佳作。

周　　密

【作者介绍】

　　周密（1232—1298），字公谨，号草窗、苹州、四水潜夫、弁阳啸翁等。济南人，流寓吴兴（今浙江湖州市），居弁山。宋末曾任义乌令。宋亡不仕，与王沂孙、张炎、唐珏等人共结词社。早期词多写优雅生活，讲究音律，文字精美。晚年身逢国难，多抒发思国怀乡之情，风格亦转为凄凉悲郁。词与吴文英（梦窗）齐名，并称"二窗"，能诗善画，著有诗集《草窗韵语》、词集《草窗词》（又名《𬞟州渔笛谱》）、笔记《武林旧事》、《癸辛杂识》、《齐东野语》、《云烟过眼录》、《浩然斋雅谈》等，编纂《绝妙好词》。

好 事 近

新雨洗花尘，扑扑小庭香湿。早是垂杨烟老，渐嫩黄成碧。晚帘都卷看青山，山外更山色。一色梨花新月，伴夜窗吹笛。

【赏析】

此词妙在其至清至纯之意境，笔下一片纯净、清丽的世界，折射出宁静、安详、超尘脱俗之心境。似纯然写景，并抒写心绪，然满篇尽染词人旷达、淡泊之气，可谓冰心玉壶，表里澄澈。

上阕写一番新雨之后的景象，一个"洗"字尽得风流，绘出一幅清景，"香湿"二字写出小庭径细雨润泽后，花香更为沁人心脾。时已是初夏时分。杨柳垂垂，已渐由嫩黄的颜色变得碧绿。

如果说上阕意象已甚清丽可人，那么下阕则如轩窗洞开，清风徐徐，演画出一个几疑不在人间的超凡脱俗的艺术境界，并在这番景象中凸现出词人的形象。一个"卷"、一个"吹"字，给整个画面增添了动感和声音，在读者眼前活了起来。词人卷起窗帘，雨后的青山更加黛绿，一色如水月光之下，梨花洁白如雪，恍若仙境，主人公斜倚夜窗，横笛在手，悠扬的笛声打破了夜色的寂静。

此词只是淡墨白描，寥寥几笔，却勾勒出韵味无穷的清境，一个与世无争、不求名利、清旷淡泊的词人风范尽在眼前，大有"采菊东篱下，悠然见南山"的闲云野鹤之意趣。

江 城 子

拟 蒲 江

罗窗晓色透花明。艳瑶笙①,按瑶筝②。试讯东风,能有几分春。二十四栏恁玉暖③,杨柳月,海棠阴。　依依愁翠沁双颦④。爱莺声,怕鹃声。人自多情,春去自无情。把酒问花花不语,花外梦,梦中云。

【注释】

①艳(qìng):华美。唐韩愈《昌黎集》四《东都遇春诗》:"川原晓服鲜,桃李晨妆艳。"

②瑶笙、瑶筝:用玉装饰的笙筝。瑶:美玉。

③二十四栏:江苏扬州市境内有二十四桥,为古代名胜。恁(nèn):这样、如此。宋欧阳修《六一词·玉楼春》:"已去少年无计奈,且愿芳心长恁在。"

④依依:隐约。晋《陶渊明集》二《归园田居》诗之一:"暧暧远人村,依依墟里烟。"

【赏析】

此词为我们刻画了一位于春日美景之中惜春、叹春的女性形象,通过对其动作、神态及心理的一系列细腻描绘,使人物形象跃然于纸上。

上阕写在一个清新明朗的早晨,透过那雕饰成花纹状的窗扉向外望去,清晨的阳光将屋外盛开的花朵照耀得分外娇艳欲滴,女主人公抱来华美的用玉装饰的琴筝,纤纤玉手弹奏出婉转动听的乐声,似在询问东风:春在人间,能留几时?下面几个意象的叠加,更写出春的美好。二十四桥上石质的栏杆,在暖暖春晖的照射下如玉石一样温润滑爽,河边杨柳垂垂,水面月光涟涟,海棠花鲜红的色彩在暗处如火焰般闪闪烁烁。

下阕首句设置悬念：处在在这醉人的春日美景中，女主人公眉宇之间却有隐约的忧愁闪现。这是为什么呢？"爱莺声、怕鹃声"句则更增加了人们的疑惑。"人自多情"句则回答了这一问题，也点明了全词的意旨：多情人怕春去无情。"把酒问花"句化用李清照的"泪眼问花花不语"。"花外梦，梦中云"是写女主人公身处于这春日美丽的景色之中，却疑这眼前的一切只不过是一场短暂的梦幻，如梦中云一般虚无缥缈，生动地刻画出女主人公担心这艳美如花的春日会如梦一般消失，难以寻觅的心理。梦云是无法捉摸、空灵缥缈之意象，以此作比，形象地写出了春去不可觅的伤春之意。此句如神来之笔，清雅可赏。

此词上阕写景绵密雅丽，细腻入微。下阕写情则如神龙穿云，有绵渺之思，情与景疏密相生，别具风姿。

甘　州

灯夕书寄二隐

渐萋萋、芳草绿江南①，轻晖弄春容②。记少年游处，箫声巷陌，灯影帘栊。月暖烘炉戏鼓，十里步香红。倚枕听新雨，往事朦胧。　　还是江春梦晓，怕等闲愁见，雁影西东。喜故人好在，水驿寄诗筒③。数芳程，渐催花信。送归帆，知第几番风④。空吟想，梅花千树，人在其中。

【注释】

①萋萋：草茂盛的样子。
②晖：日光。
③驿：驿站。
④第几番风：指花信风，应花期而来的风。江南自春至初夏，自小寒至谷雨，五日一番风候。梅花风最早，楝花风最后，共二十四番。

【赏析】

此词抒写了词人于灯夕之夜回首往事如梦,却盼春风来的复杂心情。

上阕首句写江南初春、春光明媚的景象,然而这芳草连天、春晖轻弄的美丽景色,却勾起了词人心中的隐痛。忆少年时灯节的繁华热闹景象,实寄托着词人的故国之思。接下来笔锋轻转,由对往昔的回忆中回到现实,繁华与孤寂两相对照,凄楚之情自不待言。词人将浓情淡写,更觉愁苦逼人。

"还是江春梦晓",抒写了词人"国破山河在,城春草木深"的哀痛之情。眼前春色依旧,但故国盛情却如梦中幻影,早已烟消云散,空余梦醒后的悲哀。值得安慰的是故友还在,可以寄诗传情,共叙旧事。"数芳程"句以下,文情陡转,写词人对春的盼望。此处实以自然之春喻人事之春,寄托了词人盼望国家复兴、盛世重逢的心情。结句"梅花千树,人在其中",虚写词人想象中随着二十四番花信风中第一番梅花风而来,梅花盛开,花繁锦簇的美好景象。这里的梅花成为故国盛情的象征。而一"空"字,则寄寓了深深的哀感,道出希望之渺茫,种种失意、无望、怅惘之情尽在不言之中。

踏 莎 行

与莫两山谭邗城旧事①

远草情钟②,孤花韵胜。一楼耸翠生秋暝③。十年二十四桥春,转头明月箫声冷。　　赋药才高,题琼语俊④。蒸香压酒芙蓉顶。景留人去怕思量,桂窗风露秋眠醒。

【注释】

①谭:同谈。《三国志·魏志·管略传》"此老生之常谭。"
②情钟:指情之所聚。
③暝:日暮、夜晚。古乐府《孔雀东南飞》:"晻晻日欲暝。"

④琼：赤色玉，亦泛指美玉。

【赏析】

这是一首缅怀旧事的抒情之词。

上阕景中寓情，描写了深秋季节芳草迷离，冷翠幽幽，斜阳孤花，暮色错昏的景象，似不关情，却有几多清冷悄寂之感摇漾而出。"十年二十四桥春"句是化用杜牧两首诗中之句："十年一觉扬州梦，赢得青楼薄幸名"和"二十四桥明月夜，玉人何处教吹箫"，是说十年岁月，转瞬间就如一场春梦逝去，十年后的今日，明月依旧照人，箫声依然悠悠，却感清冷逼人。"冷"与"春"相对，写出岁月流逝、人世转换之悲哀。此二句妙用前人诗句，创造出新的意境，如盐着水，不著痕迹，品之有味。

下阕首句回忆当年与词友纵情诗酒，吟啸风月，情酣墨饱，俊语联翩的情景。而今"景留人去"，触景伤情，"怕思量"，道出词人心中的创痛。结句写词人于秋风秋露中醒来，其心境之苦寂可想而知，言有尽而意无穷。

此词几度时空转换，将今昔对比，无限人世沧桑之感，尽含其中。写法疏朗、自然，戈载曾评周密词："尽洗靡曼，独标清丽，有韶倩之色，有绵渺之思。"此词可以当之。

一 萼 红

登蓬莱阁有感①

步深幽，正云黄天淡，雪意未全休。鉴曲寒沙②，茂林烟草③，俯仰千古悠悠④。岁华晚，漂零渐远，谁念我，同载五湖舟⑤。磴古松斜⑥，崖阴苔老⑦，一片清愁。　　回首天涯归梦，几魂飞西浦，泪洒东州。故国山川，故园心眼，还似王粲登楼⑧。最怜他、秦鬟妆镜⑨，好江山，何事此时游。为唤狂吟老监⑩，共赋销忧。

【注释】

①蓬莱阁：旧址在浙江绍兴卧龙山下，因唐元稹《以州宅夸于乐天诗》"谪居犹得近蓬莱"得名。

②鉴曲：鉴湖一曲。《新唐书·贺知章传》"有诏赐镜湖剡川一曲"，镜湖即鉴湖。

③茂林：指兰亭。王羲之《兰亭序》："此地有崇山峻岭，茂林修竹。"

④俛仰：通俯仰。《兰亭序》："俛仰之间，以为陈迹。"

⑤"同载"句：为春秋时范蠡事。见《国语·越语》："及至五湖，范蠡辞于王曰：'君王勉之，臣不复入越国矣'，五湖即今太湖。唐陆广微《吴地记》引《越绝书》逸文云："西施亡吴国后，复归范蠡，同泛五湖而去。"

⑥磴：通"蹬"，指山路，石级。

⑦厓：即崖，山石或高地的陡立的侧面。

⑧王粲：东汉末人，著有《登楼赋》，赋云："虽信美而非吾土兮。曾何足以少留。"

⑨秦鬟：指绍兴的秦望山，秦始皇曾登临。以山形颇似妇人鬟髻，故称。

⑩狂吟老监：指唐代诗人贺知章。《旧唐书·贺知章传》："知章晚年尤加纵诞，无复规检，自号四明狂客，又称秘书外监，遨游里巷，醉后属词，动成卷轴，文不加点，咸有可观。"

【赏析】

此词写于元军入侵，宋室灭亡之年冬季，词人登高怀古，抒发亡国之痛，故国之思，凄楚哀绝，向被推为草窗词中压卷之作。

上阕着力于写景。凄凉幽寂的景色，衬托出形单影只的词人的"一片清愁"。"步深幽"以下将读者带入了一个"千山鸟飞绝，万径人踪灭"的境界中。下句进一步加以描写，点明时节是冬季，正是一派灰暗寂寥的景象。贺知章曾经畅游过的鉴湖，王羲之曾为之作赋的兰亭，如今却是满目荒凉，一片沙寒草衰的愁惨气象。睹物思人，词人心中不禁生发出"前不见古人，后不见来者，念天地之悠悠，独怆然而涕下"的孤独寂寞之感慨。回顾身世，岁月流逝，而自己孤身一人，漂泊无依，要想同范蠡当年一样泛舟湖上，却无人与伴。再看眼前破败的石级，歪斜的老松，斑驳的青苔，那凄清苍凉的景物，给词人本已凄黯无比的心中，更增了一番清愁。

下阕细数离怀。首句写词人对故国深切的思念。"几"，几度，言其频繁。"西浦"、"东州"，均在被词人视为第二故乡的绍兴，"魂飞"、"泪洒"，道出词人对故乡的深厚恋情。而今日重返故地，却已物是人非，词人忧慨无限。"最怜他"句写出词人对故国山川的无限热爱，"秦鬟妆镜"，极写山川之娇美，愈发反衬出词人亡国之痛之深。"何事此时游"，以反诘的语气，道出词人满腔悲愤。结句是说词人要唤来"狂吟老监"与他一起赋诗销愁，却正道出了词人一腔悲苦，无以宣泄的沉痛之情。

清人周济评说："草窗擅美在缜密，如此章稍觉空调，愈益佳妙。"

汪元量

【作者介绍】

汪元量（1241—1317），字大有，号水云，钱塘（今浙江杭州）人。原为南宋宫廷琴师，宋恭帝德祐二年（1276），元军攻陷临安，三宫被俘北去，汪随三宫留燕京，常往监中探视被囚的文天祥，以诗唱和，成为莫逆之交。后南归为道士，漫游各地，终于山水之间。著有《水云集》、《湖山类稿》、词集《水云词》，其词格调凄恻哀怨，浅显易懂，琅琅上口。

长 相 思

越上寄雪江

吴山深①，越山深②。空谷佳人金玉音，有谁知此心。　夜沉沉，漏沉沉。闲却梅花一曲琴，月高松竹林。

【注释】

①吴山：山名。在浙江杭州市西湖东南，南宋初金主完颜亮南侵，扬言欲立马吴山，即指此。

②越山：泛指越地即会稽，今浙江绍兴。

【赏析】

此词似作于汪元量南返之后，抒写了他对于羁留燕京的知己王昭仪清惠的思念之情。汪元量与王清惠关系甚密，二人皆随三宫被俘至燕京，后汪被放归，作了道士。

长相思为词牌双叠中最短的，全词三十六字，前后阕开头二句，多用叠韵。此词上阕开头"深"字的重叠，造成了笼罩全篇的深山空寂的氛围，在这种凄凉的环境中，词人不由想起佳人金玉般美妙婉转的歌声，相思难抑，然而却无人与诉，更觉其苦。

下阕首句写暗夜深沉，万籁俱寂，惟有漏壶单调的滴答声不绝于耳，给这夜色平添了一份凄凉之感。"闲却"句写词人无心弹琴，琴瑟蒙尘，实是说词人因知音远隔天涯，再美妙的琴声又弹给谁人听？最后以景结情，给人留下联想余地，显得空疏灵动。

此词言情真切，自然生动，颇具乐府民歌之神采。

一 剪 梅

怀 旧

十年愁眼泪巴巴，今日思家，明日思家。一团燕月照窗纱，楼上胡笳。塞上胡笳。　　玉人劝我酌流霞，争撚琵琶①，缓撚琵琶。一从别后各天涯，欲寄梅花，莫寄梅花。

【注释】

①撚（niǎn）：琵琶弹奏指法的一种，用左手按弦在柱上左右撚动。白居易《琵琶行》："轻拢慢撚抹复挑，初为霓裳后六幺。"

【赏析】

此词作于词人南返之后。

上阕抒写词人被俘至燕京后对故乡的思念之情。上半段直抒胸臆，下半段景中寓情。新月团圆，而以离人之眼观之，却勾起无限兴亡之叹，月团圆而破碎的山河难复，使圆月也染上了凄清的色彩，更哪堪异族胡笳那悲凉之声不绝于耳，似在不断提醒着词人国破家亡、流离失所的不幸遭遇。

下阕追述词人南归之时后宫嫔妃设宴送别的情景，玉人殷勤劝酒，"流霞"代指美酒。"急捻"、"缓捻"弹奏出繁音促节，掩抑悠扬的乐曲，传达出弹奏者内心细腻的感情。"欲寄"、"莫寄"则写别后相思之苦。欲寄梅传情，又恐更加勾起对方愁思，故欲寄又止，回旋往复，更见情深。

文章贵在真情，此词情真意切，用笔朴素无华，虽较直白浅露，却自有动人心处。

王沂孙

【作者介绍】

王沂孙（？—约1289），字圣与，号碧山、中仙、玉笥山人，会稽（今浙江绍兴）人。入元朝，任庆元路（今浙江鄞县）学正。与周密、张炎等人共结词社。擅作咏物词，间寓家国之痛。其词讲究章法，品味高绝，词致深婉，盛传于世。有《花外集》（一名《碧山乐府》）。

应 天 长

疏帘蝶粉，幽径燕泥，花间小雨初足。又是禁城寒食，轻舟泛晴绿。寻芳地，来去熟。尚仿佛，大堤南北。望杨柳，一片阴阴，摇曳新绿。　　重访艳歌人，听取春声，犹是杜郎曲。荡漾去年春色，深深杏花屋。东风曾共宿。记小刘，近窗新竹。旧游远，沉醉归来，满院银烛。

【赏析】

这是一首感怀旧游之作。

上阕描绘了清明寒食时的景色。"蝶粉"、"燕泥",表明春天已经来临,已有彩蝶翩飞,采集花粉,燕子们也飞来飞去,忙着筑起新巢。毛毛春雨潇潇洒洒,滋润着刚刚张开花瓣的花朵,一切都是新鲜的,充满了生机。词人泛一叶轻舟,去向那水光山色间寻访春之精魂。大堤南北,杨柳阴阴,新绿喜人,在风中摇曳生姿。

下阕"重访艳歌人","重"字点明了词人为故地重游。远处隐隐传来歌声,仍是当年听过的曲子,眼前的春色与往年也无有不同。下阕一连用了几个词:"犹是"、"去年"、"曾",表示了一切都不曾有什么改变的含意,然细想一下,这不变之中掩藏着变化,自然界的一切循环往复,周而复始,春色年年依旧,而人却一天天老去,逝去的时光再也追不回来,故此,在满篇怡人春色的描绘中,实深深隐含着词人的伤感,只不过表现得极为含蓄深婉。结句"沉醉归来,满院银烛",似为灯火辉煌之景象,实以乐景写哀,倍增其哀。

齐 天 乐

蝉

绿槐千树西窗悄,厌厌昼眠惊起。饮露身轻,吟风翅薄,半剪冰笺谁寄。凄凉倦耳。漫重拂琴丝,怕寻冠珥[1]。短梦深宫,向人犹自诉憔悴。　　残虹收尽过雨,晚来频断续,都是秋意。病叶难留,纤柯易老,空忆斜阳身世。窗明月碎,甚已绝余音,尚遗枯蜕。鬓影参差,断魂青镜里。

【注释】

①冠珥:即日珥。太阳表面上火焰状的炽热气体。

【赏析】

　　王沂孙工于体物,这首咏蝉词,借蝉的短暂的一生托出词人的身世之慨,于蝉的意象中,包容了深厚的现实感和浓郁的人生悲剧感。

　　上阕起句写蝉、人共处的环境。"悄"与"惊"相对,突出蝉之哀鸣骤起,令词人心惊,自然将词人的主观感受融入对蝉的客观意象的描写中。下面铺写蝉的形貌习性,蝉餐风饮露,过着清高自洁的生活,然而一片冰心,无人可解,而词人似有着与蝉相似的命运,故此蝉鸣在词人听来特别得凄凉,不忍卒听。接下来写蝉栖身于深宫般的浓荫中,哀鸣声声,如丝缕琴声,向人们诉说着短暂如梦的一生的不幸。

　　下阕接着写雨过天晴,天边一弯残虹斜挂,在这暮色黄昏中,蝉声断断续续,秋意渐浓。曾经是"绿槐千树"的茂盛景象,如今时过境迁,已是满目凄凉。蝉所赖以生存的树枝树叶也已飘零凋残,摇摇欲坠,蝉的生命也将伴随着这秋风落叶而结束了。断肠斜阳里,寒蝉的声声哀鸣就像是在替自己,替生命唱着一曲永恒的挽歌,哀悼和怀念着逝去的好时光。到明月升起之时,蝉悲哀微弱的余音也已听不见了,这里"碎"字的运用,幽美无比,形容点点月光透过树枝树叶的缝隙,在地面形成了斑驳陆离的图画,更将一种被残损的悲剧美感揉入整个画面之中,可谓幽柔怨抑,扣人心弦。最后将蝉拟人化,用"齐后忿而死,尸为蝉"的传说,揣想齐女辞世之际,形容憔悴,独对青镜而,幽恨绵绵的情形。这一幽冥意象的运用,将整个词的悲剧气氛推向高潮,写得惊心动魄,摄人心魂。至此,与前阕起首之"惊"遥遥呼应,回环往复,戛然而止。

　　此词"赋物能将人景情思一齐融入",融合无间,深化无痕,可谓是一首艺术完美的咏物诗词。

水　龙　吟

海　棠

　　世间无此娉婷①,玉环未破东风睡②。将开半敛,似红还白,余花怎比。偏占年华,禁烟才过③,夹衣初试。叹黄州一梦,燕宫绝笔,无人解,看花意。　犹记花阴同醉。一栏杆,月高人起。千枝媚色,一庭芳景,清寒似水。银烛延娇,绿房留艳,夜深花底。怕明朝,小雨濛濛,便化作燕友泪④。

【注释】

①娉婷:姿态美好的样子。
②玉环:指月亮。唐白居易《和栉沐寄道友》:"高星灿金粟,落月沉玉环。"
③禁烟:寒食节。古逢此节日禁止烟食。
④燕友:胭脂。

【赏析】

海棠花艳丽夺人,开花又早,独占年华,但花时短暂,早早凋零,令人为之叹惜,古来词人多有吟咏海棠之作。王沂孙工于咏物,这首海棠词摹写物象,得其形神,不粘不滞,全篇并无一海棠字样,却尽得其风流神韵。

上阕起句赞美海棠的绰约风姿,"玉环未破东风睡",既描绘了淡淡月辉下海棠的妩媚娇态,如玉人酣睡,同时又隐指玄宗、贵妃之情事。《明皇杂录》中载:一次玄宗登沉香亭召杨妃,杨妃酒醉未醒,高力士从侍儿扶之而来。玄宗笑曰:"岂是妃子醉耶?海棠睡未足也。"此处"玉环"兼两重含意,既指贵妃,又代指月轮。这句"似花还似非花",海棠与贵妃,人的娇姿与花的娇容相映生辉。"将开半敛,似白还红",形容花欲开未开时的娇美形态和颜色。"偏占"句写海棠开放于清寒未消之际,占群花之先,然而海棠开得早,败得也早,故此引来下句"叹黄州一梦,燕宫绝笔",似暗指贵妃惨死马嵬坡之事,人与花有着相同的不幸命运,故词人之赏花,不独是爱花怜花,更有无限人生感慨于其中。

下阕进一步写词人的一片护花惜花之深情。当月落日开之时,那千朵万枝海棠花在明月清光的映照下,分外艳丽媚色动人,使满庭生辉。词人爱花心切,不顾夜深清寒似水,秉烛赏花。"银烛延娇",源出自苏轼诗"只恐夜深花睡去,故烧高烛照红妆"。"延娇"、"留艳"字样均表现了词人希望将花留住的一片痴心。结句"怕明朝,小雨濛濛,便化作燕支泪",以佳人落泪的凄美形象形容雨中海棠之风神,写得凄楚动人。

高 阳 台

和周草窗寄越中诸友韵

残雪庭阴,轻寒帘影,霏霏玉管春葭①。小帖金泥②,不知春在谁家。相思一夜窗前梦,奈个人,水隔天遮。但凄然,满树幽香,满地横斜。　　江南自是离愁苦,况游骢古道③,归雁平沙④。怎得银笺,殷勤与说年华。如今处处生芳草,纵凭高,不见天涯。更消他,几度东风,几度飞花。

【注释】

①霏霏:纷飞的样子。《诗·小雅·采薇》:"今我来思,雨雪霏霏。"春葭:春天初生的芦苇。古时为预测天气,以浮灰塞入律管,节候至则灰飞管通。

②金泥:以水银和金粉以为泥,用以封印玉牒、玉检、诏书等。古有风俗:"立春这日,悉剪彩为燕戴之,帖'宜春'二字。"

③骢:青白杂毛的马。

④平沙:广漠的沙原。

【赏析】

此词为王沂孙答和周草窗(密)之作,表达了对友人的深切的思念。

上阕写虽是轻寒薄罩,但春葭霏霏,已传来了春的讯息,"残"与"轻"字细腻而准确地描绘出了寒意尚未退尽的冬末春初景象。"小帖金泥"句则由自然景物转入人事,写在这春天来临,万物复苏,欣欣向荣的时日里,客游在外的词人心头却为离愁别恨所占据，那"良辰美景"似与词人不关，"赏心乐事"也只是属于那些春风得意的人们，一腔离骚，因春更浓，故言"不知春在谁家"。下面紧接着写词人在这种幽幽的心境中，思念着远方的友人，然而一夜相思成梦，醒来无奈还是与那人水隔天遮，不能相见。这愁情，使窗前那"满树幽香，满地横斜"的美景在词人眼中也充满了凄然悲凉的味道。

下阕词人替人说愁，设想那西风瘦马，空见雁归的北国游子心头有离愁万千。"怎得银笺"句是说想细诉别后光阴，却苦于没有精美信笺，实是说那无边的愁思难以用语言表达。"如今"句写词人登高望远，盼望友人归来，然而山隔水阻，梦魂难觅，只见芳草迷离，铺向天边。此实是以那一川烟草暗喻词人满怀离愁别恨。结句"几度东风，几度飞花"，写得既空灵摇曳，又味醇意厚，道出了人老黄昏，好景不常的人生哀感。

和词既需押原来韵字，又需与原作意思衔接而不雷同，而此词苦心经营，出以自然天成，写得清丽流转，沉郁哀婉，足见词人经验之丰富，词学之高超。

醉 落 魄

小窗银烛，轻鬟半拥钗横玉。数声春调清真曲。拂拂朱帘，残影乱红扑。　　垂杨学画蛾眉绿，年年芳草迷金谷。如今休把佳期卜。一掬春情，斜月杏花屋。

【赏析】

这首词叙写女子暮春怀人之春情。

"小窗银烛"，交代了女主人公所处的环境，温馨中透出那么点淡淡的寂寞。"轻鬟"句描摹美人不作修饰的慵态。所谓"女为悦己者容"，如今情郎远走，留下她，眉为谁描，鬟为谁梳？故此句看似轻和婉转，实已暗含凄楚之情。"数声春调清真曲"，在这寂寞的夜晚，远远传来几声春曲小调，更勾起了女主人公对情人的思念。"拂拂朱帘,残影乱红扑",写微风轻袭,朱帘兀自于风中飘来荡去,落红乱扑,却已有春残之凄凉意。虽为写景,却字字关情,"拂拂"、"残"、"乱"、"扑",几个字的运用,已将那淡淡温馨之感尽卷而去,只觉孤寂凄楚之感扑面而来。

下阕写时序、景物的变迁,垂杨渐绿,芳草迷离,已是初夏景色,而意中人仍不见踪影,女主人公满腔的相思与期待已渐渐变成了绝望和怨恨,"休把佳期卜","休"字道出了女主人公心中的万般失望和哀伤。"一掬春情,斜月杏花屋","一掬"可谓妙语天工,似春情为有形之物,可用手捧之。此句写女主人公的款款深情,却只有空付与眼前那冷照之斜月,独放的杏花。此景语淡淡,怨情幽幽,给人留下丰富的联想空间,女主人公枉度年华的怅惘之情溢于言外。

此词初看丽字飞舞,如万花为春;细吟则有哀怨横生,凄楚可怜,再三品玩,余味无穷。

眉 妩

新 月

渐新痕悬柳,淡彩穿花,依约破初暝。便有团圆意,深深拜,相逢谁在香径。画眉未稳。料素娥①、犹带离恨。最堪爱、一曲银钩小,宝帘挂秋冷。　　千古盈亏休问。叹慢磨玉斧②,难补金镜③。太液池犹在④,凄凉处,何人重赋清景。故山夜永。试待他、窥户端正。看云外山河,还老尽、桂花影。

【注释】

①素娥:指传说中偷吃灵药、升居月宫的嫦娥。
②慢:同漫,徒劳之意。玉斧:神话中的伐月斧。宋曾几诗:"明时谅费银河洗,缺处应须玉斧修。"
③金镜:指月亮。唐李贺诗:"天上分金镜,人间望玉钩。"

④太液池:周密《武林旧事》卷七载:淳熙九年中秋,宋高宗和孝宗于后苑大池赏月,侍宴官曾觌献《壶中天慢》词:"云海尘清,山河影满,桂冷吹香雪。何劳玉斧,金瓯千古无缺。"

【赏析】

王沂孙最善咏物,此词借咏新月之美,寄寓了词人对故国深深的怀念之情和亡国的沉痛感慨,托物寄情,极尽曲折深婉之妙,层层深入,词章斐然,为不可多得之佳作。

"渐新痕悬柳,淡彩穿花,依约破初暝",词人以轻柔的笔致描画出新月初升如一抹淡痕,悬挂于柳梢;素洁清辉,似流淌于花丛之中,冲破了刚刚四合的暮霭,是如梦如幻的美景。新月给人带来希望和喜悦,而团圆的月亮,则是吉祥如意、人事美满的象征,故词人的"深深拜",其心中所祈望的是故国的荣复,故土的完整。然而词人是孤单的,并无人与之同拜,其心中的希望亦愈显得渺茫。故再看月儿,已不似先前那样似有欣喜之色,却似月中寂寞嫦娥,因心含离恨,慵于梳妆,故而未曾画好娥眉,一副愁苦的模样。此处借嫦娥的不幸,类比自己的悲哀。"最堪爱"句,由抒写心事情愫,转回到赏月上来,以"一曲银钩"(喻月亮)挂着冷清清的"宝帘"(喻秋空)的清新比喻,结束了上阕对月的铺写,而进入下阕由此生发的说理抒情。

"千古盈亏休问"以下三句,乃总括了人世、宇宙兴衰之理。"休"、"慢"、"难"等字的运用,以激楚、决绝的语气,表达了人在无情的自然规律面前,不能自主命运的深沉悲哀。这里,词人已由因现实而来的悲痛上升到对宇宙、人生的哲理认识,蒙有一层虚无的阴影。"太液池犹在",用宋高宗后苑池边赏月事,将今昔对比,发物是人非之感。"故山夜永",以漫漫长夜喻亡国后时日的难熬。"试待他、窥户端正",指月圆,象征故国的复兴;"看云外山河,还老尽、佳花影","云外山河"指月亮上有明暗不匀处,状似山河纵横。《酉阳杂俎》说:"月中所有,乃大地山河云倒影。""桂花影"指传说中的月中桂树之影。联系上句,是以桂花影比喻故国复兴的希望之遥远不可期,凄怆之情,溢于言外。

全词以写月贯串始终，无丝毫逸脱牵强之感，却融会了种种纷纭复杂的感情，跨越了历史的长河和宇宙的宽广，纵横捭阖，收放自如，给人以深沉的思索和艺术美的享受。

蒋 捷

【作者介绍】

蒋捷，生卒年不详，字胜欲，号竹山，阳羡（今江苏宜兴）人。宋度宗咸淳十年（1274）中进士，宋亡不仕，隐居太湖竹山。其词内容较广，颇有追昔伤今之体，构思新奇别致，"洗炼缜密，语多创获"（刘熙载语），著有《竹山词》。

一 剪 梅

舟过吴江

一片春愁待酒浇，江上舟摇，楼上帘招。秋娘渡与泰娘桥①，风又飘飘，雨又萧萧。　　何日归家洗客袍，银字笙调，心字香烧②。流光容易把人抛，红了樱桃，绿了芭蕉。

【注释】

①秋娘、泰娘：都是唐代著名歌女的名字。秋娘渡与泰娘桥均为吴江的两个地名。

②心字香：明杨慎《词品》："所谓心字香者，以香末萦篆成心字也。"

【赏析】

这是首倦游思归之作，上阕写实景，词人乘船路经吴江，一路风雨潇潇，一派烟雨迷离景象，故引起词人思乡愁绪绵绵不断，令词人渴望借酒浇愁，一醉方休。"风又飘飘，雨又萧萧"，"又"字的重复使用，表现了词人不堪愁之重负的无奈情绪。

下阕写虚景，为词人想象的展现。这里通过几个生活小细节的叠加铺写，烘托出远游归家后家中的温馨与舒适。"银字笙调，心字香烧"，即调弄起镶有银字的笙，点燃心字形的篆香。"流光"句与"何日"句互为因果关系。"何日归家洗客袍"，"何日"的疑问语气，表达了词人归心似箭的急切心情，这是因为"流光容易把人抛"。"红了樱桃，绿了芭蕉"，词人巧妙地选取自然界色彩的缤纷变幻，将无形时光的流逝化为可见之具体物象，形象而生动，是脍炙人口的名句。

此词铿锵悦耳，富于节奏感和音乐美，琅琅上口。

南 乡 子

泊雁小汀洲，冷淡湔裙水漫秋①。裙上唾花无觅处，重游。隔柳惟存月半钩。　　准拟架层楼，望得伊家见始休。还怕粉云天未起，悠悠。化作相思一片愁。

【注释】

①湔（jiān）：书面语，洗。

【赏析】

这是首描写情人相思的小词。

全词以"泊雁小汀洲"起兴，"雁"在古诗文中常作为相思之情的象征，这里，既描绘了一幅淡远静美的泊雁图，又点明了全词抒写相思之情的意旨。"冷淡湔裙水漫秋"，此句为男主人公的回忆，那日曾在河边遇见一位浣衣女郎，美丽而矜持，令他一见倾心。接下来写他耐不住相思之情，今日又来到小河边希望能再见到那位丽人，然而女郎的倩影就如同裙上洗去的残痕一样无处可觅，"隔柳惟存月半钩"，写满心失望的男主人公眼中见到的景色，隔着稀疏摇曳的几枝柳条，一弯月儿，恰似银钩，洒下淡淡的清辉。"惟"，只，道出男主人公心中的失望。此句词中有画，清丽幽绝，语新警人。

"准拟架层楼",写热恋中的男主人公的奇妙的想象,要架起一座高楼,望得见女郎的家方才罢休。"还怕"句为这位男子心理活动的继续,又一层曲折,担心天边的彩云遮住了视线,望不见心上人的倩影。"化作相思一片愁",以痴情人之眼观世上万象万物,莫不为一"情"字,莫不是相思之愁的结晶。

此词上阕写景、叙事、抒情浑成一体,凝练简洁;下阕着力刻画苦恋中的男子的细腻的心理活动,将他那番痴情痴意,写得淋漓尽致,幽默风趣,情调轻松活泼、健康。

高 阳 台

送 翠 英

燕卷晴丝①,蜂粘落絮,天教绾住闲愁②。闲里清明,匆匆粉涩红羞。灯摇缥晕茸窗冷,语未阑,娥影分收。好伤情,春也难留,人也难留。　　芳尘满目悠悠。问紫云佩响,还绕淮楼。别酒才斟,从前心事都休。飞莺纵有风吹转,奈旧家,苑已成秋。莫思量,杨柳湾西,且棹吟舟③。

【注释】

①晴丝:虫类所吐的丝,常飞扬空中,通称游丝,也称晴丝。杜甫《春日江村》之四:"燕外晴丝卷,鸥边水叶开。"

②绾(wǎn):旋绕打结。

③棹(zhào):划(船)。

【赏析】

这首词抒写了与情人分离后悲愁的心境。

"燕卷晴丝,蜂粘落絮,天教绾住闲愁"。似写物象,实景中有情,内涵丰富。晴丝、落絮为夏日之物,首先点明时间;而这两物的特征均为轻飘无力,以此喻"闲愁"。将无形、抽象的愁绪具象化,幻化为漫天飞扬的丝絮,无论"蜂粘"、"燕卷",也无法将它绾住，可见词人心中愁情似海。愁因何来？"闲里清明，匆匆粉涩红羞"，言自然界的变化，于悠闲中，时光已偷偷溜走，春天已离人而去。"灯摇缥晕茸窗冷，语未阑，蛾影分收"，诉说人事的变化，温馨的昵侬软语犹在耳边回响，而女郎的倩影已从眼前消失，空余孤灯于风中飘摇，在窗户上投下一团昏黄的光晕。这里的"冷"，非言身体寒冷或气候寒冷，实指心中的凄冷。故词人不胜伤心，悲叹道："好伤情，春也难留，人也难留。"

"芳尘满目悠悠"，"芳尘"指女郎翠英秀足踏过的小径，实泛指词人对女郎的回忆，旧日痕迹，满目皆是，触目伤情，"问萦云佩响，还绕淮楼"，佳人随身佩戴着玉佩，走起路来丁冬作响，清脆悦耳的声音仿佛直达云霄，曾经令词人多么心悦神怡，如今却已不复可闻。"还绕淮楼"，这疑问，透露出词人遭离弃后悲怆的心境。"别酒才斟，从前心事都休"，言两人情缘已断，以前万般美好的设想都已化为泡影。"飞莺纵有风吹转，奈旧家，已成秋苑"，是以飞莺比佳人，以秋苑自喻，乃词人自悲自叹，人老心亦老，年轻的美好时光不可追回。无限伤心，词人却不再细言，"欲说还休"。"莫思量，杨柳湾西，且棹吟舟"，乃词人自我劝慰，把这一切忘却，且泛一叶扁舟，吟咏江上，让江风皓月吹散、抚平心头的创痛。此句平淡中含悲情，低回不已。

这首词情调缠绵悱恻，抒恋情别恨，深挚感人，为婉约词之典范。

梅 花 引

荆溪阻雪

白鸥问我泊孤舟，是身留，是心留？心若留时，何事锁眉头？风拍小帘灯晕舞，对闲影，冷清清，忆旧游。　　旧游旧游今在否？花外楼，柳下舟。梦也梦也，梦不到，寒水空流，漠漠黄云，湿透木棉裘。都道无人愁似我，今夜雪，有梅花，似我愁。

【赏析】

此词写于词人归家途中,先借白鸥发问,巧妙地由侧面写出作者满怀心事、愁眉不展的神态,以白鸥的闲逸反衬出词人的愁闷,语气俏皮诙谐,微含自嘲意。"风拍"句写孤舟在风雪之中,帘儿被风频频掀起,灯光也被吹得闪烁不定,忽明忽暗的凄冷景象。"冷清清"之中,词人不由怀念起旧日畅游时的快乐情景。

下阕紧承上句,衔接自然,以问句表达词人的内心独白,使人如闻其声,如坠入回忆的恍惚神态。"花外楼,柳下舟",以艳丽之景反衬今日"寒水空流"的凄凉。"梦也梦也,梦不到"之语,更道出好景不再、佳梦难成的沉痛之情。词人久伫船头,凝望天际漠漠黄云,任凭那纷飞的雪花将身上的裘衣湿透。"都道无人愁似我,今夜雪,有梅花,似我愁",此句构思新奇,如神来之笔,言梅花"似我愁,"似也不胜这凄清和寒冷。这样,词人为自己在这荒杳无人迹之地,找到了一个同病相怜的知音。有高洁美丽的梅花为伴,似乎其愁又可略解了吧?故凄楚之中又显出洒脱诙谐,见其超逸情怀。

此词将白鸥、梅花等无情之物拟人化,作为反衬铺垫,旁敲侧击,巧为运用,表现了词人丰富的想像力和精巧的布局构思能力。

王易简

【作者介绍】

王易简,生卒年不详,字理得,号可竹,山阴(今浙江绍兴)人。中进士,授瑞安簿,不赴。隐居城南。著有《山中观史吟》,存词见《乐府补题》。

齐 天 乐

客长安赋

宫烟晓散春如雾,参差护晴窗户。柳色初分,饧香未冷①,正是清明百五②。临流笑语,映十二栏杆,翠鬟红妒。短帽轻鞍，倦游曾遍断桥路。　　东风为谁媚妩？岁华频感慨，双鬓何许！前度刘郎③，三生杜牧④，赢得征衫尘土。心期暗数，总寂寞当年，酒筹花谱⑤。付与春愁，小楼今夜雨。

【注释】

①饧：饴糖，寒食节食品。

②百五：指寒食节。《荆楚岁时记》："去冬节一百五日，即有疾风甚雨，谓之寒食，禁火三日。"

③前度刘郎：刘禹锡《再游玄都观》诗："种桃道士归何处？前度刘郎今又来。"

④三生杜牧：本于黄庭坚诗："春风十里珠帘卷，仿佛三生杜牧之。"

⑤酒筹花谱：酒筹，喝酒时用以计数的筹子。花谱，指记载四时花卉的书籍。

【赏析】

此词为词人晚年之作。上阕写寒食节前后的春景，景中有人，如一幅美丽的春日图。"短帽轻鞍，倦游曾遍断桥路"，"曾"字点明以上所写均为回忆，是词人年轻时游玩过的地方。

下阕"东风为谁媚妩？"以问句道出了词人心中的辛酸，岁华如水，如今已是两鬓斑白，春风之情已与己无关了。"前度刘郎"句是写自己如刘郎、杜牧，故地重游之时，空送走了许多的时月，只赢得了征衫上的些许尘土。此中有不尽的人生感慨，世上万事总成空，美好的事物更是短暂易逝，时光给人们留下的不过是些辛酸和凄楚的滋味罢了。"心期暗数，总寂寞当年，酒筹花谱"，天下没有不散的筵席，当年游玩时用的酒筹花谱，如今已被寂寞地闲置一旁，实写旧友难逢、好景不再的痛苦。此处妙在词人不直言自己的寂寞，而是说"酒筹花谱"，感到寂寞、新奇警人。结句"付与春愁，小楼今夜雨"，写愁苦之情，就如今夜小楼外那潇潇洒洒、无休无止的春雨一样绵绵不断。

词人在对往昔风月冶游的惆怅回忆中，寄寓了深沉的人生感慨，"临流笑语"、"短帽轻鞍"，无非伤心惨目，含有无限悲凉，写得含蓄蕴藉，沉郁哀婉。

吕同老

【作者介绍】

吕同老，生卒年不详，字和甫，号紫云，济南（今属山东）人。《全宋词》收其词四首。

天 香

宛委山房拟赋龙涎香

冰片镕肌，水沉换骨，蜿蜒梦断瑶岛[①]。剪碎腥云，杵匀枯沫，妙手制成翻巧。金篝候火无似有[②]，微薰初好。帘影垂风不动，屏深护春宜小。　　残梅舞红褪了。佩珠寒，满怀清峭。几度酒余重省，旧愁多少。荀令风流未减[③]，怎奈向飘零赋情老。待寄相思，仙山路杳。

【注释】

①瑶岛：一作赢岛，传说中的仙岛。
②篝：熏香所用的熏笼。候火：指焚烧时所需的适当慢火。
③荀令：三国时曾做过尚书令的荀彧，据习凿齿《襄阳记》："荀令君至人家坐幕，三日香气不歇"。荀令以喜爱熏香著名。

【赏析】

据《乐府补题》记载，元军占领临安第三年（1278），元僧江南大总管杨琏真伽发掘南宋六代皇帝的陵墓，宋遗民唐珏等收诸帝后遗骸葬之，后与王沂孙、张炎、周密、王易简等十四人结社联吟，分咏"龙涎香"、"白莲"、"莼"、"蝉"、"蟹"等五题，暗咏其事，结集为《乐府补题》。吕同老也参加了这次词社活动。

"冰片镕肌，水沉换骨，蜿蜒梦断瑶岛"，写龙涎为鲛人采集回来后，制造龙涎香的过程。龙涎香须和众香方成，这里的"冰片"、

"水"均为制作龙涎香的重要香料。"水"指蔷薇水。此处写龙涎虽然被镕肌换骨,磨碾成粉,然一缕精魂,蜿蜒曲折,幽幽飞向它生成的地方,那是波涛万顷、烟云迷蒙的苍茫大海中的孤岛。这里给龙涎这无情之物赋予有情之魂,写得凄楚哀婉。"剪碎腥云,杵匀枯沫,妙手制成翻巧",龙涎经过加工,被制成各式各样、新奇精巧的形状。"金篝候火,无似有,微薰初好",指制好的龙涎香被放入熏香所用的熏笼中以适当的慢火加以焚燕,"微薰"指龙涎刚刚散发出香味时那一缕缕似有若无的香气。"帘影垂风不动,屏深护春宜小",描写焚香的环境,有宝帘掩闭、画屏遮护,使风儿不致吹散香烟。《香谱》中载焚燕龙涎香时,当在"密室无风处"。

上阕就龙涎香本身叙写,下阕则荡开笔墨,抒写人事。"残梅舞红退了",以景写情,充满凄凉况味,曾经红艳一时的梅花已残,红色消退。"佩珠寒,满怀清峭",佩珠为古时情人间常用以互赠的随身饰物,这象征着海誓山盟、深情厚意的美丽物件,曾带来多少温馨与欣喜,如今却已清冷如冰,睹物思人,只余满怀伤情。"几度酒余重省,旧愁多少",写词人愁闷之中以酒浇愁,然而醉后醒来,涌上心头的乃是"剪不断,理还乱"的旧愁无恨。"荀令风流未减,怎奈向飘零赋情老",至此方点出亡国之恨。虽然荀令喜爱薰香一如以前,"怎奈",一转折,国事堪悲,自身飘零无依,又怎能再如以往那样风流尔雅,焚香薰衣,享受那温柔旖旎之情调呢?"待寄相思,仙山路杳",相思既指对美好温馨之往事的留恋,更是指对亡去的故国的一腔思念,然而,无论是前者,还是后者,都已长逝不可回,就像要前往神仙居住的仙山一样杳不可寻。至此,词人的满腔意思方倾而出,低回婉转,令人怅惘无穷。

这首咏香词,实"借物以寓性情,凡身世之感,君国之忧,隐然蕴于其内,斯寄托遥深,非沾沾焉咏一物矣"。

张　炎

【作者介绍】

张炎(1248—1320?),字叔夏,号玉田,晚号乐笑翁。祖籍凤翔

（今属陕西），寓居临安（今杭州）。南宋初大将张俊后裔。宋亡家破，元朝至元二十七年（1290）北游元都，失意南归，落魄而终。晚年在浙东、苏州一带漫游，与周密、王沂孙为词友。早年多写贵族公子的优游生活，词作多欢愉明快；宋亡后，多追怀往昔之作，格调转为悲凄婉转。其词意度高远，清空峭拔，典雅清丽。对词的音律、技巧、风格均有论述，著有《词源》，词集有《山中白云词》（又名《玉田词》）。

甘　　州

寄李筠房

望涓涓一水隐芙蓉，几被暮云遮。正凭高送目，西风断雁，残月平沙。未觉丹枫尽老，摇落已堪嗟。无避秋声处，愁满天涯。　　一自盟鸥别后，甚酒瓢诗锦，轻误年华。料荷衣初暖，不忍负烟霞。记前度，剪灯一笑，再相逢，知在那人家？空山远，白云休赠，只赠梅花。

【赏析】

李筠房即李彭老，宋亡不仕，隐居龟溪（今浙江衢县境内）。李、张二人曾聚首西湖，诗酒相酬，一别之后，世事巨变，江山易主，词人作了这首词，遥寄远方老友，寄托他的思念和身世盛衰之感。

"望涓涓一水隐芙蓉，几被暮云遮"，描绘了一幅暮云遮天光、芙蓉减红妆的惆怅景象。芙蓉又象征着友人亲切的面容，即便登高远望，水阻云遮，难以见到。"暮云"暗喻元朝的统治压迫。词人以登高远望起兴，所谓"长歌可以当哭，远望可以当归"，寄托了对友人深深的思念之情。起句以景寄情，虚实相生，容量极大。"正凭高送目，西风断雁，残月平沙"，"正"字把叙写的焦点由对友人的思念，转到自身的处境和心境上来。淡墨白描，疏疏几笔，勾勒出一幅西风飒飒，孤雁失群，残月冷照，平沙漠漠的充满凄凉萧疏意味的水墨画。此乃远望所见。再看四周，艳丽的红叶已尽皆老去，在西风的吹打下纷纷坠落。"未觉",不知不觉。"堪嗟",既是在叹惜红叶的早衰,也是在自叹身世、国事的不幸。"无避秋声处,愁满天涯",无论是秋声、秋色,尽皆为词人之愁所笼罩,故天地间愁无处不在,无可躲避。

上阕以景写情,下阕直抒情怀。首句写与友人别后,日夜于诗酒中度日,致使年华轻抛的怅惘悔恨心情。如今国破山河残,再也不能回到过去的好时光了,这才是更令词人悔恨的原因。"料荷衣初暖,不忍负烟霞",笔锋回转,再写友人。"荷衣"取自《离骚》:"制芰荷以为衣兮,集芙蓉以为裳";"烟霞"源于孔稚珪《北山移文》"使我高霞孤映,明月独举;青松落阴,白云谁侣",均为高洁品格的象征。实指李彭老入元不仕,隐居龟溪之事。"记前度"句回首往事,思量未来,伤心无限。"空山远,白云休赠,只赠梅花",白云乃飘忽不定物,梅花自古以来为清高圣洁之象征,以梅相赠,大有深意,表达了词人与友人以梅之贞洁互相勉励,共葆岁寒之贞的志向。

此词景情相生,用典、设喻自然贴切,想象、暗示丰富生动,于蕴藉中透出清空,含蓄中显出幽峭,大有姜白石之风度。

阮　郎　归

有怀北游

钿车骄马锦相连①,香尘逐管弦。瞥然飞过水秋千②,清明寒食天。　花贴贴,柳悬悬,莺房几醉眼。醉中不信有啼鹃,江南二十年。

【注释】

①钿车:饰以金花的轻便小车。骄马:骏马。
②水秋千:指在秋千架上翻筋斗跳水的游戏。北方旧俗,寒食节以秋千为戏。

【赏析】

张炎曾应元廷征召入京、缮写金字藏经，在京大约半年。此词写于他离京二十年后，是对那段生活的追忆。

上阕描绘了一幅幅闪烁着华光异彩的生活画面，将一个个片断并连在一起，构成了充满动态、多彩多姿的清明寒食图。

下阕对花与柳的描写，实是一段缠绵恋情的象征。据传词中隐身女郎实有其人，为词人故交杭妓沈梅娇，张炎在大都时曾与她相遇，为其赋《国香》词。"醉中不信有啼鹃"，"啼鹃"在古诗文中为悲苦、离别之象征；此句写词人沉醉于恋情中，不信会有分别之日。言外之意仍终难免一别。"江南二十年"，点明了上述均为二十年前的旧事，蕴含了光阴无情，流年似水，回首往事，恍若隔世的身世之叹。

此首小词自然流畅，写景写事，娓娓道来，至结尾处，方点明时间，亮出心曲，无限情思感慨，至此方骤然涌现，豁然开朗。真可谓从容不迫，举重若轻。词人的才情笔力，于此小词中亦可略窥一斑。

探 春 慢

雪 霁

银浦流云①，绿房迎晓②，一抹墙腰月淡。暖玉生烟，悬冰解冻，碎滴瑶阶如霰③。才放些晴意，早瘦了、梅花一半。也知不做花看，东风何事吹散。　　摇落似成秋苑。甚酿得春来，怕教春见。野渡舟回，前村门掩，应是不胜清怨。次第寻芳去④，灞桥外、蕙香波暖。犹妒檐声，看灯人在深院。

【注释】

①银浦：即银河。
②绿房：花苞。花未开前，苞房皆呈绿色。

③霰（xiàn）：雪珠，白色的小冰粒。
④次第：依次。

【赏析】

  张炎擅长写咏物词，早年以一首"春水"词著称词坛，人称"张春水"。这首吟节序风光的词是他又一咏物佳作。

  "银浦流云，绿房迎晓，一抹墙腰月淡"，写雪后初晴，天上银河格外灿烂生辉，经白雪滋润过的浅绿色花苞在晨光的抚照下微微绽开了花蕊；西方天际一抹淡月斜挂。这里，"抹"、"淡"两字用得绝妙，将日头欲出未出之时，月轮衬着已经泛白的天空，显得清幽淡白，似就要与天色相融的景色，描写得细致入微，倩巧幽隽。接下来写随着时间的推移，在阳光的照射下冰消雪融的景色。梅花上厚厚的积雪也悄悄融化、消失，使梅花仿佛一时之间清瘦了许多，"也知"句实把雪比做世上洁白晶莹的奇花，对于它的消影遁迹，词人心中有着无名的惆怅之感，故怨东风多事。

  下阕"摇落"句写雪融后雪水遍地纵横，景物斑驳，不见春光之艳丽，却似有秋天凄凉的意味。故此词人叹曰："甚酿得春来，怕教春见"，春来之后，却是这番令人伤情的景象。"野渡舟回，前村门掩，应是不胜清怨"，"野渡舟回"化用韦应物"野渡无人舟自横"句，这里"舟回"、"门掩"，暗喻四野无人，造成一静谧寂寥、清幽旷远之意境，词人寂寞的情怀似历历可见。"不胜"，不堪承受之意。"次第寻芳去、灞桥外，蕙香波暖"，写词人急欲冲破这凄寂氛围，去那蕙花飘香、轻波漾暖的地方寻找春天的芳踪。而词人心中的春天却寄寓于深闺看灯的伊人身上，但深院高墙将一对有情人无情分隔，满怀相思的词人因此对伊人房檐上滴滴答答的雪融之声也要感到嫉妒了，因为它比自己离心爱的人更近。这里的"檐声"与上阕"悬冰解冻，碎滴瑶阶如霰"句相呼应。结句如奇峰突起，实与前阕络相连，因相思之苦，故"怕教春见"，故"不胜清怨"，词人笔下清冷苦寂的意象原来全是因情而生，为情所染。这一深曲转折，使全词回环往复，如神龙出云，卷舒自如，显示了长调"构局贵变"的特点。

此词总的来说，写得婉转深曲，含蓄蕴藉，咏物写景，作得返虚入浑，读之如嚼蕊吹香，余味悠长。

虞 美 人

余昔赋柳儿词，今有杜牧重来之叹。刘梦得诗云："春尽絮飞留不住，随风好去落谁家。"作忆柳曲。

修眉刷翠春痕聚，难剪愁来处。断丝无力绾韶华，也学落红流水、到天涯。　　那回错认章台下，却是阳关也。待将新恨趁杨花，不识相思一点、在谁家。

【赏析】

此词借咏柳抒写女子怀远之思。

"修眉刷翠春痕聚"，是将柳叶比做刷上了翠色的修长蛾眉，细细弯弯，碧如翡翠的柳叶，似乎聚集春天的精魄，逗人爱怜。下句"难剪愁来处"，言形似剪刀的柳叶却难以剪断那绵绵不断的愁思。愁因何来，下句有了交待，"断丝无力绾韶华，也学落红流水、到天涯"，柳枝上粘挂着的晴丝，一阵风吹来，便悠悠飘落水面，随波逐流，不知去向。想要挽住飞逝的时光，就如同以飘摇无力的断丝去拉住岁月的脚步一样，是不可能的。这里抒发词人无尽的人生悲哀，大有杜牧重来之叹。

下阕直抒女子怀远之情。"那回错认章台下，却是阳关也"，与"误几回，天际识归舟"之意同，写盼归心切。"待将新恨趁杨花，不识相思一点、在谁家"，是言女子既爱又恨的一缕情魂，只愿寄附于那可以自由飘荡的杨花上，去寻找远方的心上人。张炎《孤雁》词有云："写不成书，只寄得、相思一点"，这里以孤雁喻远行在外的情人。

此词写得流丽婉转，词风柔软蕴藉，婉约温雅。

南　浦

春　水

波暖绿粼粼,燕飞来,好是苏堤才晓。鱼没浪痕圆,流红去,翻笑东风难扫。荒桥断浦,柳阴撑出扁舟小。回首池塘青欲遍,绝似梦中芳草。　　和云流出空山,甚年年净洗,花香不了?新绿乍生时,孤村路,犹忆那回曾到。余情渺渺,茂林觞咏如今悄①。前度刘郎归去后,溪上碧桃多少。

【注释】

①茂林觞咏:晋代王羲之曾与谢安、孙绰等四十一人游山阴之兰亭,并作《兰亭序》,有云:"此地有崇山峻岭,茂林修竹","一觞一咏,亦足以畅叙幽情"。

【赏析】

张炎以这首《春水》词驰名词坛,并被人美称为"张春水"。此词作于宋亡前,题旨不深,以状物、用词胜。

上阕紧紧扣住春水来写,周密评说"赋春水入画",画为静,而此词更以动取胜:写波贯之以"粼粼",顿生波光闪烁、潋滟生辉之感;次则有"燕飞"、"鱼没"、"流红"和撑出柳阴的"扁舟";便写春草,云之"欲遍",将芳草不停地、悄悄地生长的动态写出,非徒以静态言之。这样,就抓住了春天万物复苏、生长,充满生机与活力的特征。词人不但善于抓取特点,言辞优美,下字亦极其工巧,如"鱼没波痕圆",可谓"争价一句之奇"。

上阕似已将春水可言可状之物道完,而词人笔锋一转,又翻出新意,写"和云、空山、花香",将这泓碧绿可爱的湖水环绕簇拥,如"彩云托月",更见其美。"新绿"句以下,则写词人见"新绿",思旧情,追忆往年"茂林觞咏"的风流盛事,"悄"字漾出几许寂寞之感。结句以问句进一步作盛时不再的慨叹,乃由刘禹锡诗句"玄都观里桃千树，尽是刘郎去后栽"化出。

邓牧评曰："《春水》一词，绝唱千古。"

解 连 环

孤 雁

楚江空晚，怅离群万里，恍然惊散。自顾影、欲下寒塘，正沙净草枯，水平天远。写不成书，只寄得、相思一点。料因循误了，残毡拥雪[①]，故人心眼。　谁怜旅愁荏苒？漫长门夜悄，锦筝弹怨。想伴侣，犹宿芦花，也曾念春前，去程应转。暮雨相呼，怕蓦地、玉关重见。未羞他、双燕归来，画帘半卷。

【注释】

[①] 残毡拥雪：指西汉苏武事。苏武出使匈奴被扣，不肯降，被置大窖中，不与饮食，"武卧啮雪，与旃（毡）毛并咽之。数日不死"。

【赏析】

此词以离群孤雁的艺术形象曲折深婉地表达了词人故国沦丧、个人落拓失意的黯然心境。

"楚江空晚"，开头以空阔昏冥的背景衬托孤雁的落寞孤单和弱小。"怅离群"以下两句，写孤雁失去了伙伴，无比怅惘，在长途飞行中，只有池塘中倒映出的自己的影子作伴，"欲下寒塘"，找一个暂时休栖之地，却只见荒沙漠漠，草衰水寒。"写不成书"句，从字面意思来看，是说孤单单一只雁儿，排不成雁阵，无法在天空上书写上一个大大的"人"字。古来素有"鸿雁传书"之说，言大雁替相思的人们互递信息，故又言"只寄得、相思一点"。"一点"写孤雁的形，"相思"则赋其神，此句形神兼备，且出语浑然天成，张炎亦由此而得了"张孤雁"的美称（见孔齐《至正直记》）。"料因循误了"句暗用苏武雁足传书的典故，这里词人通过苏武威武不屈的爱国者形象，表达了他对爱国英雄的崇敬心情。

"谁怜旅愁"句写漫漫长路中的孤雁不胜哀愁,而无人怜念。"漫长门"句则以长门幽怨比喻孤雁离群失偶的悲痛心情。"想伴侣"句,写孤雁于孤独中不禁想念起伙伴们,料想他们还停宿于芦花丛中,心中默默祈念着春回大地之前会与他们重逢。"暮雨相呼"句写孤雁想象着有一天在暮雨迷濛中,大雁发出清亮的唳鸣声互相呼唤,在即将相逢之际又怕相见的矛盾心情。这里深藏着故国沦亡以后词人孤苦一人,思念友人又怕相见的深痛心情,只因今非昔比,物是人非之感,已使词人不堪其哀。结句以留恋于雕梁画栋间的双燕比喻投降卖国、贪求荣华富贵的失节者,"未羞他"表现了词人对他们的鄙夷。结句以双燕反衬孤雁高洁坚贞的情操,较显明地点出题旨。

此词托意深刻,已非当年的"承平贵公子"笔下泛泛咏物、"鼓吹春声于繁华世界"之词,而倾注了国破家亡、飘零失落的沉痛悲哀,词情"苍凉激楚,……备写其身世盛衰之感,非徒以剪红刻翠为工"。

黄公绍

【作者介绍】

黄公绍,生卒年不详,字直翁,邵武(今属福建)人。宋度宗咸淳元年(1265)进士,入元不仕,隐居樵溪。著有《古今韵会》(已失传)、《在轩集》、《疆村丛书》;词有《在轩词》,其词言浅意深,蕴藉自然。

青 玉 案

年年社日停针线①,怎忍见,双飞燕?今日江城春已半,一身犹在、乱山深处,寂寞溪桥畔。　　春衫著破谁针线,点点行行泪痕满。落日解鞍芳草岸,花无人戴,酒无人劝,醉也无人管。

【注释】

①社日：古时祭祀土神的日子，分春社与秋社。《统天万年历》："立春后五戊为春社，立秋后五戊为秋社。"《墨庄漫录》云："唐宋妇人社日不用针线，谓之忌作。"

【赏析】

此词在《阳春白雪》、《翰墨大全》等书中皆列为无名氏之作，在《历代诗余》、《词林万选》中题作黄公绍。这是一首游人思归之作，充满离愁相思之情，写得深情缠绵，催人泪下。

上阕以社日停针线的习俗为引子，虚写远方的爱妻于社日来临之际的孤独寂寞、忧伤无比的情形，针结为贯串全词的一个线索，与下阕起句遥相呼应。唐代张籍有诗云："今朝社日停针线，起向朱樱树下行。"词人选取热闹的社日为背景，是为了以众人之欢乐衬托一己之悲愁，更见其悲。"怎忍见，双飞燕"，则进一步用自然界燕子成双飞翔的景象来反衬离妇形单影只的悲凉。下面笔锋回转，写词人自己，"一身犹在、乱山深处，寂寞溪桥畔"。其意象沉重而凄凉，实是词人离愁象征载体。

下阕仍以针线为起兴，"春衫著破"而无人缝补，一写离别时间之长，二写游子只身客旅的凄苦之状。"点点行行泪痕满"，写破衫上尽洒离人眼泪，直状情事，真切而不矫饰。"落日"以下四句，写游子于落日溶溶、暮色初暝之时解鞍于长满芳草的岸边，狂欢大醉的情形，形似放纵不羁，然一连三个"无人"，排挞直下，将游子的沉痛、孤苦、哀伤表达得淋漓尽致，正如陈廷焯所说："不是风流放荡，只是一腔血泪耳。"此处以细节写情，生动自然，"语淡而情浓，事浅而言深。"

王炎午

【作者介绍】

王炎午（1252—1324），初名应梅，字鼎翁，别号梅边。庐陵（今江西吉安）人。宋度宗咸淳间，补太学生。元兵攻陷临安，文天祥被俘，炎午作生祭文勉励他坚持民族气节。著有《吾汶稿》。

沁 园 春

又是年时，杏红欲脸，柳绿初芽。奈寻春步远，马嘶湖曲；卖花声过，人唱窗纱。暖日晴烟，轻衣罗扇，看遍王孙七宝车。谁知道，十年魂梦，风雨天涯！　　休休何必伤嗟。漫赢得，青青两鬓华！且不知门外，桃花何代；不知江左，燕子谁家。世事无情，天公有意，岁岁东风岁岁花。拼一笑，且醒来杯酒，醉后杯茶。

【赏析】

此词作于宋亡之后，抒写亡国之痛。

上阕铺写春景，时间由春意初生到春意浓浓，既写了杏红柳绿、暖日晴烟的春色，又写了人们香车宝马寻春赏花的游乐活动，"又是年时"句，已暗含世事沧桑，而年年春色依旧之意，至"谁知道，十年魂梦，风雨无涯"，则满腔愁悲，喷发而出，将全词意旨点明，这年年依旧的春光，似已将亡国之耻之痛轻轻掩去，为人们所遗忘，然而在词人心中，这创痛却是如此之深。上阕中，升平欢乐的春日游乐图与词人内心的极度悲痛构成了强烈鲜明的对比。

下阕紧承"谁知道"三句，"休休何必伤嗟"，乃词人强抑内心悲痛，自我劝慰之语。"休"乃罢了的意思。"漫赢得"句写词人历经十年风雨，鬓发已由乌黑变得雪白。此句与起句联连，形成了欲说还休、欲休还说的回环往复的跌宕。"且不知"句，以自然界景物的变化象征世事的巨大变迁。"燕子谁家"乃化用刘禹锡"旧时王谢堂前燕，飞入寻常百姓家"句意。"世事无情，天公有意，岁岁东风岁岁花"照应前阕，由无尽的回忆与感慨中回到眼前现实中来。"天公"将自拟人化，写他不问人事，年年岁岁笑东风。"拼一笑"，写词人也试图将伤心之事忘却，笑迎东风，然而"拼"字却同时道出了他的勉强与无力，其内心创痛之深，即便用尽全力也难以平抚。

"醒来杯酒,醉后杯茶",写词人的生活坠人醒复醉,醉复醒的绝望放纵中,要想真正忘却,只有向酒乡处寻。

宋丰之

【作者介绍】
宋丰之,生卒年不详,南宋人;身世不详,《全宋词》录其词一首。

小冲山

花样妖娆柳样柔,眼波流不断、满眶秋。窥人佯装玉搔头[①],娇无力,舞罢却成羞。　　无计与迟留,满怀禁不得、许多愁。一溪春水送行舟。无情月,偏照水东楼。

【注释】
① 玉搔头:以玉簪搔头。旧题汉刘歆《西京杂记》二:"(汉)武帝过李夫人,就取玉簪搔头,自此后宫人搔头皆用玉,玉价倍贵焉。"

【赏析】
这首词展示了一名舞妓的内心世界及其不幸的遭遇。

上阕极尽笔力描写舞女姣好的容颜、外貌。以美丽的花朵形容她容貌的艳丽夺人;以娇柔的柳枝形容她身体的柔软轻盈,舞姿的飘逸动人;更以盈盈的秋水形容她脉脉含情的美目流盼。"窥人"句以下则着力写她含娇带羞的模样,说明这是一位尚未被风尘掩去内心洁白的女子,还带着些少女的天真和纯洁,也暗示了她对伊人的暗恋之情。

下阕则写舞女与情人无可奈何的离别。"无计与迟留,满怀禁不得、许多愁",率真道出女郎满心的失望与伤悲,表现出对情人一往情深。"一溪春水送行舟。无情月,偏照水东楼",一溪春水送走了行舟,也带起了女郎相思心一颗。抬头望月,月亮还是那么明亮,似乎全不解女郎心中的悲伤,故此说月无情。"水东楼",也许即是情人两情缱绻的地方,如今人去楼空,在明月的照耀下,更生一种凄凉,愈发引起女郎的伤心怨恨。

此词语言清丽流畅,有真情流动,颇具乐府民歌之风采。

吴城小龙女

【作者介绍】

吴城小龙女,姓名籍贯不详,南宋人。《诗人玉屑》卷二十一自《冷斋夜话》引其词一首。

清平乐令

帘卷曲阑独倚,山展暮天无际。泪眼不曾晴,家在吴头楚尾①。　　数点落花乱委,扑鹿沙鸥惊起。诗句欲成时,没入苍烟丛里。

【注释】

①吴头楚尾:江西的代称。江西位于吴地上游,楚地下游,如首尾相接,故称。宋黄庭坚《山谷琴趣外编》三《谒金门·戏赠知命》词:"山又水,行尽吴头楚尾。"

【赏析】

此词写一客居他乡的少女对故乡的思念。

词的上阕给我们展示了这样一幅画面:一位美丽善良的少女,满怀着哀怨,独倚着栏杆,泪眼婆娑地凝望着故乡所在的方向,远处山连着山,遮住了她的视线,这时已是夕阳晚照的时刻了。这里"独倚"的少女与"无际"的暮天相衬应,越发衬出少女的孤独纤弱和愁苦无助,使人顿生怜爱之情。

"数点落花乱委,扑鹿沙鸥惊起",仅从词面看来,已觉有声有色,富于动感。"扑鹿"为象声词,摹拟沙鸥拍打翅膀的声音。细细品味这两句,"乱委"二字用得妙绝,写出凋残之象,饱含凄凉幽怨况味。这里"落花乱委"无疑具有象征意味，乃是少女对命运发落到异地他乡的自身的比喻。"诗句欲成时，没入苍烟丛里"，写少女凝望着眼前的景象，在脑中构思诗篇时，沙鸥已于转瞬间飞没于苍烟迷蒙的芦苇丛里去了。少女对沙鸥的关注与喜爱，令人可以推想到她生活的寂寞与孤单。而这些全是掩藏于对景物的细致描写之后的，从而使此词更具有一种含蓄的美，比起明白直言，有其难以达到的艺术效果，婉转低回，余味无穷。

据《异闻总录》上说，此词题在荆州江亭柱间，为吴城小龙女所作，更给此词蒙上了一层神秘色彩。

无名氏

鹧鸪天

山色晴岚景物佳①，暖烘回雁起平沙。东郊渐觉花供眼，南陌依稀草吐芽。　　堤上柳，未藏鸦，寻芳趁步到山家。陇头几树红梅落，红杏枝头未著花。

【注释】

①岚：山林中的雾气。

【赏析】

此词描写初春景象，笔调明快，情趣盎然。

"山色晴岚景物佳"，写在晴朗的蓝天之下，山色青翠可人，山峰间时有乳白色的云雾飘浮而过，如一幅绝佳的风景画。"暖烘回雁起平沙"，天气转暖，南飞的大雁也回来了，在沙洲上时飞时泊，撒欢嬉戏；"东郊渐觉花供眼，南阳依稀草吐芽"，这里"东郊"、"南阳"非确指乃泛指，写春天刚刚来临，到处吐露着春的讯息。"渐觉"、"依稀"，用词准确，突出了初春的特点，既不似仲春繁花似锦，也不似暮春草木茂盛，而是绿草刚刚萌芽，花朵方欲吐蕊的景象。

跟随着词人寻春的脚步，又来到了堤上垄头。词人以敏锐的眼光，细腻的感觉，捕捉住最富物候特征的几个画面："柳未藏鸦"，说明柳树还不甚茂密；红梅已落，杏花未著，为初春之特定景色。这情景看似萧疏，实蕴藏着无限生机与活力。

此词笔致淡雅，尽洗铅华，却有一种欢欣之情跳跃于字里行间，可谓平淡而入妙。

点 绛 唇

蹴罢秋千，起来慵整纤纤手。露浓花瘦，薄汗轻衣透。
见客入来，袜刬金钗溜①。和羞走，倚门首，却把青梅嗅。

【注释】

① 袜刬（chǎn）：刬袜，指穿袜行走。刬，只。

【赏析】

此词着力刻画了一位天真烂漫的少女形象。

上阕写少女蹴完秋千后的娇美之态。"慵"字似摇漾出一缕淡淡的哀愁与寂寞。由对少女纤纤玉手的描写，我们可以联想到少女的花容玉貌，美丽动人。"露浓花瘦"，实以花比人，写少女形态之娇弱，故此蹴完秋千，娇喘吁吁，薄汗湿透了轻纱般的衣服。

下阕写少女见到客人后的娇羞之态。"见客入来，袜刬金钗溜"，生动地写出少女初见陌生的客人时，如小鹿般慌慌躲避的可爱羞态。"和羞走"，"走"在文言中为"小跑"的意思。"倚门回首，却把青梅嗅"，几个动词的运用，生动地描绘出少女那充满好奇心的天真、顽皮、可爱的模样。

眼 儿 媚

杨柳丝丝弄轻柔，烟缕织成愁。海棠未雨，梨花先雪，一半春休。　　而今往事难重省,旧梦绕秦楼。相思只在:丁香枝上,豆蔻梢头。

【赏析】

此词抒写少年男女之间的相思之情。

上阕写柳条摇曳,轻柔飘忽,撩拨着人的情思,在为相思而苦的人儿眼里,似有无限怨愁。海棠未雨,梨花又开,艳红的如火,洁白的如雪,红白相映,好一幅色彩艳丽的图画。然而所爱的人不在身旁,便把良辰美景空度,不觉欢欣快乐,却平添时光易逝之悲哀。

下阕写明知往事难再,但一缕相思情魂却在梦中飞往情人所在的地方,久久盘旋,不肯离去,可见其爱的执著。结句"相思只在:丁香枝上,豆蔻梢头",以丁香和豆蔻两种植物来象征相思之情,此句颇为后世赞赏。丁香其形如结,其色淡紫,词人常用它来比喻忧郁的情怀,冯延巳《鹊踏枝》即有"愁肠学尽丁香结"语;再如《南唐二主词》李璟《浣溪沙》:"青鸟不传云中信,丁香空结雨中愁。"即以丁香比喻相思之愁。豆蔻则常被诗人用以比喻未嫁女,所谓"豆蔻年华",即言其少而美。如唐杜牧《樊川集》四《赠别诗》云:"娉娉袅袅十三余,豆蔻梢头二月初。"

纵观此词,点明题旨的只有"相思"二字,但全篇通过种种物象,赋予其象征意义,织成了情丝恨网,萦绕回旋,语少而意多,露少而藏多,以实言虚,给读者留下了丰富的联想空间,使人得到美的享受。